NORMAN MANEA

DER SCHATTEN IM EXIL

Roman-Collage

Aus dem Rumänischen
von Ernest Wichner

Hanser

Die rumänische Originalausgabe erschien 2021
unter dem Titel *Umbra exilată* bei Polirom in Iași.

Das Motto auf S. 7 ist aus Dylan Thomas,
The Collected Poems of Dylan Thomas: The Centenary Edition,
Weidenfeld & Nicolson.

1. Auflage 2023

ISBN 978-3-446-27628-4

Umschlag und Foto: © Peter-Andreas Hassiepen, München
Satz: Satz für Satz, Wangen im Allgäu
Druck und Bindung: CPI books GmbH, Leck
Printed in Germany

FSC
www.fsc.org
MIX
Papier | Fördert
gute Waldnutzung
FSC® C083411

Für Cella,
die Geliebte und Schwester

Do not go gentle into that good night.
Rage, rage against the dying of the light.

DYLAN THOMAS

PRÄMISSEN
(VORVERGANGENHEIT)

Das Exil beginnt beim Verlassen der Gebärmutter. Die Mutter ihrerseits, evakuiert aus der Plazenta der Großmutter. Großmutter und Urgroßmutter eignete der gleiche terrestrische Auftritt.

Das Genographie-Projekt hat sich zusammen mit anderen global operierenden spezialisierten Institutionen darangemacht, den Speichel des Antragstellers zu analysieren. Weil dieser die Gebühr für das Gutachten rechtzeitig beglichen hat, konnte ich die Wegstrecke seiner Vorfahren mütterlicherseits nachzeichnen. Diese Vorfahren haben weite Räume durchwandert. Der DNA-Befund zeigt an, dass die mütterlichen Vorfahren dem Haplogruppe genannten genealogischen Zweig angehörten. Dieser enthält die Untergruppen U*, U1, U1a, U1bm, U3m, U4, U7. Die Karte mit den Wanderungsbewegungen der mütterlichen Vorfahren zeigt an, dass ursprünglich alle in Ostafrika aufgebrochen waren. Dabei handelt es sich selbstverständlich um die Resultante einer Wanderschaft von einigen zehntausend Jahren. Die Nachkommen dieser Urahnen, die Mehrheit der Haplogruppe, findet man auch heute noch vor. Wir verfügen über fünfhundertneunundsechzig Buchstaben der mitochondrialen Sequenz mit den Buchstaben A, C, T und G, die für die vier Nukleotide stehen, die chemischen Blöcke, die das Leben erschaffen und die DNA des Probanden bilden. Hin und wieder verändert eine so natürliche wie zufällige und gewöhnlich auch inoffensive Mutation die mitochondriale Sequenz in der DNA. Was wir als eine Art Aussprachefehler interpretieren können: Einer der Buchstaben wird vom C zum T, aus dem A wird ein G. Kommt es bei der Frau zu solch einer Mutation, überträgt diese sich auf ihre Töchter und weiter auf deren Töchter. Sie überträgt sich auch auf die Söhne, aber diese übertragen sie nicht weiter.

Wenn wir die Mutationen analysieren, können wir die Vererbung nachzeichnen, von Urahn zu Urahn. Die Wegstrecke derer, die Afrika verlassen haben, beginnt beim ältesten Vorfahren. Wer war, wo lebte, was war die Geschichte der fernsten »Eva«. Bewegen wir uns auf neuere Zeiten zu, so können wir jeden Schritt unserer Vorläufer markieren: Der Anfang liegt zwischen 150 000 und 170 000 Jahre zurück und bei der Frau, die von Anthropologen »die mitochondriale Eva« genannt wird. Tatsächlich aber war sie nicht die erste Erdenfrau. Wiewohl es den *Homo sapiens* schon seit etwa 200 000 Jahren gab, tauchte in einem bestimmten Moment vor 150 000 bis 170 000 Jahren die Frau auf, von der wir alle abstammen. Dies geschah 30 000 Jahre, nachdem der *Homo sapiens* in Afrika seinen Entwicklungsweg begonnen hatte. Wir verzeichnen die Haplogruppen und die eingetretenen Mutationen: L2 zu L3, dann die erste Gruppe M, die sich aus der Migration nach Äthiopien und in der Folge nach Australien und Polynesien ergab, und schließlich die zweite M-Gruppe, die auf die Sinai-Halbinsel gelangte, wo die N-Gruppe auftauchte, die durch Asien, Europa, Indien und Amerika zog. Die Haplogruppe R stammt von einer Frau vor 50 000 Jahren ab, von der sich europäische, nordafrikanische, indische und arabische Untergruppen herleiten. Die Haplogruppe U5 ist auf Finnland beschränkt, während U6, ein Derivat aus der Haplogruppe R des Mittleren Orients, sich nach Skandinavien, aber auch ins Kaukasus-Gebirge, zum Schwarzen Meer und danach in die baltischen Regionen und nach Westeuropa hin verzweigt hat. Die Mitglieder dieser Gruppe, wie auch die aus M und N, für die sich unser Korrespondent interessieren könnte, haben Vorfahren in Europa und im östlichen Mittelmeerraum, wo sie ungefähr sieben Prozent der Bevölkerung ausmachen. Wir wiederholen: sieben, beinahe sieben Prozent. Dies ist das Ergebnis einer Migration durch die Jahrhunderte, von einem Exil ins nächste, wie es unsere Archive verzeichnen.[1]

EINKEHR IM MUSEUM RED STAR LINE

Um das Jahr 2300 vor der christlichen Zeitrechnung traten die ersten großen Reiche des Mittleren Ostens auf, begannen Kriege untereinander zu führen und massive Bevölkerungsdislokationen vorzunehmen. Pythagoras (569–497 v. Chr.), der berühmte Mathematiker, war der Sohn eines Immigranten und reiste auch selber durch Ägypten und Italien, wo er um das Jahr 497 herum starb. Erwähnenswert auch die Seidenstraße (200 v. Chr.–1200 n. Chr.), die großen europäischen und arabischen Migrationen in den Jahren 375 und bis 1000 nach Christus, die Kreuzzüge (1095–1271), der Portugiese João Ramalho, Begründer der brasilianischen Metropole São Paulo, die europäischen Entdeckungsreisen (1418–1580), der Import von Millionen afrikanischer Sklaven in Amerika (1510–1865), die europäische Migration aufgrund von Urbanisierung und Industrialisierung (1815–1930), die Migration nach dem Ersten und Zweiten Weltkrieg, die Kolonisierung Afrikas (1870–1975), die Unabhängigkeit und Teilung Indiens (1947), die Anstellung von Saisonarbeitern (1950–1970), die Migration der Osteuropäer (1989 bis heute), die illegale Immigration (1970 bis heute). All dies sind Momente einer »frenetischen Dialektik der Veränderung«, wie Bertolt Brecht das Exil genannt hat. Antwerpen hat sich zu einem bedeutenden Transitpunkt für die europäische Migration entwickelt, und dies im Verhältnis zu Häfen in Russland, zu Danzig in Polen oder Hamburg in Deutschland – wo anscheinend auch der Streuner herkam, der seinen Schatten verkauft hat, die Figur einer berühmten romantischen Geschichte aus dem neunzehnten Jahrhundert, verfasst von Adelbert von Chamisso.[2]

DIE VERKÖRPERUNG

Peter Schlemihl[3] – der das Abenteuer unseres Protagonisten begleiten wird – hat seinen Namen einer burlesken Annäherung von Christentum und Judentum zu verdanken. Peter ist der vom heiligen Petrus übernommene Name, einem der ersten Apostel der Kirche. In Galiläa im Heiligen Land geborener Jude, Vertrauter von Jesus und dessen Bruder, gerät der heilige Petrus in einen Disput mit dem heiligen Paulus, dem visionären Propagandisten des christlichen Internationalismus und einer Konversion der Massen. Petrus vertrat die Ansicht, man müsse, um Christ werden zu können, erst einmal Jude sein wie er selbst und der Erlöser. Paulus plädierte mit propagandistischer Vehemenz für die Öffnung der Kirchentüren vor jedem, der dies wünschte.

Den Namen Schlemihl kann man im Moses-Kapitel des Babylonischen Talmud finden, und er bedeutet auf Hebräisch »von Gott geliebt«, aber er hat auch eine spöttisch-heitere Konnotation, wie sie sich Adelbert von Chamisso, Autor des berühmten romantischen Märchens, dessen literarischer Held er ist, wünschte. Der Name Schlemihl verweist auf den tollpatschigen, von Missgeschick, Pech und allerlei Schadensfällen geplagten Juden, einen verschrobenen, irrlichternden Kerl, der bestenfalls zum Gelächter der Gemeinschaft taugt. Ein unschuldiger Tor und Dummer August.

Die jüdische Tradition schreibt einem ungaren und dümmlichen Kerl, einem dostojewskischen und nicht dostojewskischen »Idioten«, heilige Eigenschaften zu, weshalb er nachsichtig betrachtet und behütet werden muss. Der Talmud erzählt, der arme Schlemihl habe sich mit der Frau eines Rabbis eingelassen, er sei gefangen genommen und umgebracht worden. Was allen anderen wahrscheinlich zum Guten ausschlug, ist dem Schlemihl, Clown des Scheiterns, oftmals umgekehrt ausgeschlagen. Vom Hebräischen *schlemiel* (beschränkt, ungeschickt) wandelte sich der Name späterhin im Jiddischen, der Sprache des Exils, zu *schlimazel* (Pechvogel, vom Missgeschick verfolgt, Unglücksrabe) – zu einem Schlemihl. Gott liebt diese Verirrten, sagen die jüdischen Texte.

DIE FIKTION BEGINNT

Es war einmal, wie so oft sonst, das morgendliche Erwachen.

Ein Auge offen, das andere geschlossen. Es sah oder erspähte die Tür, einen gelben Umschlag unter der Tür.

Er schlief viel in letzter Zeit, wachte nur schwer auf und dann auch nicht ganz, fiel bald wieder zurück ins Nichts. Er hatte sich an die lang andauernde Lethargie gewöhnt, schloss das Auge und schlief wieder ein, wachte auf, der gelbe Briefumschlag erschien von neuem. Wiederholte Schläge an die Tür. Der Specht war ungeduldig, die rot angestrichene Tür irritierte ihn. Der Schläfrige hatte sie rot angestrichen, war schließlich die offizielle Farbe, Irritation, Abscheu oder Angst konnte man damit provozieren. In der halboffenen Tür ein Bote, einen gelben Briefumschlag in der Hand. Er trug einen aschgrauen, gut geschnittenen Anzug voller Tourismusembleme und einen zünftigen Gürtel mit einer großen grünen Schnalle. Er war schlank, schmale Taille, der Anzug saß ihm eng auf dem Leib. Die Haare schwarz und verstrubbelt, der Schnauzbart schmal, schwarz, glänzend, mit Schuhcreme eingeschmiert. Der Bote wandte sich der halboffenen Tür zu und flüsterte dem nahebei stehenden Begleiter zu: »Er steht nicht auf. Ist ein Faulpelz.«

»Wer sind Sie, was wollen Sie«, fragte der Schläfrige.

»Wirst du schon erfahren«, antwortete der Bote in der Tür. »Wirst es erfahren, ja, ja, so lautet der Befehl, dass du erfahren sollst.«

Der Schlaftrunkene stieg in Unterhose und Unterhemd aus dem Bett, wandte sich dem Bad zu. In der Badezimmertür stand nun der echte Zwilling des Boten, der wann, wie, durch die halboffene Tür hereingekommen war. In der Hand hielt er ein vielfach gestempeltes Papier.

»Reg dich nicht auf. Bleibst in der Wohnung, kannst nicht raus. Bist verhaftet. Hausarrest. So heißt das, Hausarrest.«

Der Schwächling im grauen Anzug wies auf die offenstehende Badezimmertür, wo der schmale und geschmeidige Zwilling mit den verwuschelten schwarzen Haaren und dem mit Schuhcreme gefärbten Schnauzbart, im gleichen Anzug und in die Lektüre eines Textes vertieft auf dem Klodeckel saß. Auf den Knien ein weiterer gelber Briefumschlag. Der Schlaftrunkene war aufgestanden, nunmehr auf den Beinen und neben den identischen Unbekannten mit den identischen gelben Briefumschlägen in den Händen, die nun mit einiger Frechheit die zerschlissene, aus dem feinsten Leinen gefertigte Unterhose des Gefangenen betrachteten.

Festgenommen, einfach so, ohne jede Begründung! Jetzt, da er eben erst aufgewacht war und darauf wartete, dass die Schwester ihm die dampfende Tasse Milchkaffee und das frisch im Backofen aufgewärmte Hörnchen bringe. Er wollte Tamar rufen, aber die Angst schnürte ihm die Kehle zu. Schließlich befinden wir uns in einer konstitutionellen Volksrepublik, in der weiten Welt herrscht Frieden und Harmonie, die Menschen lieben sich allüberall, die Gesetze werden eingehalten, die Aggressoren dürfen nicht so mir nichts, dir nichts in die legale Wohnung eines friedlichen Menschen eindringen, der mit den Mietzahlungen und der philatelistischen Gebühr auf dem Laufenden ist. Er wandte sich zögernd einem der Zwillinge zu. Er streckte die Hand nach dem Briefumschlag aus, aber der Offizielle ergriff seine Hand und schüttelte sie zartfühlend.

»Ich bin Ed«, flüsterte der Affenartige und verbeugte sich, was auch der andere, der Zwilling tat. Schwer zu unterscheiden, wessen Hand du geschüttelt hast, das heißt, wer dir überaus freundlich die Hand geschüttelt hat.

Der Schläfer versuchte aufzuwachen, ob es ihm gelungen war, war alles andere als sicher. Ein Auge offen, das andere geschlossen, wie vorhin, vor einer Stunde oder zweien oder wer weiß, wann. Seit geraumer Zeit schon schlief er zu viel, das Aufwachen fiel ihm schwer und gelang nicht immer ganz. Nach einer Weile schlug er beide Augen auf, sah die Tür, unter der jemand einen gelben Briefumschlag hindurchgeschoben hatte. Er riss die Augen weit auf, rieb sich die schweißnasse Stirn, war entschlossen, jetzt wach zu sein.

Tamar, wollte er rufen, was eine flehentliche Bitte nach Kaffee gewesen wäre. Aber der Schläfrige erinnerte sich, dass Tamar schon lange nicht mehr bei ihm wohnte. Er erinnerte sich, also wachte er auf, er war wach.

Die offizielle Nachricht war lapidar.

INNENMINISTERIUM
STAATSSICHERHEITSDIENST

Werter Genosse,
Sie werden einbestellt auf unsere Dienststelle in der Arenei-Straße Nr. 27, Zimmer 22 zu Herrn Oberst Vladimir Tudor.

Ja, ja, er hatte in den letzten Tagen so eine Vorahnung gehabt, es musste etwas geschehen. Ich bin Ed … Und der andere ebenfalls Ed. Und jetzt Oberst Tudor! … Wer mag der nun wieder sein? Bislang wurde er nur von Hauptmännern, ganz selten mal von einem Major einbestellt, aber nicht von Obersten, und die beorderten ihn nicht zum Sitz der gefürchteten Institution, sondern zu bizarren Adressen von konspirativen Wohnungen. Nein, keinesfalls zum Sitz der Institution. Der Traum, ja, ja, er hatte ihn nicht vergessen: das nervöse Klopfen an der Tür, den auf dem Klo gelesenen Text. Ed und Ed vor dem Beschuldigten. Tja, beschuldigt, es sollte sich bestätigen, war keine Vermutung. Es bestätigte sich, und dies war keine Überraschung. Die Überraschungen hatten ihr Prestige eingebüßt, nichts mehr geschah unerwartet, niemand konnte sich mehr erlauben, verwundert zu sein.

Ein paar Tage nachdem der gelbe Briefumschlag aufgetaucht war, hatte der Schlaftrunkene aufgehört, sich Fragen hinsichtlich der Schuld zu stellen. Es spielte keine Rolle mehr, welche seiner schuldhaften Handlungen die Genossen beschäftigte, die über die Ordnung und den

Frieden des Landes wachten. Die Bürger der Republik verbargen genug. Sie waren alle verdächtig, wiewohl nur einige wenige für die Guillotine ausgewählt wurden.

Bei dem Schalter, über dem Audienzen stand, war dem Offizier die Mütze auf die linke Braue hinabgerutscht.

»Ich bin zu Genosse Oberst Tudor einbestellt. Heute, Freitag, 16 Uhr, Zimmer zweiundzwanzig.«

Der Offizier rückte seine Mütze gerade und reichte ihm ein blaues Stückchen Karton, worauf Audienzen 22 gedruckt war.

Der Oberst trug keine Uniform. Er hatte einen eleganten Anzug von der Farbe des Wirbelwindes an und trug eine Seidenkrawatte mit chinesischen Figuren darauf. Gedrungen und füllig, schwarze Haare, mit Brillantine eingerieben. Brille mit kleinen, graziösen Gläsern. Große Hände, immense. Der Beschuldigte fühlte sich durch die unterwürfige Körpergröße des Vernehmers ebenso geniert wie von seinem eigenen, langen brettdünnen Körper. Er, der Einvernommene, hatte den Schädel kahl rasiert, war nachlässig gekleidet, trug ein schwarzes Vinyl-Blouson über einem Hemd, das mal weiß gewesen war.

»Wie, gefällt dir meine Krawatte? Ich habe sie von der Frau eines Kollegen geschenkt bekommen, sie hat die Chinesische Mauer besichtigt. Ich bin ganz verrückt nach allem, was orientalisch ist. Extrem orientalisch.«

Die Vertraulichkeit des Obersten hatte etwas Fragwürdiges. Das war nicht mehr die Brutalität der Hauptmänner oder des Majors, die ihn immerzu in andere Privatwohnungen einluden, zu denen sie Schlüssel und also Zugang in den Stunden hatten, in denen die Bewohner nicht zu Hause waren. Der höherrangige Kleine mit der Pomade im Haar wird wahrscheinlich bald vom Duzen zur Höflichkeit wechseln und dann wieder zum Duzen zurückkehren, damit man vergisst, wie man ihn anzusprechen hat.

Der Genosse Oberst Tudor hatte eine silberne Tabakdose mit orientalischen Gravuren in der Hand. Extrem orientalischen. Er wies auf einen Sessel vor seinem Schreibtisch und klappte die Tabakdose auf.

»Danke, ich rauche nicht mehr«, wimmerte der Lange.

»Es sind Kent. Imperialistische Zigaretten. Wunderbar.«

Der Beschuldigte kannte die bei den Offiziellen bevorzugte amerikanische Zigarettenmarke, eine Art Emblem der Elite, Bakschisch für die Ärzte, Metzger, Rechtsanwälte, Automechaniker und Benzinverkäufer, die Vermittler, ohne deren Dienste der Alltag nicht funktionierte. Der elegante Oberst zündete sich eine lange Zigarette an, der Gast betrachtete den mit einiger Wirkungsabsicht möblierten Raum.

»Ja, das Büro ist kein gewöhnliches. Ich sehe, du bewunderst die Möbel und die Spiegel. Sie entsprechen der Funktion ebenso wie meine Kleidung. Passabteilung! Sie haben mal einen Pass beantragt.«

Die immense Hand des Vernehmers war viel zu massiv für die dünne Zigarette, von der sich der Rauch in die Höhe kringelte.

»Tja, lang her. Sehr lange her. Ich habe immerzu ablehnende Bescheide bekommen, dann habe ich es aufgegeben.«

»Jetzt aber? Würden Sie jetzt darauf verzichten?«

Der Befragte schwieg, er war kaum mehr zu sehen, so lang er auch sein mochte, verloren im Trog des Fauteuils.

»Jetzt ist die Situation im Land doch viel schlimmer geworden, nicht wahr? Eine Katastrophe! So erzählen Sie's doch überall.«

»Ich?«, wimmerte der Schatten im Fauteuil.

»Na ja, so reden Sie doch überall herum. Unter Freunden und nicht nur dort. Unter den nicht eben friedfertigsten Freunden, würde ich mal sagen.«

»Aber wie, aber …«, versuchte es der Lange zunehmend verwirrter.

»Eben so! Du frequentierst immer öfter Gruppen, die sich patriotisch geben. Viel zu patriotisch. Verdächtig. Allgemeines Elend, sagen die Plappermäuler, allgemeine Überwachung, die Komödie des Tyrannen. Etwa dies sind die Klischees, die ihr so bedient.«

Der Genosse Oberst hatte eine angenehme Stimme und einen schneidenden Blick; eben hatte er sich eine neue Kent angezündet, die er zwischen zwei dicken Fingern hielt. Der im Fauteuil versunkene Bürger schwieg. Seine Augen erkundeten die Spiegel an den Wänden, die die gewohnten offiziellen Porträts ersetzten. Kein einziges Porträt, nicht einmal das des meistgeliebten Sohnes oder seiner Gattin, der Kleinen mit den goldenen Zähnen und Schnallen. Nur Spiegel in bizarren Rahmen.

»Lassen wir das. Ich habe Sie nicht deshalb hergebeten. Gegen Sie wird nicht ermittelt, die Ermittlungen finden woanders statt. Hier ist das Passamt. Ah, ja, damit ich es nicht vergesse ... ein weiteres Klischee, das ihr ventiliert, ist, dass sich die Informanten vermehrt hätten. Darum haben Sie Ihre Tür rot angestrichen, wie bei den Transformatoren der Hochspannungsleitungen, wo Todesgefahr besteht. Kindereien, nicht umsonst sagen deine Kollegen, du seist kindisch. Wenn sich die Informanten vermehrt haben, erschrecken sie nicht vor dem proletarischen Rot.«

Die Kent-Rauchkringel schienen dieser Szene ihre Huldigung darzubringen. Der Offizier war freundschaftlich, elegant, mit allen Wassern gewaschen, die seine Rolle erforderlich machten.

»Sie haben sich auf katastrophale Weise vermehrt, behaupten Sie. Wie die Pilze nach einem Regen mit Graupeln, Gift und Schwefel, so sagen Sie's. Einer von vier Bürgern? Ein Viertel der Bevölkerung dieser Republik? Und wer soll den Berg von Informationen bearbeiten, welche Divisionen von Analysten, Psychiatern und Propagandisten sollen dieses Material studieren, das unsere Schränke verstopft? Wie viele Verhaftungen pro Tag bei so vielen Denunziationen? An wie viele haben Sie so gedacht? Haben Sie ergebnislos über dieses mathematische Dilemma nachgedacht? Reduktion aufs Absurde, so erklärt sich der Trick, aber erklärt er das Fehlen der Verhaftungen? Haben Sie schon mal an uns gedacht, die Armen, die damit umzugehen haben, erdrückt, ja überwältigt vom Archiv, das Stunde um Stunde an Masse zunimmt? Und an unsere Frustration, weil wir nicht handeln können! Sind wir so klug, geduldig, berechnend, buddhistisch, alles in der Rückhand zu behalten, auf kleiner Flamme, bis zum optimalen Zeitpunkt? Wir dürfen nicht handeln, so lauten die Instruktionen! Lediglich die Informationen in guter Verfassung und bis auf den letzten Tag aufgearbeitet zu bewahren, nur das. Wir haben keinen Bedarf an Presseskandalen wie im fauligen Westen ... Wir befinden uns nicht mehr im Stalinismus, wir operieren nicht mehr mit Verhaftungen. Sie wissen das, Gott sei Dank, und profitieren vollauf davon. Wir verhaften nicht, aber wir besitzen sämtliche Informationen. Die Leute wissen, das heißt, die Population der Untergebenen weiß Bescheid, zumal wir einen Informanten auf vier Bürger besitzen, wie Sie sagen. Und wenn ... wenn unter den Bürgern, die zu Informanten geworden sind, sich auch jeder vierte Ihrer Freunde befände, der Patrioten? Wissen wir dann nicht über alles Bescheid, was Sie dort in den Kulissen der Zukunft so bequatschen?«

Der Oberst hatte recht. Der brettlange Gefangene war in dem Fauteuil, das ihn nicht mehr beschützen konnte, immer kleiner und kleiner geworden.

»Aber nicht darum habe ich Sie bestellt. Nicht deswegen. Der Pass ist genehmigt worden! Das ist die große Nachricht. Das heißt, wir haben beschlossen, Ihnen den Pass zu geben. Ich werde es Ihnen nicht erklären, aber das ist kein Zufall. Das ist kein schlichter Zufall, die beneidenswerte Nachricht ist alles andere als ein Zufall.«

Der Verstummte verbarg seine Verblüffung im Fauteuil. Solch einen Schlag hatte er nicht erwartet. Der Albtraum mit den beiden Agenten und dem gelben Briefumschlag hatte ihn auf solch eine Begegnung vorbereitet, aber den Bullen waren sogar seine Träume bekannt, selbstverständlich, sie hatten einen ihm würdigen Anschlag vorbereitet, nicht mit einem gewöhnlichen Hauptmann oder Major, sondern mit diesem Schauspieler, der sich in den glänzenden Wänden seines heiligen Amtssitzes spiegelte.

Ob die große Nachricht eine Falle zur Vermehrung der Informanten war? Ob auch der stimmlose Lulatsch kooptiert werden sollte?

»Ich habe Ihnen doch gesagt, dass ich darauf verzichtet habe«, stammelte der Verwunderte schließlich.

»Warum das denn? Weil Ihr Antrag ein paarmal abgelehnt wurde? Der übliche Vorgang. Hochmut ist hier fehl am Platze. Es gibt nur wenige Genehmigungen, dies wissen auch Ihre Spielkameraden. Möchten

Sie nicht Ihre Schwester wiedersehen? Soweit wir wissen, sind Sie mit ihrer Schwester jenseits des Ozeans eng verbunden.«

»Agathe?«, murmelte das Kleinkind im Fauteuil.

»Tamar, will mir scheinen. Oder Tamara. Kosename Amara, nicht? Oder Mara? Ich scherze, ja, ich scherze, weiß doch, dass Sie sie Agathe getauft haben. So nennen Sie sie in den Briefen, und wir haben diesen Beinamen nicht entschlüsselt.«

Mithin die Informanten! Einer von vier ehrenwerten Bürgern kannte die enge, die zu enge Beziehung mit Agathe, aber sie verfügten nicht über den Code. Tamar, Tamara genannt, sie hatten keine Ahnung, wie da auch Agathe auftauchte, wussten eben nicht alles. Es gibt Geheimnisse, die sind diesen Eingeweihten unzugänglich, dies war nun tatsächlich eine bedeutende Nachricht, wofür sich die Audienz beim Sitz des Geheimdienstes gelohnt hatte.

»Ja, ja, Tamara, nicht Agathe.«

»Sie verzichten also? Sie verzichten tatsächlich? Können Sie sich nicht von Ihren patriotischen Freunden trennen und vom Vaterland, das in Elend und Tyrannei versinkt, oder den idiotischen Informanten und deren noch idiotischeren Chefs?«

»Ja, ich verzichte«, winselte der stumme Bock.

Der Oberst zog an einer neuen kapitalistischen Zigarette.

»Echt jetzt, Sie verzichten? Bleiben hier im Terror? So sagen es doch Ihre Freunde, das Elend hat zugenommen und der Terror …«

»Ich kann das Land nicht gerade jetzt verlassen. Wir gehen zusammen, das Land und ich, den Weg bis zum Ende.«

»Sie haben Ihre Schwester verlassen! Oder aber Sie haben sie angestiftet, Sie zu verlassen … Sie möge sich retten, das haben Sie zu ihr gesagt. Aber Günther? Wie steht es mit ihm? Ihr Freund Günther, der mit unserem kommunistischen Regime unzufriedene Kommunist. Balkanisch, sagte er, nicht kommunistisch. Und nun schreibt die sogenannte freie, also von den Kapitalisten bezahlte Presse, wir würden die beiden für das Land entscheidend wichtigen Minderheiten vertreiben – die ernsthaften und fleißigen Deutschen und Ihre Religionsgefährten.«

»Ich habe keine Religion«, brummelte der Minderheitler.

Es war still geworden, absolute Stille. Kein Erzittern etwa eines Spinnennetzes war zu hören, und auch die Wörter drangen nicht bis zum Vernehmer.

»Also, Sie wollen das Land nicht verlassen, das Sie verfolgt hat!! Das ist Heldentum!! Das Land verlassen? Es verlassen?! Wieso eigentlich? Sind wir kleine Kinder? Wir sind große Kinder, mein Herr, das wissen wir! Wiewohl manche noch Kleinkinder und auf Streiche und Scherze aus sind, doch die werden ihnen zu den Ohren rauskommen, auch wenn sie schon einen Personalausweis besitzen, einen Gewerkschaftsausweis und vielleicht sogar ein Parteibuch. Können Sie die armen Dissidenten-Kinderchen nicht verlassen? Was wird der Herr Schwager da sagen? Er hat schon vor ein paar Jahren persönliche und offizielle Anstrengungen unternommen, damit dieser Pass genehmigt wird.«

»Aber er ist nicht genehmigt worden, trotz all seiner Bemühungen wurde er nicht genehmigt.«

»Jetzt ist er genehmigt worden! Auch wir können unsere Fehler korrigieren, wir sind Menschen, keine Monster, wie Ihre Freunde meinen. Wir machen Fehler und korrigieren sie, machen andere Fehler und werden sie korrigieren. Bittschön, entscheiden Sie, ich habe Ihnen die Genehmigung mitgeteilt. Sie können Ihre Schwester und Ihren Schwager wiedersehen. Das ist alles. Vielleicht auch Herrn Günther oder den Genossen Günther, so sprechen sich doch die Nachfolger von Marx und Engels an, will mir scheinen: Genosse Günther.«

Die Amtsperson erhob sich auf ihre kurzen Beine, der Gast erhob sich, ein langes und dünnes Brett. Er fragte sich, ob die patriotischen Freunde nun Gesprächsgegenstand waren oder der Yankee-Schwager oder der deutsche Marxist.

»Und Sie kommen doch sicher zurück! Kehren nach einem Monat oder zweien heim ins Land. Ins Vaterland. Zu den Freunden. Der Ort des Aufbruchs ist auch der Ort der Wiederkehr. Und der Geburtsort ist unersetzlich. Ein einzigartiger Ort, die Geburtsgeographie. An die Sie sich gebunden fühlen, das wissen wir. Sie legen davon Zeugnis ab. Sie fühlen sich sehr damit verbunden, das sieht man. Wie Ihr Freund Günther, auch er wollte das Land nicht verlassen, das seine Vorfahren vor achthundert Jahren zu kolonisieren gekommen waren! Er wollte hierbleiben und uns kritisieren, wir seien halt- und fassungslos, und unser Kommunismus sei eine primitive Inszenierung. Inszenierung, Zirkus. Sie haben etwas gemeinsam, sieh an!«

Der Einvernommene schwieg. Der Zigarettenrauch war dünn und parfümiert wie alle verbotenen Genüsse.

»Sie haben Zeit, nachzudenken. Der Pass ist hier, er wartet. Der Aufenthalt im Ausland kann bei unserer dortigen Botschaft verlängert werden, wenn Sie das Bedürfnis dazu verspüren.«

Der Pass war kein Zufall, aber wie sollte die Großzügigkeit der Autorität rückvergütet werden? Durch mehr Konzessionsbereitschaft in der Haltung des Yankee-Schwagers gegenüber dem Vaterland seiner Frau?

Die Zigarette war aufgeraucht, die Audienz zu Ende, der Rauch verzog sich. Der Oberst lächelte nicht mehr.

»Gehen Sie noch ins Theater? Wachsendes Elend, zunehmende Tyrannei, aber das Theater überlebt! Ein großartiges Theater, das zu den besten auf der Welt zählt, nicht wahr? Große Talente, große! Die nationale Bühne ist immerzu lebendig, selbst in schweren Zeiten. Die Bühne ist lebendig, die Straße ist lebendig, ebenso wie der Fußballplatz und das Restaurant und der Marktplatz und die Lieder und die Witze. Geben Sie's zu, selbst die Witze. So regenerieren wir die Energien, in der Kneipe, auf dem Markt und im Dampfbad. Und im Zirkus, gewiss, auch im Zirkus. Ich habe Ihre Texte über den Zirkus gelesen. Ich habe sie aufmerksam gelesen, und ich weiß, dass sie nicht jedem zugänglich sind. Ich habe sie entspannt und mit Vergnügen gelesen, habe keinen Subtext gesucht. Der interessiert mich nicht, ich bin nicht auf der Jagd nach Fußangeln und Fallgruben.«

Der Schauspieler erwartete eine Antwort des Einvernommenen, dem er mit seiner provozierenden Interpretation seine Ehrerbietung zu erweisen fortfuhr. Aber er erhielt die erwartete Antwort nicht.

»Unsere Leute haben ein paarmal versucht, Sie zu kontaktieren, Sie haben sich davon nicht begeistert gezeigt. Wir haben verstanden, Sie wurden in Ruhe gelassen. In der nicht eben ruhigen Ruhe Ihrer alles andere als ruhigen Freunde. Nun, wie verbleiben wir mit dem Pass? Mit dem langersehnten Pass, mit der Schwester, von der Sie lange schon träumen? Und mit Günther in Berlin, dem unbeirrbaren Kommunisten, dem Träumer. Dem unheilbaren Träumer.«

»Ich werde darüber nachdenken. Sie waren sehr freundlich, danke. Ich werde nachdenken, es ist eine wichtige Option.«

Ja, sie war wichtig, seitdem auch das Theater sich … nicht allein das Elend, das Theater, es knirschte und stöhnte vor zu viel Groteske. Er war stehen geblieben, der kleine Oberst schaute ihn an, von unten bis oben.

»Könnte ich eine Zigarette haben?«

Der Einvernommene lächelte, der Oberst lächelte nicht, aber er zog prompt das Zigarettenetui aus der Tasche.

»Oh, gewiss. Sieht so aus, als hätten Sie sich entschieden. Der Pass bedeutet feine Zigaretten … Obwohl Doktor Sima Sie anscheinend vom Rauchen entwöhnt hat, und das schon vor ein paar Jahren. Der gleiche kurzsichtige Eduard hat Ihnen auch jene Krankheit behandelt … oder das Syndrom, irgend so ein Syndrom, keine Ahnung. Doch, ich weiß, WA, so heißt das, glaube ich. Wirklichkeitsangst, ja, WA. Angst vor der Wirklichkeit, so hat das wohl geheißen. Doktor Eduard Sima glaubt, die abenteuerliche Reise über Länder und Meere hinweg wird zu einer endgültigen Heilung führen. Sie haben ihn schon lange nicht mehr getroffen, zu lange …«

Der Verstummte war gelähmt, er rührte sich nicht mehr. Der letzte Schlag war machtvoll, magistral, er hatte auch die Zigarette vergessen, obwohl das Feuerzeug des Genossen Oberst weiterhin brannte. Er beugte sich hinab, zündete die Zigarette an, verbeugte sich ein weiteres Mal, um der Autorität zu danken, die eine große weiße Hand ausstreckte.

DIE LÄNGSTE NACHT

Die Nacht des Selbstmords, der nicht mehr stattfand, profitierte von einem Päckchen billiger Zigaretten, starker und stinkender Machorka, einer Flasche billigem Wein, einem Krätzer, wie die Leute sagen, und langwierigen Pausen zwischen den Fragen, auf die es keine Antworten gab. Bis zum Morgengrauen, als die Antwort keiner Fragen mehr bedurfte.

Das in einen neuen Anfang gewendete Ende? Exil? Ein weiteres Exil, das wievielte? Er hatte sich an das Exil an seinem Geburtsort gewöhnt, hatte nach und nach seine Befreiungsreflexe niedergemacht. Das allwissende Lächeln des Operetten-Obersten war wieder da.

»Sie haben schon in Ihrer Kindheit gelitten, wir wissen das. Wie auch Ihre Schwester.« Ließ ihn der allwissende Oberst wissen. Wie die Schwester oder *mit* der Schwester?

»Nicht genug«, brummte der Leidende.

»Haben Sie etwas gesagt?«, wollte der Schauspieler wissen.

»Nein, nichts«, antwortete der Lange und wiederholte für sich, »nicht genug, nicht genug.«

Nicht genug, Genosse Tudor, wenn ich da herumlaufe, esse und schlafe und mir sogar beim Hauptsitz des Staatssicherheitsdienstes den Vorschlag zu meiner Befreiung anhöre. Eine therapeutische Lösung, wie es scheint, nach Meinung eures Mitarbeiters Doktor Eduard Sima. Die Reflexe der Larve können nicht durch die der Wiedergeburt ersetzt werden, das hätte der Spezialist euch sagen müssen, aber ihr wisst das, ihr habt uns so dressiert, dass wir aus der Erstarrung eine Praxis gemacht haben, aus dem dösenden und gegenstandslosen Warten in der kleinen Zelle mit der blutenden Tür, die ungebetene Gäste fernhält. Zwischen Büchern und Albträumen habe ich das Diplom des stoischen Autodidakten erworben, der die Jagd nach Besitztümern und Abenteuern verachtet, nach den Phantasmen des Glücks. Das WA-Syndrom? Ja, ich bin stolz wie ein Hochstapler, dass es mir gelungen ist, mich klein zu machen, meine Vitalität eingebüßt zu haben und die Schutzreflexe. In die Welt hinausgehen, wohin denn und warum? Die Isolation in der roten Zelle eröffnet endlose imaginäre Horizonte, die nicht zu erfassen sind, unzugänglich für die armen, vom Rauch ihrer vergoldeten Zigaretten betäubten Bezwinger des Alltags.

»Wir wissen, wir wissen sehr gut, was der Albtraum des Lagers, wo Sie Ihre Eltern verloren haben, bedeutet hat. Krieg, was kann man da tun ... Wir wissen das, und vor allem, wir können es uns vorstellen. Der Beruf verpflichtet uns zur Imagination.«

»Ja, Genosse Oberst, der Gefangene ist mit den Jahren gleichgültig geworden hinsichtlich seiner Gefangenschaft«, wollte der Befragte antworten, der aber schwieg.

»Haben Sie etwas gesagt«, fragte nun wiederum der professionelle Befrager.

»Nein, nichts«, antwortete der Gefragte und fuhr darin fort, sich im Stillen zu wiederholen, dass der Genosse Tudor recht hatte in seiner Verachtung aller Illusionen von Veränderung und die einzig würdige Veränderung der Pass war. Dort, am anderen Ufer, wartete Tamar, Tamara genannt, Mara, die allein der Bruder mit Agathe, dem geheimnisvollen Codewort, zu benennen berechtigt war.

Mit ihrem Weggang fühlte er sich befreit von der blutenden Fessel, aber die Sehnsucht nach Agathe, wie er diese Erscheinung heimlich nannte, hörte nicht auf, ihn zu verzehren. Jedoch ohne dass er es sich eingestand, ohne den Mut, es sich einzugestehen. Jetzt, in der schier endlosen Nacht, im Zigarettenrauch und mit dem Gift des schlechten Weins im Leib, fühlte er sich wieder in die Vergangenheit zurückgeschleudert, die nicht vergehen wollte.

Also das Exil! Ein anderes Exil als das stacheldrahtbewerte Exil der Kindheit. Exil! Die Befreiung aus Elend und Tyrannei, die Trennung von den Spitzeln, die sich wie die Pilze nach dem Gewitter vermehrt hatten. Einem Platzregen von verlogenen Versprechungen. Wiedergeburt, die wievielte, nach dem langen unvollendeten Sterben, der Regression zum Kleinkind. Er erinnerte sich an den Tag, als sie das Lager verließen, Kriegsende, die Hurrarufe der Gefangenen, die langen knochigen Arme von Debora, der Mutter eines Babys namens Tamar. Debi, die Tante, die seine Mutter geworden war, drückte ihn sich weinend an die Brust. Tante Debi, Mutters jüngere Schwester. Mutter war schon in den ersten Lagermonaten gestorben. Debi die Geliebte seines Vaters geworden, aber der Witwer wurde selber nach einem weiteren Jahr von der Drachennacht verschlungen. Die Unglückseligen benannten den Tod immerzu anders, mal hieß er Krebs und Tuberkulose, dafür nicht mehr Typhus, gegen Ende hin gab es nur noch Un-Wörter: Unterernährung, Unterkühlung, Unverträglichkeit, schließlich wussten auch sie nicht, wie sie das Unheil dieser Verdammnis noch nennen sollten.

Dass der Engel Tamar plötzlich erschien, die Tochter Deboras und ihres zum Liebhaber gewordenen Schwagers, geriet zum heiligen Zeichen der Hoffnung. Das Geschrei der vor Freude schwachsinnig gewordenen Gespenster konnte man nicht vergessen, auch Debi, Tamars Mutter, die zur Stiefmutter des Waisenkindes geworden war, schrie, während er sich verängstigt an ihre Hand klammerte, damit sie ihn bloß nicht verliere, damit nicht auch ihm geschehe, was seiner Mutter und seinem Vater geschehen war, die nächtlichen Tiger hatten sie verschlungen.

Er wird nirgendwo hinfahren! Bis zum Ende wird er hier in der Nähe von Mutters Grab bleiben, eingehüllt in die Briefe Tamaras, mit der er von einem Waisenhaus ins andere gezogen war und von der er sich nicht einmal im Schlaf mehr trennen konnte, waren sie doch in der gleichen Plazenta aneinandergefesselt wie siamesische Zwillinge. Hier im Lande seiner Geburt hatte er sich vertraut gemacht mit der Komplizenschaft der Unterwerfung. Hier hatte er sich in die Wörter verliebt und sich vorgemacht, nicht in einem Land, sondern in einer Sprache zu leben. Nein, er fühlte sich nicht ausreichend darauf vorbereitet, im Paradies der Prosperität taubstumm zu werden, selbst wenn der Herr Schwager dem Drängen seiner Frau, ihr den inzestuösen Bruder in die andere und letzte Welt zu bringen, nachgegeben hatte.

Er zog an der stinkenden Zigarette. Er hätte sich durchaus auch Kent-

Zigaretten wie die des Genossen Oberst Tudor beschaffen können … Sie wurden auf dem Schwarzmarkt zum zehnfachen Preis verkauft, ebenso wie der gute Wein, der aus den Luxus-Kellern der Macht gestohlen war. Nein, Genosse Doktor Sima, ich schütze mich nicht mehr vor unserer faulig stinkenden Machorka, auch nicht vor deren parfümierter Machorka, nein, nicht einmal vor diesem sauren und giftigen Wein.

»Es gibt nicht genug Gift«, hatte er ungehört gebrummelt, als der Genosse Vernehmer den passenden Zeitpunkt gefunden hatte, sein Mitgefühl für die Überlebenden der Endlösung zum Ausdruck zu bringen. »Sie haben früh schon viel gelitten, ebenso Ihre Schwester«, rezitierte die Autoritätsperson, ohne sich die Antwort anzuhören. Die auch nicht erfolgte.

Nein, nicht genug, nicht genug, Genosse Oberst. Das Leidensgift hatte seine Wirksamkeit nicht unter Beweis gestellt, schließlich beteiligte sich der von den Toten Auferstandene weiterhin an den alltäglichen Inszenierungen und döste jetzt hier im etwas ausgreifenden Fauteuil des Geheimdienstes so vor sich hin. Das Lager? Die Verfolgungen? Nein, kein Wort! Ich begebe mich nicht in eure heuchlerischen Szenarien. Ich werde schweigen wie ein Toter, wie ein Hingerichteter, ans Krematorium Überstellter, ich stelle euch kein Zeugnis aus über euer opportunistisches Mitgefühl, von mir gibt es keinen weiteren Paragraphen zu diesem tränentreibenden Geschwätz.

Der Oberst war recht genau vorbereitet worden, wann und wie er diese Klaviatur zu spielen hatte, nun war vom Pass keine Rede mehr, sondern vom Verhältnis zwischen den Großmächten, darum hatte man sich für einen Obersten und nicht für einen Hauptmann oder einen Major entschieden, für jemanden, der in Eleganz und höflichen Umgangsformen unterwiesen, darauf vorbereitet worden war, beim zukünftigen Republikflüchtling einen guten Eindruck zu hinterlassen, egal, ob es der zu seinen Teutonen gezogene Günther oder dieser Experte für die Welt des Zirkus war, dem zum Schluss und um ihn vollends zu verwirren, noch die Ehre des »Sima-Anschlags« zuteil wurde.

Eduard Sima? Ed? Nein, nein, das ging überhaupt nicht, die Brüder Ed waren brünett, Haar und Schnauzbärte mit Schuhcreme traktiert, während Doktor Sima kahl und dicklich war, blaue, engelhafte Augen hatte und einen tadellosen Ruf.

Standen die Gebrüder Ed für eine Vorahnung? Der Albtraum war eine Vorahnung, wer hätte solches auch vermuten können? Doktor Eduard Sima war von tadelloser moralischer Verlässlichkeit, niemand hätte so verrückt sein können, sie infrage zu stellen, der Psychiater und Informant der Polizei hütete seinen Ruf und seinen Tarif mit äußerster Strenge.

Allein Agathes Namen wussten die Bluthunde nicht zu entschlüsseln! Es wäre zu viel gewesen für sie, in den Bibliotheken nach dem Band herumzuschnüffeln, der den zum Verhör Einbestellten dazu inspiriert hatte, sich selbst für einen »Paria ohne Eigenschaften« zu halten, der dazu noch eine an Geheimnissen überreiche Schwester besaß. »Hast du vergessen, wer dich deportiert und deine Eltern umgebracht hat?«, hatte ihn Agathe gefragt, als er sich weigerte, ihr zu folgen.

»Sonst hätte ich dich nicht kennengelernt«, hatte der Schmierenkomödiant in der Absicht von sich gegeben, sie zu verletzen. »Der Hass auf die Mörder des Erlösers und die Schläfenlockigen, die Gold liebenden Geldwechsler«, fragte das Brüderchen genervt. »Ich weiß das, ich weiß auch, was der Prä- und Post-Lager-Hass bedeutet hat, die ständigen Verdächtigungen, die fortwährende Verfolgung und der Neid in der heutigen Hölle.«

Er war Agathe nicht gefolgt. Der Zyniker war zurückgeblieben, um die Geschichte des Zirkus zu erforschen und die Mobilisierungserfolge der Utopie als eine Farce zu entlarven. In Wahrheit war nicht dies der Grund. Sondern die Angst vor dem Unbekannten, WA, aber auch vor dem nur allzu Bekannten namens Agathe. »Ja, ich bleibe hier, ich ertrage es nicht, ein solcher Wandersmann zu werden, wie man ihn mir immer auf den Kopf zugesagt hat. Soll ich ein Anonymus in der Wüste sein, ohne eine andere Identität als die eines vom Yankee-Pragmatismus zugewiesenen Gehalts?« Dies etwa war die Antwort, die der Doktor in Kunstgeschichte und Zirkuswesen dem Yankee-Journalisten gegeben hatte, der sein Schwager geworden war. Von einem vagabundierenden Straßenköter gebissen, gelangte der Journalist ins Krankenhaus und auf die Abteilung für Infektionserkrankungen, wo er die schöne Ärztin entdeckte. Das Opfer eines hündischen Wutanfalls wurde zu einem Schlafwandler, süchtig nach ihrer blendenden Ausstrahlung. Nun erblickte das Brüderchen Agathe in seinem Glas mit gelblichem Fusel und zwischen den Kringeln giftigen Rauchs, wo er immer und immer wieder den gleichen, von niemand anderem als von ihr selbst gelernten elenden Refrain wiederholte: »Aber deine Mutter und dein Vater und die Onkel und Tanten, die in den Gräbern jener fremden Wälder geblieben sind? Zählen die etwa nicht? Und meine Mutter, die deine Mutter wurde und uns als Waisenkinder im Heim zurückgelassen hat?«

Er zog noch einmal an der giftigen Zigarette, nahm einen Schluck vom ekligen Wein und prüfte die ins Glas und die giftige Plörre verirrte Schwester, die in seiner verschwitzten Hand zitterte.

»Ich will diese Schatten nicht in die fremde Welt mitschleppen. Bleibe, wo ich bin, in Elend und Terror. Unter Freunden und Spitzeln und Polizisten, dressiert, die Quadrille der Anpassungen zu tanzen. Ich habe mich an sie gewöhnt, habe nicht die Kraft, die Manieren der Prosperität zu erlernen.«

Dann murmelte er noch einmal mutlos: »Wenn ich bleibe, musst auch du bleiben.« Er hörte auch die flüsterleise Antwort aus dem Glas, und die wollte er nicht unbedingt hören: »Wenn ich gehe, musst auch du gehen.«

Er war nicht gegangen, jetzt war noch später als damals. Was konnte er denn noch verkaufen auf dem Markt der Freiheit, was konnte er tun, was hatte er denn anzubieten, und wem? Die Doktorarbeit über Kunst und Geschichte des Zirkus? Er war kein Arzt, wie Agathe, auch verfügte er nicht über ihren Zauber. Die Flasche war leer, die Zigarettenpackung noch nicht. Agathe war immer noch hier, wie stets erstarrt angesichts des brüderlichen Widersinns. Er schien entschlossen, die Schuld bis ans Ende abzutragen, ohne ausreichende Leiderfahrung überlebt zu haben, wie er behauptete, ohne, wie so viele andere, ausreichend gestorben zu sein.

»Ich bin nicht mehr konkurrenzfähig, Schwesterchen. Vielleicht war ich das auch nie. Ich bin der Schatten ohne Eigenschaften, wie es der Autor genannt hat, den du ablehnst. Ich kann weder Maler sein noch Chauffeur, nicht einmal Zauberkünstler, mich fesseln die Ketten, die ich mir geschaffen habe. Ich hänge keinen Nostalgien nach, glaube an die Vergeblichkeit der Asche, zu der wir alle werden, wenn wir die Verbrennungsöfen der Illusion durchschritten haben. Ja, hast schon recht, wir werden miteinander telefonieren, wie üblich. Und wir werden nicht über den Mut zur Sühne verfügen, wieder einmal werden wir diesen Mut nicht aufbringen, nicht einmal den, uns in der Zündschnur des Telefons zu verheddern, die am Sprengstoff der Sehnsucht steckt, womit die Farce beendet wäre.«

Agathe schwieg und lächelte über sein altes Palaver. Das bekannte, unwiderstehliche Lächeln, wie es sich erhob über das Gestammel des Zirkusspezialisten, der sehr bald schon schweißgebadet zum Flughafen rennen wird, auf die Freiheit zu und das Abenteuer, einer Zukunft entgegen, die auf den Namen Agathe hört, von einem Leser so benannt, der sich für eigenschaftslos hielt. Nein, er wird nicht gehen, der sündige und faulige Wein hatte ihn verbittert, er war kurz davor, diese Ungewissheiten zu erbrechen. Nackt auf dem Boden neben der blutroten Tür hörte er dem Glas zu, das wütend und abgehackt zischelte. »Du bist nicht mehr konkurrenzfähig, das sagst du, du Heuchler? Fragen des Anstands, Brüderchen! Es reicht doch, dich umzusehen auf diesem Jahrmarkt der verlogenen Losungen, und schon wirst du die Kraft haben, die blutrote Tür zu zerschlagen und abzuhauen, weit weg von dem Land, das uns geboren und ins Nichts gestürzt hat, um uns dann als dressiertes Versuchskaninchen ein weiteres Mal zu gebären. Hast auf stur geschaltet, wie so oft in der Kindheit, wenn du auf eine deiner Schwächen gestoßen bist und den Riegel hinter dir zugeschoben hast. Ich glaube, du hast vergessen, wie ich heiße. Ich bin nicht mehr Tamar, auch nicht Tamara, Tara, Ara, ich bin Agathe, allein *du* weißt das. Ich werde nur noch Agathe sein, wie du beschlossen hast, damals, als wir die gleiche Sprache sprachen.«

Die gleiche Sprache? Die Sprache der Vergangenheit, die Augenblick für Augenblick verschwindet? Nein, Weggehen ist keine Lösung! Eine Fata Morgana, die Wüstenei einer neuerlichen Illusion. Eine weitere Vergeblichkeit. »Nein, knall jetzt nicht den Hörer auf, hör mir zu, glaub mir, es ist ein weiterer Aufschub, ein weiterer Irrweg. Allein dies, nur dies, versteh doch, du, die du alles verstehst und nicht vergessen konntest, mich zu verstehen.«

Das Gesicht war aus dem Glas verschwunden, die Stimme aber beharrte noch ganz leise und immer leiser werdend, er durfte sie nicht verpassen. »Ich bin nicht Agathe! Ich stamme nicht aus einem Buch, sondern aus einer Frau, meiner Mutter, die deine Tante war. Mich gibt es wirklich, auch wenn ich weit weg bin, zu weit. Ich heiße nicht Agathe, sondern Tamar. Verbann mich nicht in ein Buch, weiter weg, als ich ohnehin bin, nur damit du mir dort immerzu begegnen kannst, gefesselt von Schatten ohne Eigenschaften und nicht von dir selbst, meinem wirklichen Bruder mit realen Vorzügen und realen Mängeln. Du kannst dich von der Büchergruft, in die du dich eingemauert hast, nicht trennen, von den bleiernen Buchrücken. Davon kannst du dich nicht trennen, von dir selbst kannst du dich nicht trennen! Von der Vergeblichkeit der Mauern, die dich umgeben!«

Neben der Tür auf dem Boden liegend, streckte er den Arm aus, um die Packung mit den stinkenden Zigaretten fassen zu können. Schaffte es nicht. Er war besoffen, hatte sich nichts anderes gewünscht in dieser Nacht bei diesem ordinären Gesöff und den elenden Zigaretten im Elend eines Paradieses, das ihn in den Tod geschickt, dann wiederbelebt, verdächtigt und bespuckt hat und das er nicht verlassen konnte.

»Von dir selbst kannst du dich nicht trennen, nicht wahr, von dir selbst? Das ist dein Fluch! Wo auch immer du hingelangst, immerzu bist du es. Die Bücherregale sind die Vergeblichkeit, Brüderchen, nicht das Abenteuer, mich wiederzufinden. Dir wird eine magische Chance geboten, das Leben danach und ein Nachleben. Vergeblichkeit an Agathes Seite, die Wiedergeburt. Glücklich wirst du regredieren, auf die Alter von einst zu. Und wirst wieder wachsen, wie einst, an der Seite von Agathe!«

Er vernahm, was sie sagte, hörte nichts mehr, war besoffen, müde, konnte die Zigaretten nicht finden, die er schon seit gut einem Jahrzehnt nicht mehr geraucht hatte. Schaffte es nicht, die Packung zu greifen. Immer und immer wieder berührte seine Hand die leere Packung und die leere Flasche, die da umgekippt neben dem Leichnam lag, dem das Sterben nicht gelingen wollte.

WÖRTERBUCH

EXIL: erzwungener Weggang aus dem Geburtsland oder lange Abwesenheit vom Vaterland; Situation, in der sich eine Person gezwungen sieht, in einem anderen Land zu leben[4]

PRIBEAG (RUM.): 1. umherirrender, herumwanderndner, ortloser Mensch 2. Flüchtling, Heimatloser, in Verbannung gehender (sich befindender), außer Landes gehender, im Exil befindlicher, Vertriebener, Emigrant 3. auf Wanderschaft gehender, sich auf der Wanderschaft befindender Mensch

STREUNENDER VOGEL: zur Gruppe der *Vagatores (Wanderers)*, zur vierten Gruppe in MacGillivrays Klassifikationssystem (Krähen, Raben, Dohlen, Häher) gehörender Vogel[5]

WANDERALBATROS: großer Meeresvogel (*Diomedea exulans*), der größte unter den Albatrossen, mit weißen Flügeln

WANDERSPINNE: Spinne der Gattung *Phoneutria*, wird auch vagabundierend und unstet genannt

DER EWIGE JUDE: Jude der mittelalterlichen Legende, verdammt, bis zum Jüngsten Gericht durch die Welt zu irren, weil er Jesus am Tag seiner Kreuzigung verspottet haben soll

FLÜCHTLING: Subst. männl., Person, die aufgrund religiöser oder politischer Verfolgung in einem anderen Land Zuflucht sucht; früheste

Verwendung für die aus Frankreich nach der Aufhebung des Edikts von Nantes im Jahre 1685 nach England geflohenen Hugenotten (*refugee*)

UND ES WAR DER ZWEITE TAG

Der Kalender erfüllte seine Pflicht: Es war einmal und war ein andermal auch, und war wie nie zuvor.

Der feierliche Augenblick: die Entwurzelung. Ein heiterer und kalter Tag, der Himmel hoch. Nachdem man ihm am Schalter der Autorität den grünen Pass überreicht hatte, war es an ihm, all die Vorsichtsmaßregeln und Vertraulichkeiten einzuhalten, die man ihm abverlangte. Diese schützten ihn vor dem Neid der Freunde ebenso wie vor den Belästigungen der Schnüffler und Spitzel. Er wusste, dass dieser Volltreffer, die Falle, das Privileg jederzeit für null und nichtig erklärt werden konnten, ebenso wusste er, dass der Verdacht, der das Funktionieren des Systems garantierte, nicht mit der Flucht des Gefangenen aufhören wird, das Geschacher auf dem Markt der Lösegelder und Rückvergütungen wird zuverlässig dafür sorgen, dass ihm seine Abgesandten über Berge, Täler und Meere überallhin, wo man es für angebracht hält, folgen werden.

Das Zoll-Ritual war gemächlich verlaufen, ohne Zwischenfälle. Der Koffer wurde gründlich, Stück für Stück durchgewühlt, Hemden, Krawatten, Schal, Handschuhe, Schuhe, Pantoffel, Pyjamas, nirgendwo hatte man eine Atombombe gefunden. Nun stand er vor dem letzten Kontrollbeamten, der ihn aufmerksam und ohne ein Wort zu verlieren betrachtete. Der Passagier beäugte seinerseits den Kontrollbeamten, um mitzukriegen, ob sein bohèmehaftes Aussehen etwa dessen Feindseligkeit hervorrufe. Der Passagier hatte sich den Schädel und das Gesicht rasiert. Frisch gewaschene Jeans, weißes gebügeltes Hemd, dunkelblaue glänzende Jacke mit großen Brusttaschen. Getönte Brille, wie in den Gangsterfilmen.

»Den Pass, bitte.«

Die Hand fährt zur linken Brusttasche der Jacke: das dünne gelbe Büchlein, wie ein Notizbuch. Schnell packte er das Teufelszeug zurück.

»Nein, nein, keine Eile, lassen Sie doch mal sehen, was das ist.«

Eingeschüchtert reicht der Reisende das gelbe Büchlein weiter.

»Was ist denn das? Was soll das denn sein, Herr Bojar?«

Der Bojar schwieg, ebenso der Posten, den diese Überraschung elektrisiert hatte. Langes Schweigen auf beiden Seiten.

»Ein Reiseführer. Für unterwegs«, traute sich der Reisende schließlich zu stammeln.

Der Posten kam beleidigt wieder zu sich.

»Wie, wie bitte, was haben Sie gesagt? Ein Führer? So klein, so winzig klein, dass man ihn in einer Tasche verstecken kann? Was soll das denn für ein Reiseführer sein? Kein Guide, ein Code vielleicht, ein Code, nicht wahr? Nicht wahr?«

Das gelbe Büchlein klebte nun beinahe schon an den aufgerissenen Augen des strengen Grenzers, der entschlossen schien, diesen Code zu entschlüsseln.

»A-del-bert. A-del-bert«, silbenweise tastete er sich voran. »Was soll das sein? Was kann das sein? Ist doch kein fremder Pass.«

»Nein, nein, entschuldigen Sie, ich habe nur die Taschen verwechselt«, stammelte der Unglücksrabe. »Das habe ich nur so dabei, um während des Flugs drin zu lesen. Zum Zeitvertreib ... Für die Reise.«

»Was mag das sein? Ein Reiseführer? Wie man es sich im Flugzeug bequem macht, wie man in Wirbelstürmen atmet? Wunder. Wun-der-sa-me«, wieder ging es in Silbenschritten voran.

»Eine Geschichte, ein Märchen für Kinder«, war die gelassene Antwort des Verdächtigen.

»Für Kinder? Für Kinder, sagen Sie? Ein Reiseführer für Kinder? Aber Sie sind doch kein Kind mehr, ich täusche mich nicht, das sind Sie nicht mehr.«

Der Grenzpolizist schaute sich den Verdächtigen ganz genau an, von oben nach unten, von unten nach oben und seitlich, ringsum glitten seine Blicke. Er hatte sich nicht getäuscht. Der Nichtsnutz war kein Kind mehr! Nein, das war kein Kind; ein Idiot, ja, das schon, aber kein Kind. Der Grenzer wandte sich seinem Nebenmann zu, der den Koffer einer ziemlich beleibten Alten durchsah.

»Ioan, rühr-dich-mal-rü-ber!«

Ioan trat herbei, rundlich und schweinchenrosa.

»Was ist das, Ioan? Ist das Deutsch? Kannst du Deutsch?«

»Kann ich nicht, wir sollten es dem Genossen Hauptmann zeigen. Der Genosse Hauptmann Dobre hat einen großen deutschen Hund, Dobermann heißt diese Rasse. Costache Dobermann heißt sein Hund. Der wird Deutsch können.«

Grenzer Nummer Eins schien amüsiert von Grenzer Nummer Zwei, aber er wandte sich nun noch strenger dem Lügner zu, der kein Kind mehr war. Schaute ihn unverwandt und mit drohender Miene an, wobei er in der Rechten das verdächtige Objekt zu aller Sichtbarkeit in die Höhe hielt.

»Re-clam, Phi-lipp-Reclam jun. Stutt-gart. Universal, Universal Bi-Bibliothek.«

Und mit einem Mal war er zum Zauberkünstler geworden: Die Broschüre verschwand in der Gesäßtasche der offiziellen Uniform.

»Ist nicht erlaubt! Kein Druckerzeugnis kann ohne spezielle Genehmigung ausgeführt werden. Ohne die Genehmigung des zuständigen Ministeriums, in diesem Fall des Innenministeriums. Vor allem fremdsprachige Druckerzeugnisse dürfen das Land nicht ohne Genehmigung verlassen. Stellen Sie einen Antrag und warten Sie auf die Genehmigung.«

Der Passagier protestierte nicht, das *Corpus Delicti* wird in der Gesäßtasche der Amtsperson sicher verwahrt bleiben, beschützt vor Witterungseinflüssen und Unfällen.

Auch vollführte Grenzer Nummer Eins eine zusätzliche Geste der Wachsamkeit, indem er die Klappe über seiner Gesäßtasche zuknöpfte. Nun prüfte und studierte er das Foto im Pass und verglich es mit dem Original, das vor ihm stand. Eine gründliche Prüfung, während der man genügend Zeit hatte, das eigene Gedächtnis zu trainieren. Es war ein regnerischer Samstag, und viele Leute warteten an jenem Vormittag beim Fotografen; der Kunde war mit einer Schachtel Kent-Zigaretten bewaffnet, einer Tafel deutscher Schokolade und einer französischen Marken-Seife – eines dieser Wunderdinge musste seine Wirkung entfalten. Der Fotograf jedoch schaute sich den Kunden gar nicht an, auch die dicke Blonde an der Kasse, der er zu erklären versuchte, dass er ein unretouchiertes Foto brauche, auf dem er nicht wie ein Kind aussehen dürfe, das im Märchenalter stecken geblieben ist, wie es ihm bei anderen Fotografen schon mal passiert war, hatte keinen Blick für ihn übrig. Hier ging es darum, dass man die Falten sah, das Foto müsse am Ausgangstor für Vertrauen sorgen. Die Kassiererin hatte ihm lächelnd zugehört, dabei ihre wasserstoffblonden Locken gerichtet und sich schließlich, als wäre er ein etwas launisches Kind, erweichen lassen, mit gelinder Rührung die Schachtel Kent, die Seife und die Schokolade entgegenzunehmen. Schwerfällig hatte sie sich hinter ihrer Registrierkasse erhoben und scharwenzelte unterwürfig um den Patron, der, zack, das Foto geschossen hatte und sich dem nächsten Kunden zuwandte. Nun versuchte die Dickleibige, die Beanstandungen des Langen mit spitzen Lippen zu entkräften. Sie schwitzte vor Anstrengung und Fett, wobei sie wiederholte, es käme immer darauf an, wenn man sein eigenes Antlitz auf einem Luxus-Foto sehe, ein klein wenig nachsichtig zu sein, die winzig kleinen Unstimmigkeiten zwischen Original und Reproduktion seien selbstverständlich und expressiv, und ja, vielen Dank für diese edlen Zigaretten, meine Schwester raucht und wird sich wie im Himmel fühlen, ja, ich habe auch schon von der berühmten Seifenmarke gehört, ich freue mich schon auf das Bad heute Abend und auf die Schokolade, selbstverständlich, ich bin eben eine Sünderin, kann mich bei solchen Süßigkeiten einfach nicht beherrschen, aber machen Sie sich keine Sorgen, echt jetzt, das hat keinen Sinn. Die Lippen sind etwas ironisch ausgestülpt, wie es gewünscht wird, die buschigen Augenbrauen weisen auf Entschlossenheit, die Ihre Schüchternheit ausgleicht, aber Sie sind nicht schüchtern, die Ohren sind fein, die

Augen ebenso, was soll man da noch sagen, Sie haben einen Blick, der mich noch verfolgen wird, wenn ich mich diesen betörenden Genüssen hingebe.

Nun hielt der Passagier den irgendwie wieder aufgetauchten Pass in den Händen.

»Nomade, nicht? So nennt man Sie doch, nicht wahr? Oder man nannte Sie so …«

Der Nomade ließ einen unqualifizierbaren Laut vernehmen. Nannten ihn die Spitzel so? In seiner Studentenzeit, ja, da hatten seine Kommilitonen ihm den Spitznamen »Koffer« verpasst, weil er immerzu von der einen Untermiete zur nächsten wechselte. Ob es da Informanten gegeben hatte unter seinen Kommilitonen oder den Vermietern? Wieso eigentlich nicht, ja, wieso nicht, aber seitdem ist eine Menge Zeit vergangen, sinnlose Zeit, versteinert im Archiv der Bullen. Ja, Koffer, der bin ich, so nannten mich meine Kommilitonen früher. Das Schicksal spricht stets durch den Mund der Sünder, und hier haben wir einen, in der Gestalt eines Grenzers am Flughafen.

Soll er ihn fragen, ob er Ed heißt? Parole Ed? Der Nomade! Vorahnung? Nomade … Vorahnung, Voraussetzung, Vorbestimmtheit … Ed, der arme Zerberus, hatte jedes Recht, über die bescheuerte Schnute des Langen mit den ausgestülpten Lippen und den verwundert hochgezogenen Brauen zu lachen. Er lächelte, lächelte unter seinem rötlichen Schnurrbart, der Grenzbeamte. Nein, er lächelte nicht, das Gift hatte sich nicht in ein Lächeln verwandelt, das war nur ein schmales, Überlegenheit ausdrückendes Grinsen.

»In Ordnung! Alles in Ordnung! Wir erklären Sie für Okay, lassen Sie in die weite Welt hinausziehen«, sagte der Wachmann und zeigte dem Nomaden an, dass er nun auf den Vogel zugehen könne, der ihn wo auch immer hinfliegen würde.

Blutete er beim Einsteigen ins Flugzeug? Keinesfalls. Er hatte sich die Trennung von sich selbst als blutig vorgestellt. Der Vorgang, bei dem ihm die Zunge abgeschnitten wurde, war Bedingung für die Aushändigung des Passes, das Operationsteam sammelte seine barbarischen Instrumente wieder ein, das alte Blut wird zu fließen beginnen. Ohne Betäubung? Mit verrosteten, barbarischen Instrumenten. Verkrampft wartete er darauf, dass aus seinem Hirn das Blut zu fließen beginne, aus dem Herzen, dem Bauch und warum nicht auch aus den Augen, gewiss, aus dem schon ein Lebtag mit der Aussicht vertrauten Blick und aus den Ohren, die sich an die Phonetik der Biographie gewöhnt hatten, ja, er wartete ergeben und entsetzt, und nichts geschah. Nichts, nichts, wer hätte das gedacht?

Er wankte, als er die Treppe zum Flugzeug hinaufstieg, erweckte den Eindruck, betäubt zu sein, und war es auch. Kauerte sich dann völlig erschöpft in den schmalen Sitz am Fenster. Den Kopf fest in den verschwitzten Handflächen, den Koffer über dem schmerzenden Kopf. Der ausgelaugte Passagier ruhte sich im Bauch des fliegenden Ungeheuers aus, er flog, machte sich davon, floh, war befreit, entfesselt, entwurzelt, unterwegs nach Nirgendwo.

»Geht es Ihnen nicht gut?«, hatte die Stewardess gefragt.

Der bleiche Passagier hatte nicht geantwortet. Er war konzentriert, versuchte, sich die ersten Worte in der kleinen gelben Broschüre zu vergegenwärtigen, die ihm bei der Zollkontrolle abgenommen worden war. »*Nach einer glücklichen, … einer glücklichen, jedoch beschwerlichen Fahrt … jedoch für mich sehr beschwerlichen Seefahrt, erreichten wir endlich den Hafen.*« Also auf See, eine Seereise, nicht in der Luft. Glücklich, glücklich, wie es heißt, aber sehr beschwerlich. Da wird nicht gesagt, von wo und wohin, das wird nicht ausgesprochen. »*Nach einer … für mich sehr beschwerlichen Seefahrt, erreichten wir endlich den Hafen.*« Ein Hafen, ja, das fremde Ufer, das Ufer der Entwurzelung.

»Ich kann Ihnen ein Aspirin bringen. Wir haben spezielle Aspirin für diejenigen, die das Fliegen nicht vertragen.«

Die Hübsche hielt ihm eine Tablette hin und ein Glas mit klarem kristallinem Gift. Der Patient hatte die Augen geschlossen, schien zu schlafen. Der alte sowjetische Flieger schüttelte sich aus Leibeskräften, um ihn aufzuwecken, aber es sah so aus, als könne niemand und nichts mehr den bleichen, mit geschlossenen Augen in Auftrieb und Gefühllosigkeit versunkenen, ja darin eingeschlossenen Nomaden erwecken. Allein war er, allein, allein, er vermochte Tamar nicht wiederzugewinnen, und dies gerade jetzt, da er ihr so vieles zu sagen gehabt hätte.

Er sprach zur Stewardess, er wird mit ihr sprechen, ja, wenn sie ihm ein weiteres Glas mit destilliertem Gift und die Zyankalitablette bringen wird, dann wird er mit ihr sprechen.

»Nein, ich wollte kein Nomade sein, das können Sie mir glauben. Auch mein Freund Günther wollte das nicht, umsonst habt ihr ihn mit dem Geschenk seiner ehemaligen Landsleute aus dem Deutschen Reich überwältigt, die ihm den Pass bezahlt haben. Ich wusste nicht, dass Doktor Ed Sima dies für eine Therapie hielt. Ich habe das Abenteuer schon sehr früh, schon als unschuldiges Kleinkind ausprobiert, und es ist mir nicht bekommen. Ist mir überhaupt nicht bekommen, ich schaffte es nicht, es zu erbrechen, es blieb mir in den Gedärmen stecken und hat die gesamte nomadische Apparatur infiziert. Auch meiner geliebten Schwester Tamar ist es nicht gut bekommen, auch meinen Eltern nicht und auch allen Anderen nicht. Ich ziehe es vor, besiegt zu werden, wenn es denn sein muss, ich ziehe die Illusionen des Besiegtwerdens vor, aber ich wollte nicht, wollte nicht wieder zum Nomaden werden. Ich glaube nicht an Ed Simas Therapie. Hier, an dem Ort, an dem ich gelitten und geliebt habe, gelernt habe zu sprechen und zu schreiben, und vor allem, wo ich lesen gelernt habe, hier habe ich das Meer gesehen. Der Schicksalsdispatcher gewährt mir keine andere DNA als die der Heimatlosen, das ist mir bekannt. Ich wollte an Ort und Stelle verbleiben, glaube nicht, dass ich genug gelitten habe. Ich hatte mich an die Tricks gewöhnt, an die Kompromisse und Kompensationen, Lieder anstelle von Gebeten, erneuerte Scherze für eine wirksamere Hypnose. Ja, allerhand von der Art, allein Tamar fehlte mir, ich gebe es zu, sie fehlt mir immer noch. Darum habe ich mich besoffen …«

Die Stewardess war gegangen, aber der Patient redete in Gedanken weiter mit ihr, mitunter auch laut, er war nur schwer zum Schweigen zu bringen.

»Ja, mit billigem Wein und so billigen wie schlechten Zigaretten, ich habe mich so sehr besoffen, dass ich nichts mehr von Agathe wusste und auch von mir selbst nichts mehr. Eine lange, giftige Nacht, die mir meine Blödigkeit austreiben, mich schließlich aus dem heiteren Fegefeuer hinauswerfen sollte. Weit weg, in die andere Welt, Himmel oder Hölle, was auch immer es sein mag, nur weit weg, so weit wie möglich. Und es war nicht zu fassen, am frühen Morgen wachte ich auf und war blöder als zuvor, entschlossener als jemals sonst, in der Lähmung der Routine zu verharren. Eine einfache Rechnung: Ich verstand die doppelzüngige Rede, die verdreifachte, vervielfachte Rede mit der Unzahl an fluiden Bedeutungen, hatte auch das Vergnügen entdeckt, die Scharaden des Überlebens zu erforschen. Vorsichtig mit den Metaphern, aber besessen von ihnen. Ich genoss die Übergänge vom Geküsse zu Wut und Ranküne, den Humor der schlagfertigen Durchwurstler, den Code der Dichter, die Sinnlichkeit der Frauen, ich hatte Freunde und Bücher und Berge und das Meer – echte Freuden.«

»Haben Sie mich gerufen?«, fragte die junge Frau mit den perfekten Zähnen. »Sie haben sich erholt, nicht wahr? Ich sehe, es geht Ihnen besser.«

Ja, die Lamentationen waren wieder zurückgekehrt. Der Alles-Durcheinanderbringer war sich seiner Entscheidung für die Entwurzelung keinesfalls sicher. Der Tölpel glaubte weder an die Auferstehung noch an eine Wiedergeburt. Er war initiiert worden in Skeptizismus und Apathie, spürte, dass das Flugzeug ihn immer weiter, immer weiter von sich selbst entfernte, so veraltet und seltsam und waisenkindisch, wie er war. »Es geht so nicht weiter, so kann es nicht weitergehen«, wiederholten die Freunde und die Spitzel, basta, die Grenze ist erreicht. Alle waren sie erschöpft, die Spitzel ebenso wie die Spitzel gewordenen Freunde, diese dämonische Absurdität hatte sie schließlich alle fertiggemacht. »Aber wenn du wieder eine Nierenkrise kriegst wie vor zwei Monaten, als du kein Taxi auftreiben konntest, und dich Mitu, das Schwein, gerettet hat, der Informant mit seinem Auto und allen weiteren Machinationen zur Hand?« Er schloss und öffnete die Augen wie an dem Morgen, als er mit den Schatten der beiden Boten und einem gelben Briefumschlag erwachte.

»Lass mich in Frieden mit diesen Erinnerungen, Agathe! Setz mir nicht weiter zu mit deinen Vorwarnungen, ich möchte nur ein klein bisschen Wasser. Wasser, reines Wasser vom Wasserhahn, mehr nicht.«

Dann war Agathe verschwunden, ebenso Tamar, er spürte wieder die samtweiche Hand der Flugbegleiterin, die leicht seinen Hals streifte.

»Schluss, wir sind da. Alle anderen sind schon ausgestiegen, gut aber, dass Sie sich erholt haben. Sie sind wieder bei sich, der Schlaf hat die Panik erledigt.«

Tatsächlich, da war nichts mehr zu erledigen, das Flugzeug war leer.

EIN BETT ERSTEN RANGES

Spinoza hatte auf sein gesamtes Erbe verzichtet, mit Ausnahme eines Gegenstandes: das Bett seiner Eltern. Dieses Ledikant *wird ihn überallhin begleiten, und schließlich wird er darin auch sterben. Seine Fixierung auf dieses* Ledikant *ist faszinierend. Es gab da gewiss auch praktische Gründe, das Bett wenigstens für eine Weile noch zu behalten. Ein* Ledikant *ist ein Bett mit einem Baldachin, mit schweren Vorhängen, die herabgelassen werden können und es in eine warme und abgeschottete Insel verwandeln. Zu Spinozas Zeiten war es ein Zeichen von Reichtum. Das in den Häusern von Amsterdam übliche Bett war ein* Armoire *– ein Bett in einem Wandschrank, dessen Türen zur Nacht geöffnet wurden. Aber stellen Sie sich vor, was es bedeutet, das Bett aufzubewahren, in dem die Eltern einen gezeugt haben, in dem man als kleiner Junge gespielt hat, in dem die Eltern gestorben sind, in dem man sein Lebtag zu schlafen beschließt, praktisch, darin zu leben.*

So wohlgesonnen Amsterdam auch gewesen sein mochte, das Leben des jungen Spinoza ist ohne den Schatten des Exils kaum vorstellbar. Die Sprache war ihm eine fortdauernde Verwarnung. Spinoza hat Niederländisch und Hebräisch gelernt, später dann noch Latein, aber zu Hause sprach er Portugiesisch und Portugiesisch oder Kastilisch in der Schule. Sein Vater sprach zu Hause und bei der Arbeit immer Portugiesisch. Das Niederländische benutzte er nur im Umgang mit der niederländischen Kundschaft. Spinozas Mutter hat das Niederländische nie gelernt. Spinoza wird sich darüber beklagen, dass sein hervorragendes Niederländisch und Latein niemals sein Portugiesisch oder Kastilisch erreichte. »Ich wünschte, Dir in der Sprache schreiben zu können, in der ich aufgewachsen bin«, gestand er einem Briefpartner. Gebräuche und Kleidung gemahnten ebenfalls daran, dass jenseits eines gewissen Wohlstands eher das Exil als ein Heimatgefühl präsent blieb.

Die neuere Geschichte der sephardischen Juden zwang Spinoza dazu, sich der seltsamen Gegenüberstellung von religiösen und politischen Entscheidungen zu stellen, die über Jahrhunderte hinweg den Zusammenhalt seines Volkes gesichert hatte. Diese Gegenüberstellung führte Spinoza zu einer dezidierten Folgerung angesichts der Geschichte. Ergebnis war eine kühne Vision der menschlichen Natur, die geeignet war, die Probleme des jüdischen Volkes zu transzendieren und auf die gesamte Menschheit anwendbar zu sein.[6]

DAS WIEDERSEHEN

»*Einer glücklichen, jedoch beschwerlichen Fahrt.*« Glücklich, aber beschwerlich. Wankend, wie er eingestiegen war, verließ er das Flugzeug wieder. Er wird seinen ehemaligen Kameraden aus dem Pionierlager wiedersehen, Günther Buicliu, der nun nach seiner deutschen Mutter, die ihn nach Berlin und damit diesseits der Todesmauer zwischen Ost und West gebracht hat, wieder Becker hieß. Günther war ein glühender Aktivist gewesen, doch dem pubertierenden Jungen, dem es bestimmt war, ein Nomade zu werden, sollte es gelingen, sich ihm anzunähern. Auf diese Weise erfuhr er allmählich etliche Einzelheiten aus dem Leben des »Genossen Pionier« Buicliu. Er war der Sohn von Aristide und Ilse, ehemals Inhaber einer renommierten Bierfabrik in Siebenbürgen, der multikulturellen Provinz, in der sie lebten. Und als würde eine solche Sünde nicht schon reichen, hatte er auch ohne besonderen Enthusiasmus bei der Hitlerjugend mitgemacht, wo ihn eher die Leibesübungen gedemütigt hatten als die Ideologie. Beschämt und von Schuldgefühlen geplagt, war er als Freiwilliger auf eine Großbaustelle des Kommunistischen Jugendverbands gegangen, die er als stolzer Inhaber eines ihn von seiner Vergangenheit erlösenden Parteiausweises wieder verließ. »Mit zwei Nazi-Onkeln hatte ich einiges wiedergutzumachen an familiären Torheiten.« An der Universität in der Hauptstadt war er seinem Gesprächspartner aus der Pubertät, vordem ein enthusiasmierter Träumer im kommunistischen Paradies, wiederbegegnet. Nun war er ein skeptischer und verdächtiger Leser in der Bibliothek des Rumänischen Instituts für kulturelle Auslandsbeziehungen. Ihre jugendliche Kameraderie war nicht verschwunden, sie trafen sich häufig, und die heißen Diskussionen gingen weiter. Günther hatte sich über den Parteiaktivisten hinaus weiterentwickelt, er war einer so einzigartigen wie pittoresken Gruppe »linker Dissidenten« beigetreten, vor allem Deutsche, wie sie selbst sich sahen und von der Geheimpolizei gesehen wurden. Er hatte auch seinen Freund zu einigen der geheimen Gesprächsrunden eingeladen, dann aber hütete er sich, ihn weiteren unnützen Gefahren auszusetzen. In einem Land, in dem Kritik am System von der nationalistischen Rechten kam und nicht von links, war Günthers Gruppe eine echte Anomalie, wider die Vernunft und quasi unsichtbar. Zu ihrem Selbstverständnis gehörte, dass sie sich von den offiziellen Inhabern der Macht verraten fühlten.

Er hatte lange und gründlich über den Weggang seiner Eltern nachgedacht, die mit harter Währung vom westdeutschen Staat freigekauft worden waren. Dieser Staat hatte den Krieg verloren und an der Friedensbörse höchste Gewinne eingefahren. Er ahnte nicht, ihnen je folgen zu müssen. Der ungewünschte Pass, von den westdeutschen Kapitalisten auf Bitten seiner in München angelangten Mutter bezahlt, hatte ihn unerwartet erreicht. Umsonst hatte er die Schmeicheleien des Obersten Tudor ebenso zurückgewiesen wie den Pass seiner Brüder aus dem westlichen Gomorrha, letztlich hatte er dann doch klein beigegeben. Die Rolle des deutschen Kommunisten, der gegen diese Karikatur von Kommunismus rebellierte, und die Pantomime der kleingeistigen walachischen Schiebereien auf der Straße hatten ihn zermürbt. Die Reinheit des Dogmas im burlesken Irrenhaus? Er war gegangen, seine infantile Sturheit hatte ihm nichts mehr genutzt, er war gegangen, ohne das Dilemma aufzulösen. Bevor er ging, traf er sich noch einmal mit seinem früheren Freund aus dem Pionierlager; er verspürte das Bedürfnis nach einem Symbol der Trennung. Bat um einen Tausch. Nicht der roten Krawatten von einst, nein, einen ganz anderen Tausch.

»Pass auf, Jüngelchen, was mir durch meinen doch schon arg strapazierten Schädel gegangen ist. Ich will eine Erinnerung an dich! Ich revanchiere mich auf der Stelle, das schwöre ich.«

In jenem historischen Augenblick seiner Freundschaft mit Günther konnte der Zirkushistoriker noch nicht ahnen, dass auch ihm die Abreise ins Nichts einmal bevorstehen sollte.

»Ja, ja, eine Erinnerung. Ich möchte deinen Tallit von der Bar Mizwa haben! Ich gebe dir dafür meine kleine Krawatte von der kirchlichen Konfirmation.«

»Ich bedauere, aber den besitze ich schon lange nicht mehr. Ich wundere mich, dass du dein altes Zeug aufgehoben hast.«

»Mutter war's, meine Mutter hat sie aufgehoben. Okay, ich gebe dir meine Krawatte.«

Der Freund hatte sie sorgsam studiert und dann in den Schrank gelegt, zwischen seine Hemden, wo er hoffte, sie würde allmählich ihre Heiligkeit einbüßen. Als dann die Reihe an ihm war, von dem gleichen Obersten Tudor den Pass anzunehmen, war er versucht, die kleine Krawatte von Günther mitzunehmen, aber er zögerte. Was, wenn die Zöllner diesen Kultgegenstand erkennen? Er konnte ja nicht ahnen, dass die Schwierigkeiten an der Grenze von einem deutschen Märchen ausgehen würden, das ein französischer Agnostiker, der romantische Dichter Chamisso, geschrieben hatte. »Kein Druckerzeugnis!«, hatte ihn Grenzwächter Eins informiert.

Mittlerweile hatte Günther es auch in Berlin schon geschafft, für stur zu gelten. Sogleich von den linken Antikommunisten kontaktiert, ja sogar von einem berühmten Schriftsteller, der ihm vorschlug, ihn in der sozialdemokratischen Presse groß herauszustellen, lehnte er alle öffentlichen Erklärungen ab, die man von ihm erwartete, etwa über den Opportunismus und die Tyrannei in dem Land, das ihn vertrieben hatte. »Ich spucke nicht in den Suppenteller, aus dem ich gegessen habe …« Wie es scheint, hatte er dann schließlich doch eine kleine Gruppe Unabhängiger aufgetan, die sich nicht im Geringsten scheuten, die Linke wie die Rechte zu kritisieren, den verlogenen und lasterhaften Kapitalismus ebenso wie den korrupten und kriminellen Staatssozialismus. Und jetzt? Der schöne Günther war weiß geworden, das konnte man an dem Haarkranz rings um seine größer werdende Glatze erkennen. Er rauchte heftig, die nikotinbefleckten Finger sprachen von nicht erfolgter Anpassung, seine Wangen wiesen tiefe Falten auf. Sie betrachteten sich nostalgisch: Die Jugend lag schon fern, aber sie beide waren lebendig und standen aufrecht da bei dieser beneidenswerten mannhaften Umarmung. Günther führte ihn zu dem winzig kleinen antikapitalistischen Auto, einer koketten und zwergenhaften Schachtel auf vier Rädern, die gerade mal zwei Bohème-Immigranten fassen konnte. Sie setzten sich auf die zwei abgenutzten Sitze, Günther hatte Lust, zu reden.

»Du weißt, wo du hingelangt bist, nicht wahr?«

»Wie könnte ich dies vergessen? Von hier, vom Reichstag ist die Verdammnis ausgegangen, die mich zum Nomaden gemacht hat. Obwohl ich erst in einem Alter war, in dem man noch mit dem Reifen spielt.«

»Lass uns mal für ein Weilchen Adolf und sein Schnurrbärtchen vergessen. Im Jahre 1871 gab es hier achthunderttausend Einwohner, heute sind es zwei Millionen. Außer Chicago hat keine Stadt ein solches Wachstum erlebt. Ein europäisches Chicago, dachte Mark Twain. Eine dynamische und hässliche Stadt, streng funktional. Der Kommerz hatte ganz schnell losgelegt, wie bei den Yankees. Geschäfte, Banken,

Luxus, Hotels, Bordelle, Modernismus, Vermassung. Bis man von den Lokomotiven überging zu den Kanonen.«

Der Passagier hörte unaufmerksam zu, begriff, dass Günther keine Lust hatte, den Motor anzulassen.

»Der angebetete Adolf wollte Gebäude aus Granit, damit sie, wie er, ewig hielten. Granit, der vielleicht in den Vernichtungslagern geschlagen wurde. Damals hat man hier das Problem der Wolkenkratzer diskutiert. Wenn wir wie Chicago sind, kommen wir um die Yankee-Boys nicht herum, sagten viele. Selbst der zum Christentum übergetretene galizische Jude Joseph Roth träumte davon, auf diese Weise die Wohnungsnot zu beseitigen. Das Dilemma des Turms zu Babel. Wir werden dem Himmel trotzen, werden dem Allmächtigen trotzen.«

»Wo fahren wir hin?«

»Zu mir. Eine winzig kleine Klause, sie wird uns dazu zwingen, uns so nah wie möglich zu kommen.«

»Rathenau-Platz?«

»Woher weißt du das?«

»Die Absenderadresse auf deinen Briefen. Der berühmte jüdische Außenminister, ermordet von Teutonen, die Jesus an ihm rächten. Ich habe mal den Brief seiner Mutter an den Mörder gelesen. Beeindruckend.«

Der Motor war angeworfen, die Stadt empfing den Gast mit Trubel und Eleganz. Viele Parks, kein einziger Wolkenkratzer.

»Ich habe Herrn Rathenau kennengelernt.«

»Wie das? Vor deiner Geburt? Hast du von ihm geträumt?«

»Ich bin der Figur Arnheim begegnet, wie Robert Musil sie im *Mann ohne Eigenschaften* beschreibt.«

»Zu dick der Band! Die Bände … Ein viel zu langer Roman. Ich habe nicht die Geduld aufgebracht, ihn zu lesen. Aber die Biographie des liberalen Rathenau kenne ich. Nachdem sein Mörder aus dem Gefängnis entlassen wurde, hat er Juden vor dem Tod gerettet. Es mag durch jenen Brief der Mutter seines Opfers bewirkt worden sein. Der Mutter des umgebrachten Walther.«

»Musil hat es nicht mehr erlebt, dies zu erfahren.«

»Unter seinen Tugenden fehlte die Prophetie. Aber er besaß noch andere schwer verkäufliche.«

»Wusstest du, dass der spätere Minister Rathenau zu Beginn des Jahrhunderts, 1902, über die schönste Stadt der Welt schrieb? Berlin, die Stadt, in der du lebst.«

»Damals gab es die Klagemauer zwischen Ost und West noch nicht. Was es jedoch gab, waren Invaliden mit Leierkästen. Walther sah sie als Kind, als seine Großmutter ihn mitnahm, dem Kaiser beim Ausritt aus dem Schloss zuzujubeln. Damals stellte er sich vor, der Leierkastenmann, der ihn faszinierte, würde das Lied »Die schönste Stadt auf der Welt ...« spielen. Er bewunderte die Straße Friedrichs des Großen, ohne damals ahnen zu können, dass sie einmal die Stadt entzweitrennen würde. Auch die Herkulesbrücke und die berühmte St.-Nikolaus-Kirche. Auch Nabokov hat die Stadt hervorgehoben, als er sich hier im Exil befand. Er sah Mythen am Himmel und die Sterne der Nachwelt, er schrieb über Freund Pilgram, den Insektenforscher, nach dem das Insekt *Agrotis pilgrami* benannt ist.«

»Oho, du hast mich überwältigt. Dein Zimmer ist vollgestopft mit Büchern. Die Einsamkeit hat dir, wie ich sehe, viele Freunde gebracht.«

Günthers winziges Zimmer war voller Bücher und Tonbandkassetten mit Musikaufnahmen. Im obersten Stockwerk, ohne Fahrstuhl und mit nur zwei kleinen Fensterchen. Echte Bohème, passend zu diesem linken Musikprofessor.

»Wie ich sehe, hast du wenig Gepäck. Das passt zu meiner Klause. Wir haben auf dem Boden noch Platz für eine Matratze, worauf der Hausherr schlafen wird, also ich. Du kriegst mein schmales Asketenbett. Wir werden das schon schaffen. Voraussetzung dafür ist, dass wir uns nicht zu lange in dieser Klause aufhalten, dass wir möglichst viel durch Rathenaus schönste Stadt stromern. Das heißt durch ihre kapitalistische Hälfte. Ich vermute mal, du interessierst dich nicht für den Osten, die tyrannische Utopie Deutschlands.«

»Würde mich schon interessieren. Das berühmte Pergamonmuseum und viele weitere Kulturdenkmäler. Aber ich hätte Angst, hinüberzufahren. Da schnappt mich die Stasi und verfrachtet mich nach Moskau.«

»Wir werden uns auf diesen Teil der Stadt beschränken, der durch diese chinesische Mauer vom sozialistischen Reich des Ostens getrennt ist. Das Schaufenster des Westens! Perfekt für Spione und Künstler, also aufreizend. Übrigens werden wir heute genau das tun. Wir gehen mal an der Mauer entlang. Auf unserer Seite gibt es Graffitis und freche Losungen, wie sie bestens zu einer infantilen Demokratie passen. Auf der anderen Seite Maschinenpistolen. Es dunkelt und geht auf das Jahresende zu, du wirst die märchenhafte Beleuchtung der Stadt sehen. Das wird dir guttun, ich habe gehört, dass im balkanischen Klein-Paris, wo du herkommst, die Straßen im Dunkeln liegen.«

»Ja, und in den Wohnungen friert man. Stoische Erziehung. Ein behinderter und militaristischer Sozialismus mit goldener Zukunft.«

Tatsächlich, überall war es festlich und ausgiebig beleuchtet. Die Stadt schwebte im Licht und Schwingen der feierlichen Girlanden, die Schaufenster waren vollgepackt mit Geschenken und fröhlichen Wünschen zum Fest. Lediglich die Mauer zeigte noch an, dass auf der anderen Seite ein ernsteres Drehbuch galt, das mit der Waffe in der Hand verteidigt werden musste.

Eine kleine Kneipe im türkischen Viertel erinnerte die Exilanten an die guten Zeiten ihrer Jugend und die Gastronomie der heimatlichen Gefilde.

Als sie zurück waren, holte Günther den magischen Gegenstand aus einem alten Köfferchen hervor und bot ihm, zur Feier ihrer neuerlichen Begegnung, die *Fantasien für Flöte* von Telemann.

DER TEMPEL

Der Morgen wirkte freundlich, die Schlaftrunkenen waren entschlossen, so bald wie möglich die Klause zu verlassen.

»Wohin«, fragte der Reisende.

»Ich schlage die Synagoge vor. Oder die Kirche, die Moschee, was ziehst du vor?«

»Nun, du weißt doch, dass ich nicht …«

»Ich weiß, sicher weiß ich das, aber so ist der Reisende nun mal, er besucht Museen, Kirchen, Parks, das ist nichts anderes als ein Teil des Rituals. Touristische Sehenswürdigkeiten, wenn du so willst.«

Im Erdgeschoss des Altbaus, in dem Günther wohnte, befand sich eine Bankfiliale, wo er das Geld abhob, das er zu brauchen meinte. Ein paar Kunden an den Schaltern, ein paar weitere aufgereiht wartend.

»Dies ist der Tempel der heutigen Zeit! Die Bank. Schau sie dir an«, ermahnte Günther den Neuankömmling. »Konzentriert wartende Gläubige, wie sie zum Gott der Börse beten, damit er ihr Konto segne. Jahwe, Buddha, Christus, Mohammed, Konfuzius, welches Pseudonym oder Codewort es auch haben mag. Sie sind scheu, die Gläubigen. Ja, schau sie dir an! Unsicher, beunruhigt, stumm, spannungsgeladen.«

So waren sie tatsächlich, dort, in der heiligen Stille der Bank. Den frommen Blick auf den Boden gesenkt.

»Ich hoffe, du bist nicht müde, wir können den ersten touristischen Erkundungsgang unternehmen. Ich habe mir diese ersten Tage für dich freigehalten. Ich vermute, du bist neugierig auf die Reliquien von Adolf dem Großen.«

»Nein, ich würde den Botanischen Garten vorziehen.«

»Den Botanischen Garten? Ich wusste ja gar nicht, dass du dich für die Natur interessierst. Ach, ich verstehe, du hast den Herrn Chamisso liebgewonnen.«

»Ja, ich suche die Reliquien des Botanikers, der er gewesen ist. Erst Dichter, dann Botaniker. Von Chamisso. Ich habe dir doch erzählt, was mir am Flughafen passiert ist, wo man mir das Märchen vom verlorenen Schatten beschlagnahmt hat. Ich hoffe, es hier in einer Buchhandlung wieder beschaffen zu können. Bis dahin will ich mal sehen, was da noch von der Erinnerung an Adelbert von Chamisso übrig geblieben ist. Ein Exilant wie wir. Französischer Edelmann, den die Französische Revolution vertrieben hat, als junger Mann hierher und in die Dienste der Königin gelangt. Dann in die Armee, die Studien und immer so weiter. Sein Freundeskreis soll aus lauter Fremden bestanden haben, heißt es.«

»Gut, meinetwegen gehen wir zur Botanik, so erfahre ich dann auch noch etwas über die Pflanzen auf unserem Planeten. Aber wenn wir schon von der Erde reden, gehen wir erst einmal auf den Friedhof.«

»Den Friedhof? Ist das eine touristische Sehenswürdigkeit?«

»Auch das. Ein großer Friedhof, auf dem man die ganze Geschichte dieser glorreich unglücklichen Nation studieren kann.«

In der U-Bahn war es sauber und still. Ebenso auf dem riesigen Friedhof mit seinen breiten Alleen und alten Laubbäumen. Berühmte Namen, fürstliche Grüfte, gewichtige Inschriften. Tatsächlich, die gesamte Geschichte des Reiches. Unter den prächtigen Steinplatten ruht die Elite einer Nation, die fähig war zu großen Katastrophen.

»Die meisten dieser dahingegangenen Stars waren Nomaden wie du oder Flüchtlinge und Vagabunden wie ich. Sie wurden Generäle und Staatsanwälte, große Ärzte und Bankiers, berühmte Beutelschneider und Luxuskurtisanen, Orden tragende Parlamentarier und Zirkusjongleure. Selbst große Kirchenlichter. Eigentlich war auch der Führer ein Fremder, auch wenn er nicht von sehr weit hergekommen war.«

Günther strich sich immerzu die rebellische graue Haarsträhne aus der Stirn.

»Du bist ein Epigone. Der Friedhof erinnert uns daran. Ein Epigone bei einem neuerlichen Emigrationsbeginn. Zyklisch auch dieser, wie alle Anfänge. Und mit einem Finale, das hier gefeiert wird, am Ort der ewigen Ruhe.«

»Zu unseren Pionierzeiten war dein Humor nicht morbide. Fröhlich trugen wir die roten Krawatten und skandierten Losungen von der Treue zur Sache von Lenin und Stalin. Nun kennen wir keine Losungen und keine Treue mehr.«

»Du hast dir etwas bewahrt.«

»Aber nichts von den infantilen Losungen. Und doch ... die Illusionen, der Fortschritt, nicht wahr? Ein fortschrittlicher Dissident? Ein Exilierter. Ich befinde mich im Exil in der Heimat meiner Urahnen, die diese Heimat vor achthundert Jahren verlassen haben, um als Kolonisten und Kolonisatoren auf den Balkan ins Exil zu gehen. Exil und wieder Exil ... Deine Religionsgefährten waren ans Exil gewöhnt, nicht? Sie haben es immerzu fortgesetzt, haben darin auch Werte gefunden und Geborgenheit.«

»Religionsgefährten? Ich habe keine Religion, das ist dir doch wohlbekannt.«

Sie hatten sich hingesetzt, Günther schaute den Touristen an, dieser betrachtete die Bäume und schwieg.

»Ich vermute, du wolltest den Bunker sehen, wo der Zwitter sein Gift getrunken hat.« Zusammen mit der nicht entjungferten Reichsjungfer versuchte Günther das Gespräch wiederaufzunehmen. »Oder vielleicht den Ort, an dem das Attentat der aristokratischen Offiziere gegen den Parvenü gescheitert ist. Oder die Stelle, wo der Führer seine so hysterischen wie hypnotischen Tiraden losließ.«

»Nein, nein, mir geht es um die Botanik. Louis Charles Adélaïde de Chamisso. Adelbert. Der berühmte Botaniker, berühmter als der Dichter, der er war.«

»Das machen wir morgen, versprochen. Die ehrwürdigen Bäume sind meine Zeugen, die heiligen Steinplatten hier, ich verspreche es und werde mein Wort halten. Morgen. Aber wir nehmen auch den Rabbiner aus Berdîciv mit.«

»Nein, denn der mag keine Atheisten. Die Anekdote erzählt, der Rabbi sei an einem Samstag auf dem Weg zur Synagoge dem Dorfhooligan begegnet, einem Vagabunden und Nichtsnutz. Selbstverständlich ein Atheist, er rauchte fröhlich, schluckte den Rauch mit größtem Vergnügen. Wie das, du rauchst am Samstag? Weißt du denn nicht, dass dies nicht erlaubt ist? Hat ein Arzt es dir empfohlen? Hast du etwa eine Krankheit? Zigaretten als Arznei? Keine Rede. Ich rauche, weil es mir Spaß macht. Ich mache überhaupt nur, was mir Spaß macht. Ich mag weder die Ärzte noch die Rabbiner. Ich bin Atheist. Atheist, sagst du? Und in welchem Seminar hast du studiert? In welcher Jeschiwa? Du kannst nichts ablehnen, von dem du nicht weißt, was es ist. Also, in welcher Jeschiwa warst du? Welche Jeschiwa hat dich zum Atheisten gemacht? Soweit die Anekdote. Ein Scherz, ja, ein Scherz ... und alles andere als ein Scherz. Was für Atheisten sind wir beide?«

Es war wieder still geworden. Günther schob erneut die Haarsträhne beiseite. Keine Antwort. Wartete er auf eine weitere Frage?

»Sag mal, warum hast du mir die Grabmale der erfolgreichen deutschen Juden gezeigt? Deutscher noch als die Deutschen. Dir hängt immer noch die Obsession des Antisemitismus nach, ist es das?«

»So ist es.«

»Die Geschichte mit dem Gynäkologen deiner Mutter? Du hast sie mir eines Nachts in unserem Ferienlager in Lipova erzählt, ich erinnere mich nicht mehr an die Einzelheiten.«

Günther schwieg, die Frage war aufgeflogen in die Kronen der hohen Bäume ringsum. Nach einem, zwei, neun Augenblicken sank die Frage sachte auf Günther herab.

»Nicht bloß damals. Nicht nur damals habe ich begonnen, mir Fragen zu stellen. Während der antisemitischen Schikanen, aber noch vor der Vertreibung der Juden aus unserer siebenbürgischen Stadt, gab es das Arbeitsverbot für Juden, das auch die Ärzte betraf. Meine Mutter wollte nicht auf ihren Gynäkologen verzichten, der Jude war, was ein Problem war für die Familie. Du weißt doch, dass die Deutschstämmigen, zu denen wir gehörten, mit dem Führer sympathisierten. Nicht eben alle aus der Familie, Onkel Rudolf war Antifaschist und kurz davor, richtig Probleme zu kriegen. In regelmäßigen Abständen kam der schmächtige Brillenträger, der sein Diplom in Wien erworben hatte und Mutters Arzt war, abends spät hereingeschlichen und schloss sich mit seiner Patientin in deren Schlafzimmer ein. Wenn er ging, warf Mutter kontrollierende Blicke auf die Straße und verschloss daraufhin die Tür. Diese Erinnerung hat sich endgültig in mein Gedächtnis eingegraben, weil mich dies umgetrieben und es Fragen bei mir ausgelöst hat, die zu jenem Abschnitt meines Lebens passten, als ich den Leibesübungen nicht gewachsen war, denen sich unsere Gruppe Hitlerjungen unterziehen musste. Dann kam der vielgepriesene Frieden! In allen Schaufenstern tauchten die Fotos von den Vernichtungslagern auf. Ganz sicher Lügen! Die Lügen der Sieger über die Besiegten, wie immer …«

Günther hielt inne, er hatte Schweiß auf der Stirn.

»Gedemütigt ging ich zum Pastor. Er mochte mich, ich war sein Lieblingsschüler. Ich wusste, wo er wohnte. Wir sind Henker, Mörder, haben Menschen lebendig verbrannt, weil sie Juden waren. Der Pastor hörte mir zu, strich mir über die Schulter. Er führte mich in die Bibliothek, holte einen dicken, in Leder gebundenen Band heraus. ›Schau, was wir aufgezeichnet haben, wir zeichnen so etwas auf, nicht unsere Feinde. Die mittelalterlichen deutschen Chroniken liefern Einzelheiten. Überzeugend sind sie und entsetzlich.‹ Die deutsche Schuld also! Ich trage sie mit mir, wie du weißt, ich kämpfe mit ihr, wir können nicht voneinander lassen. Und jetzt frage ich: Wie heißt deine Krankheit? Autismus? Reimt sie sich mit meiner? Autismus, Antisemitismus … das heißt, Anti-Antisemitismus. Philosemitismus.«

»Nein, überhaupt nicht. Zwischen unseren Fixierungen besteht überhaupt keine Beziehung. Ich bin der mit dem Zirkus. Exhibitionismus, wenn du so willst. Essentiell. Essenz meiner irdischen Exkursion.«

»Und der Holocaust? Deiner und unserer … Seit Jahr und Tag schweigst du wie ein Grab, als wäre es nicht deine Geschichte. Ich wollte dich schon lange danach fragen, aber brieflich ging es nicht.«

Günther sprang plötzlich auf in seinem Brast, was die Bank kurz erzittern und aufwippen ließ.

»Niemals! Kein Wort über den Überlebenden! Das Lager, die Erinnerung? Auch Tamar erlaubst du nicht, über ihre Mutter zu sprechen oder über deine. Absolutes Schweigen, du warst überhaupt nicht dort, kannst kein Griechisch, verstehst das Wort nicht, hast es nie gehört.«

»Es reden andere, viele. Eine jüdische Farce, sagen sie. Die Juden werden zu Lügnern erklärt, Profiteuren, Fälschern. Eine Zirkusvorstellung mit lärmenden Akteuren, Opfer und Henker mit unschuldigen Masken.«

»Was kümmert es dich? Die Wahrheit zählt.«

»Die Wahrheit? Die gibt es im Zirkus. Immer schon. Wir vollführen den *Salto Mortale* und schlucken Schwerter.«

»Sind wir deshalb Atheisten? Ich mit meiner finsteren Obsession, du mit deinem infantilen Spiel? Alle beide ohne Gott, ohne Mythos? Nichts als Wirklichkeit?«

»Wie ich sehe, hat sich das Archiv des Antisemitismus in dein Leben eingeschlichen. Eine langlebige Mikrobe, unsterblich. Hast du in deiner Klause Platz dafür?«

»So viel eben da ist. Also an Kraft in mir, nicht an Raum.«

Und es war Tag und es war Nacht, und war der zweite Tag. Morgen.

DAS BORDELL

»Also heute, hast du einen anderen Plan?«

»Ja, ins Bordell.«

Günther war entspannt, er kümmerte sich nicht um den konsternierten Gesichtsausdruck des ehemaligen Pioniers und verweigerte auch danach im Taxi jede Erklärung. Das Gebäude, vor dem sie ausstiegen, war hoch und Respekt heischend. Eine gemeinnützige Gesellschaft oder eine Bank? Gar beides?

»Nein, ich führe dich nicht in einen Sex-Shop. Noch nicht. Auch dort müssten wir uns als Türöffner betätigen, ihr habt in dem vielseitig entwickelten Sozialismus keine solche Therapie. Nach dem Friedhof ist das hier der passende Zwischenstopp … Eros und Thanatos. Das heißt

Thanatos und Eros. Zum Sex-Shop wirst du allein gehen, da brauchst du mich nicht. Hier jedoch ist es gut, in Begleitung aufzutreten.«

Ein livrierter Herr, rundlich und gelangweilt, verbeugte sich zeremoniell vor den Kunden; er hielt uns die schwere, massive Tür mit der goldenen Inschrift »Kaufhaus des Westens« auf, das Westgeschäft also. Der Laden des Planeten.

»Das Bordell des Westens, hier, alles bei heller Beleuchtung?«

Im Erdgeschoss Kosmetika und Parfümerien, Bett- und Leibwäsche, Schmuck und Wohnungszierat; im ersten Stock Spielwaren und alles fürs Kind; im zweiten Stock Reiseutensilien und Schreibwaren; im dritten Stock Damenschuhe und Damenmode, dann folgt die Herrenmode, Herrenschuhe, Sportartikel und Fitness; Haushaltsgeräte und alles für die Küche, Glaswaren, Besteck und Geschirr im fünften Stock, dazu noch ein Marktrestaurant. Im sechsten Stock dann die gewaltigen Vitrinen mit achtunddreißig Fischsorten, neunundvierzig Käsesorten, einundfünfzig verschiedenen Schinken- und Salamiarten, unzähligen Weinsorten sowie anderen Getränken aus der ganzen Welt. Die schier endlosen Gewürz-, Tee-, Kaffee-, ja sogar die Salzregale nicht zu vergessen, sämtliche Früchte- und Gemüsesorten von überall auf der Welt. Und das Fleisch, werter Verbraucher, das Fleisch nicht zu vergessen in diesem Jahrhundert des Konsums, das Rindfleisch und das Schweinefleisch, die Hasen, das Tigerfleisch und das Kängurufleisch, Schwalbe, Gans und Taube, Eichkätzchen, Bär und Bärin, Viper und Kalb und Adler, hunderte elegante Särge mit eleganten Etiketten in so vielen eleganten Sprachen des planetarischen Massakers.

»Das Bordell! Hier hast du's. Das Bordell der Völlerei! Die Pornographie des Wohlstands und der gastronomischen Überspanntheit. Ohne diese kleine Unterweisung solltest du nicht zu deinem großen Abenteuer aufbrechen. Die Demokratie sämtlicher Geschmäcker und Einkommensstufen. In der postindustriellen Zeit wird alles Industrie genannt. Pornographie-Industrie, schwindelerregende Umsatzzahlen, die Lebensmittelindustrie, Bekleidungsindustrie und Waffenindustrie, die Sowieso- und Sowieso-Industrie, sie alle zusammen potenzieren den planetaren Konsum, den Handel, die Konkurrenz und die Individualität mit ihren großen Nöten und Bestrebungen. Manch einer hat das Glück, auf dem Boden der kapitalistischen Versprechungen zu leben, fernab der Ruinen jener rückständigen Welt, in der es weder Wasser noch Brot oder Aspirin gibt. Lerne als Reisender. Um wie viel Uhr bist du im Sozialismus aufgestanden, um noch einen Liter Milch zu kriegen? Oder Klopapier? Oder Batterien?«

Der Reisende schien nicht sonderlich aufmerksam zuzuhören, oder aber er wartete auf den Moment, in dem seinem Gesprächspartner die Luft ausging.

»Ich merke schon, du wirst wieder der wissensdurstige Pionier. Hast nicht einmal hier deine Logorrhö eingebüßt, im Paradies des Wohlstands. Infantile Nostalgien.«

»Nicht nur das. Informationen, Orientierung für den Migranten, egal ob Emigrant oder Immigrant.«

Sie waren einen Augenblick lang stehen geblieben und schauten sich an.

»Informationen und Feststellungen, mehr nicht. Hast du die Verpackungen gesehen? Die Verpackungsindustrie! Bei der Schokolade, die Schuhkartons und die Schachteln und Tüten mit den Präservativen, und die Flaschen, die Tuben und Phiolen der Kosmetikartikel, die Schnapsflaschen und die Schächtelchen mit den Büstenhaltern? Eine gewichtige Industrie, die Verpackungsbranche. Das wesentliche Etikett! Das die Epoche definiert. Die wohlhabende und sündige Epoche. Im Geschäft, in der Kirche und im Parlament liefert die Trivialisierungsindustrie das Narkotikum des Tages – höchst aufmerksam verpackt. Bestens verpackt und verkäuflich. Opium fürs Volk, wie die marxistische Dialektik es uns beigebracht hat. Auf raffinierte Weise in Profitfallen verpackt. Gewiss, Profit. Dies ist das elfte Gebot, das zum ersten geworden ist. Der Mehrwert von Onkel Karl. Eingeprägt in die Höschen der Diva, in die Krawatte des Ministers und die Hüte der Mörder. Das Vaterland hat uns einen nach dem anderen evakuiert, die ›überlegene Rasse‹ und die ›minderwertige Rasse‹, nicht wahr? Aber eigentlich hat es uns nicht evakuiert, es hat uns lediglich gehen lassen, mehr nicht.«

Wieder waren sie stehen geblieben und schauten sich an.

»Hier habe ich begriffen, dass alles, was die Lügner von dort über die Lügner von hier gesagt hatten, wahr war. Und alles, was die von hier über die von drüben, hinter dem Eisernen Vorhang und der Klagemauer erfinden, ist ebenfalls wahr. Glaub bloß nicht, ich hätte vergessen, dass der Mensch das wertvollste Kapital ist, wie es uns die marxistische Dialektik lehrte. Wir sind in aller Herrgottsfrühe aufgestanden, um einen Platz zu erhaschen in der Schlange um Milch und Brot, das Viertel eines tuberkulösen Huhns oder drei Rollen angeblich hygienischen Papiers. So war es doch, oder etwa nicht? Winters saß das *wertvollste Kapital* starr vor Kälte, in Pullover und Decken gehüllt auf dem Sofa. Und das Volk … das Volk hört nicht auf, die Scheiße zu schlucken, steht in endlosen Schlangen nicht nur für Öl an und Käse, sondern auch für Zeitungen, in denen man kaum je ein wahres Wort vorfindet. Ich weiß, ich habe jene so überaus interessante Welt nicht vergessen, sie ist viel interessanter als die pragmatische Langeweile hier. Interessant, nicht? Du weißt nicht, ob der Freund ein Informant der Geheimpolizei ist oder die Geliebte ihnen alles berichtet, auch nicht, ob die Abhörwanzen in die Deckenleuchte eingebaut sind, in deine Gabel oder in die Matratze, auf der du ejakuliert hast. Interessant, nicht? Ich habe die Verlogenheit entlarvt, und sie haben mich eingebuchtet. Mein kommunistischer Protest gegen ihre kommunistische Maskerade passte ihnen nicht. Es war die gefährlichste Provokation für sie. Aber auch die hier lassen sich nicht lumpen. Sie sind bloß etwas besser ausgestattet, das ist alles. Erzähl mir doch vom Genossen Tudor. Dem Genossen Oberst. Er hat auch mir die Trennungsserenade vorgesungen. Freute sich, dass mich die Kapitalisten rausgekauft haben, von denen er wusste, dass ich sie genauso hasste wie die marxistischen Scharlatane dort an der Donau.«

Der Pionier antwortete nicht, hatte keine Lust mehr auf das Gespräch. Erst als sie sich an einem seitlichen Tisch im großen Büfett des

Geschäfts niederließen, legte sich seine Stirn in Falten, was seine Bereitschaft anzeigte, sich der Sache zu stellen.

»Genosse Tudor? Rundlich, elegant und verschlagen. Wenn er dich zu fassen gekriegt hat, wird er streng, bis dahin geht er die Themen locker durch. Wir Profis! Unvergleichlich viel schlauer, subtiler, besser dressiert als die zur Zeit unserer Eltern, die ja schon vor deren Schatten erschraken. Der Schatten, der Spitzname des Informanten. Er war unter uns, verschwiegen und rührig, nur Auge und Ohr. Ohne Ideologie, nichts als Methodik. Ich habe bis zum Schluss nicht verstanden, was der Oberst wirklich wollte, dass ich weggehe oder dass ich nicht weggehe? Auch seinen letzten Schlag habe ich nicht verstanden, ich weiß nur, dass er mich verstört hat.«

»Und zwar?«

»Doktor Eduard Sima, den ich seit Jahren schon nicht mehr konsultiert habe, der tauchte plötzlich wieder auf, und zwar als Mitarbeiter des Obersten! Und dies nicht erst seit heute oder gestern, sondern seit langem. Schon seit damals, als er mich behandelt hat.«

»Was für ein Arzt?«

»Psychiater.«

»Aha, verstehe.«

»Genauso. Nur dass Herr Sima allgemein respektiert wurde, rein und klar wie ein Tautropfen, eine Träne, Lacrima Christi … Im Krankenhaus Kollege meiner Schwester. Sie hat mich zu ihm geschickt wie zu einem Beichtvater, einem heiligen Wunderdoktor.«

»Und hat er dich geheilt? Was hattest du?«

»Ein Syndrom …«

»Antikommunistisch? Ein antikommunistisches Syndrom? Hat er deshalb den Obersten informiert?«

»Damals wusste ich nichts vom Obersten, an so etwas dachte ich nicht einmal. Niemand hätte sich vorstellen können, dass der sanftmütige, höfliche Eduard dem Oberst Tudor zu Diensten ist. Eduard wurde für einen Engel gehalten, der jederzeit bereit war, einem zu helfen, wer auch immer man selbst war.«

»Sogar dem Obersten. So ist es, wenn du gut bist, bist du gut zu allen, nicht? Also du hattest ein Syndrom. Wenn es nicht antikommunistisch war, was war es dann? Wie hieß es?«

»Ich glaube nicht, dass es einen Namen hatte, Eduard nannte es WA. Der Oberst hat mich an ihn erinnert, die Bestie. Der Doktor hatte ihm gesagt, das Ausland würde mich heilen. Stell dir mal vor … Sodass der Heilungsprozess gewissermaßen schon begonnen hat, in deiner Linkenklause.«

»WA, was ist das?«

»Wirklichkeitsangst. Angst vor der Realität.«

»Ein Literat, dein Doktor. Ich habe von dieser Krankheit noch nie gehört.«

»Dann hörst du eben jetzt davon. Eduards Theorie besagt, dass mich das Lager tief verletzt und der Kommunismus die Wunde danach noch vertieft hat. Sodass ich kein Vertrauen in die Wirklichkeit mehr hatte. Darum habe ich sie durch Bücher ersetzt.«

»Interessant. Sehr interessant.«

»Sicher, alles, was er analysierte, war interessant, du hast es gerade eben selbst gesagt.«

»Und das Exil, was kann das Exil da schon bewirken?«

»Es soll das Realitätsprinzip wieder durchsetzen. Denn ich verliere meine Sprache, also auch die Bücher. Die Wirklichkeit wird unausweichlich.«

»Du findest auch hier Bücher, sogar in deiner Sprache. Der Sprache von zu Hause. Das ist kein Problem.«

»Ich zitiere hier nur den heiligen Eduard.«

»Hat er dir irgendein Medikament verschrieben?«

»Nein, er war gegen Medikamente. Sagte, es reiche, wenn ich mir der Situation bewusstwerde und sie verstehe, die Heilung geschehe dann von selbst.«

»Und, ist es so geschehen?«

»Das Lesen hat mich nicht geheilt. Ich habe, wie du weißt, in Zirkusgeschichte promoviert und nicht durch eine Arbeit über die Finsternis auf den Straßen des strahlend hellen Sozialismus. Jetzt aber lass uns zu den Pflanzen gehen. Du hast es versprochen. Die Realität der Pflanzen, nicht der Bücher, nicht einmal jener, die von der Vegetation der Welt berichten.«

»Morgen. Erst morgen. Auch ich habe in der Zwischenzeit die Geschichte des vielseitigen Aristokraten nachgeschlagen. Monsieur von Chamisso, romantischer Dichter und Forscher, gelehrter Forschungsreisender. Ich kannte ihn, ich habe dir die schmale Broschüre mit Schlemihls Schatten geschickt. Adelbert war auch Ehemann und Vater von vier oder fünf ehelichen Kindern. Auch über den Botanischen Garten habe ich mich informiert. Nicht heute Nacht, als du schliefst, sondern vor deinem Besuch. So habe ich auch Kadu entdeckt, Adelberts Freund, den Eingeborenen von irgendeiner Insel, an der das weltumsegelnde Schiff angelegt hatte. Adelbert hat sich mit dem Eingeborenen Kadu angefreundet und ihm eine ergreifende Eloge gewidmet.«

»Wo hast du das gelesen?«

»In dem Buch über die Reise von Chamisso um die Welt. Einzelheiten über diese außergewöhnliche Reise findest du im Naturkundemuseum und in der Botanischen Bibliothek. Dort habe ich Adelbert und Kadu entdeckt. Ja, du wirst genügend Zeit haben, es in der Bibliothek des Museums nachzulesen. Passend zu deinem WA-Syndrom. Und jetzt in die Kneipe! In eine teutonische Kneipe.«

DER GARTEN UND DIE BIBLIOTHEK

Der Besucher hatte sich ebenfalls durch Lektüren vorbereitet, das machte er immer so, wiewohl Günther sich als bestens informierter Reiseleiter erwiesen hatte. Der Garten, 1679 gegründet, war zu Beginn des zwanzigsten Jahrhunderts aufgrund seiner weltweit ausgreifenden Sammlungen verlegt und damit neu begründet worden. Nun trugen die Pflanzen, jede einzelne, zwei Namen, wie alle Erdenbürger und wie ihr großer Namensgeber Carl von Linné.

Das Wesen mit den blutroten Blütenblättern rings um eine Mitte aus bunten Stempeln – weiß, grün, rot – empfahl sich der Welt als *Euphorbia pulcherrima* und war aus Mexiko gebracht worden; *Selenicereus pteranthus*, die weiße Prinzessin der Nacht, erotisch über einem Bett aus langen und spitzen grünen Blättern zur Bestäubung geöffnet, war ebenfalls eine Migrantin aus Mexiko. Prunkvolle Abenteurerinnen, seltsam, wie alle Fremden.

»Aber der *Ewige Jude*«, fragte der Tourist den Herrn in dem Arbeitskittel, der ihn begleitete, seitdem Günther gegangen war.

»Meinen Sie die *Zebrina pendula* oder die *Tradescantia albiflora*? Beide haben sie auch den Beinamen *Jud.*«

»Ich weiß nicht, weiß es nicht genau, möchte es in Erfahrung bringen«, antwortete der Tourist.

»Die sind nicht hier in diesem Gewächshaus, sondern in dem Ovalen dort, weiter hinten. Die sind längst keine Exoten mehr, auch nicht mehr tropisch, haben sich schon lange an die zivilisierte Welt angepasst. In dem ovalen Gewächshaus können Sie auch eine Sonderausstellung sehen, die ist provozierend, Frau Trude, unsere Mitarbeiterin, hat sie initiiert. Sie entwirft künstliche Blumen aus den Organen von Tieren. Morbide, ganz großartige Blumen. Sie hat einen Doktortitel in Kunst und eine Galerie mitten in der Stadt, wo ikonoklastische Künstler ausstellen.«

»Welcher Künstler ist denn nicht auch Ikonoklast?«

»Hoho, nicht alle sind das. Trude arbeitet zwei Tage pro Woche bei uns im Labor, wo sie ihren Raum hat, jetzt aber ist sie verreist. Ihre Blumen sind pervers, aber aufregend.«

»Tierische Organe? Wie muss man sich das vorstellen?«

»Haut und Organe. Nieren, Lungen, Lebern, Zungen, Blasen, Herzen, Ohren. Und Geschlechtsteile, selbstverständlich. Sie strapaziert die Grenzen der Ästhetik, so steht es jedenfalls in ihrem *Bestialisch* betitelten Katalog. Die Tiere werden ohnehin getötet, aus Gründen der Ernährung. Unsere Freundin Trude fügt ganz frische Fragmente aus toten Tieren und Vögeln zusammen. Fotografiert das Produkt und vernichtet es anschließend. Es würde ohnehin verfaulen. Das Foto bleibt übrig, es ist das künstlerische Dokument.«

»Also Fotos.«

»Fotografien des Hypothetischen, so nennt sie es. Die Natur konkurriert, wie es der Mensch ununterbrochen tut. Fantastische karnivore Blumen. Beispielsweise die *Vagina pilosa*. Ein Oval mit karminroten Lippen, kaum eine Öffnung andeutend in der vaginalen Spalte. Rings um dieses verführerische Etwas eine Hülle aus dünnem Fell, umstanden von feinem weißen Gefieder, Vogelfedern, wie Büschel zerzausten Haars.«

Etwas verwundert schaute der Besucher seinen Begleiter an. Der Herr im weißen Arbeitskittel, eine Brille mit schmalem Goldrahmen auf der Nase, wirkte unbeeindruckt, wie ein Gelehrter, der einen auswendig gelernten Text vorträgt. Das Schweigen hielt an, der Führer verlor allmählich die Geduld, war kurz davor, den Gesprächsgegenstand zu wechseln.

»Sie haben sich also vorgenommen, innerhalb einer Woche etwa alle unsere Gewächshäuser und die Bibliothek im Blick auf das Wirken von Chamisso zu besuchen. Ja, er war einer der Gründer des Gartens. Hier hat er zur Ruhe und auch sein Ende gefunden. Vielleicht setzen wir uns eine Weile auf die Bank im Schatten und reden.«

Die schattige Bank stand direkt vor ihnen.

»Im Jahre 1943 haben wir vier Fünftel des Herbariums bei einem Bombenangriff verloren. Nach dem Krieg, der internationale Austausch hatte wieder begonnen, bekamen wir Samen aus der ganzen Welt. Eine herausragende Persönlichkeit in der Geschichte des Gartens war Frau Elisabeth Schiemann, die erste gelehrte Frau, die im Botanischen Museum gearbeitet und das Buch *Die Geschichte der Kulturpflanzen im Wandel der Methoden* veröffentlicht hat. Aufgrund einer Denunziation sowie der nationalsozialistischen Rassenpolitik wurde sie im Jahr 1940 wie etliche weitere Botaniker von ihrer Professorenstelle an der Universität entfernt. Im Jahr 1943 begann die SS, im Garten ein unterirdisches Verteidigungssystem einzurichten, das die Russen dann zerstörten. 1949 begann mit Hilfe des Marshallplans die Wiederherstellung der Außenanlagen des Gartens. Und vierzig Jahre danach eröffneten wir als Erste auf der Welt einen Aroma- und Geruchgarten für Blinde und stark Sichtbeschränkte. Das ermöglicht es ihnen, auch tastend die Individualität der pflanzlichen Wesen zu erkunden.«

Der pflichtbewusste Begleiter führte ihn, der Zuhörer hörte zu, die Sonne ließ sich von hellgrauen Wattewolken verschatten.

»Ah, ja, über den großen Chamisso«, erinnerte sich der Führer in seinem tadellosen Dienstkittel. »Anfangs war er unter dem Direktor Heinrich Friedrich Link Kurator am Königlichen Botanischen Garten. Ein Exilant, der Herr Chamisso, wie Sie wissen. Die Emigration des französischen Adels hatte schon vor der Revolution eingesetzt. Der junge Adelbert kam 1789 nach Preußen, wo er Page der Königin, der Gattin von Friedrich Wilhelm I., war. Dann hat er seinen Militärdienst geleistet und sah sich während des französisch-preußischen Krieges gezwungen, gegen das verlorene Vaterland zu kämpfen. Was ihn zerriss, wie all die Exilierten mit uneindeutiger Zugehörigkeit oder zwei nationalen Identitäten.«

Er hatte mit gesenktem Blick gesprochen, als läse er aus einem Buch vor. Dann hob er den Blick, um zu sehen, ob man ihm zuhörte. Ihm wurde mit leidenschaftlichem Interesse zugehört.

»Er war besessen von der Idee einer Reise um die Welt. Die er erst im Jahr 1815 verwirklichen konnte, als er an der Rurik-Expedition des Kapitäns Otto von Kotzebue, Sohn des berühmten Dramatikers, teilnahm. Jenseits von Kap Horn, als er das Karolinen-Archipel erreichte, bezauberten die Korallen und die von ihnen gebildeten Inseln und Riffe Adelbert ebenso wie die lokale Tier- und Pflanzenwelt, desgleichen die zwerghaft kleinen Menschen, wie Kinder, und ihr natürliches idyllisches Leben. Dort, unter diesen infantilen Wilden, die er für ihre Intelligenz und Unschuld bewunderte, fand er einen Freund, Kadu. Und nahm ihn mit bis nach Kamtschatka. Chamisso war auch auf den russischen Besitztümern in Amerika und Asien, wo ihn die brutalen Verhältnisse, unter denen Russland die dortigen Populationen hielt, schockierten. Schließlich gelangte er bis nach Petersburg. Wiewohl preußisch naturalisiert, war Adelbert doch ein französischer Gentilhomme geblieben. Despotismus entsetzte ihn.«

Die Erklärungen schienen beendet. Der Angestellte quittierte den Dank des Touristen mit einem knappen Nicken und versicherte, ihm bei Bedarf auch in den nächsten Tagen zur Verfügung zu stehen.

Auf der Suche nach Informationen, die sich zwischen Buchdeckeln verbergen, wandte sich der Reisende der Bibliothek zu. Das ein oder andere Buch sollte aufgeschlagen werden.

»Franzose bin ich in Deutschland und Deutscher in Frankreich; Katholik den Protestanten und Protestant für die Katholiken, ein weltläufiger Herr den Gelehrten und Schulmeister in den Augen der feinen Gesellschaft; Jakobiner den Aristokraten und Adliger den Demokraten.« So lamentiert Adelbert am Tisch von Madame de Staël … Verliebt in die berühmte Schriftstellerin, fragt er: »Was wollen Sie aus mir machen?« Und die Schriftstellerin antwortet: »Nichts, was Sie nicht schon sind: Ein Mann mit einem starken Herzen und bezaubernden Manieren, ungesellig und schüchtern vor der Welt, ein Mann von Stand und Kultur.«

Als die Familie im Jahr 1801 beschließt, nach Frankreich zurückzukehren, ist Adelbert aus Geldnot nicht mit dabei. Der junge Offizier, ein leidenschaftlicher Leser, tröstet sich mit ausführlichen Lektüren von Rousseau, Voltaire und Schiller. Ungelegenheiten und Depressionen scheinen sich in der klaren Landluft aufzulösen. Er beschließt, nach Berlin zu gehen und ein Studium der Naturwissenschaften aufzunehmen. Zu Fuß durchstreift er die Alpen auf der Jagd nach Pflanzen.

Dutzende aufgeschlagene Bücher liegen auf dem Lesepult. Aufwühlende Freundschaftsbekenntnisse und Mitteilungen über den prekären psychischen Zustand, durch den er soeben geht, aber auch über das Buch, an dem er arbeitet, jenes über den »verlorenen Schatten«. »So habe ich mich denn Hals über Kopf in Schlemihls Geschichte hineinbegeben. Habe den Sommer über geschrieben, um mich zu tarnen und den Kindern eines lieben Gefährten eine Freude zu bereiten. Wie überrascht war ich, zu sehen, dass mein Märchen so günstige Aufnahme fand bei den Deutschen und in England. Eines Tages reichte Freund Hitzig mir ein Blatt mit einer Notiz *Aus aller Welt*, wo ich lesen konnte, dass die Russen für eine Nordpol-Expedition und Weltumseglung ein Schiff ausrüsten. Hitzig schrieb an den Staatsrat Kotzebue, und bald traf eine Antwort ein von Admiral Krusenstern, damals Kapitän in der Kaiserlich-Russischen Marine und Bevollmächtigter des Ministers Romanzoff, der das Patronat der Expedition innehatte.«[7]

War das Abenteuer der Reise seine Heimat? Abschiednehmen und Heimkehr, das Fernweh und das Heimweh, und immerzu ruft das eine Weh das andere herbei. In dieser düster verhangenen Unentschiedenheit blieb das Fehlen eines Schattens unsichtbar.

»Wer bist du eigentlich?« »Ich bin ein Niemand, ein Gelehrter ohne Titel; kein beseelter Dichter, nichts; ich besitze nichts, nicht einmal ein Vaterland, das selbst der ärmste Mann noch hat. Ich habe keinen Schatten … Und ich will auch keinen haben, bald schon werde ich wieder den Wanderstab ergreifen.«

Die Zeitläufte waren nicht mehr so tolerant wie um 1800. Die Zeit, als der Diplomat und Gelehrte Karl August Varnhagen von Ense, mit dem Chamisso den *Berliner Musenalmanach* herausgegeben hatte, sein Herz der rassefremden, zum Christentum konvertierten Rahel Levin geschenkt hatte, lag fern … »Dann kam ein großes Erschrecken in Frankfurt, in Würzburg, in vielen Orten Deutschlands erscholl der Hepp-Hepp-Ruf, Steinwürfe klirrten, Juden wurden gejagt und geschlagen, das verschwiegene Wort gellte durch die Tage, und die verzerrte Ahasver-Gestalt warf ihren Schatten über Deutschland.«

Adelbert hoffte auf Beruhigung; er glaubte an Christus und an Deutschland, das er nur menschlich, edel und christlich kannte. »Aber warum, fragte er sich gramzerrissen, erhob sich keine Stimme gegen diese Geschehnisse, warum drückte man sich still beiseite? Goethe schwieg, diese Episode berührte ihn nicht, und das Absprechende und Zustimmende, das er über die Juden zu sagen hatte, hielt sich die Waage; Schleiermacher musste als protestantischer Theologe zurückhaltend sein, zumal er in jüdischen Kreisen verkehrte und die Judentaufe gefördert hatte; Wilhelm von Humboldt kämpfte mit seiner geliebten Caroline, die in wilden Judenhass ausbrach, einen zähen Familienkampf und ein Streitobjekt, das ihn nur um der deutschen Menschlichkeit willen interessierte.« Er hielt die Deutschen für menschlich und kultiviert, und wenn dem so war, gab es keinen Grund zur Besorgnis. Eduard Hitzig, christianisierter Jude und Chamissos bester Freund, führte mit ihm mehrere Gespräche darüber.

»Die Juden haben die Wahl vieler Wege, sagte Humboldt abwägend skeptisch. Und jeder ist schwer, und jeder ist gut und schlecht, wie alles, was die Juden tun und sind, auf eine viel eigentümlichere Art gut und schlecht ist als das Tun und Sein der anderen Menschen. Das ist es, wodurch sie in einem exemplarischen Sinn fremd sind, es schwer haben und zu einem Prüfstein werden für sich selbst, aber auch – und das geht mich vor allem an – für die Völker, in deren Mitte sie leben. Der Weg, den Sie, mein lieber Herr Hitzig, gegangen sind, scheint mir die folgerichtige Krönung der Emanzipation; Sie haben das Siegel der christlichen Religion auf die [bürgerliche und politische] Angleichung gedrückt; Sie haben ein wahrhaft deutsches und christliches Leben geführt, vorbildlich in seinem humanitären Wirken. Sie sind in der Umgebung aufgegangen, die Sie lieben; und dennoch – und hier haben wir die Unlösbarkeit jüdischen Schicksals – werden Sie nun in Konflikte gestürzt und geraten in eine widrige Lage. War der Weg deshalb falsch? Durchaus nicht! Der andere Weg, Jude zu bleiben in einem ganzen und heiligen Sinn, müsste notwendig zu einer mir unvorstellbaren Konsequenz führen: zu einer neuen Volkwerdung im Ursprungsland der Juden, also zu einer Korrektur fast zweitausendjähriger Geschichte. Erlauben Sie mir, dass ich darüber den Kopf schüttle.«

Der Tourist schrieb emsig ab, hin und wieder übersetzte er ganz schnell einen Satz, damit er ihn in zwei Sprachen habe, ihn in zwei Sprachen durchleben könne, in der des Autors und in seiner. Der Fremde trägt sein Schicksal wie einen Prüfstein mit sich, für sich selbst und für jene, in deren Mitte er gelebt hat und leben wird. »Alles in allem stellen uns die Juden vor eine Aufgabe, die sie selber nicht lösen können, aber gerade diese Unlösbarkeit ist tief menschlich.«

Er hatte Humboldts Äußerungen doppelt unterstrichen. Und bedauerte, dass die Universität, die dessen Namen trug, sich auf der anderen Seite der Klagemauer befand.

Zweimal hatte er mit Rotstift auch das Folgende noch unterstrichen: »Verdrießlich ist nur, dass sie es uns bisweilen schwermachen, sie gerecht und unvoreingenommen zu sehen. Vielleicht sollten sie, nach einem so langen Leidensweg, eine Gemeinschaft der Gerechten und Weisen sein.« Gerechte und Weise? Das WA-Syndrom, vom Securitate-Zuträger Sima erfunden und umgehend seinen Chefs rapportiert, um Verlässlichkeit und Sachverstand zu demonstrieren, als Informant?

»Aber ich zweifle, ob eine noch so vollkommene heilige Gemeinschaft von Juden sie vor dem Missverstehen der andersartigen Umwelt schützen würde, sagte Humboldt zögernd mit Hinblick auf den christianisierten Juden Hitzig und schaute ihm in die Augen. Ich mag sie nur als Einzelne und in der Zerstreuung. Sinn ihrer wundersamen alten Geschichte, eine einzigartige, beispielhafte Leidensgeschichte, ist, dass sie gelitten ist für alle Völker … Allein, die Judenheit ist damit verloren. Dieser Verlust, Folge der Konfrontation zwischen Verdammnis und Segnung, ist ihre Weise, auserwählt zu sein.«

Das auserwählte Volk? Mithin zum Leid? Aber der Verdacht, Herr Humboldt? Der Sündenbock? »Mit schrägem, zu Boden gesenktem Blick, bleich und leidend, aber ohne Tränen berichtete Ernst, Adelberts Sohn, die Jungen hätten gesagt, sein Vater sei Schlemihl und gar kein richtiger Deutscher, sondern ein Franzmann, und von den verdrießlichen Franzosen am Belle-Alliance-Platz würden etliche behaupten, auch er sei Jude, was noch viel schlimmer ist.« War das Ernst, Adelberts Sohn? Man könnte es meinen … Er war nicht geschützt vor dem Verdacht, der den Vater umgab, den Aristokraten Louis Charles Adélaïde de Chamisso, verjagt aus dem adligen Familienschloss und zum Paria geworden, Apatriden, Wandersmann, auserwählt fürs Leid.

»Chamisso versuchte ohne rechte Überzeugungskraft, seinen Sohn zu trösten. ›Schlemihl ist ein Märchen, nichts als ein Märchen.‹ Aufgewühlt umarmte er den Sohn und spürte seinen kindlichen Herzschlag. ›Ist es wahr, dass Schlemihl ein Jude ist? Der Professor hat es auch gesagt.‹ ›Ich weiß es nicht, Ernst, aber wenn er einer ist, dann ist der Jude und der Schlemihl der Inbegriff des Leids um die verlorene Heimat, Inbegriff urmenschlichen Leids überhaupt. Und den Leidenden soll man schonen, denn er ist in der rohen gewöhnlichen Welt der Fremdling, der Schutzbedürftige. Das sollte euch euer Lehrer sagen.‹ Er fühlte, dass ihn der Knabe nur halb verstehen konnte. ›Es ist keine Schande, ein Jude zu sein, es ist nicht einmal schlimm, es ist offenbar nur sehr schwer, nach manchem, was ich gesehen und gehört habe. Aber ein Mensch zu sein, ist keine Schande.‹«

Keine Schande, Monsieur Chamisso, glaubst du das tatsächlich? Wo kommt denn dann das WA-Syndrom her, der pathologische Effekt des Lagers, wie Sima behauptet, und der Traumata nach der Lagerzeit? Ist es keine Schande, unter diesen sogenannten Menschen ein Mensch zu sein?

Was heißt hier »sogenannten«, es sind lebendige Menschen, vital sind sie, verletzlich, sie befinden sich hier auf dieser Erde, die sie mit ihren Wolkenkratzern ausgestattet haben und mit den Träumen und dem Horror, die sie immerzu wiederholen in ihrem tausendjährigen Delirium.

»Ich habe dir das kleine gelbe Büchlein von Reclam gekauft«, empfängt ihn sein Freund Günther, hält ihm die Tür auf und reicht ihm das Geschenk. »Schau, nun hast du es wieder.«

»Ja, das war es«, bestätigt der Heimatlose. »Philipp Reclam jun. Stuttgart. Mein Exemplar haben sie beim Zoll beschlagnahmt. Zur Lektüre des Dobermann-Hundes, wie die sozialistischen Kontrolleure sagten. Der dortige Humor überlebt alles Ungemach. Stimuliert er auch das Sima-Syndrom? Bücher, Bücher. Wirklichkeitsangst …«

»Würde ich nicht sagen. Im Gegenteil, den Hunger nach Wirklichkeit. Aber wie war es im Garten?«

»Großartig. Kaum zu erfassen, unbeschreiblich. Fantastische Pflanzen, da stellt man sich einen Schöpfer vor, der durch nichts zu bremsen ist, unbegrenzt, geradezu hysteroid, wenn das nicht zu gewagt ist. Ich werde wieder hingehen, es ist eine grundstürzende Erfahrung. Du lernst, dich als unbedeutend anzusehen. Banal. Standardisiert.«

»Ich habe mir erlaubt, die Broschüre aufzuschlagen. Das klingt wie kleine Reiseaufzeichnungen, du hattest recht. Ganz am Anfang habe ich dann auch die Widmung des Botanikers an seinen Helden gelesen. Als ginge es da um uns. *Der Zeit gedenk ich, wo wir Freunde waren, / Als erst die Welt uns in die Schule nahm.* Ist dieser Peter mit uns verwandt?«

»Entfernte Verwandtschaft, würde ich sagen, Adelbert ist ein Heimatloser wie wir.«

»Vertrieben, exiliert, Abenteurer? Wie alt war Peter?«

»Das wissen wir nicht, es wird uns nicht mitgeteilt. Es ist nicht Kafkas Immigrant Rossmann, der nach Amerika gelangt ist, weil er mit einer Dienstbotin geschlafen hat. Und er hat auch keinen Senator zum Onkel, er besitzt einzig und allein ein Empfehlungsschreiben.«

»An wen, von wem? Ich erinnere mich nicht mehr …«

»An den reichen Herrn John. Selbstverständlich spricht der Brief von den Vorzügen des Fremdlings. Aber Herr John führt ihm die Wirklichkeit vor Augen: Wenn du eine Million besitzt, bist du hier ein Mensch. Und da taucht der Mann in Grau auf, der ihm seinen mitwandernden Schatten abkauft. Für einen Geldbeutel, der sich niemals leert. Also die Million.«

»Ach ja, das habe ich auf der ersten Seite gesehen. Ich werde oftmals nach dem Schatten gefragt, den wir immer wieder verlieren, wenn sich das Gewissen in den Schatten zurückzieht. Im Sozialismus war der Spitzel der Schatten, der uns folgte, um möglichst viel berichten zu können. Der Schnüffler. Der in den Diensten des Obersten Tudor stehende Schatten.«

»Wenn der Heimatlose seinen Schatten verkauft hat und reich geworden ist, wird er verdächtig.«

»Das Geschäft mit dem Teufel?«

»Nicht unbedingt. Der Mann in Grau ist nicht der Mann in Schwarz, er ist lediglich ein Vermittler. Ein Emissär, ein *Dealer*. Der Held unserer merkantilen Zeit. Ein banalisierter, armseliger, zugänglicher Teufel. Demokratisch und populär.«

»Der Mensch ist das wertvollste Kapital.«

»Hier erfüllt sich diese Definition. Erst hier, im Kapitalismus aus Marxens *Kapital*. Bevor er als Einsiedler und Naturforscher endet, gelangt Peter ins Krankenhaus. Er ist der Patient Nummer zwölf, genannt Der Jude, oder als solcher erkannt. Fremdling, verpestet, eine Zahl. Hast du schon von der schlemihlischen Literatur gehört?«

»Ich glaube, in den Pioniersitzungen wurde über so etwas nicht gesprochen.«

»Ich habe auch erst heute davon gelesen, in der Bibliothek der Pflanzen. Spanien, 16. oder 17. Jahrhundert. *Picaro* oder *Schelm*. Gesellschaftsporträts aufgrund von Reisen in die Autobiographie. Also der Ewige Jude. Die Etymologie des Wortes *picaro* verweist auf die jüdische Tradition. Der *Schelm* des Deutschen entspricht dem *picaro* und hat mit dem hebräischen *Aas* zu tun, Zeichen der Umkehr, wobei die Umkehr der Konvertiten unter der Inquisition gemeint ist. Die pikareske Reise vollzieht sich räumlich in der Horizontalen und gesellschaftlich in der Vertikalen. Das habe ich erfahren. Es herrscht Ungewissheit.«

»Tja, die Ungewissheit. Ich habe dir noch etwas besorgt, aus einem Antiquariat. Den Roman eines Prager deutschen Juden, Hans Natonek, über das Leben Chamissos. Erschienen im Verlag Allert de Lange, Amsterdam 1939. Der erste und einer der wichtigsten Verlage für die von den Nazis aus Deutschland vertriebene Literatur. *Mich drängt es aus Europa hinaus,* sagte er zu Hitzig.«

»Du bist kein konvertierter Jude, Berliner. Hitzig ist konvertiert, um seinen Kindern eine tragfähige Zukunft zu sichern. Du hast weder Kinder noch eine Frau. Nicht einmal eine Geliebte, wie ich sehe.«

»Nein, habe ich nicht. Aber ich bin, wie du sagst, ein Linker. Also Jude. Lange vor dem Holocaust brachte Hitzig seinen Wunsch nach einer geistigen und politischen Separierung von Europa zum Ausdruck. Also wollte er etwas anderes. Afrika, die Weiten, die Wüste. Und er war ein französischer Adliger und kein Paria.«

»Auch die Trennung von Europa, um den Kindern eine stabile Zukunft zu sichern. Der Adel war aus Frankreich vertrieben worden, und Chamisso fühlte sich in Deutschland nicht eben sicher, obwohl er kein Jude war. Lediglich Apatride. Er sollte sich dann aber doch noch verheiraten, Monsieur Chamisso, und zwar aus Liebe. Wurde Vater zweier Jungs und eines Mädchens. Über einen der Jungs, Ernst, habe ich heute in der Bibliothek etwas erfahren.«

»Zwei Jungs und ein Mädchen? Und Peter?«

»Ja, drei Kinder und ein Phantom. Der fiktive Sohn. Fiktiv zwar, aber nicht ganz. Vielleicht der ihm Nächste.«

»Ja, ich habe heute auch eine Englischlehrerin für dich gefunden. Die globale Sprache, wohin du auch gelangst. Sie ist damit einverstanden, dich einzuführen. Hängt halt davon ab, wie lange du noch bleibst.«

»Weiß ich noch nicht. Tamar hat Probleme mit der Scheidung. Vielleicht sogar meinetwegen. Mein Herr Schwager hat mich von Anfang an nicht leiden können. Er hielt unsere Beziehung für etwas exzessiv. Tamar verspricht, mir eine Wohnung in ihrer Nähe anzumieten und mich besuchen zu kommen, wir werden am Telefon miteinander sprechen, tralalala … Das ist kein frohes Beginnen. Hat aber seinen Reiz. Ich hatte Angst vor der Langeweile des Wohlstands. Aber ich sehe, es tauchen aufregende Dinge auf.«

»Wir haben diese Gespräche schon mal geführt, als ich aus der sozialistischen Vorstadt abgereist bin. Damals sagten wir, wo auch immer es Menschen gibt, kann die Langeweile nicht allumfassend sein, die Leute sorgen schon dafür.«

»Ich wollte nicht weggehen, habe dir nur Palaver aufgetischt. Warum sollte ich weggehen? Zur Jagd nach buntscheckigen Drachen? So sprach ich, aber du redetest immerzu vom Experiment der Freiheit. Ich habe keine Lust, diese Narration zu vervollständigen. Tatsache ist, dass es gut wäre, hier noch eine Weile abzuwarten, aber nicht zu lange.«

DER ENGLISCHUNTERRICHT

Günther hatte den Touristen davon unterrichtet, dass Jennifer in einem Zentrum der amerikanischen Armee arbeitete. Er hatte ihm auch die nötigen Vorinformationen gegeben, Adresse, Telefonnummer und eine kurze, alles andere als ermutigende Beschreibung. Eine scheue junge Frau, ungesellig, schmal, nachlässig und flink und mit funkelnden Augen. Der Tourist hatte sie angerufen und, unzufrieden mit der lakonischen Knappheit des Gesprächs, beschlossen, sie an ihrem Arbeitsplatz aufzusuchen, auch war er neugierig darauf, wie die deutsche Schule der uniformierten Yankees wohl aussehen mochte. Ja, Jennifer spricht perfekt Deutsch, ihr werdet euch verständigen können, hatte Günther ihm versichert und wiederholt, dass die junge Amerikanerin, eine gute Freundin von ihm, einverstanden gewesen sei, den Auswanderer in die Sprache der Neuen Welt einzuführen. Sie akzeptiere keine Bezahlung, betrachte diese freiwillige Hilfe als einen äußerst geringen Preis für all die Enttäuschungen, die ihre arroganten und egoistischen Mitbürger den armen Gefangenen jenseits der Mauer zugemutet haben.

»Jennifer«, hatte der Besucher gefragt und sich leicht hinabgebeugt zum Schreibtisch, an dem die junge Frau mit kurz geschnittenen Haaren und einer Brille mit blauem Rahmen eifrig in ein Register schrieb.

»Jennifer Backer, ja, ja«, antwortete die Lehrerin prompt, ohne den Blick zu erheben.

»Ich bin Günthers Freund.«

»Ah, ja, ja, einen Augenblick.«

Noch bevor sie sich dem forschenden Blick des Fremden aussetzte, war sie errötet. Sie war aufgestanden, groß, in einem weißen Shirt, das ihre generösen Brüste eng umfing, und hatte die Brille abgenommen. Sie hatte große schwarze Augen, die glühten, funkelten, wie Günther gesagt hatte. Sie winkte einem Kollegen, der Kaffee brachte. Nun erzählte sie, dass sie aus Boston stamme, sich schon früh in das Deutsch der Romantiker und in Berlin, die Geschichte und Realität dieser faszinierenden Stadt, verliebt habe. Sie werde auch noch einige Jahre bleiben und den Leuten aus der Besatzungsarmee die Sprache der Teutonen beibringen, die sie besiegt hatten. Sie zeigte keine besondere Lust, zurückzukehren in den amerikanischen Wettbewerb, wiewohl Boston, »ich nehme an, das ist Ihnen bekannt«, eine Art kleines Europa sei.

Sieh an, nach einem kurzen Gespräch war alle Lakonie weg. Als sie sah, dass der Gast mit dem zufrieden schien, was er erfahren hatte, schnappte sie sich eine kleine Papierserviette vom Tisch und schrieb die Telefonnummer auf.

»Rufen Sie an, damit wir den Stundenplan festlegen.«

Sie wohnte in einem viergeschossigen Wohnblock am Rande eines Parks in der Nähe der Oper. Zweiter Stock, kein Fahrstuhl. Der Schock saß: Die Hausherrin empfing ihn in der offenen Tür mit weit ausgebreiteten Armen und einem freundlichen Lächeln, dem alle Schüchternheit abging. Der Gast betrachtete ihre langen Arme und die schönen Hände, die langen barfüßigen Beine. Die Hausherrin trug schwarze Jeans und eine kurze Bluse, stand immer noch mit ausgebreiteten Armen da.

»Los, komm herein. Ich kümmere mich schon um alles.«

Sie schien sich um die Verwunderung des Schülers nicht zu kümmern, auch nicht darum, dass sie nichts zum Umarmen abbekommen hatte.

»Wirklichkeitsangst? Doch nicht im Ernst. Das heißt, damit wollen wir erst gar nicht anfangen. Günther hat mir von dieser exotischen Diagnose erzählt. Monsieur Sartre nannte das *la nausée*.«

Und schon befand sich der Nomade im Zimmer. Beinahe unmöbliert, nur ein Bett und ein großer Tisch, Bücherstapel auf dem Fußboden. Plötzlich fühlte er sich von der Vestalin herangezogen, die ihm dazu abgehackt erklärte: »Das ist meine Sache, mach dir keine Sorgen. Musst dich auch nicht wundern. Überlass dich mir«, so Jenny.

Auch hatte sie schon begonnen, ihn gemächlich auszuziehen, methodisch, von unten nach oben, und dazu ermutigend gelächelt. Als sie damit fertig war und beide nackt voreinander standen, trat sie einen

Schritt zurück, um das erwachte Organ zu betrachten. »Er ist schön. Und keinesfalls scheu«, lächelte sie und machte einen Schritt auf das breite grüne Bett zu.

»Günther muss es ja nicht wissen,« flüsterte Jenny bei der letzten Umarmung. »Ich verstehe den Wirklichkeitsekel nach dem Lager und all den Illusionen, die danach noch in die Falle gegangen waren. Ich bin pragmatisch, trotz dieser gewaltigen Bücherstapel, wiewohl ich auch den Genossen Sartre gelesen habe.«

Der Schüler lächelte nun auch, sieh an, welch ein überraschend heftiger Beginn. Und über die Selbstverständlichkeit des Abenteuers, in das er hineingesprungen war.

»Du scheinst dich immer noch zu wundern. Es gibt keinen Grund dafür. Die Anziehung ist das Einfachste der Welt, selbstverständlich. Wir werden auch für das Englische Zeit finden. Und für ganz reale Gespräche.«

»Ja, werden wir, ich bin überzeugt.«

»Du warst hier, anwesend, ich habe es gespürt. Bist es auch jetzt. Es ist nicht dein Schatten, sondern die reine Gegenwart.«

»Ich bin mir nicht sicher«, antwortete nach einer Weile der Schüler. »Ich hatte nicht erwartet, dass Günther meine Hirngespinste ausplaudert. Die Deutschen sind diskreter als wir, die Balkanesen.«

»Auch Günther ist ein Balkanese, selbst wenn er Deutscher ist, und daran ist nichts Schlimmes. Ihr seid lebendiger als diese. Aber er hat keine Pietätlosigkeit begangen. Wir sind gut befreundet, wir kennen uns, vertrauen uns gegenseitig. Er war überzeugt davon, dass auch wir beide gute Freunde werden.«

»Ein Hellseher, ein Prophet … Was hat er dir sonst noch erzählt?«

»Über deine Schwester. Dass du in sie verliebt bist.«

»Verliebt? Die Liebe ist eine fehlerhafte Zuschreibung, steht in einem der Bücher hier auf dem Fußboden. Wir sind uns nahe, das schon. Zwei Waisenkinder, die zusammen aufgewachsen sind. Das eine mit und für das andere. Der Welt entfremdet, wenn nicht gar gegen sie gerichtet.«

»Sie soll verheiratet sein.«

»Ja, sie ist verheiratet. Ich bin kein Ehemann. Von mir kann sie sich nicht scheiden lassen. Das würde sie auch nicht wollen.«

»Und wie heißt sie?«

»Tamar, Tamara.«

»Das wollte ich hören. Zu sehen, ob du mir vertraust. Tust du nicht. Tust du noch nicht. Wirst du aber. Wir werden Freunde sein. Tamar ist etwas anderes als Agathe.«

»Agathe bedeutet WA-Syndrom. Realitätsphobie. Günther hat dir offenbar auch dies gesagt.«

»Er war sicher, dass wir Freunde werden, das ist alles. Aber das WA-Syndrom gefällt mir nicht. Das braucht einen anderen Namen, eine andere Metapher.«

»Hältst du das für eine Metapher? Es war die Bezeichnung eines Arztes, dessen Diagnose.«

»Ein frivoler Leser. Anfällig für billige Effekte.«

»Dann, also, dann hast du einen anderen Vorschlag?«

»Ich werde darüber nachdenken. Wir haben Zeit. Du sollst ja deinen Aufbruch in die Welt noch etwas hinausgeschoben haben.«

Mit Fantasie und Leidenschaft erfüllte die Vestalin das erotische Ritual. Sie war ausdauernd, Stöhnen und kurze Schreie, verschämt und unverschämt, zarteste und heißeste Liebkosungen. Eine Art heimlicher Therapie, so beharrlich wie unwiderstehlich. Ja, unwiderstehlich, schließlich war der Partner, in dieser delikaten und verständigen Kommunion eingefangen, nicht mehr sicher, ob nicht der Schatten an seiner Stelle agierte, aber es bekümmerte ihn nicht, so entbrannt im elektrischen Spiel des Augenblicks. Zwei Körper, die nach Freude dürsten, der eine gehörte ihm, wie es schien, und er hätte sich auch nicht von ihm loslösen können, wollte es auch nicht mehr, Jenny steckte ganz und gar in ihm und er in ihr, verkettet und verriegelt, einmal und noch einmal und noch ein... im Genuss. Aufmerksam und scharfsinnig war die Lehrerin vollkommen den exaltierten Körpern hingegeben.

Wie da wohl der Englischunterricht sein mag, fragte sich der Schüler, als er aus der Hypnose erwacht war und erschöpft auf den Plafond schaute.

Die Pause dauerte an. Die Stille im Raum war so perfekt wie die der befriedigten Leiber; Jenny befand sich nicht mehr im Bett und auch nicht im Zimmer – man hörte die Dusche im Bad. Auch als man die Dusche nicht mehr hörte, tauchte sie nicht wieder auf. Wie es schien, beeilte sie sich nicht, der Schüler hatte ausreichend Zeit, seine Kleidung ebenso in Ordnung zu bringen wie die Gedanken für das nächste pädagogische Experiment. Sie hatte die Requisiten nicht gewechselt, trug wieder die schwarzen Jeans und war barfuß. Lange betrachtete der Gefangene den schön geschwungenen Fuß und ihre schönen Hände. Er war kurz davor, seine infantile Fixierung auf die weiblichen Hände und Füße einzugestehen. Die Bluse war nun nicht mehr hauchdünn, sondern aus festem schwarzen Leinen und nonnenhaft bis zum Hals zugeknöpft. Der Fremde begnügte sich damit, jetzt wieder das große Zimmer zu betrachten, und bereitete sich innerlich darauf vor, der Lehrerin vorzuschlagen, die erotischen Exerzitien künftig ans Ende des Unterrichts zu verlegen. Auf dem Tisch standen nun zwei Kaffeetassen, daneben Hefte und Bücher und Bleistifte.

Die Unterrichtsstunde verlief tadellos, freundschaftlich und professionell. Ohne die geringste launige Abschweifung. Zum Schluss umarmte Jenny ihn freundschaftlich und klopfte ihm beschützend auf die Schulter. Sie würden sich in drei Tagen zur gleichen Uhrzeit am selben Ort wiedersehen. Er hatte keine Zeit oder Lust mehr gehabt, sie um die Verlegung des Anfangsrituals auf das Ende des Unterrichts zu bitten, er würde es beim nächsten Mal tun, in drei Tagen. Drei Tage später war seine Überraschung nicht geringer als beim ersten Mal. Jenny trat ihm in der gleichen Kleidung und der gleichen freundlichen Gestimmtheit entgegen, aber ohne den glühenden Elan; sie wartete vielleicht ab, dass der Partner die Initiative ergreife, dieser aber machte keine Anstalten dazu. Das Englische schien die Aufmerksamkeit der beiden vollauf in Anspruch zu nehmen.

Ebenso in den folgenden Wochen. Die globalisierte Sprache einer globalisierten Epoche eröffnete ein neues Abenteuer, eine neue Zuflucht, aber der Nomade war ein Novize und konnte lediglich auf eine beginnende Vertrautheit mit der neuen Phonetik und einigen Argot-Ausdrücken hoffen, mit denen ihn eine enthusiasmierte Jenny ausgestattet hatte.

Sie waren ein paarmal abends zusammen ausgegangen und hatten sich in ihren Gesprächen zum sichtlichen Vergnügen beider mit etlichen der Bücher auf dem Fußboden auseinandergesetzt. Keinerlei Anspielung auf die Annäherung des ersten Tages! Als hätte diese erste Begegnung überhaupt nicht stattgefunden oder wäre lediglich ein wandernder Schatten der unwiederbringlichen Zeit gewesen. Die zerebralen Exerzitien, mit der gleichen Präsenz in Angriff genommen wie die Erotischen, hatte sie jedoch neuerlich vereint. Sie fanden zu gemeinsamen Lektüren, die ihren Ursprung in verschiedenen Sprachen und an unterschiedlichen Orten genommen hatten.

Es sah so aus, als hätte ihr Gespräch aus dem erotischen Dialog eine komplizenhafte Intensität erfahren, die das Paar wieder ergänzte. Das hatte nichts zu tun mit der Wirklichkeitsangst, sondern mit einer anderen, einer sehr grundsätzlicheren Realität, an die der Tourist zu denken nicht aufhören konnte. Jenny, die sich als pragmatisch vorgestellt und so auch erwiesen hatte, war nicht weniger an der bizarren Begegnung interessiert als ihr Schüler.

IN DER BIBLIOTHEK: THOMAS MANN

Der Dichter nun, dessen Name so frühzeitig zu uns drang, der deutsche Schriftsteller, der unseren Knaben als erstes, gültiges Muster vorgestellt wird, war ein Fremder, ein Ausländer. Französische Lieder erklangen an seiner Wiege. Die Luft, das Wasser, die Kost Frankreichs bildeten seinen Körper, der Rhythmus der französischen Sprache trug alle seine Gedanken und Empfindungen, bis er halbwüchsig war. Erst dann, mit vierzehn Jahren, kam er zu uns. Nie brachte er es in unserer Sprache zu mündlicher

Geläufigkeit. Er zählte auf Französisch. Es ist überliefert, dass er, produzierend, bis zuletzt seine Eingebungen laut auf Französisch vor sich hinsprach, bevor er daranging, sie in Verse zu gießen, – und was zustande kam, war dennoch deutsche Meisterdichtung.

Das ist erstaunlich, – mehr, es ist unerhört. Man hat Beispiele, dass Männer des Geistes, von dem Genius eines fremden Volkes sympathisch angezogen, die Nationalität wechselten, sich völlig in die Probleme, die Ideen der wahlverwandten Rasse vertieften und in einer Sprache, die nicht die ihrer Väter gewesen war, gehörig, ja elegant die Feder führen lernten. Aber was bedeutet Korrektheit, was Eleganz gegenüber der tiefen Vertrautheit mit den letzten Feinheiten und Heimlichkeiten einer Sprache, jener sublimen Abgefeimtheit in Bezug auf Ton und Bewegung, auf die Reflexwirkung der Wörter untereinander, ihren sinnlichen Geschmack, ihren dynamischen, stilistischen, kuriosen, ironischen, pathetischen Wert, jener Meisterschaft – um in ein Wort zu fassen, was zu analysieren unmöglich ist – auf dem zarten und mächtigen Instrument der Sprache, die den literarischen Künstler macht und deren der Dichter bedarf! Derjenige, dem der Beruf eingeboren ist, dereinst die schöne Literatur seines Volkes zu bereichern, wird sich seine Muttersprache früh auf eine besondere Art angelegen finden. Das Wort, das da ist, das allen gehört und das doch ihm in einem innigeren und beglückenderen Sinn als jedem andern zu gehören scheint, es ist sein erstes Staunen, seine früheste Lust, sein kindischer Stolz, der Gegenstand seiner geheimen und unbelobten Übungen, der Quell seiner vagen und fremdartigen Überlegenheit. Mit vierzehn Jahren mag, in Hinsicht auf ein individuelles und ungewöhnliches Verhältnis zum Worte, in der Stille manches Vorbereitende geschehen sein. Und in diesem Alter nun unter ein fremdes Volk, in eine fremde Sprach- und Gemütszone versetzt zu werden! Wenn irgendwoher eine latente Sympathie vorhanden gewesen war, wenn die innere Anpassung an deutsches Tempo, deutsche Denkgesetze sich unbewusst und unwillkürlich vollzog, – wieviel bewusste Arbeit, wieviel Ringen und Werben um die Gunst unserer Sprache war selbst dann noch nötig, damit aus einem französischen Knaben ein deutscher Dichter wurde! […]

Er war ein hochgewachsener, sanfter Mensch mit lang herabhängendem, glattem Haar und edlen, beinahe schönen Gesichtszügen. Befähigt, mit Kindern und Wilden gut Freund zu sein, bewahrte er den Radak-Insulanern, deren Gast er einst war und deren Schönheit und Naturnähe er im Rousseau-Stil preist, ein schwärmerisches Andenken und nannte den Ulea-Indianer Kadu, der ihn in der Südsee bediente, »einen der schönsten Charaktere, die er im Leben getroffen, und einen der Menschen, die er am meisten geliebt«. [...]

Das Überzarte und das Brutale sind Komplementärbedürfnisse der reizsüchtigen romantischen Konstitution, und dieser Kontrast eben ist es allein, der Chamissos lateinisch klares, vernünftiges und geschlossenes Werk in den seelischen Bereich der Romantik rückt. [...]

Peter Schlemihls wundersame Geschichte *wurde – um das Literarhistorische vorwegzunehmen – im Jahre 1813 niedergeschrieben; um jene Zeit, als der Dichter in einem menschlich und politisch desperaten Zustand auf dem Gute der ihm befreundeten Familie Itzenplitz botanisierte. Er selbst hat ausgesagt, dass er die Arbeit unternommen habe, um sich zu zerstreuen und die Kinder eines Freundes (Eduard Hitzig) zu ergötzen. [...] man hat den* »Schlemihl« *ein Märchen [...], sogar ein Kindermärchen genannt. Er ist es nicht, ist, obgleich auf unbestimmtem Grund und Boden spielend, zu novellistischer Natur, bei allem grotesken Einschlag zu ernst, zu modern-leidenschaftlich, um der Gattung des Märchens eingeordnet werden zu können. [...] Ganz realistisch und bürgerlich hebt die Erzählung an, und die eigene Kunstleistung des Verfassers besteht darin, dass er die realistisch-bürgerliche Allüre bis ans Ende und beim Vortrage auch der fabelhaftesten Begebnisse mit aller Genauigkeit festzuhalten weiß: dergestalt, dass Schlemihls Geschichte wohl als »wundersam« im Sinne selten oder nie erhörter Schicksale wirkt, zu denen ein irrender Mensch durch Gottes Willen berufen war, aber nie eigentlich wunderbar im Sinne des Außernatürlichen und Unverantwortlich-Märchenhaften. Schon ihre autobiographische, bekenntnismäßige Form trägt dazu bei, dass ihr Anspruch auf Wahrhaftigkeit und Realität strenger als beim unpersönlich fabulierenden Märchen betont erscheint, und wenn es darauf ankäme, sie mit einem Gattungsnamen zu bestimmen, so wäre, meinen wir, der einer »phantastischen Novelle« zu wählen. [...] Nichts von Pferdefuß, Dämonie und höllischem Witz. Ein überhöflicher, verlegener Mann, der rot wird (ein köstlich überzeugender Zug), als er die entscheidende Unterredung wegen des Schattens einleitet, und den auch Schlemihl, zwischen Respekt und Grauen schwankend, mit bestürzter Höflichkeit behandelt. [...] Der betörte Schlemihl wählt den Glückssäckel, und es folgt jener unbezahlbare Moment, wo der Graue niederkniet, mit bewundernswürdiger Geschicklichkeit Schlemihls Schatten vom Kopf bis zu den Füßen leise vom Grase löst, aufhebt, zusammenrollt, faltet und in die Tasche steckt.*

Die Sache ist nun die, dass jeder, Mann, Weib und Straßenjunge, sofort bemerkt, dass Schlemihl keinen Schatten hat und ihn mit Hohn, Mitleid, Abscheu deswegen überschüttet. Ich bin hier nicht ganz so bedenkenlos, wie etwa im Punkte des Glückssäckels. Wenn mir in der Sonne ein Mensch begegnete, der keinen Schatten würfe, – würde es mir auffallen? Und wenn es mir wirklich auffiele, würde ich nicht einfach im stillen auf irgendwelche mir unbekannte optische Ursachen schließen, die die Entstehung eines Schlagschattens in diesem Falle zufällig verhindern? Gleichviel! Eben die Unkontrollierbarkeit und Unentscheidbarkeit dieser Frage ist der eigentliche Witz und Einfall des Buches, und die Voraussetzung zugegeben, so ergibt alles sich mit erschütternder Folgerichtigkeit.

Denn was folgt, ist die Schilderung einer scheinbar bevorzugten und beneidenswerten, aber romantisch elenden, innerlich mit einem düstern Geheimnis einsamen Existenz, – und schlichter, wahrer, erlebnishafter, persönlicher hat nie ein Poet ein solches Dasein darzustellen und der Empfindung nahezubringen gewusst. [...]

Wir sehen den reichen Schlemihl des Nachts bei Mondschein in einen weiten Mantel gehüllt, den Hut tief in die Augen gedrückt, sein Haus verlassen, getrieben von dem selbstquälerischen Wunsche, die öffentliche Meinung zu prüfen, sein Schicksal aus dem Munde der Vorübergehenden zu vernehmen. Wir sehen ihn sich ducken unter dem Mitleid der Frauen, dem Hohn der Jugend, der Verachtung der Männer, namentlich der Wohl-

beleibten, »die selbst einen breiten Schatten werfen«. Wir sehen ihn zerrissenen Herzens nach Hause wanken, da ein holdes Kind, das von ungefähr ihr Auge auf ihn wandte, beim Anblick seiner Schattenlosigkeit das schöne Antlitz mit dem Schleier verhüllte und gesenkten Kopfes vorüberging. Seine Reue über den Handel ist grenzenlos. [...]

Mit der größten Lebenswahrheit ist hierauf geschildert, wie Schlemihl sich mit seinem Fluche so leidlich einzurichten sucht. Seinem Kammerdiener, einem Burschen von guter Physiognomie, hat er in weicher Stunde sein schimpfliches Gebrechen bekannt, und der Wackere, obgleich entsetzt, überwindet sich, der Welt zum Trotz, bei seinem gütigen Herrn zu bleiben und ihm nach Kräften zu helfen. Er umgibt ihn mit Sorgfalt, ist überall vor und mit ihm, sieht alles vorher und, größer und stärker als Schlemihl, überdeckt er ihn in Augenblicken der Gefahr geschwind mit seinem eigenen prächtigen Schatten. So wird es Schlemihlen ermöglicht, sich unter den Menschen zu bewegen und eine Rolle zu spielen. »Ich musste freilich viele Eigenheiten und Launen scheinbar annehmen«, sagt er. »Solche stehen aber dem Reichen gut.« Niederlagen, Demütigungen bleiben nicht aus. Und nicht lange, so spinnt jene rührende Episode sich an, die ein unsterbliches Thema romantischer Poesie: die Liebe des Gezeichneten, Gehetzten, Infamen, Verdammten zu einem reinen und ahnungslosen Mädchen in stiller bürgerlicher Menschlichkeit abwandelt.

Es ist das unselige Idyll mit dem Forstmeisterskinde, und nichts fehlt dabei, was typischerweise zur Entwicklung des Themas gehört, weder die unschuldig eitle Kuppelei der Mutter und die biedere Ungläubigkeit des Vaters, der »so hoch nicht hinaus will«, noch die Gewissensqual des Werbenden, die Ahnungen des Mädchens, ihre zärtlichen Versuche, in das Geheimnis des Geliebten einzudringen, und ihr Weibesruf: »Bist du elend, binde mich an dein Elend, dass ich es dir tragen helfe!« Aber alles ist neu beseelt, neu belebt, und ein so bewegter Ernst des Ausdrucks, ein solches Wahrheitsideal herrschen hier, dass man die Phantastik der Voraussetzungen völlig vergisst, dass auch der Dichter sie völlig vergessen zu haben scheint. Nirgends ist die Erzählung so wenig Märchen wie hier, nirgends so ganz Novelle, Wirklichkeit, ernstes Leben. [...] Nichts erfreu-

licher als der Kapitelschluss, wo der Böse, »als sei er solcher Behandlung gewohnt«, sich stillschweigend, mit gebücktem Kopf und gewölbten Schultern, von dem getreuen Bendel den Buckel zerbläuen lässt. […] Und keine schönere Schlusswendung war denkbar, als die vom Dichter erfundene, die versöhnlich ist, doch zugleich streng und weit von dem kindlichen Optimismus des Märchens entfernt, wo alles in Hochzeitsjubel und »wenn sie nicht gestorben sind« auszulaufen pflegt.

Schlemihl, »durch frühe Schuld von der menschlichen Gesellschaft ausgeschlossen«, kehrt keineswegs in diese Gesellschaft zurück, gewinnt seinen Schatten nicht wieder. Er bleibt einsam, er fährt fort zu büßen, aber zum Ersatz für bürgerliches Glück wird er durch eine gnädige Fügung an die weite Natur gewiesen und verbringt sein Leben im Dienste der Wissenschaft. Die geographische Akkuratesse, mit der der Verfasser die Märsche seines Helden in den Siebenmeilenstiefeln bezeichnet, ist wiederum ein Mittel, die Phantastik seiner Angaben realistisch zu stützen. […] Schlemihl also, ein grotesker und mit seinem Lose großartig zufriedener Wanderer, bewegt sich in kolossalen Studienmärschen auf dem Rücken der Erde. […] Inwiefern ist dieses kleine Werk ein Bekenntnis, und was bedeutet die Schattenlosigkeit? Man hat sich seit dem Erscheinen des Buches den Kopf darüber zerbrochen, man hat der Frage Abhandlungen gewidmet und sie nur allzu klipp und klar beantwortet, indem man sagte, der Mann ohne Schatten, das sei der Mann ohne Vaterland. Allein das heißt die »tiefere Bedeutung« eines Motivs, das zunächst einmal nichts als ein skurriler Einfall war, zum mindesten allzu knapp umschreiben. Der Schlemihl *ist keine Allegorie, und Chamisso war nicht der Mann, dem etwas Geistiges, eine Idee jemals das Primäre bei seiner Produktion gewesen wäre. »Nur Leben«, war seine Maxime, »kann wieder Leben ergreifen«. Aber eben weil dem so ist, hätte er nicht ohne lebendige Erfahrung ein schnurriges Märchenmotiv zu etwas so Lebensvollem und novellistisch Wahrem ausgestalten können, und Zerstreuungsbedürfnis oder Onkelgüte allein hätten ihn nicht vermocht, die Geschichte zu schreiben, wenn er sich nicht in der besonderen Lage gewusst hätte, sie aus Eigenem und Persönlichem zu Dichtung beseelen zu können. […]*

Chamisso hat für die französische Ausgabe des Schlemihl *ein reizendes Vorwort geschrieben, gegen dessen Ende er sagt […] »L'ombre considéré sur un plan situé derrière le corps opaque qui la produit n'est autre chose que la section de ce plan dans le solide qui représente l'ombre.«*[8]

»C'est donc de ce solide«, bemerkt Chamisso dazu, »dont i lest question dans la merveilleuse histoire de Pierre Schlemihl. […] La leçon qu'il a chèrement payé, il veut qu'elle nous profite et son expérience nous crie: songez au solide.«[9]

»Songez au solide!« Das ist also die ironische Moral dieses Buches, dessen Autor nur zu genau wusste, was es heißt, der Solidität, der menschlichen Standfestigkeit, des bürgerlichen Schwergewichts zu ermangeln. […] Er kannte die Qualen der jugendlich problematischen Existenz, die, ohne regelrechte Laufbahn und ohne regelrechte Zukunft, sich nicht auszuweisen vermag und mit wundem Ichgefühl überall Hohn und Verachtung spürt, besonders von Seiten der Dicken, Soliden, »die selbst einen breiten Schatten werfen«. Er besaß vielleicht noch sonderbarere Einsichten in die schwebende Unwirklichkeit und Unsolidität seines Daseins. Er war, Franzose von Geburt, in Deutschland heimisch geworden und konnte sich sagen, dass er, wenn der Zufall es gewollt hätte, ebensogut überall sonst hätte heimisch werden können. […] Was war er, wer war er überhaupt? Ein Nichts und ein Alles? Eine unumschreibbare, überall heimische und überall unmögliche Unperson? Es mag Tage gegeben haben, wo er sich nicht gewundert haben würde, wenn er vor lauter Unbestimmtheit und Unwirklichkeit nicht einmal einen Schatten geworfen hätte.

Der Schatten ist im Peter Schlemihl *zum Symbol aller bürgerlichen Solidität und menschlichen Zugehörigkeit geworden. Er ist mit dem Gelde zusammen genannt, als das, was man zu verehren habe, wenn man unter den Menschen leben wolle, und dessen man sich nur entschlagen möge, wenn man ausschließlich sich und seinem besseren Selbst zu leben gewillt sei. Den Bürgern, wie man heute sagen würde, den Philistern, wie der Romantiker sagte, gilt der ironische Zuruf: »Songez au solide!« Aber Ironie heißt fast immer, aus einer Not eine Überlegenheit machen, und das ganze*

Büchlein, das nichts als eine tief erlebte Schilderung der Leiden eines Gezeichneten und Ausgeschlossenen ist, beweist, dass der junge Chamisso den Wert eines gesunden Schattens schmerzlich zu würdigen wusste.[10]

ARPEGGIONE

Zur letzten Unterrichtsstunde stellte sich der Weltwanderer mit einem großen Blumenstrauß ein. Die Lehrerin wartete in der Tür. Sie war nicht mehr barfuß und auch nicht mehr so vertraulich.

»Wenn ich das recht verstehe, reist du nun zu deiner Schwester.«

»Ihretwegen bin ich ins Exil gegangen. Sie braucht mich. Und ich brauche sie. Eigentlich ich sie … Wir haben keine andere Familie.«

»Ja, ich verstehe. Reist du bald? Wie ich dich kenne, bist du durchaus in der Lage, zu beschließen, ganz schnell bei Nacht zu verschwinden. Vielleicht hast du das schon beschlossen.«

Der Exilant schwieg und schaute sie an. Die Füße in hochhackigen Schuhen, ihre schönen weißen Hände, das Lächeln.

»Bevor wir uns trennen, schlage ich vor, durch Berlin zu schlendern. Meine Lieblingsstadt. Ich habe Konzertkarten besorgt. Wir haben drei Stunden, um uns treiben zu lassen, mithin Zeit genug für die Melancholie. Das Programm umfasst deutsche und österreichische Komponisten. Soweit ich weiß, ist die Bukowina mit Österreich verbunden. Für die süße Bukowina haben wir den sentimentalen Schubert, er steht mit einem seltenen Stück im Programm, der Arpeggione-Sonate.«

»Die Arpeggione-Sonate ist mir vertraut. Zum ersten Mal habe ich sie in der Interpretation einer russischen Cellistin gehört.«

»Der delikate Franz ist sentimental.«

»Vielleicht, aber das will mir nicht als ein Mangel vorkommen. Verletzlichkeit, das weiß ich aus Erfahrung, entlädt sich in Melancholie. Es ist eines seiner unmittelbar vor dem Tod geschriebenen Stücke. Er war schwer krank und verzweifelt. *La mélancolie, c'est le bonheur d'être triste,*[11] sagt Victor Hugo, und Herr Schubert wusste das.«

Als sie aus dem Konzertsaal traten, küsste der Reisende die Hand der Lehrerin im Stil des alten Kontinents.

»Das Konzert war fabelhaft, vielen Dank für diesen musikalischen Abend und für alles sonst.«

»Also reist du bald.«

»Ja, bald, ich habe die Flugtickets schon. Bis dahin könnten wir zu Abend essen. Es ist der Abend der Trennung, nicht? Ich hoffe, sie wird nicht zu lang werden.«

»Wirst du zurückkehren auf den Boden des alten Kontinents?«

»Wer weiß, was die Zukunft für uns bereithält. Ich habe mein ganzes Leben in Ungewissheit gelebt, habe mich an die rätselhaften Umwege des Lebens gewöhnt.«

Sie betraten ein kleines ungarisches Lokal in der Nähe. Der Heimatlose pickte an seinem Braten herum und leerte zwei Flaschen Rotwein. Die Lehrerin betrachtete ihn schweigsam, ein Lächeln auf den Lippen. Als sie etwas später die Wohnungstür öffnete, verbeugte sie sich vor dem Gast und schleuderte die Schuhe in die Ecke.

ZWISCHEN DEN MAUERN

Anscheinend war da ein verhaltenes Klopfen an der Tür zu hören, aber der Schläfrige war zu müde, konnte sich nicht bewegen. Dann noch ein solcher Klopfer, ein gelber Umschlag tauchte unter der Eingangstür auf. Der Schlaftrunkene hatte nicht den Mut, die Augen aufzuschlagen, und blieb liegen, betäubt, abwartend. Dann traten die beiden dicken Zwillinge in ihren Gala-Anzügen herein und untersuchten gelangweilt den kleinen Raum und den für allezeit eingeschlafenen Gast. Der gelbe Briefumschlag befand sich nicht mehr bei der Tür, sondern unter dem Tisch. Wo war Günther, warum kam er nicht und beschwerte sich über den Einbruch in seine Privatsphäre?

Günther war seit zwei Tagen ohne Vorankündigung oder Entschuldigung verschwunden, der Reisende fühlte sich zunehmend unsicherer in dem engen Apartment und der großen fremden Stadt, die ihn mit zu vielen und zu verlockenden Neuigkeiten bedrängte. Seit zwei Tagen war er nun allein und hatte nicht den Mut, die Polizei anzurufen; er wartete darauf, dass der Gastgeber wieder auftauchte. Die nächtlichen Phantome fielen über ihn her, freuten sich, ihn mit der Mahnung zu quälen, er müsse sich umgehend bei den Autoritäten melden und seinen Aufenthalt in einer ausländischen Hauptstadt rechtfertigen. Sie versicherten ihm jedes Mal, ihm werde nichts Böses geschehen, die Untersuchung werde nicht lange dauern, es werde zu keinem Prozess kommen, die demokratische Bürokratie sei langsam und ineffizient – wie die undemokratische auch. Und wenn es schließlich doch zum Prozess kommt, werde es keine öffentliche Verhandlung geben, es gebe überhaupt keinen Grund zur Beunruhigung. Er wird geheim sein, hinter verschlossenen Türen, in einem strengen Rahmen, völlig abgedichtet – teutonische Armee. Sieh an, der Blonde nahm seinen großen Filzhut ab, öffnete den gelben Umschlag, während er unverwandt und als sei außer ihnen beiden, den Abgesandten von Oberst Tudor, niemand mehr im Zimmer, seinen brünetten Zwillingsbruder anschaute.

»Mein lieber Patient und Freund«, klang die erste Mahnung. Patient und Freund? Wie das, seit wann diese doppelte Rangerhöhung? Der Reisende wälzte sich im Bett herum. Wer hat sich nun diesen Albtraum noch ausgedacht und wo war Günther, bei dem er sich über diese Inszenierung hätte beschweren können? »Ich habe dir geraten, mich hin und wieder zu besuchen. Nicht etwa, weil ich den Kontakt zu Doktor Tamar, meiner Kollegin am Krankenhaus auf dem Balkan, hätte wiederaufnehmen wollen. Mitnichten! Zu deinem Besten. Wegen deiner Krankheit, wenn wir sie so nennen dürfen. Dürfen wir, du hast es zugelassen. Hast es zugelassen, ja, vergiss das nicht, du hast es zugelassen und gut daran getan.«

Der Umschlag wechselte aus der Hand des Blonden in die seines brünetten Bruders hinüber, der ebenso bereit war, die Botschaft des Securitate-Doktors zu verkünden.

»Ich hoffe, du erinnerst dich an die Diagnose, Wirklichkeitsangst.

Als Folge des Lagers und der hypnotischen Post-Lager-Zeit. Dir hat die Bezeichnung nicht gefallen, ich erinnere mich. Du hast ihr vehement widersprochen. Darfst sie nennen, wie du magst. Verweigerung der Komplizenschaft. Privileg des Höhlendaseins. Geflohener ohne Wiederkehr. Jede Benennung kann gut sein, entscheidend ist die Aufmerksamkeit, die du ihr zukommen lässt. Du hast es versprochen, vergiss das nicht. Vergiss es nicht, auch wenn du ganz weit weg bist, beim Schwesterchen, vergiss es nicht, der Oberst hat mir gesagt, er hat dir freies Geleit gewährt.«

Der ganze Körper des Schlaftrunkenen geriet unter Spannung, er erhob sich mit geschlossenen Augen auf die Ellbogen, um so der Wirklichkeit die Stirn zu bieten. Wartete ein paar Minuten und öffnete zögerlich die schweren Lider. Nichts, niemand. Wieder wie gestern, wie vorgestern! Die Schauspieler der Polizei waren verschwunden, als hätte es sie nicht gegeben. Sie hatten auch den Umschlag mitgenommen, ja, um bloß keine Spuren zu hinterlassen, hatten auch den zitronengelben Umschlag mitgenommen, gelb wie die Heuchelei. Der Wandersmann sank wieder zurück auf die Kissen, konnte aber nicht mehr einschlafen. Alles war durch das Fernbleiben Günthers ausgelöst worden, aber vor allem durch seine gestrige Botschaft. Wann, wie hatte er sich ungehört auf Zehenspitzen bei Nacht aus der Klause hinausgeschlichen? Der Heimatlose fand am Morgen anstelle des Kaffees, den Günther jeden Morgen zubereitete, ein kurzes Lebenszeichen. Einen Zettel mit einem knappen Hinweis in roter Kugelschreiberschrift: »Lies die Zeitungen!« Das konnte nur bedeuten, dass der ehemalige Pionierinstrukteur nachts heimlich zurückkam, wenn er wusste, dass sein Freund erschöpft vom Tage schlief, und sich dann wieder davonmachte, wie eben auch gestern geschehen. Die Zeitungen waren tatsächlich alarmiert, wiewohl der Alarm auf ihren Seiten, auf denen die allgemeine Panik geschildert wurde, je unterschiedlich klang: »Morgen sind die Russen da«, »Die Amerikaner kommen«, »Das Ende des Zweiten Weltkriegs«, »Löcher in der Mauer«, »Wir werden uns wiedervereinigen«, »Ein Hoch auf Kennedy: Wir sind alle Berliner!«, »Die Tschechen und die Ungarn schicken uns Botschaften«, »Das dritte globale Gemetzel beginnt«, »Alles liegt in der Hand von Mischa Mineralwasser«,[12] »Versorgt euch mit Lebensmitteln und tragbaren Radioapparaten«, »Jetzt kommt's darauf an: zwischen den Yankees und Sibiriern«. Der Reisende fragte sich, ob er sofort zurückkehren solle an den Ort, von dem er aufgebrochen war, oder ob er die Launen der Geschichte von diesem privilegierten Ort aus beobachten solle. Er war kaum aufgebrochen, konnte zurückkehren zu seinen rebellischen Freunden und zum Genossen Oberst Tudor, aber er konnte auch hierbleiben, zwischen den Welten, sich an Günthers pathetischen Versammlungen beteiligen und die Slogans der Befreiung skandieren. Oder aber er fliegt nach Nirgendwo, wo Agathe auf einem lackierten Ast sitzt und auf ihn wartet.

Er war fiebrig geworden, unruhig, angesteckt von der momentanen Hysterie. Konfus, alarmiert wie die Passanten auf der Straße, die nur noch von der näher rückenden Apokalypse sprachen. Er musste Günther zur Nacht auflauern, von seinen kurzen Stippvisiten profitieren, um zu begreifen, was geschah, und einen Rat von ihm einzuholen, schließlich war man ein alter und würdiger Gefährte aus Pubertätszeiten. Sein Schlaf war unruhig, die Albträume jagten einander ohne erkennbaren Sinn. Eines Nachts bei stürmischem Regen, gestern, vorgestern oder sogar heute, sah er die zwei Besucher wieder in dem engen Raum; sie waren gekommen, ihm seine Verhaftung und den Prozess anzukündigen, der immer noch vorbereitet wurde: Die gleichen Zwillinge, der eine saß auf dem Stuhl im Badezimmer, der andere an dem kleinen Tisch am Fenster.

Würde er, wenn sie verschwunden sind, wieder die Nachricht von Oberst Tudor vorfinden? Ja, da lag ein gelber Briefumschlag unter dem Tisch, aber ohne Adresse. Darin ein Zettel, von einer eiligen Hand beschrieben. »Ich habe Dir geraten, mich regelmäßig zu konsultieren, wie jeder verantwortungsvolle Patient. Ich habe nicht vor, wieder einen kollegialen Kontakt zu Tamar herzustellen, obwohl ich weiß, dass Du Dich zu ihr flüchtest. Nein, keinerlei Intentionen in diese Richtung, gewiss nicht! Es geht um Deine Krankheit. Wirklichkeitsangst habe ich sie genannt, und das ist sie auch. Du kannst sie nennen, wie Du willst: Obsession der Einsamkeit, Abweisung der Hoffnung, infektiöser Argwohn, Lektüredroge. Ob es nun die Folge der Lagerzeit während der Kindheit ist oder dessen, was darauf folgte, spielt keine Rolle mehr. Such mich auf, bevor Du abreist. Unbedingt. Dein Arzt und Freund, der nur das Beste für Dich will.«

Das Beste für mich oder für Oberst Tudor?

Der Schlaftrunkene hatte die Hand auf dem Telefon liegen, war kurz davor, Jennifer oder die Polizei oder ein Krankenhaus anzurufen. In Günthers engem Apartment gab es weder eine Maus noch eine Fliege, noch einen Regenschirm, mit dem er sich hätte beraten können. Die Probleme waren nicht einfach und auch nicht leicht zu lösen. Jahrzehntelang hatte er mit einem ähnlichen Dilemma unter dem vergoldeten Emblem von Hammer und Sichel zu kämpfen gehabt. Zurückgezogen in sein Kämmerchen von der Größe einer Streichholzschachtel, fand er sich doch regelmäßig ein bei den illegalen Diskussionen mit seinen Komplizen in rebellischer Rhetorik. Eine andere Routine, die der staatlichen Routine entgegenstand? Und? Nichts. Nichts. Trotzdem war er hier angelangt, also weit weg vom Ort des aufwühlenden Geschehens. In einer fremden Großstadt mit dubioser Vergangenheit, zurückgezogen in die Bibliothek und den Garten des Herrn Adelbert von Chamisso. Und jetzt, da die Explosion schließlich auch die Klagemauer zwischen Ost und West erreicht hat, soll der Nomade fliehen vor der Erfüllung all dessen, auf das er ohne Hoffnung gehofft hatte, nur weil er nicht mehr den Mut hat, an die Realität zu glauben? Gepanzert gegen die bunten Fallen? Was werden die Jammerlappen aus dem Osten tun, wenn sie diesseits der Mauer angelangt sind, unter ihren Landsleuten, die schon seit so vielen Jahrzehnten nicht mehr ihre Landsleute sind, sich nur noch in Anspruch genommen sehen von Steuern und Tarifen, nicht von Losungen und der Zukunft einer altruistischen Welt? Und was werden die Leute im Westen tun, wenn ihre neuen Nachbarn, die schließlich über die Mauern gesprungen sind, die Straßen und Geschäfte und Kirchen, zu denen sie keinen Zutritt hatten, überschwemmen und Unterkunft und Nahrung und Fortbildung einfordern? Die armen Unglücksraben, spät an den gedeckten Wohlstandstisch gelangt, sehen sich nun gezwungen, den Arroganten der Nation und des Geldes beizubringen, dass nicht unbedingt die Angehörigen der inferioren Rasse ihre Feinde sind, sondern die aus der gleichen geschichtlichen Familie, die lange Irrwege durch die Wüste der Enttäuschungen und des Terrors zu absolvieren hatten. Tja, nun wollen wir euch mal beisammen sehen, Brüder unterm Hakenkreuz! Und ich, der ewige Wandersmann, verdächtig qua Definition, in welchem Lager oder auf was für einem Territorium ich mich auch befinden mag, wo werde ich und wie eine Zuflucht finden?

Er hatte gelernt, sich jeden Morgen zu rasieren, aber an diesem regnerischen und festlichen Morgen, da die Mauer ebenso wackelte wie er selbst, musste er Einspruch einlegen gegen das Spiel der Götter und Ereignisse. Er setzte sich wieder an den Tisch und betrachtete das schwarze Rund des Kaffees, wartete, dass die Zwillinge mit ihrem Auftrag erschienen. Er schaute auf die Uhr, schaute die Tasse an und überschlug, wie lange es wohl angemessen sei, zu warten. Er verlängerte sein Warten noch einmal um die gleiche Zeit und erhob sich dann entschlossen auf seine langen und dünnen Beine. Nein, heute wird er sich nicht rasieren! Heute nicht, er hatte Wichtigeres zu tun. Bevor er die Tür schloss, steckte er den Pass mit dem proletarischen Wappen in die Tasche. Auf dem Tisch lag die Mitteilung an Günther für den Fall, dass er gerade während seiner Abwesenheit wieder auftauchen sollte. »Danke für alles. Ich sehe mich gezwungen, eure wunderbare zerbrochene Metropole just in dem Moment zu verlassen, da sie sich ihre Vollständigkeit und ihren Ruhm zurückerobert. Meine vielgeliebte Schwester lässt sich scheiden, ich kann nicht länger bleiben. Also schlüpfe ich in Schlemihls Siebenmeilenstiefel und bin weg.«

IM FLUG

Der Pionier von damals und sein Freund, der Instrukteur, setzten sich wie einstmals auf die Bank und schauten sich wohlwollend an. Sie warteten darauf, dass der Abflug angekündigt würde. Sie waren von einer intensiven kontroversen Diskussion animiert.

»Ich insistiere nicht weiter, wenn es tatsächlich ein familiäres Problem ist, wiewohl ich da meine Zweifel habe. Aber hier handelt es sich nicht um eine schlichte Farce der Geschichte, wie du, so scheint es mir jedenfalls, glauben willst. Es ist tatsächlich ein außerordentliches Ereignis, das wir uns alle erträumt haben. Die einmalige Chance, hier und jetzt im Herzen der Explosion zu sein. Keines deiner Argumente hat mich überzeugt.«

»Auch mich würde keines überzeugen.«

»Heißt das, du bleibst? Wenigstens noch einen Monat, eine Woche. Ich glaube, in einer Woche fliegt die Mauer in die Luft und man kann die Hurra-Rufe hören.«

»Es wäre eine Eselei, zu bleiben. Ich habe keinen Anteil an dem großen Sieg. Auch ist mir nicht danach, ihn gerade hier zu feiern, wo meine Krankheit herstammt. Alle Krankheiten. Nicht bloß das Kreuz, auch das Hakenkreuz.«

»Hier gibt es nicht nur Karl und Adolf, hier gibt es auch Chamisso.«

»Der ist Franzose und Aristokrat. Exiliert, hat auch niemanden, mit dem er sich in der Revolte zusammentun könnte.«

»Wenigstens mir zuliebe hättest du noch ein bisschen bleiben können. Damit wir uns in der gleichen Umarmung wiederfinden am Tag der Erneuerung. Wenn du den Zirkus studierst, kannst du allerhand sehen. Die lang erträumte teutonische Vereinigung … die prosperierenden Westler und die rückständigen Ostler. Eine außerordentliche Lektion. Nicht nur die Juden werden von den Deutschen gehasst … man kann auch Seinesgleichen hassen, vom gleichen Blut und gleichen Glaubens. Du bist ein Mensch, nicht? Die verschreckten Westler, weil die aus dem Osten ihre Einkünfte schmälern werden und ihr Bier verderben, schmutzig und ungehobelt, wie sie die Genossen Ulbricht und Honecker und deren Großväter Marx und Engels erzogen haben. Es wird ein Schauspiel geben, glaub mir! Das Einheitsgehopse wird sofort zerstieben, wenn die im Westen sich ihr Portemonnaie anschauen. Da kannst du sehen, was nationale Einheit und geschichtliche Identität eigentlich heißt. Die Ossis werden mit dem Mehrwert wedeln, den ebenfalls ein Deutscher entdeckt hat, wiewohl kein ganz reiner, Enkel eines Rabbiners, dieser Herr Karl, *der große* Marx.«

Günther setzte sein Plädoyer mit gemildeterem Pathos fort; schließlich holte er einen Briefumschlag aus dem Rucksack.

»Ich habe die ganze Zeit gehofft, du würdest es dir noch einmal überlegen. Ich habe die Übergabe dieses Briefes hinausgezögert. Er ist von Jennifer.«

»Ein Potenz-Diplom?«

»Du könntest dir den Sarkasmus sparen. Jennifer ist ein wunderbares Wesen, ich kenne sie gut. Aufrichtig, mutig, klug. Ich habe mitgekriegt, dass du weggeblieben bist vom Unterricht.«

»Ja, kürzlich. Nachdem ich mich dazu entschlossen hatte, den Abflugtermin festzulegen. Ich habe ihr nichts davon gesagt, aber sie hat es gespürt.«

»Eben, sie verfügt über eine außergewöhnliche Intuition.«

»Ich weiß. Und sie ist großzügig mit Überraschungen. Ich hatte alles Mögliche erwartet, nicht aber eine Initiationslektion, und auch die zum Schluss nicht. Von der Initiation habe ich dir erzählt. Dann folgte, eigentlich auch unerwartet, eine perfekte und keusche Unterrichtsperiode. Nichts, keine Geste der Annäherung, nicht einmal eine Anspielung. Ich fragte mich schon, ob es etwa ein Traum oder ein Albtraum von der Art gewesen sein mag, wie sie mich häufig heimsuchen. Oder, eher noch, die Enttäuschung. Wie du weißt, bin ich bei Ungewissheiten verletzlich. Aber letztlich, bum! Als ich es nicht mehr erwartete, also kürzlich, nachdem sie mich ins Konzert ausgeführt hatte, wiederholten sich die Synkopen des Anfangs. Die Initiationslektion noch mal in der gleichen Weise wiederholt. Als hätte es überhaupt keine Unterbrechung gegeben. Anfang und Ende identisch, Pathos und Passion. Und Professionalismus, kann ich hinzufügen, aber du wirst sagen, ich bin sarkastisch.«

»Das bist du, bist du, das ist die Situation. Sie hat ihrem Onkel an der Universität geschrieben.«

»Was für einem Onkel, welche Universität?«

»Sie hat einen Onkel, der sie anbetet. Er ist der Präsident eine Yankee-Universität oder eines Colleges, keine Ahnung. Sie hat ihm von dem Heimatlosen aus dem Osten geschrieben. Eine Art Empfehlungsbrief. Sagt, ihr Onkel habe ihr noch niemals etwas abgeschlagen.«

»Ein Grund mehr, davonzufliegen. Und was steckt da in dem Umschlag?«

»Die Adresse des Onkels und Lektüre für die Zeit des Flugs. Eine Englisch-Lektion, damit du die verlorene Zeit nachholst.«

Günther zog das kleine schmale Opus aus dem Umschlag.

»*The Schlemiel as Modern Hero*. Schau, hier die Kapitel: »Ironic Balance for Psychic Survival«. Und darunter: »The American Dreamer« und »The Schlemiel as Liberal Humanist«. Und der Verlag: University of Chicago Press, Chicago & London. Deine Welt, Bibliotheksmäuse. Realitäts-Phobie oder -Potenzierung?«

»Ja, ja, passt schon, mein Flug wird aufgerufen, zum Abflug. Eine letzte Frage noch, denn ich weiß nicht, ob und wann wir uns wiedersehen werden. Ich frage dich nicht nach den drei semitischen Ehefrauen, von denen du dich hast scheiden lassen, auch nicht, warum, und auch danach nicht, wie eure Beziehungen jetzt aussehen. Die erste war Zimra, die ihren Namen in Zoia umgeändert hat. Zoia Kosmodemianskaia, Heldin der Sowjetunion. Die andere war Sulamita, die du Sula genannt hast, die letzte Erika, nicht? Keine von ihnen hat es geschafft, dich von den Juden zu heilen. Warum beschäftigen dich die Juden bis zur totalen Erschöpfung? Sind es die Verfolgten? Davon gibt es auch andere, immerzu andere. Schließlich bist du fortschrittlich und ein Universalist, Kosmopolit, Internationalist. Warum die Juden?«

»Die deutsche Schuld. Ich bin Deutscher, trotzdem, auch wenn ich zwischen den Karpaten und der Donau aufgewachsen bin. Gewiss, es gibt immerzu andere Verdächtigte und Gehetzte, aber die Juden behalten den Ehrenplatz. Immer und immer wieder. Vor und nach Jesus, vor und nach Hitler oder Stalin oder Haman, dem Perser. Den ersten Tabellenplatz. Ich kann nur Eskalationen, keine Milderungen vorhersehen. Selbst in unseren idyllischen Zeiten, da die entscheidenden Punkte sich annähern und durcheinandergeraten. Und du? Ich frage nicht nach dem Zirkus, der selber auch unsterblich ist. Ich frage, warum du vor dir selbst fliehst. Warum verstopfst du dir die Ohren, wenn du vom Holocaust hörst, von Pogromen und ethnischem Hass?«

Der Reisende schwieg. Nach einer Weile schaute er auf die Uhr an seinem linken Handgelenk. Es war spät, der Vogel hatte die Motoren angeworfen.

»Aus Stolz, Günther. Ich weise das Mitleid zurück, hasse es, zu klagen. Ich überlasse es anderen, denjenigen, die uns niedergemetzelt und verbrannt haben, sich zu erklären.«

»Ich also? Ich, ich? Ich tue dies, und ich sehe, es irritiert dich.«

»Da gibt es noch die Angst, diese Realität noch einmal zu erleben. Einmal reicht mir.«

»Überträgst du mir den Auftrag, die deutsche Vergangenheit und die Geschichte der Verfolgten, die ihr seid, zu durchforsten?«

»Ich glaube an keine Aufträge mehr. Ich will dich mit nichts belasten, das ist mir egal.«

»Ausgerechnet dir kann das egal sein?«

»Ja, das kann es, *mein Herr*. Gerade mir, also dem Experten in Clownerie und Zirkus. Willst du das sagen?«

»Mitnichten. Wir befinden uns am Flughafen vor dem Abschied. Es ist kein Zufall, dass wir beide hier miteinander stehen.«

»Vielleicht ist es keiner.«

»Dann sag, wann bist du blind und taub geworden? Bist du auf das Exil vorbereitet? Exil im Lande der Exilanten?«

»Vielleicht. Deine Dialektik überwältigt mich, aber sie überzeugt mich nicht. Sie überwältigt mich, belebt mich für den Bruchteil einer Sekunde, aber sie kann mich nicht überzeugen.«

»Was könnte dich überzeugen?«

»Eine Begegnung von Karl und Adolf, den Schatten, die sich wie Kletten an uns geheftet haben. An dich, meine ich. Ich bin dagegen geimpft worden.«

»Wann? Und wie lange bleibst du immun?«

»Ich bin immer wieder geimpft worden. Der burleske Alltag.

»Ist mir zu einfach, das ist Rhetorik! Ich erkenne dich nicht wieder.«

»Ein Vorteil für uns beide. Erleichtert den Abschied.«

Längeres Schweigen. War voraussehbar, der Reisende schwieg, aber sein Gesprächspartner konnte nicht lange still bleiben.

»Darf ich dir schreiben? Wir befinden uns doch in der freien Welt, nicht? Würdest du antworten?«

»Ich weiß nicht, die Zukunft ist ungewiss.«

»Soll ich deiner Schwester schreiben?«

»Auf keinen Fall! Sie hat es zwischen uns nicht gegeben.«

»Kann aber noch kommen.«

»Nein, ich ziehe es vor, du verschonst sie mit unseren Disputen.«

»Also werde ich dir schreiben.«

»Wie du willst.«

»Ich will es so, bin ein sturer Deutscher.«

»Ich verspreche, deine Berliner Botschaften zu lesen.«

»Ohne zu antworten?«

»Weiß nicht, kann ich nicht vorhersagen.«

Sie umarmten sich brüderlich, wie bei der Ankunft, und bekräftigten ihre Emotionen durch männliches Schulterklopfen. Als ob die Zukunft ebenso viel Hoffnungsferne verdiente wie die Vergangenheit.

Zögerlich stieg der Reisende die Stufen der Zukunft empor; die Hand auf dem metallenen Handlauf, schaute er aus Angst vor Schwindelgefühlen kein einziges Mal hinunter und zurück.

Und es ward, wiederum, der zweite Tag. Sein Platz war neben dem Fenster, der Nebensitz war frei, die Stewardess blond und schmal.

Hatte etwas in ihm geblutet beim Einstieg ins Flugzeug? Mitnichten. Nur ein leichtes Schwindelgefühl, wie vor der Überquerung des Styx. Verloren im Bauch des fliegenden Ungetüms kauerte er sich in den schmalen Sitz.

»Geht es Ihnen nicht gut?«, fragte die Stewardess.

Der blasse Lange antwortete nicht. Er fühlte sich wohl, echt, ja, kein Grund zur Besorgnis, lediglich solche Gefühle, wie beim ersten Transatlantikflug. Die fliegende Festung war Yankee, an die Ozeane und deren Überquerung gewöhnt, wenige und gut gelaunte Passagiere, keinerlei Grund zur Beunruhigung. Die Stewardess servierte Orangensaft, es wird auch noch Whisky geben und Diät-Suppe, der Kunde ist König. Der Kunde ließ kein Interesse am Menü erkennen, er hatte das kleine gelbe Opus aus der Tasche geholt, dazu ein weiteres, etwas größeres und ebenfalls gelbes Buch, womit er sich gegen die Langeweile dieser zu langen Reise zu wappnen suchte.

»*Nach einer glücklichen, jedoch […] beschwerlichen Seefahrt …*«, mahnte Chamissos Märchen. Der Leser suchte die Episode beim Fest des Herrn John auf, die dem Heimatlosen bedeutete, dass er einer Million bedürfe, um ein ehrenwerter Bürger werden zu können, dann gleich das Ende mit den Siebenmeilenstiefeln, die einen im Nu an jeden nur gewünschten Ort der Welt brachten. Herr John? Ja, ja, kann gut sein, John, so nannte ihn Jennifer. John und wie noch, weiß ich nicht mehr. John, ja, John Patrick Johnson, stand auf dem Aufkleber auf der ersten Seite des eben als Geschenk erhaltenen Büchleins.

»*This is my uncle, Mr. John Patrick Johnson, he already knows about you*«, schrieb die zarte Polyglotte. Darunter, die Adresse des College-Präsidenten J. P. J., die private und die dienstliche Telefonnummer, der Name seiner Frau, einer schwedischen Witwe. Der Titel, *Doctoral Dissertation*. Aha, Dessert-Papier beim Mittagsschmaus der Bibliotheksmäuschen.

»*Ein* schlemiel *ist eine folkloristische und fiktionale Gestalt […], er ist verwandt mit dem Possenreißer von einst, und verkörpert deren traditionell wichtige Eigenschaften: deren Schwäche […], sie sind inoffensiv und unsympathisch […], sie sind verletzlich und beschränkt […], weder Heilige noch unbefleckt, sondern lediglich schwach und wollen uns davon überzeugen, dass ihre Schwäche Stärke sei […]. Die Weigerung, sich von anderen definieren zu lassen, ist keine eben passende Haltung für einen, der seine Position gegenüber seinem Unterdrücker verbessern will […]. Ein starkes Identitätsempfinden […], ein Abfallprodukt […], sein Background verwandelt sich in eine Vorratskammer für individuelle Werte, stark ausgeprägte Identität und sogar persönliche Freiheit. Aus vielerlei seltsamen oder selbstverständlichen Gründen ist dieser Pechvogel-Held, den wir* schlemiel *nennen, in der amerikanischen Kultur zu einer wiederkehrenden Figur geworden. Seine zunehmende Verbreitung ist nicht unbemerkt geblieben. Und trotzdem, wie so viele andere in Amerika ist er ein Entwurzelter, und weder er noch seine unmittelbare Umgebung scheinen sich seiner Herkunft bewusst zu sein.*[13]

Eine Lektion in elementarem Englisch, die verlangte wieder und wieder gelesen zu werden. Jennifers Schüler befand sich nicht auf der Höhe der Erwartungen seiner Lehrerin. Mithin würde es sich lohnen, den Versuch zu wiederholen. Der Passagier war jedoch schläfrig und ausgelaugt, er hatte die ganze Nacht nicht geschlafen, sie hatten Günthers Rückkehr in seine Behausung ebenso gefeiert wie den nahen Abschied.

Eine ganze Nacht lang Palaver darüber, was auf die Mauer folgen könnte und welche anderen Mauern auftauchen würden, wo und wann und von welcher Art, schließlich werde man doch jetzt nicht dauerhaft darauf verzichten können, nicht wahr, hatte der mit den Mauern vertraute Apatride provokativ gefragt. Die angeregte Stimmung war echt, wie seinerzeit, also musste sie zelebriert werden.

Er hätte jetzt hier in dem schmalen Sessel des Fliegers einschlafen können, aber dazu fehlte ihm der Mut, er konnte nicht sicher sein, dass die Zwillinge nicht auch hier auftauchten, um ihn an den eleganten Obersten und an den Arzt zu erinnern, der ihm zu Diensten war.

Die ausführlichste etymologische Forschung hinsichtlich des Begriffs schlemiel *finden wir in Dov Sadans hebräisch geschriebenem Artikel* »Lesugia: schlumiel« [Über schlemiel], *der in* Orlogin *erschienen ist. Professor Sadan bestätigt eine geläufige Verwendung im Deutschen vor dem 19. Jahrhundert [...], das Wort stamme aus dem jüdischen Halbwelt-Argot [...],* Schlimazl *bedeutet »glücklos«, »Pechvogel«. An zahlreichen Beispielen aus jiddischen und hebräischen Schriften zeigt Professor Sadan, dass sich diese Bezeichnung auf einen guten und redlichen Menschen bezieht, dem es jedoch am nötigen Glück fehlt, der akzidentiell oder permanent das Opfer der vertanen Chance wird.*[14]

Leider konnte man mit Günther diesen Gegenstand nicht besprechen ... Schon beim ersten schüchternen Versuch war er hysterisiert hochgesprungen: »Jetzt, ausgerechnet jetzt musst du dich mit so etwas herumschlagen, jetzt, da die Mauer fällt? Gewiss, es werden andere auftauchen, bestimmt sind die Mauern unvermeidlich, aber diese eine wenigstens fliegt in die Luft! Jetzt, jetzt und hier, wo es immerzu Mauern über Mauern gegeben hat.«

Er untersucht das Buch, um zu zeigen, dass Peter Schlemihl, und sei es unterbewusst von der Ahasver-Figur inspiriert ist, dem Ewigen Juden und dem fehlenden Schatten (den alle anderen Menschen besitzen). Auch dass in den Werken vieler jüdischer deutscher Autoren, die Zeitgenossen Chamissos waren, der Begriff schlemiel *auf spezifische Weise benutzt wurde: nicht um einen schlichten Tollpatsch zu bezeichnen, sondern für jemanden, dem es vorherbestimmt ist, anders zu sein, Apatride, Fremder und Jude.*

Selbstverständlich bezieht sich Professor Sadan auch auf die berühmte, heute verlorene, etymologische Begriffserklärung, die Heinrich Heine fälschlicher Weise im Dritten Buch *seiner* Hebräischen Melodien *anbietet, wonach der Begriff seinen Ursprung in Schlemihl ben Zuri Schadday habe, der aus Versehen von Pinhas umgebracht wurde, als dieser Simri mit dem Speer erstechen wollte, womit ein für allemal der Prototyp des unglückseligen Opfers etabliert war. Heine sagt, alle Dichter seien Nachkommen ihres Ahnherrn Schlemihl.*

Ironisch fährt Professor Sadan mit der Feststellung fort, der Erschaffer dieses prototypischen Schlemihl trage seine eigenen Züge – Heines Statue, Schlemihls Schatten vergleichbar, aus dem eigenen Geburtsland vertrieben, sollte schließlich ihren Zufluchtsort lediglich in einem prekären Unterstand von New York finden.[15]

Die Wörter fingen an zu schwanken, zu verschwimmen, der Leser nickte ein, obwohl er sich erst am Anfang seines Flugs über Länder und Meere befand. Heines Statue, Peter Schlemihls Schatten und die unglaubliche Uferlinie von New York …, er blätterte in dem gelben Büchlein. Versuchte, es mit schwindender Aufmerksamkeit durchzublättern, die Namen, die es bewohnten, klangen ihm zu verlockend: Don Quijote, Menahem Mendel, Oblomow, Herzog, Dostojewskis Idiot und Nabokovs Pnin, und der Samsa des Pragers, und Ulrich, Musils Einzelgänger ohne Eigenschaften mit seiner Schwester Agathe, Zeno, der Triestiner, Monsieur Meursault und Monsieur Berenger, er fand keinen davon … Die Autorin, Ruth Wisse, kümmerte sich nur um die Heimatlosen der osteuropäischen Diaspora. Aber sieh, das Kapitel »Holocaust Survivor«, was Schlemihl mit den Überlebenden der Finsternis zu tun hat, *Le dernier des justes* von Schwarz-Bart, ja, aber *Gimpel Tam* ist kein Überlebender, obwohl er *tam* ist, also töricht, naiv; aber wo bleibt Singers Herman, der Überlebende, der zurückbleibt, um sein ganzes Leben lang in den Krematorien zu brennen? Nein, er ist nicht hier, auch nicht Bassanis Grosz, kein Tišma oder Kertesz, kein Kiš oder Levi und kein Celan, wir schlafen ein, schlafen, die beiden Zwillinge, Abgesandte des Ben Zurischadai vom Stamme Simeons, bewachen uns, um uns anzukündigen, dass der Prozess zurückgeblieben ist auf Terra, auf niedrigerem Niveau und in immerzu unabschließbarer schuldloser Schuld.

Hier in der Luft scheint der Reisende den Onkel John seiner Lehrerin zu besuchen. Er bereitete sich darauf vor, indem er Schlemihls Besuch las, das Erscheinen des grau gewandeten Mittlers, den Vorschlag zum Ankauf des Schattens.

»Verkaufst du ihn?«

Derart überrascht, war der Emigrant schnell wieder bei Sinnen.

»Ihn verkaufen? Warum nicht? Er nützt mir nichts. Zahlst du gut?«

»Erstaunlich gut, du kannst dich überzeugen.«

Der Schlaf, ja, eine optimale Therapie, das Paradies der Apathie! Es erscheinen Porzellanengelchen, Jennifer, die Liebreizende, und der Doktor und der Zöllner am Flughafen, die Bibliothek von Alexandria mit sämtlichen Büchern der Welt, du lässt dich von der Brise des nächtlichen Meeres treiben, frei und unversehrt, ohne Kompass und ohne Uhr, in den Wolken einer wohltuenden Amnesie, bis hin zum himmelblauen Ufer, wo das Willkommenstaschentuch des Glücks flattert.

Er näherte sich, ja, er näherte sich immer mehr dem diaphanen Ufer, an dem die Hoffnung flatterte, vermochte es nicht, hatte auch keinen Grund und keine Möglichkeit, sich vorzubereiten, konnte sich allein der verführerischen aromatischen Brise anvertrauen. Reglosigkeit, ja, Inertie, mehr nicht, Apathie, Täuschung, mehr nicht. Es konnte dauern, so lange es wollte, Zeit und Dauer gab es nicht mehr, die Abwesenheit mochte andauern, sie würde andauern, beliebig lang.

Engelsfinger, diaphan, berührten ihn, ihm fehlte die Kraft, die Augen zu öffnen, irgendwo und irgendwie aufzuwachen, sich selbst entfremdet, nein, besser nicht, die leichten Schwankungen des Fliegers glichen einer Berührung, Engel berührten ihn, sie hatten ihn ausfindig gemacht, langsam, langsam schlug er die Augen auf, damit man ihn erkenne.

»Geht es Ihnen nicht gut?«, fragte die Stewardess mit ihrer diaphanen Hand auf seiner Schulter.

Es war die gleiche Blonde und Schmale. Er hatte keine Kraft, ihr zu widersprechen, die Wörter waren tot.

»Sie haben einen ganz unruhigen Schlaf, ich habe das beobachtet. War besorgt. Möchten Sie etwas trinken? Wasser, Tee, Kaffee, Whisky, Wein. Was auch immer Ihnen gut tut.«

»Ja, ja, Whisky. Ich hatte nicht daran gedacht, aber es könnte passen.«

Die schmale und dienstbare Blonde zog sich zurück, um mit dem

Gift zurückzukommen, der Reisende schlief sofort wieder ein, geblieben war allein die diaphane Berührung durch die Stewardess, Haut auf Haut, wie in den Träumen der Kindheit und in jenen danach, als Tamar sich in die Brudermuschel einnistete, die »Schale«, wie sie es nannten, den »Löffel« oder »Bau«, und sie kuschelten sich ineinander, nackt, Haut auf Haut, Seide über Seide, zwei Wildkatzen, die sich aneinanderschmiegten, unzertrennlich, wie sie es sich wünschten, damit die Jahre und Aggressionen weit über sie hinwegzögen, die Alter und alles Künftige, ohne sie zu berühren, ohne sie voneinander lösen zu können. Wie vor Zeiten hatte sich der Reisende in die nur für sie geschaffene Höhlung gekauert, damit sie darin Platz finde, damals und jetzt und in all der Vergängnis, die geschah und verging. Faulenzen in himmlischen Schaukeln, zusammen! Wieder beisammen, ein Leib, wie damals und immerzu, gesetzwidrige und unwiderstehliche Erschöpfung. Geblendet vom Licht ihrer Hände, die sich wie eine Kette rings um ihn geschlossen hatten, und dem perfekten Spindel ihrer Beine, die ihn ebenfalls zärtlich und wie beseelte Lianen umschnürten, von ihrer tiefen und klaren Stimme, die ihm immerzu alles übersetzte. Das unerbittliche Schicksal der doppelten und dreifachen und multiplen Fluchtlinie hinaus ins Exil.

Die Leere der Täuschungen hatte gedauert, eine nicht enden wollende Leere. Das Schaukeln des Fliegers signalisierte eine weitere diaphane Engelsberührung, die ihn aufforderte, die Augen zu öffnen.

»Sie waren wieder eingeschlafen … Freut mich, dass Sie jetzt wieder wach sind. Ich habe Ihnen das Elixier gebracht. Die anderen sind schon ausgestiegen. Ich helfe Ihnen, wenn Sie mögen.«

Keinesfalls, wir befinden uns auf dem Boden der Verheißungen, jeder folge seinem Stern!

Das Brennen des Alkohols war effizient genug, es war ihm wie ein Elektroschock durch den gesamten Körper gefahren. Eine kurze Betäubung, bum-bum, wieder wach.

DAS WIEDERSEHEN

Er war gemächlich die Treppe des Flugzeugs hinabgestiegen, hatte geduldig auf das Erscheinen seines Koffers gewartet und sich ohne Eile dem Ausgang zugewandt. Schnell identifizierte er die Silhouette und das Gesicht der Schwester in der wartenden Menge. Er ging nicht weiter, und auch sie rannte nicht auf ihn zu, wie es ein Drehbuch vorgesehen hätte. Beide blieben sie in einigem Abstand voneinander stehen und betrachteten sich.

Der Reisende schloss die Augen, um besser sehen zu können: Das Kind, die Heranwachsende, neben dem schmalen und hoch aufgeschossenen Bruder, der sich etwas herabbeugte, um ihr den Arm um die Schulter legen zu können, dann in identischen Pyjamas, als er sie auf den Armen bis ans Bett im Waisenhaus trug. Und noch etwas später, als er mit Rosen in der Hand darauf wartete, dass sie die Treppen an der Universität herabkäme, die Infantin aus den Geschichten, der Bruder in Sportleruniform. Und wieder die Heranwachsende im zu kurzen Rock, verliebt in den Bruder, und die Ärztin im weißen Kittel, und die Heirat mit dem Journalisten, und der Besuch an Mutters Grab, um Vergebung zu erhalten für vergangene Sünden und solche, die noch folgen würden.

Er öffnete die Augen: Die Schwester stand einen Schritt vor ihm, es war nicht Schlemihls Mina, auch nicht die polyglotte Jennifer, bloß Agathe.

»Agathe«, flüsterte der Reisende, umarmte sie und hob sie hoch.

»Ich bin nicht Agathe«, flüsterte die Verwöhnte. »Ich bin Tamar, deine geliebte Schwester. Die Schwester. Die Einzige. Tamar. Tamara. So hat mich deine Tante getauft. Meine Mutter.«

Sie küssten sich nicht, warteten, jeder platt vor Aufregung, aber entschlossen, sich zu beherrschen. Dann gingen sie Hand in Hand zum Taxi. Dann mit dem Taxi ins Hotel. Stumm, voneinander abgerückt, jeder in sich selbst eingeigelt. Das Zimmer war nicht groß, aber hell. Auf dem Tisch standen eine Flasche Wein, zwei Gläser und ein Foto, Bruder und Schwester im Alter der Schwüre, in würdiger Haltung, wie zwei schüchterne Verlobte, erschrocken vor den Augen der Welt. Plötzlich wandten sie sich einander zu, umarmten sich heftig, schmerzhaft, endlos.

»Wie lange noch? Wie lange noch?«, fragte Agathe.

»Bis wir wieder ein Leib geworden sind.«

»Lass den Koffer vorerst hier, du kannst ihn nachher in dein Zimmer bringen, ein Stockwerk höher.«

»Mein Zimmer? Was hat das denn für einen Sinn? Ist das hier die Regel?«

»Keinesfalls. Ich habe so entschieden. Ist besser so. Das heißt, vielleicht ist es besser so.«

»Besser im Sinne von dem Guten vorzuziehen.«

»So denke ich. Und denkst auch du.«

Langes, langes Schweigen folgte.

»Okay, wie du magst. Wieder sind wir uns einig.«

»Ich war mir sicher. Habe es gespürt. Das heißt, vielleicht ist es besser.«

»Ja, ja, das Bessere, das dem Guten vorzuziehen ist.«

Tamar lachte, ihr volles und junges Lachen erfüllte den Raum, und der Bruder füllte die Gläser. Sie stießen an, betrachteten sich, konnten sich nicht sattsehen.

»Was für ein Wein ist das?«

»Speziell für solch ein Ereignis. Mit zweifacher Bedeutung.«

»Zweifach?«

»Ja, meine Scheidung und deine Ankunft.«

»Tatsächlich? Ich dachte, sie ist verschoben worden.«

»Sie schob sich immer weiter hinaus. Es gab lange Diskussionen. Zu lange. Kinder haben wir keine, ich bin nicht in einem sträflichen Flagranti erwischt worden, auch er nicht, und es gibt keine Teilungsprobleme. Aber er wird es mir nicht verzeihen. Er hat sich erniedrigt und wird mir dies nicht verzeihen. Aber es sind meine Beine. Und noch sind sie schön …«

Und sie zog den Rock hoch, die langen Beine zu zeigen, die Haut aus verzauberter Seide. Dann fuhr sie fort:

»Und doch hat er eine Empfehlung für dich geschrieben.«

»An Oberst Tudor?«

»Nein, an eine große Universität von hier.«

»Er hofft, ich lande irgendwo, möglichst weit weg von dir.«

»Ja, von mir. Du weißt ja, er war von Anfang an misstrauisch.«

»Ich bin nicht konsultiert worden hinsichtlich der Intervention bei den balkanischen Bluthunden, auch nicht, was die Empfehlung an die Yankee-Akademiker betrifft …«

»Ich wurde konsultiert. Für dich und in deinem Namen. Er hat einem ehemaligen Kommilitonen geschrieben, der Präsident einer bedeutenden Universität geworden ist. Und was den Obersten betrifft, so musste alles getan werden, damit du von dort wegkommst. Nicht wahr?«

»Ja, ja. Und ich bin weg. Das heißt, man hat mich weggehen lassen. Nach Günther, dem Deutschen, der beschnittene Wandersmann. Ich bin hier, mit dir. Was für einen Wein trinken wir?«

»Einen besonderen. Prince Cantacuzino. Er erinnert uns an die Vergangenheit unserer Zone.«

»Dann lass uns trinken. Auf die Vergangenheit.«

Und er beugte sich herab, sie zu küssen, aber sie bedeckte ihre Lippen mit der Hand.

»Ich sagte Vergangenheit, auf die Vergangenheit. Unsere Vergangenheit. Unseren Kuss, unseren Pakt. Das Gute, nur das Gute«, insistierte der Bruder.

Tamar schmiegte sich an ihn, wie in der Vergangenheit. Wieder hatte sie die Arme um seinen Nacken gelegt und ihn lange geküsst, wie früher. Dann tranken sie schweigend die Flasche Wein.

»Zieh die Schuhe aus, ich möchte deine Füße sehen, die Beine von unten bis nach oben. Und die Hände, die Arme bis hoch zu den Schultern.«

Ja, davon war er besessen, Arme und Beine. Tamar warf ihre Bluse aufs Bett, hatte nur noch den Slip und den Büstenhalter an, wie früher, aber sie hatte die Schau unterbrochen.

»Erinnerst du dich, wie du deine Hände geküsst hast, die eigenen Hände, im Schlaf?«

Der Bruder war bleich, zunehmend blasser, dass er sich nur schwer beherrschte, war mit Händen zu greifen.

»Ja, und du bist erschrocken. Lagst wach neben mir, dachtest, ich sei verrückt geworden. Und ich dachte, es seien deine Hände, nicht meine. Wieder ein Irrsinn.«

»Kaum geringer. Wir haben beide gelacht, als du dich bloßgestellt hast im Schlaf.«

»Nicht nur im Schlaf. Du hast mich geschüttelt, damit ich aufwache. Wusstest nicht, dass ich deine Hände küsste.«

»Nein, wusste ich nicht, es war nicht mein Albtraum, sondern deiner. Du küsstest meine Hände, dachtest, es seien meine, aber es waren deine eigenen Hände. Ein Albtraum?«

Der Bruder antwortete nicht, er betrachtete die Hände, Arme und Beine der Schwester, seiner anderen Hälfte. Es war nicht der Albtraum von einst, sondern der von jetzt.

»Wir werden hinunter ins Restaurant gehen. Dann trägst du deinen Koffer in dein Zimmer, und wir gehen schlafen. Jeder betäubt in seinem eigenen Zimmer und seinem eigenen Bett.«

Der Bruder schaute zu, wie sie sich anzog, außerordentlich langsam, und antwortete nicht. Das Restaurant war beinahe leer, sie aßen lustlos und sprachen wenig.

»Ich habe dir ein Zimmer auf einem anderen Stockwerk reserviert, für drei Monate. So lange bist du in einen Sprachkurs für Neuankömmlinge eingeschrieben. Du musst dich der Wirklichkeit stellen.«

»Du weißt, was ich von der Wirklichkeit halte.«

»Ich werde immer an deiner Seite sein, für dich, das weißt du.«

»Hätte ich beinahe vergessen. Ich dachte, du möchtest es so, damit wir vergessen.«

»Darfst du nicht. Ich werde nichts vergessen. Und will es auch nicht.

Die Zimmer sind lediglich durch ein Stockwerk getrennt, nicht durch einen Kontinent. Oberst Tudor wäre froh zu erfahren, dass du dich auch mit der Wirklichkeit hier nicht versöhnen kannst. Es ist eine andere Wirklichkeit, wirst schon sehen. Deine Phobie ist alt und rührt von einer alten Wirklichkeit her.«

»Anders, gewiss. Aber Wirklichkeit.«

»Das Experiment einer Amnesie und eines Neuanfangs könnte sich lohnen.«

»Ich habe mich vorbereitet. Habe mir auf dem Flughafen einen Reiseführer gekauft. Von einem Fremden wie ich geschrieben.«

»Wieder Bücher? Bücher und wieder Bücher! Ich bin nicht Agathe, das habe ich dir schon mal gesagt. Ich bin Tamara oder Mara, wie du magst.«

»Du weißt, wie ich es mag. Aber ich respektiere deine Entscheidung.«

»Sehr gut, auch du bist nicht der Bruder ohne Eigenschaften. Lass mal den Reiseführer sehen.«

Auf dem Tisch tauchte eine Broschüre auf. *Lob des Schattens*. Tanizaki Jun'ichirō.

»Der Japaner behauptet, in dieser praktischen und merkantilen Welt verschwinde der Schatten. Er bleibt ein Emblem der Vergangenheit, das die Orientalen suchen. Eine andere Ästhetik. Auch eine andere Ethik, würde ich sagen, im kapitalistischen Jahrmarkt. Hier werden auch die Schatten verkauft. Der Schatten neben allem anderen, Nieren, Herzen, Sperma. Ein großer Karneval der Chancen, des Wechsels. Kaufst und verkaufst. Und nachdem du verkauft hast, kaufst du neuerlich. Auch das Geld wird gekauft und verkauft. In modernen Tempeln, den supranationalen, den globalen Banken. Ich würde meinen Schatten bei ihnen in einem metallenen Safe deponieren, um dir den Schlüssel mit der Post zu schicken.«

»Das sind Klischees.«

»Wirklichkeitsgetreue.«

»Vielleicht. Trotzdem Klischees. Da fehlen die Leerstellen, das Rätsel. Die Ambiguität. Das Interessanteste, Aufregendste. Lassen wir es für morgen. Du bist bestimmt müde.«

»Bin ich. Aber nicht müde genug. Niemals genug.«

»Ich bleibe noch eine Woche hier, damit dir die Eingewöhnung leichter wird. Länger kann ich nicht.«

Im Morgengrauen vernahm er das verdächtige zarte Klopfen an der Tür, als kratzte eine Katzenpfote. Doppelgänger der nächtlichen Phantome. Waren die beiden Gespenster der Vergangenheit zurückgekehrt? Die von Oberst Tudor ausgesandten Schatten, die nun das neue Refugium des Wandersmanns zu durchsuchen hatten? Zwei vertrauenswürdige Agenten, jederzeit in der Lage, überallhin zu gelangen?

»Ja, ich bin's«, winselte Tamara. »Ich bin gekommen, dich willkommen zu heißen.«

Das Nachthemd war schon auf den Boden geglitten, die Schwester war splitterfasernackt, wie in den Anfängen. Verführerisch, wie stets. Der Bruder küsste ihre Hände, die Hände und die Beine, wie früher, wie immer schon.

Und es ward, wiederum, der zweite Tag.

Spaziergang durch die Stadt. Agathe am langen Arm des langen Kerls. Ein wieder vereintes Paar. Sonne, der Infantilismus des Glücks.

Vor dem Weißen Haus hinderten ihre langen Finger ihn daran, weiterzugehen.

»Gemach, keine Eile. Schau dir diese Statue mal genau an.«

Der Besucher schaute sich die Statue des Präsidenten Washington, Symbol der Hauptstadt, genau an.

»Es gibt eine Statue von Washington, bei der seiner Jacke ein Knopf fehlt.[16] Hast du so etwas schon mal gehört? Der Staatspräsident! Des Neuen Imperiums. Eine Statue mit nationaler Symbolkraft. Kannst du dir irgendwo anders so etwas vorstellen? Das imperiale Königreich Britannien, das Deutsche Reich, die Große Republik Frankreich, das zaristische oder stalinistische Russland? Dieses Detail ist kein Zufall. Ist nicht einmal ikonoklastisch. Lediglich realistisch, wirklichkeitsgetreu, unvermeidlich. Akzeptierter Makel. Bindeglied zwischen den Auserwählten der Nation und den gewöhnlichen Leuten. Das Neue der Neuen Welt.«

Tamar rief offensichtlich eine Erinnerung hervor, forderte vielleicht aber auch nur die Grenzen der Vorstellungskraft heraus.

»Hierher bist du gekommen. Beide sind wir hier.«

»Wo könnte ich mich verstecken?«

»Nirgendwo, geht nicht. Aber du kannst verschwinden. Wenn du morgen früh spurlos aus dem Hotel verschwindest, sehen wir uns in zwanzig Jahren wieder, wenn du mich neuerlich vermissen wirst. In der Zwischenzeit findet dich nicht einmal der Teufel selbst. Das heißt, so sicher kann man da nicht sein, der Teufel könnte eine Karte dieses Kontinents besitzen, auf der kleine bunte Fähnchen die Höhlen anzeigen, worin sich die aus der Wirklichkeit Abgehauenen verbergen. Ich glaube aber, Sima hat dir diese Diagnose verpasst, um dich vor dem Obersten und dessen Bluthunden zu schützen.«

»Keine Rede. Der Oberst wusste, dass ich mich mit den Dissidenten treffe.«

»Also bedeutet Wirklichkeit nicht nur Phobie, sondern auch noch etwas anderes.«

»Etwas anderes, aber auch Angst. Mein Freund Günther in Berlin konnte nicht verstehen, warum ich mir dort nicht den Fall der Mauer mitansehen wollte. Ich habe schlicht und einfach kein Vertrauen mehr in Illusionen. Habe ich nicht mehr. Das ist die Phobie.«

Der Bruder betrachtete sie, sie war dieselbe wie früher, und doch war sie nicht mehr dieselbe. Auch sie schaute ihn äußerst konzentriert an. Sie hatte ihre gewohnte Scheu und Diskretion, die immer schon so gut zu den angelsächsischen Umgangsformen gepasst hatten, abgelegt. Und sie war eleganter als am Tag des Wiedersehens, eine schlichte, wie gewohnte Eleganz, die sie ganz selbstverständlich trug, als wäre sie nicht in einem Lager geboren worden und in Elend und Furcht aufgewachsen.

Tamar blieb auf der Allee stehen, verschonte die Schnecke vor ihren Schuhen.

»Schau, wir haben Begleitung! Quert unseren Weg, weist uns darauf hin, dass es sie auch gibt und dass sie zu uns will. Oh, welch eine Begegnung … Ich habe dir nicht über meine Depression geschrieben. Eine aus Chile stammende Kollegin im Krankenhaus hat mir damals ein Buch gebracht, in dem beschrieben wurde, wie eine Schnecke durch ihre schlichte Anwesenheit eine junge Kranke geheilt hat, die schon lange bettlägerig war. Stille, enigmatische Anwesenheit. Therapeutisch. Die wandernde Schnecke ist gekommen, die heimatlosen Exilanten willkommen zu heißen. Sie ist jederzeit bereit, sich erschrocken zurückzuziehen in ihr Haus. Geschwisterlich oder doch mindestens komplizenhaft, diese Botin. Sieh an, Präsident Washington hat sich auch darum gekümmert, er hat uns einen Amerikaner geschickt, uns den Willkommensgruß auszurichten. Ein heimatloses Wesen, solidarisch mit allen Heimatlosen der Welt, die hierherkommen, den Präsidenten mit dem fehlenden Knopf zu ehren. Komm, lass uns hier auf diese grüne Bank setzen.«

Sie setzten sich nieder, Tamar hielt die Schnecke, in ein großes weißes Taschentuch eingeschlagen, in der Hand.

»Ich nehme sie mit, als Zeugin deiner Wiederkunft. Oder willst du sie? Sie könnte dir die Langeweile vertreiben. Sie ist bescheiden, frisst wenig, macht keinen Krach.«

Schon hatte Tamar die ins Taschentuch eingeschlagene Schnecke in ihre Handtasche gleiten lassen.

»Du hast gemerkt, dass ich nicht ganz bei mir bin«, murmelte schließlich das Brüderchen.

»Wer ist denn heute noch ganz bei sich? Jeder hat mit seinem eigenen Schiffbruch zu tun.«

»Ich nenne ihn den Schlemihl-Schiffbruch. Von dem armen Peter, dem Protagonisten der Geschichte, von der ich dir erzählt habe, wissen wir nicht, woher er gekommen und wo er hingelangt ist. Wir wissen, dass er sich zum Schluss in eine Höhle zurückgezogen hat, fernab der idyllischen menschlichen Gesellschaft. Ebenso wie der, der ihn erschaffen hat, Herr von Chamisso, erforschte er die Natur. Nicht die Natur des Menschen, sondern die ringsum. Auf Seinesgleichen hatte sich der einsame Wandersmann seinen Reim gemacht.«

»Auch ich bin nicht ganz bei mir, ich habe nicht vom Schiffbruch in den Büchern gesprochen. Wahrscheinlich ist es deine Ankunft, aber auch mein Zu-dir-Kommen. Vielleicht erinnerst du dich, ich hatte wiederkehrend, vor allem sommers, psychische Abstürze, Depressionen. Ohne erkennbaren Grund. Lediglich das Nichts, die Leere, die das verstärkte. Ich erinnerte mich an jene Sommer, die der Vergangenheit.«

»Die kaum vergangene Vergangenheit. Der Sommer ist vorbei. Der Herbst eilt auf den Winter zu.«

»Ich weiß. Das heißt nur, dass sich der Zyklus verändert hat. Es geschieht jetzt häufiger. Es tut mir leid, ich hatte mir gewünscht, bei unserem Wiedersehen heiterer sein zu können.«

»Ich bin es auch nicht. Aber es gibt uns, noch gibt es uns. Das ist die Hauptsache. Wir befinden uns wieder in der gleichen Geographie. Wann ist denn die Scheidung durch?«

»Ich weiß nicht, es wird nicht leicht werden. Ich habe ihn bitten gesehen, dann aufgebracht, drohend. Er wird nur schwer beigeben. Er hat mir versichert, mir sämtliche Freiheiten zu gewähren, es gebe keinen Grund, zu gehen.«

»Auch die Freiheit, mich zu beherbergen?«

»Die Freiheiten, von denen er sprach, interessierten mich nicht. Ich will allein sein und wieder zu mir finden, das ist alles.«

»Also können wir auch nach der Scheidung nicht zusammen sein.«

»Es wäre nicht gut.«

»Du hast mich gerufen, ich bin gekommen.«

»Du musstest aus dem Dreckloch herauskommen. Ich werde dich besuchen, du wirst mich besuchen. Wir werden uns sehen.«

»Auf einen Kaffee.«

»Wir werden so viele Tage haben, wie wir wünschen oder vertragen können.«

»Perfekt. Das ist fair.«

In der Stimme des Bruders lag kein Vorwurf.

Und es ward der zweite Tag und ward Nacht, die Nacht der Abreise.

»Ich habe eine weitere Flasche Prince Cantacuzino vorbereitet, für die Nacht vor der Abreise. Der ist schwer aufzutreiben und teuer. Auch ist es die erste Nacht der Schnecke hier bei uns. Das heißt, bei dir. Ich übergebe sie dir, nicht um mich bei dir zu vertreten, nur damit sie, blind und stumm, an deiner Seite ist. Von mir, nicht seitens des Präsidenten mit dem fehlenden Knopf.«

Nachdem die Gläser gefüllt und geleert worden waren, vernahm man wieder die Stimme von einst.

»Erinnerst du dich an den sowjetischen Film *Schatten der vergessenen Ahnen*? Paradschanow, nicht? Das könnte der Name des Regisseurs gewesen sein. Der Stoff hatte mit den Karpaten zu tun, nicht? Wir haben ihn zusammen gesehen, ich auf deinen Knien. Was uns so früh geschehen ist, hatte auch diese Folge. Allein, Waisenkinder, nur wir zwei auf der Welt. Wir kauerten uns ineinander. Wirklichkeitsangst, nicht? Unsere Wirklichkeit. Entschlossen, mit niemandem über uns selbst zu sprechen! Die kaum eben vergangene Vergangenheit, wie du sagst. Wir haben die Worte Verfolgung, Lager, Holocaust, Hass, Vertreibung, Juda und Pogrom aus unserem Vokabular gestrichen. Wir wollten die Rollen nicht annehmen, die andere für uns geschrieben hatten.«

»Das willst du besprechen? Darum hast du den Prinzen Cantacuzino eingeladen?«

Die Nacht ihrer Abreise, sie hätte die Nacht des Wiederfindens sein müssen, erwies sich als lang und schwer und unvergesslich. Wie immer hatte der Bruder ihre Entscheidungen akzeptiert. Eine Woche nach der Abreise der Schwester rief der Bruder den College-Präsidenten John Patrick Johnson an, Jennifers Onkel.

Agathe wollte nicht mehr Agathe sein. Die Bibliothek kann einen nicht vor Verzweiflung retten.

Als jener furchtbare Schatten
mich einmal kurz verlassen
da rief ich he,
he, klang fernher schwach das Echo.[17]

MISTER JOHN

Am Tor des imposanten Anwesens wurde er von einem Herrn im schwarzen Anzug und mit Fliege angehalten. Er zeigte seine Einladung vor, jener wählte eine Telefonnummer, sprach langsam und akzentuiert den seltsamen Namen des Gastes, nickte anschließend und wies mit dem Unterarm in den Garten, wo heiteres Gästegeschnatter zu hören war. Anstoßende Gläser, juvenile Hurras, ein Fest von einiger Größe. Die Einladung unterstrich die Natur der Feierlichkeit: die Gattin des Präsidenten war soeben aus Hongkong zurückgekehrt, und zwar mit ihrem Sohn aus der vorangegangenen Ehe, dessen Volljährigkeit gefeiert wurde. Gruppen eleganter Gäste rivalisierten miteinander um die bevorzugte Stellung in der Nähe der glücklichen Familie. Der ansehnliche Präsident, die schöne Blonde, der junge Mann im weißen Anzug, weiße Schuhe, pechschwarze Haare, mit Brillantine geglättet.

»Oh, du! Der ewige Wandersmann. Der Nomade! Es freut mich, dass du die Einladung angenommen hast. Jennys Empfehlung war mehr als überzeugend. Sie ist meine Lieblingsnichte, ich könnte sie sogar Tochter nennen. Mein Bruder, der große Neurologe, hat kaum Zeit für sie gehabt. Sie schreibt niemals solche Briefe, ist extrem verlässlich und verachtet jede Art von Intervention. Ich vertraue ihr absolut. Komm, lass dich vorstellen. Ein Flüchtling, nicht? Der kommunistischen Pest entkommen, nicht wahr?«

Der Neuankömmling schüttelte den Damen und Herren rings um den jovialen Präsidenten die Hände. Das barmherzige und ermutigende Lächeln des Auditoriums nahebei bewegte ihn und bewegte ihn auch nicht.

Der Präsident schien jedoch keinesfalls geneigt, die Einführung für abgeschlossen zu halten, er wollte die Neugierde und gute Laune der Gäste weiterhin nähren.

»Mein Bruder ist eine Berühmtheit. Und wie das bei uns so geschieht, bedeutet Berühmtheit auch Geld. Steve ist sehr reich, tatsächlich, aber Jenny hat dies stets ignoriert. Ich könnte sagen, sie hat den Reichtum geringgeschätzt, vielleicht sogar verachtet, selbst wenn er auf Arbeit und Verdienst beruht. Sie ist eine Asketin, in allem.«

Der Flüchtling hatte sich für die Rede des Gastgebers zu interessieren begonnen, erwartete, noch mehr über den Asketismus seiner Nichte zu erfahren, aber Mister John schwenkte plötzlich um und wandte sich einem anderen Thema zu.

»Verzeih, ich habe leider sogleich angefangen, vom Geld zu sprechen. Ein vulgärer Gegenstand, typisch Yankee, nicht wahr? Ist nicht unsere Schuld, nicht unsere Entscheidung. Es ist unsere Prägung. Der Pragmatismus hat dieses große Land errichtet. Häufig mit harten Konsequenzen. Das ist hier nicht wie in Paris, wo man auch in einer elenden Mansarde zurechtkommt. Wenn du eine Million besitzt, kannst du hier gut leben. Und wenn du zwei hast ... Ich will dich nicht entmutigen, ich informiere dich. Dafür kann jeder alles werden. Volksdemokratie. Du wirst dich anpassen.«

Der Nomade schwieg, er fühlte sich nicht wirklich wohl. Also nickte er bestätigend, die Mimik der Exilanten.

»Die Frage ist, ob deine Tugenden, die Jenny aufgezählt hat, sich verkaufen lassen. Da, wo du herkommst, waren sie nicht so recht nachgefragt, habe ich verstanden. Hier wird man sehen. Ein Gegenstand, über den noch nachzudenken sein wird. Du wirst auch noch andere Dinge haben, die zu bedenken sind.«

Der Fremde nutzte den Moment, als sich die Aufmerksamkeit dem gefeierten jungen Mann, dem Sohn des Dekans, zuwandte und ging auf die Allee zu, die in ein kleines Wäldchen führte, in dem noch ein paar andere herumwanderten. Auf einer Bank, etwas zurückgesetzt vom Weg und etwas ins Gebüsch versetzt, hatte ein älterer Herr in einem tadellosen grauen Anzug, mit langen Haaren und einer Brille Platz genommen. Der Nomade setzte sich zu ihm.

»Ich habe gehört, wie John Sie vorgestellt hat. Ein sehr intelligenter Mann, der Präsident. Und wohlwollend, das können Sie mir glauben. Das wird nicht gleich sichtbar, er gibt nicht an damit, aber er hilft den Leuten. Ich will mich vorstellen. Charlie. Rechtsanwalt. Kümmere mich um Immigranten. Um ihre Unterlagen, ihre Eingliederung ins neue Land. Sie werden das nicht nötig haben. Ich glaube, er wird einen Platz für Sie finden, im College.«

»Das bezweifele ich. Er hat schon recht, wenn er sagt, die wenigen Vorzüge, die ich habe, sind nicht verkäuflich. Sie waren es auch in meinem Land nicht. Und dann kommt da noch die Sprache hinzu. Sie hören es ja, ein Gestammel. Hier bin ich noch taubstumm.«

»In diesem Land gibt es Platz für alles und jeden. Welche Vorzüge oder Macken auch immer. Das geht hier nicht so zu wie an dem Ort, von dem Sie herkommen. Mit einem einzigen Chef, dem Staat. Das heißt, der Partei, nicht?«

Der Nomade wandte sich seinem Gesprächspartner zu. Unter seinem dicken grauen Anzug trug er eine schwarze Wollweste und, kaum zu fassen, er hatte Handschuhe an. Neben ihm auf der Bank lag ein Spazierstock mit silbernem Bisonkopf und ein großer schwarzer Hut.

»Ich habe tatsächlich nichts zu verkaufen. Meine Seele kauft mir niemand ab. Goethe und Faust sind aus der Mode. Abgelaufene Ware.«

»Das ist wohl wahr. Wenn es aber bei John nicht weitergeht, kommen Sie zu mir. Wir finden schon etwas.«

»Kardash« stand auf der Visitenkarte. Konrad Kardash.

»Was soll das heißen, Charlie?«

»So nennt man mich, ist einfacher. Eine Tröstung. Aber ich stamme auch aus euren Gegenden.«

Ungar, Türke? Und woher kennt der Kleine die Gegend, aus der der Nomade stammt? Hat Mister John seine Gäste vorgewarnt, es werde unter den Eingeladenen einen Flüchtling geben aus einem Land soundso? Der Exilant hatte schon das vergoldete Kärtchen in das Portemonnaie mit den vielen Trennfächern gesteckt, das er von der Schwester geschenkt bekommen hatte. Er schaute dem Rechtsanwalt nach, der sich vornübergebeugt mit kleinen und schnellen Schritten unter seinem riesigen und nutzlosen Regenschirm davonmachte; es war ein Nachmittag ohne Regen und ohne Sonne.

Nach einem Monat des Wartens und Zögerns klopfte er an die Tür des engen Büros von Charlie Kardash im obersten Stockwerk eines alten Gebäudes ohne Fahrstuhl. »Konrad Kardash-Greyhound (Charlie)«, so stand es an der Tür.

Der kleine Greyhound hatte Stoffpantoffeln an den Füßen, trug einen dicken Pullover mit grünen und roten Streifen, darüber eine dicke schwarze Weste. Er saß am Tisch und hatte eine Tasse mit schwarzem Tee vor sich stehen. Kurze Hände, sommersprossig, dieselbe Brille, winzig.

»Aha, *welcome!* Also, der gute John hat keinen Platz für den Ruhelosen gefunden. Aber er wird einen finden, da bin ich sicher. Vorerst müssen wir sehen, wie wir zurechtkommen. Nimm Platz in dieser ungastlichen Zelle.«

Der Kunde setzte sich vor dem Tisch voller Papiere auf einen Schemel.

»Worauf verstehst du dich? Was könntest du tun?«

»Nichts. Auch beherrsche ich die Sprache so gut wie nicht, es reicht gerade mal für kurze Gespräche. Ich gehe in einen Kurs, meine Schwester hat mich einschreiben lassen. Einen elementaren Sprachkurs, ganz und gar elementar, zur Orientierung.«

»Aha, also hast du eine Schwester, bist also nicht wirklich verloren. Aber auch nicht gerettet. Verstehe, verstehe. Womit beschäftigt sich die Schwester?«

»Ärztin. Kinderärztin. Hier hat sie kein Zeichnungsrecht, sie hat ihre Studien nicht anerkennen lassen. Arbeitet als Oberschwester.«

»Verstehe. Was hast du in dem Land gemacht, aus dem du kommst? Womit hast du dich beschäftigt?«

»Ich war in einem Forschungsinstitut.«

»Und was hast du dort erforscht?«

»Die Kunst. Kunstgeschichte.«

»Ja, ich erinnere mich, was du bei Johns Fest gesagt hast. Dass du auch dort so gut wie nichts hattest, was du hättest verkaufen können. Die Seele, die Kunst, nun ja, tja, das sind nun keine nachgefragten Konsumgegenstände. Was für eine Art Kunst? Was genau in der Kunstgeschichte?«

»Vorstellungswesen.«

»Das wäre doch was. Vorstellungen haben unser Leben im Griff und halten es auf Trab, du könntest deine Forschungen erweitern.«

»Ich habe mich mit dem Zirkus beschäftigt. Habe auch einiges dazu veröffentlicht. Ein verdächtiges Thema in meinem Land. Verdächtig, aber aktuell. Brot und Zirkus. Überall Zirkus, Brot eher nirgends. Die Zensoren wurden von den Autoritäten eingeschüchtert, vor allem im letzten Jahrzehnt. Ich war entmutigt, arbeitete an einem Buch. Heimlich. Ich habe eine Liste mit den Fragmenten, die in ausländischen Zeitschriften erschienen sind.«

»Interessant, interessant. Das könnte helfen. PR. Weißt du, was PR bedeutet? *Public Relations*. Ohne Reklame läuft rein gar nichts. Unsere Begegnung ist Teil von PR. *Networking*. Das Netzwerk. Reklame. Die Verpackung. Hast du ein verbotenes Manuskript? Also ein illegales.«

»Nein, nein, man darf beim Verlassen des Landes nichts Schriftliches mitnehmen, nicht einmal etwas Gedrucktes.«

»Aha, interessant«, nickte der Rechtsanwalt und schlürfte an seinem schwarzen Tee. »Auch das kann ein PR-Detail sein. Kann also benutzt werden. Ich muss mich erkundigen, muss nachdenken. Es gibt Kollegs für Clowns. Wenige, aber es gibt sie. Hast du dich auch mit Clowns beschäftigt?«

»Vor allem mit Clowns. Von den ältesten bis zu denen von heute. Die Fragmente, die ich in Italien veröffentlicht habe, handelten alle von der Kunst der Clownerie und von den Clowns. Und von ihrem Platz in der Gesellschaft und in der Kunst.«

»Perfekt, perfekt. Nun haben wir schon eine bio-bibliographische Skizze. Ich kümmere mich darum, versprochen. Ich informiere mich und informiere dich. Gib mir die Adresse der Schwester, ich nehme an, die ist stabiler.«

»Nein, nein. Das heißt, ja, die ist stabil, aber ich würde sie nicht benutzen. Ich werde sie anrufen und mich erkundigen.«

»Seit wann bist du hier?«

»Seit einem Monat.«

»Und wovon lebst du? Du wohnst in einem Hotel, wie ich meine.«

»Ja, meine Schwester hat das Zimmer für drei Monate bezahlt. Ein bescheidenes Hotel, aber angenehm und gut gelegen.«

»Und deine täglichen Ausgaben?«

»Meine Schwester hat mir Geld geschickt.«

»Aha, ihr seid solidarisch.«

»Wir sind uns sehr nahe, noch aus der Kindheit. Nur meine Halbschwester, aber das Leben hat uns verbunden. Wir waren immerzu beisammen, waren stets füreinander da.«

»Und wie kommst du nun allein zurecht?«

»Ich habe mich mit dem Hotelportier angefreundet, einem Indianer. Er hat mir ein paar Hunde zum Gassigehen besorgt. Das wird gut bezahlt. Ich putze die Fenster im Café, räume in der Apotheke die Regale ein und immer so weiter.«

»Die Wirklichkeit! Zieht die Wirklichkeit dich an?«

»Nicht so besonders. Aber die häusliche Wirklichkeit stört mich nicht. Als Waisenkind habe ich mich angepasst, habe überlebt. Ich ertrage keine Manipulationen, Illusionen, Slogans, Utopien, Hoffnungen.«

»Aha, also arbeitest du so wenig wie möglich, wenn es geht.«

»Ich möchte Agathe nicht erdrücken.

»Ah, ein schöner Name. Deutsch?«

»Eher österreichisch.«

»Und womit füllst du deine Zeit? Ich nehme an, du hast keine Freunde.«

»Nein, ich suche auch keine. Wenn mir noch Zeit bleibt, besuche ich hier die Bibliothek.«

»Aha, der Beruf … Okay, wir bleiben in Kontakt, ruf mich so etwa in einem Monat mal an. Ich werde etwas finden, ganz sicher.«

Agathe schien nicht entzückt zu sein von Charlies Versprechungen, und als dieser schließlich einen konkreten Vorschlag gemacht hatte, wirkte sie geradezu panisch.

»Fernab in den Bergen? In einem kleinen verborgenen Kaff?«

»Wenn sie mich dort anstellen, bleibe ich nicht lange. Sagen wir mal, ein Jahr. Ich lerne die Sprache, gewöhne mich an die Yankees. Und kehre auf den Knien zurück zu Mister John, das alte Schreiben von Jennifer zwischen den Zähnen und ein neues dazu, diesmal vom Clownskolleg.«

»Ein Jahr, zwei …«, hatte Tamar niedergeschlagen gemurmelt. »Ein exotisches Kolleg, versteckt in den Bergen, fernab jeder menschlichen Niederlassung. Ich bin sicher, das ist überhaupt nur auf einem Esel reitend zu erreichen. Ich sehe mich nicht auf deine Hütte zureiten.«

»Es ist nicht fernab jedweder Niederlassung, es liegt gleich neben einem Luftkurort. Und die Esel werden allein für Akrobatennummern benutzt, es gibt keinen Grund zur Besorgnis.«

*

Zur Enttäuschung von Schwester Tamar und Verwunderung des Flüchtlings verlief das Einstellungsgespräch beim Buster-Keaton-Kolleg unkonventionell und unter überraschend günstigen Auspizien. Die Präsidentin des Kollegs, Stephanie de Boss, klein, gedrungen, rote gekringelte Haare, war Europäerin und großzügig.

»Meine Eltern sind Franzosen, mein Name kommt von meinem ersten Mann. Ich habe, bis auf eine kurze Zweisamkeit, keinen zweiten mehr gehabt. Jetzt bin ich mit dem Kolleg verheiratet. Ich widme mich dem Zirkus, wir haben offenbar die gleiche Leidenschaft. Oder Schwäche. Sind Leidenschaften Schwächen? Ich denke, nicht. Ich war passionierte Trapezkünstlerin, jetzt bin ich passionierte Verwalterin. Aber wir, die wir Passionen haben, wir sind doch eigentlich äußerst ernsthaft, nicht wahr. Was sagst du?«

»Zu ernst«, murmelte der Kandidat.

»Meine Eltern in Bordeaux hatten Freunde aus deinem schönen Land. Scherzkekse, gesellige. Sagten, sie kämen aus einem wunderbaren Land, nur schade, dass es bewohnt sei … Von Clowns bewohnt? Wäre nicht schlecht. Spektakel, Inszenierung, Farce, Magie, Harlekinade, Akrobatik, warum nicht? Hier, im Land der unbegrenzten Möglichkeiten, herrscht das Spektakel vor. Demokratie heißt Mehrheit, also Verführung der Wähler. Du verführst sie, kaufst sie durch Versprechungen, Spektakel, tust wirklich alles. Demokratie? Nur ein Viertel der Bevölkerung geht zur Wahl … Die Mehrheit in einem Viertel ist rein gar nichts. Und trotzdem besser als unter dem Joch mit Hammer und Sichel, das ihr zu ertragen hattet. Ich habe die Liste deiner Veröffentlichungen gesehen, echt nicht schlecht. Aber die Bibliographie ist nicht aktuell.«

»Konnte sie auch nicht sein.«

»Verstehe. Aktuell ist allein der globale Zirkus. Das globale Spiel. Hast du einen bevorzugten Clown?«

Der Kandidat schwieg. Er schwieg schier unverschämt, aber Stephanie schien nicht irritiert zu sein.

»Chaplin? Oder unseren Mentor, Keaton? Was meinst du?«

Schwer nur fasste der Kandidat wieder Mut, neuerlich ins Gespräch einzusteigen.

»Peter Schlemihl. Ich würde einen Kurs über Peter anbieten. Er war ein Clown und war keiner, genau das ist interessant.«

»Peter? Der heilige Petrus? Das war überhaupt kein Clown. Der hatte nicht einmal Humor«, antwortete Madame de Boss. »*Petros* ist auf Griechisch der Fels. Stein. Ich weiß nicht, wie das auf Aramäisch heißt, vielleicht genauso. Jesus hat den Simon Bar-Iona genannt, also Fels.«

Der Flüchtling stand mit offenem Mund da, gaffte, erwartete eine neue Überraschung seitens der Zauberin.

»Ich sehe, ich habe dich verblüfft. Dachtest du, eine Akrobatin muss unbedingt Analphabetin sein? Akrobatin bin ich gewesen, und katholisch bin ich geblieben. Die katholische Schule ist gründlich. Bevor ich Akrobatin wurde, war ich bei den Nonnen, und Akrobatin bin ich schon lange nicht mehr, ich habe auch Zeit für Bücher gefunden. Von diesem Peter habe ich aber noch nichts gehört. Niemals.«

»Der ist auch eigentlich kein Clown. Der hebräische Name bezieht sich auf einen Toren oder Tollpatsch, den seine eigenen Gedanken und Bewegungen immerzu stolpern lassen.«

»Hebräisch, also Jude?«

»Nicht unbedingt. Der Name verbindet den Heiligen der christlichen Kirche, den ehemaligen Juden Petrus, Peter, mit dem jüdischen Unglücksraben und Nomaden Schlemihl. Der als Jude erst im Krankenhaus identifiziert wird. Die Krankheit stellt ihn bloß. Depression. Fremdheitsgefühle. Illusionen und Desillusionierungen. Entfremdung. Der Heimatlose also. Der verdächtige Minderheitler, marginalisiert. Der Fremde. Ausgeschlossene, Vertriebene. Was wissen schon die Bürokraten im Krankenhaus? Sie haben gesehen, dass ihm der Bart gewachsen war, und haben ihn zu den Verdammten gepackt. Die Bibel sagt uns, dass der tollpatschige Schlemihl sich mit der verheirateten und nicht eben für ihre Treue bekannten Frau eines Rabbiners eingelassen hat. Trottelig, wie er war, wurde er erwischt und für die Sünde, die so viele vor ihm schon mit der Matrone begangen hatten, umgebracht.«

»Hier haben wir weder einen Rabbi noch eine Rabbinerin.«

»Ihr habt wahrscheinlich einen Pastor. Peter ist für die Pastoren ein heiliger Name.«

»Wer ist der Autor?«

»Ein französischer Katholik. Großer Botaniker und romantischer Dichter. Aus dem Frankreich der Revolution exiliert, geboren auf dem Schloss de Boncourt in der Champagne. Er war ein Exilierter, ein Wandersmann, Komplize aller Heimatlosen und Kind der Natur. Er war auch bei euch in Kalifornien, hat mit den Blumen und Bäumen geredet. Sein Held ist ebenfalls ein Heimatloser, Symbol für Migration und Globalisierung.«

»Ich weiß nicht, ob sich so etwas für unsere Studenten eignet. Das heißt, ich weiß, dass es nicht passt.«

»Es hat auch eine magische Seite. Ebenfalls verkoppelt mit unserer merkantilen Zeit. Schlemihl verkauft seinen Schatten.«

»Den Schatten? Wer kauft ihn? Ich habe irgendwann mal das Stück *Der Schatten* von Jewgeni Schwarz gelesen. Es gelangte zu uns, weil es als subversiv galt. Der Schatten lehnt sich gegen seinen Besitzer auf, gegen dessen Autorität. Aber nein, nein, ich sehe diesen Gegenstand nicht in unserem Curriculum. Eher noch etwas, das mit deiner Erfahrung und deiner Biographie zu tun hat. Ich kenne den Herrn Charlie Kardash, der dich zu mir geschickt hat. Wir sind Fremde, vielleicht kennen wir uns deshalb.«

»Auch ich bin es. Alle verlieren wir unseren Schatten. Auch wenn wir ihn nicht verkaufen.«

»Unsere Studenten lernen, wie man bis zur Identifikation die komische oder tragische Clownsmaske trägt, sich ihr assimiliert, wie man die Torte ins Gesicht kriegt, in riesig großen Schuhen geht, den Dreifachsalto steht und Jonglieren und Mimik. Ein Kursus wie deiner wäre ungewöhnlich, ich muss noch darüber nachdenken. Vielleicht wäre es letztlich ja nicht schlecht, wenn ihr Selbstbewusstsein gestärkt würde. Aber Clowns im Terror? Die Französische Revolution und die Russische, Holocaust, Gulag, die Kirche, die Moschee … Ich habe deine Biographie gelesen, du kennst diese Themen gut, hast sie erlebt. Ich bin hier einem solchen Fall begegnet. Eine Zwergenfamilie, die nach Auschwitz deportiert worden war. Aus deinen Karpaten. Wir haben sie eine Weile im Kolleg beherbergt. Sie haben auch bei Vorstellungen mitgewirkt und uns Dokumente überlassen. Wir haben die Dokumente benutzt. Das Kolleg benötigt Spender, ich denke, du verstehst. In diesem Land geht die Caritas Hand in Hand mit materieller Stimulation.«

»Eine originelle Idee. Recht zynisch. Ich beziehe mich auf die Zwerge. Grotesk.«

»Das Groteske ist Teil des Zirkus, das weißt du doch. Und des Lebens. Ich bin nicht wirklich originell, die Wirklichkeit ist viel origineller. Sie hatten die Hölle aufgrund ihres Handicaps überlebt. Ja, ein groteskes Handicap. Sie wurden protegiert, ausgewählt als Versuchskaninchen für Experimente, aber auch als Marionetten für Vergnügungen. Wir haben sie gerne beherbergt, haben sie gefilmt. Der Auschwitz-Test, nannten sie es. Test, nicht Krematorium oder Hölle oder Horror. Mengele hat sie gehätschelt, für sie blieb er ein lieber Dresseur. Sibirien, Kambodscha, die islamistischen Tyranneien, Auschwitz, alles große Universitäten des Terrors. Terrorzirkus. Was meinst du?«

Die Anstellung im Keaton-Kolleg wirkte verlockend. Als er der Präsidentin die Hand reichte, bemerkte er mit einiger Verspätung, dass Madame de Boss außergewöhnlich große Hände hatte. Ob das von der Akrobatik herrührte? Gerne hätte er Schlemihl danach gefragt, den zum Studium der Natur in seine Höhle verkrochenen Einsiedler.

REFUGIUM BIBLIOTHEK

Das ganze Büchlein, das nichts als eine tief erlebte Schilderung der Leiden eines Gezeichneten und Ausgeschlossenen ist, beweist, dass der junge Chamisso den Wert eines gesunden Schattens schmerzlich zu würdigen wusste. […] Werther erschoss sich, aber Goethe blieb am Leben. Schlemihl stiefelt ohne Schatten, ein »nur seiner selbst lebender« Naturforscher, grotesk über Berg und Tal. Aber Chamisso, nachdem er aus seinem Leiden ein Buch gemacht, beeilt sich, dem problematischen Puppenstande zu entwachsen, wird sesshaft, Familienvater, Akademiker, wird als Meister verehrt. Nur ewige Bohemiens finden das langweilig. Man kann nicht immer interessant bleiben. Man geht an seiner Interessantheit zugrunde, oder man wird ein Meister. – Aber Peter Schlemihl *gehört zu den liebenswürdigsten Jugendwerken der deutschen Literatur.* [18]

Die bürgerlichen Romantiker, beginnend mit Novalis, sind Menschen vom Schlage des Peter Schlemihl, »Menschen, die ihren Schatten verloren haben«. Der gegenwärtige Schriftsteller im Westen hat ebenfalls seinen

Schatten verloren und ist aus der Realität in Nihilismus und Verzweiflung emigriert. (Maxim Gorki)

Das echte poetische Märchen ist jenes, das seine Bedeutung in sich schließt, wie jeder Roman, jedes Drama, jede Novelle oder lyrische Gedicht, zumal die wunderbaren oder rätselhaften Elemente, die sein Gewebe strukturieren oder sich von ihm einverleiben lassen, hinsichtlich seines Kunstcharakters keine besondere Bedeutung haben. Aus diesem Grund ist Peter Schlemihl *ein kleines Meisterwerk, und weil dem so ist, muss die Geschichte in ihrer buchstäblichen Bedeutung gelesen werden; man muss sich all die von den Kommentatoren vorgeschlagenen Zuschreibungen hinsichtlich der Bedeutung des Schattens, der Siebenmeilenstiefel, wer Peter Schlemihl sein mag oder in welchem Lebensabschnitt er zum Protagonisten wurde, aus dem Kopf schlagen …*

Peter Schlemihls Geschichte als Allegorie zu lesen heißt, einer falschen Fährte zu folgen. Der Schatten sollte »mit seinem vollen Wert« betrachtet werden. In praktischer Hinsicht kommt ihm kein Wert zu, aber seine Abwesenheit macht aus Peter einen stigmatisierten Menschen. So dass das Fehlen des Schattens zu einem Symbol für all das wird, das einen ähnlichen Effekt auf das Individuum haben könnte. Aber unser Schatten ist nicht eben ein beliebiger Schatten. Und weil der Teufel selbst in die ganze Geschichte eingewoben ist, können wir annehmen, dass dem Schatten auch einige magische Eigenschaften zukommen. Er kann manipuliert werden, zusammengerollt und aufgerollt und dazu gebracht werden, dass er wie ein materieller physischer Gegenstand aussieht. Eine weitere Eigenschaft des Schattens besteht darin, dass bei hellem Tageslicht jedermann sofort feststellen kann, dass Peter der Schatten fehlt. Eine solche Anteilnahme für eine gemeinhin zu vernachlässigende Eigenschaft widerspricht jedweden gebräuchlichen Gepflogenheiten menschlicher Verhaltensweisen …

Vielleicht besteht die raffinierteste Charakteristik der seltsamen Erzählung im doppelten Wertesystem, das sie vorstellt. Und diese Werte lassen sich in einer einzigartigen mathematischen Reihe klassifizieren als (1) der Schatten, (2) das Gold, (3) die unsterbliche Seele. In dieser Rei-

hung erscheint der Schatten als Äquivalent des Nullwertes, der Beutel, der sich niemals erschöpfen lässt, ist von finitem Wert, während die unsterbliche Seele als persönliche [moralische] Integrität von unendlichem Wert ist. Bei der Beurteilung dieser Wertefolge dreht der Teufel die drei Elemente äußerst geschickt 180 Grad um die Zentralachse. Der Beutel von finitem Wert bleibt in der zentralen Position, während die anderen beiden Werte ihre Plätze wechseln. Dem Schatten kommt nun unendliche Werthaftigkeit zu, während die unsterbliche Seele, die persönliche Integrität, die Stelle am Nullpunkt dieser Skala einnimmt. Wir erinnern uns, dass der beredte Verkäufer von der Seele als einer unbekannten Größe spricht, von einem »x«. Man kann sich eine naheliegendere Umkehrung der weltlichen und geistigen Werte kaum vorstellen. Aber wir sollten auch den Druck im Blick behalten, den der Teufel auf Peter ausübt, um ihn zu veranlassen, Mina aus den Klauen von Rascal zu erretten. Er appelliert dabei an die wärmsten und vornehmsten menschlichen Regungen, um ihn davon zu überzeugen, dass er auf seine persönliche Integrität vollständig verzichten müsse, um ein eingeschränkt Gutes zu erreichen. Das Motiv des Selbstopfers wird hier in seine paradoxeste Form überführt. Peters Logik ist gewiss nicht durchtrainiert genug, als dass sie in die Labyrinthe eines solchen Dilemmas vordringen könnte. Da er als schlichter Mensch bei seinen Reden vom Höckchen aufs Stöckchen kommt, überlässt er die logischen Schlüsse dem Leser. (Hermann J. Weigand)[19]

*

Ich befürchte die Ausdünnung des Komischen bei Verstärkung der Lamentation – denn die Erzählung besteht recht eigentlich aus a + b, Ideal und Karikatur, dem tragischen und dem komischen Element. (Chamisso)

DAS KEATON-KOLLEG

Schautafeln am Eingang

Coming events cast their shadow before. (Von T. Campbell, Byrons Gedicht »The Prophecy of Dante« als Motto vorangestellt.)

Wir folgen der *Commedia dell'arte* von gestern und heute.

Better a witty fool, than a foolish wit. (Shakespeare, *Twelfth Night or What You Will*)

Jesters do oft prove prophets. (Shakespeare, *King Lear*)

[...] the purpose of playing, whose end, both at the first and now, was and is, to hold, as 'twere, the mirror up to nature, to show virtue her own feature, scorn her own image, and the very age and body of the time his form and pressure. (Shakespeare, *Hamlet*)

In einer großartig bewaldeten Enklave zwischen den Bergen gelegen, in der Tradition von Hermann Hesses *Glasperlenspiel*, ist das Keaton-Kolleg eine einmalige Kulturinstitution und verbindet die höchste dramatische Kunst – den Prinzipien des berühmten Stanislawski folgend – mit der burlesken Erfindungslust der Farce und der Satire, wie die klassische und moderne Tradition des Theaters und Films sie ausgeprägt hat. Zu den Lehrenden zählen nicht nur bekannte Regisseure, Schauspieler und Clowns, sondern auch bekannte Kommentatoren und Kritiker, Autoren angesehener Studien über die Geschichte der Darstellung in Kunst, Theater und Film inklusive Zirkus, so dass eine große Bandbreite an theoretischen und praktischen Kursen über Groteske und Satire, Humor und Melodramatik, Tragödie und Marionetten und so weiter angeboten werden kann, einiges davon in Zusammenarbeit mit dem Lateinamerikanischen und Afrikanischen Filminstitut und dem Kunstmuseum von Brasília. Die Studenten werden nicht nur in die Kunst der Clownerie eingeführt, sondern auch in die historische und ästhetische Bedeutung dieser Rolle vom Altertum bis in unsere

Tage, und in das Leben des Spektakels ebenso wie in das Spektakel des alltäglichen Lebens.

Karneval und Maskerade gibt es nicht erst seit gestern und heute, sie haben die menschliche Existenz immer schon begleitet, und im Zeitalter des Fernsehens, des demagogischen politischen Populismus sowie des alles beherrschenden Merkantilismus kann man sie in sämtlichen Bereichen des sozialen Lebens wiederfinden.

Das Groteske und die Tränen der Clowns sind letztlich Lektionen über das Leben, und sie erziehen oder verfeinern die Sensibilität der Zuschauer ebenso wie die der Schauspieler selbst.

Das Kolleg organisiert auch Feriencamps, bei denen die Schüler sich schon mal vorab mit dem Unterrichtsprogramm vertraut machen können, darüber hinaus aber auch der Beitrag der jungen Leute zur Anpassung des Programms an die momentane Bedürfnislage ermittelt werden kann.

Die Lehrenden an dieser ungewöhnlichen Kunstschule, zu deren Aufgaben es gehört, die Persönlichkeit und Originalität sowie eine unerhörte und provokative Kreativität zu fördern, alles nur Voraussetzungen für einen individuellen Zugriff auf die Existenz, unabhängig von der geistigen oder professionellen Wahl der nachmaligen Absolventen, die Lehrenden an dieser hoch anspruchsvollen Kulturinstitution zeichnet ein einmaliger Zusammenklang von Talenten und Leidenschaften aus. Besonderes Augenmerk genießt die Bezugnahme auf zeitgeschichtliche und Ereignisse der gegenwärtigen Geschichte sowie auf das heutige soziale und politische Geschehen, die Frage, wie man diese im künstlerischen Akt und in einer intellektuellen Interpretation aktuell wiedergeben und reflektieren kann.

INSCHRIFTEN AUF DEN WÄNDEN DES KOLLEGS

Feinstein: *Herr Buster Keaton, vielfach wurde behauptet, der geheime Quell des Humors entspringe nicht unbedingt dem Vergnügen, sondern Schmerz und Pathos. Sigmund Freud und Mark Twain haben dies behauptet. Freud meinte, der Humor sei die höchste der Verteidigungsfunktionen, und Mark Twain sagt in* Knallkopf Wilson, *»alles, was menschlich ist, ist pathetisch. Der geheime Quell des Humors ist nicht die Freude, sondern das Unglück. Im Himmel gibt es keinen Humor.« Ein großer Teil des jiddischen Humors wurde mit der ihm innewohnenden Traurigkeit erklärt. Auf den Film zurückkommend, schrieb ein Humorist, Al Capp, über einen anderen Humoristen, Charlie Chaplin, dieser amüsiere, weil sein Tramp ein berufsmäßiges Opfer ist, also offensichtlich pathetisch. Capp sagt, wir lachen bei den* Lichtern der Großstadt [1931], *weil wir »entzückt sind von der Inhumanität, mit der der Mensch dem Menschen begegnet«. Wäret ihr, was euren eigenen Humor betrifft, damit einverstanden, dass der Schmerz der Menschen und nicht deren Vergnügen dem wirklich gelungenen Humor zugrunde liegt?*

Keaton: *Ja, ich fürchte, es ist genau so, das Publikum lacht hauptsächlich bei dem, was geschieht, aber es würde niemals lachen, wenn ihm dasselbe geschähe …*

Feinstein: *In* Der General [1926] *ist der Junge ein Schlemihl.*

Keaton: *Aber ich bin im* General *Mechaniker auf der Lokomotive.*[20]

Thomas: *Wie kam es zu deinem eingefrorenen, dem versteinerten Gesicht?*

Keaton: *Auf der Bühne. Als ich ein Heranwachsender war, gehörte ich zu der Sorte Comedians, bei der das Publikum nicht reagierte, wenn der Comedian über das, was er tat, auch lachte. So habe ich automatisch gelernt, alles ernst zu nehmen. Als ich dann mit einundzwanzig Jahren begann, Filme zu drehen, hatte ich schon den Ruf des reglosen »Eisgesichts«.*[21]

Die Comedy ist eine komplizierte und schier pedantische Kunst, und niemand (Chaplin mal ausgenommen) könnte dies besser sagen als dieser exemplarische, intelligente und überaus begabte Mensch, der eine »Person« mit einem zutiefst poetischen Gesicht geschaffen hat, ein Symbol für die Absurdität der Welt, kafkaesk […], hätte er unter jenem Gesicht, das nicht mehr als ein weißes Blatt Papier war, nicht diese Herzenswärme gehabt, diese vornehme geistige Beharrlichkeit, den Glauben an die Menschen, allerdings nicht mit jenem bubenhaften Optimismus der Adoleszenz … In der Zeit zwischen 1920 und 1930 war Keaton verblüffend modern, ein Kantor des Irrationalen, ein exzentrischer Lyriker, ein großer Dichter, den die Surrealisten an der Seite von Lautréamont und Jarry in ihren Pantheon aufnehmen könnten.[22]

DIDACTICA NOVA (I)

Ein Gelehrter aus Nordeuropa ist in den Süden gereist.

Eines Abends saß der Fremde draußen auf seinem Balkon, während das Feuer hinter ihm in der Stube leuchtete und seinen Schatten auf den Balkon des gegenüberliegenden Hauses warf. Zu beobachten, wie der Schatten allen seinen Bewegungen getreulich folgte, amüsierte ihn, und es kam ihm so vor, als befände er sich selbst auf jenem Balkon. Als er dann schließlich ermüdet war und sich zum Schlafen zurückzog, stellte er sich vor, dass nun auch der Schatten sich im Haus auf der gegenüberliegenden Straßenseite zurückziehe. Am Morgen aber merkte er zu seiner nicht geringen Überraschung, dass er im Laufe der Nacht seinen Schatten verloren hatte. Da sich nun aber ein neuer Schatten von seinen Extremitäten her gemächlich erhob, schenkte er dem Zwischenfall keine weitere Bedeutung mehr und kehrte nach Nordeuropa zurück und zu seinen Schriften.

Es waren ein paar Jahre vergangen, als er es eines Nachts an der Tür klopfen hörte. Zu seiner Überraschung stand da sein Schatten, den er vor etlichen Jahren in Afrika verloren hatte, in einer anscheinend vollkommenen menschlichen Gestalt vor ihm. Verwundert über diese Erscheinung, bat sie der Gelehrte herein, und bald schon saßen sie beim Kaminfeuer, wo der Schatten ihm erzählte, wie er zum Menschen geworden war. Der Gelehrte war seinem Wesen nach gelassen und zuvorkommend. Seine hauptsächlichen Interessen bewegten sich um das Gute, Wahre und Schöne, worüber er vielfach schon geschrieben hatte, ohne dass es jemanden interessiert hätte. Der Schatten behauptete, der Meister verstünde die Welt nicht, während er selbst sie so sehe, wie sie wirklich sei, denn er sehe, wie schlecht die Menschen tatsächlich sein könnten.

Im Laufe der Jahre wurde der Schatten immer reicher und fülliger, während der Schriftsteller immer ärmer und blasser wurde. Schließlich erkrankte er so sehr, dass der Schatten ihm vorschlug, einen Kurort aufzusuchen, und sich erbot, ihm die Reise unter der Bedingung zu bezahlen, dass er vom ersten Tag an als Herr und der Herr selber, nämlich der gelehrte Schriftsteller, als Schatten auftreten würden. So widersinnig dieser Vorschlag auch gewesen sein mag, der Gelehrte ging letztlich darauf ein, so dass sie unter vertauschten Rollen die Reise antraten, der Schatten nun als Herr auftrat. In dem Kurort lernte der Schatten eine wunderschöne Prinzessin kennen, mit der er Nacht für Nacht tanzte, bis sich die Prinzessin in ihn verliebt hatte.

Als sie zur Heirat entschlossen waren, bot der Schatten dem ehemaligen Herrn eine bedeutende Stellung in seinem Palast an, wenn er nun bereit war, dauerhaft sein Schatten zu bleiben. Der Gelehrte lehnte dieses Ansinnen umstandslos ab und drohte, der Prinzessin alles zu offenbaren, aber der Schatten befahl, ihn verhaften zu lassen. Der Schatten machte sich das dadurch entstandene Durcheinander zunutze, traf die Prinzessin und gestand ihr: »Ich habe die schrecklichsten Dinge erlebt; stellen Sie sich vor, mein Schatten ist verrückt geworden; ich nehme an, ein so armseliges und oberflächliches Gehirn kann nicht sehr viel vertragen; er behauptet, er sei ein Mensch aus Fleisch und Blut geworden und ich sei sein Schatten.« »Schrecklich, gewiss«, sagte die Prinzessin. »Ja, gewiss, und ich fürchte, er wird auch nicht mehr zur Besinnung kommen.« »Der arme Schatten!«, sagte die Prinzessin. »Ganz schrecklich, es wäre besser, man befreite ihn aus seiner fragwürdigen Existenz, wenn ich bedenke, wie oft die Menschen heutzutage für die niederen Klassen und gegen die Oberen Partei ergreifen, so wäre es gut, man schaffte ihn schweigend beiseite.«

Später am Abend, als der Schatten sich mit der Prinzessin vermählte, war der Gelehrte schon hingerichtet.[23]

*

Im Jahre 1814, drei Jahrzehnte vor der Veröffentlichung von Andersens Der Schatten, *hatte Adelbert von Chamisso* Peter Schlemihls wundersame Geschichte *veröffentlicht, die von einem Menschen erzählt, der seinen Schatten für einen unerschöpflichen, prall mit Geld gefüllten Beutel verkauft. Chamisso wurde zur Autorität für dieses Thema, und Andersen bezieht sich in seinem* Schatten *unmittelbar darauf: »Er war sehr niedergeschlagen, nicht eigentlich wegen des verschwundenen Schattens, sondern weil er wusste, dass es darüber schon eine allseits bekannte Geschichte gab [...], und wenn er nun darauf zurückgekommen wäre, seine Geschichte zu erzählen [...], hätte man ihn der Nachahmung bezichtigt, das Letzte, das er sich hätte wünschen mögen.«*[24]

Das, was man als schön bezeichnet, entsteht in der Regel aus der Praxis des täglichen Lebens heraus. So entdeckten unsere Vorfahren, die wohl oder übel in dunklen Räumen wohnen mussten, irgendwann die dem Schatten innewohnende Schönheit, und sie verstanden es schließlich sogar, den Schatten einem ästhetischen Zweck dienstbar zu machen. Tatsächlich gründet die Schönheit eines japanischen Raumes rein in der Abstufung der Schatten. Sonst ist überhaupt nichts vorhanden. Abendländer wundern sich, wenn sie japanische Räume anschauen, über ihre Einfachheit und haben den Eindruck, es gebe da nur graue Wände ohne die geringste Ausschmückung. Das ist von ihrem Standpunkt her gesehen durchaus plausibel; aber es zeigt, dass sie das Rätsel des Schattens nicht begriffen haben. [...] Nur von Raum zu Raum gibt es je leicht veränderte

Farbtönungen – und was für delikate Unterschiede sind das doch! Fast eher als um Farbunterschiede handelt es sich um ganz geringe Helldunkelnuancen, die etwa leichten Stimmungsschwankungen des Betrachters entsprechen. Überdies erhält jeder Raum aufgrund der unmerklichen Farbunterschiede eine ihm eigene, leicht anders getönte Schattenwirkung. Es gibt allerdings in unseren Wohnräumen auch die sogenannten Wandnischen, die tokonoma, in die man Rollbilder hängt und Blumen stellt; aber selbst diese Rollbilder und Blumen sollen nicht so sehr die Wirkung einer Dekoration ausüben als vielmehr dem Schatten Tiefe verleihen. […] Umgekehrt gibt es Fälle, da eine für sich genommen keineswegs zu den Meisterwerken zählende Kalligraphie oder Malerei, sobald man sie in die Nische eines Teeraums hängt, damit außergewöhnlich gut harmoniert, sodass Rollbild wie Raum plötzlich gesteigert hervortreten. Und wenn man nachprüft, was denn bei dieser an sich nicht gerade hervorragenden Rolle eine so harmonische Wirkung hervorbringt, dann liegt es gewöhnlich an der antiken Qualität des Papiers, der Tuschfarbe oder der Leinwand, auf die das Bild montiert ist. Diese antike Qualität steht im genau entsprechenden Verhältnis zur Dunkelheit der Wandnische oder des ganzen Raums. […] Doch ergibt sich zwischen solchen alten Bildern und düsteren Wandnischen ein so genaues Zusammenspiel, dass man die Undeutlichkeit der Zeichnung nicht nur problemlos akzeptiert, sondern auch noch das Gefühl hat, ein solches Maß an Undeutlichkeit sei genau das Richtige. Das heißt, in diesem Fall ist das Bild nichts weiter als eine vornehme »Fläche«, die zur Aufnahme des unbestimmten, schwachen Lichtscheins dient, hat also gänzlich dieselbe Funktion wie eine Sandwand. Aus diesem Grund legen wir bei der Wahl von Bildrollen auf das Alter und die Patina so viel Wert. Ein neues Bild, sei es nun in Tusche oder koloriert, zerstört nämlich die Schattenwirkung der Wandnische, wenn man nicht außerordentlich achtgibt. […]

Jedenfalls bewundere ich, wenn ich die Wandnische eines geschmackvoll durchgestalteten japanischen Raumes sehe, in welchem Ausmaß die Japaner das Geheimnis des Schattens begriffen haben und wie raffiniert sie mit Licht und Schatten umzugehen wissen […]. Vermutlich ist mit dem »Mysterium des Ostens«, von dem die Abendländer reden, die unheimliche Stille gemeint, die solches Dunkel in sich birgt. […] Es lässt sich letzten Endes auf die Magie des Schattens zurückführen. Falls man die in allen Winkeln kauernden Schatten fortscheuchte, wäre die Wandnische augenblicklich nichts weiter als ein leerer Raum. Das Genie unserer Vorfahren hat also der Schattenwelt, die durch bewusstes Abschirmen eines leeren Raums von selbst entsteht, einen geheimnisvollen ästhetischen Ausdruck verliehen, gegen welchen keine Wandbemalung oder Dekoration auch nur annähernd ankommt. […] Die Dunkelheit, die das Nō umgibt, und die daraus entstehende Schönheit bilden also eine eigentümliche Welt des Schattens, die wir heute nur noch auf der Bühne zu Gesicht bekommen, die aber früher wohl nicht so weit vom wirklichen Leben entfernt war. […] Gerade wie ein phosphoreszierender Stein, der im Dunkel glänzt, aber bei Tageshelle jeglichen Reiz als Juwel verliert, so gibt es, glaube ich, ohne Schattenwirkung keine Schönheit. Das heißt, unsere Vorfahren haben die Frauen genauso wie die mit Lackmalereien oder Perlmutteinlagen versehenen Geräte als etwas betrachtet, das nicht vom Dunkel zu trennen ist. Sie haben versucht, sie möglichst vollständig in eine Schattenwelt zu tauchen, haben ihre Hände und Füße durch lange Ärmel und Kleidersäume mit Dunkelheit umhüllt und trachteten danach, nur eine einzige Partie, nämlich den Kopf, hervorzuheben. Zugegeben, ein solcher platter Rumpf ohne Ebenmaß muss verglichen mit der Figur westlicher Frauen wohl als unansehnlich bezeichnet werden. Doch was wir nicht sehen, darüber machen wir uns keine Gedanken. Was unsichtbar bleibt, erachten wir als nicht vorhanden. […] Meiner Meinung nach ist es die Art von uns Ostasiaten, die Umstände, in die wir einbezogen sind, zu akzeptieren und uns mit den jeweiligen Verhältnissen zufriedenzugeben. Deshalb stört uns das Dunkel nicht, wir nehmen es als etwas Unabänderliches hin […]. Unsere Vorfahren schnitten zunächst aus der Helligkeit der Erdoberfläche einen nach allen Seiten abgegrenzten Raum heraus, schufen darin ein Reich des Schattens, setzten die Frau ins innerste Dunkel und bildeten sich ein, es müsse sich um das weißeste menschliche Wesen auf dieser Welt handeln. […] Aber natürlich habe ich dies alles mit dem Hintergedanken niedergeschrieben, ob es denn nicht etwa einen Weg gäbe, solche Nachteile auf irgendeinem Gebiet, zum Beispiel der Literatur oder Kunst, wettzumachen. Ich jedenfalls möchte versuchen, unsere schon halb verlorene Welt der Schatten wenigstens im Bereich des literarischen Werks wieder aufleben zu lassen. Ich möchte am Gebäude, das sich Literatur nennt, das Vordach tief herabziehen, die Wände beschatten, was zu deutlich sichtbar wird, ins Dunkel zurückstoßen und überflüssige Innenverzierungen wegreißen. Ich sage nicht, dass ich mir das für alle Häuser wünsche; aber wenigstens eines von dieser Art darf doch wohl bestehen bleiben. Und um zu sehen, was dabei herauskommt, lösche ich probeweise einmal das elektrische Licht. (Tanizaki Jun'ichirō)[25]

DAS PRIVILEGIERTE TRAUMA (I)

Über Peters Vergangenheit wissen wir kaum etwas, also gar nichts.

Warum und wo er seinen Wohnsitz und seine Familie, die Freunde und die Bücher verlassen hat. Ob er dies freiwillig oder unter dem Zwang der Umstände getan hat, ob er ein sozialer oder politischer Paria war, ob er sich in Gefahr befand oder bloß im Streit mit den Leuten in seiner Umgebung, ob er krank war oder keinerlei Existenzmittel besaß, oder ob er es allein aus Abenteuerlust getan hat.

Die Geschichte, vom gutmütigen Autor (dem Botaniker selbst) den Kindern seines Freundes Hitzig als abendliche Einschlaferzählung gewidmet, war im Namen eines »aufrichtigen, auf die Integrität und Freundschaft des Autors vertrauenden« Erzählers geschrieben. Der Schriftsteller-Botaniker gibt zu, ihre komische Energie nicht ausreichend ausgeschöpft zu haben, und, was noch schädigender hätte sein können, lebende Personen waren zu erkennen. Mittels eines romantischen Tricks, der mit der Zeit banal geworden ist, kann der künftige Berliner Botaniker vorgeben, die Blätter mit Peters autobiographischem Manuskript von einem »Mann, der einen langen grauen Bart trug, eine ganz abgenützte schwarze Kurtka anhatte, eine botanische

Kapsel darüber umgehangen und bei dem feuchten, regnerischen Wetter Pantoffeln über seinen Stiefeln«,[26] überbracht bekommen zu haben.

Über den sozialen Stand des Erzählers wird uns nichts gesagt. Nicht einmal, ob dieser eventuell dorthin zurückkehren könnte, wo er hergekommen ist. Dafür bekommen wir mit, dass Peters Transhumanz sich höchstwahrscheinlich im gleichen Land und in der gleichen Sprache vollzogen haben muss, wenn Begriffe wie Pass, Zoll, Grenze und Verständigungsschwierigkeiten mit den neuen Mitbürgern in der Geschichte nicht vorkommen. Dies könnte das Trauma der Dislozierung aus der alten Biographie mildern, wiewohl auch im Deutschen Reich des Adelbert von Chamisso und Eduard Hitzig die Unterschiede zwischen den protestantischen und den katholischen Gebieten nicht übersehen werden sollten.

Peter scheint vor allem jung zu sein, fern der Verstörungen aufgrund schlimmen früheren Leids. Die Eile, mit der er den Vorschlag des grauen Boten akzeptiert, verweist nicht nur auf seine Neigung zum Abenteuer, sondern auch auf die Ungeduld, das Neue zu erkunden und die Chancen einer nie zuvor erlebten Situation fruchtbar werden zu lassen. Es ist kein Veränderungstrauma zu erkennen, und es wird ein solches auch nicht explizit angesprochen, wie im Falle so vieler Flüchtlinge von heute und Allerzeit. Der Flüchtling wird durch seine Migration in eine andere Welt anscheinend zu schnell zum Nutznießer einer spektakulären Veränderung. Allein die unglücklichen Folgen verweisen ihn auf den ihm zustehenden Platz in der großen Masse der glücklosen Nomaden, der Heimatlosen und Unglücksraben und Vogelfreien von immer und überall. Seine Neurose, wenn sie denn auch damals schon so geheißen haben mag, bringt ihn ins Schlemihlium-Sanatorium. Eine Art Krankenhaus und Obdachlosenasyl, wo er in der karitativen Dame Mina, die Heldin seiner Träume, und in dem Philanthropen der Institution seinen früheren ergebenen Diener Bendel zu erkennen meint. Der Patient mit der Nummer zwölf, »der Jude« genannt, weist keinen weiteren sichtlichen Konnex mit seinen vertriebenen Urahnen auf, als bloß seinen schier maßlos gewachsenen Bart, dazu die Auffassung jener um ihn herum, die ihn für den ewigen Wandersmann halten, den definitiv Verdächtigen. Dieser unglückselige Status verändert sich zum Schluss, und Peter wird zum in einer Höhle der Einsamkeit gestrandeten Eremiten. Der perfekte Ort, um die von Vergeblichkeit animierte planetarische Komödie zu beobachten. Tiere und Pflanzen und mehrfach sogar seinesgleichen in Marionettenrollen treiben dieses Theater voran, zwischen Finsternis und Triumph. Zum Schluss erscheint einem alles wie ein Albtraum von Zufälligkeiten. Das Märchen hat seine Illusionen in der Einsamkeit der Naturstudien und der Studien der eigenen Natur fernab der zynischen Übereinkünfte einer banalisierten Welt erschöpft. Fernab von der Welt der Menschen.

»*Justo judicio Dei judicatus sum; justo judicio Dei condemnatus sum*«, steht auf einem Zettel, der in der niemals leeren Tasche des Mannes in Grau gefunden wurde. »Gerichtet wurde ich nach dem gerechten Urteil Gottes; verurteilt wurde ich nach dem gerechten Urteil Gottes.« Es ist dies die einzige Anrufung – und sie fällt nicht zufällig sardonisch aus – der Göttlichkeit in der Erzählung des Botaniker-Dichters, skeptisch, wie die Naturforscher es sind, wenn von dem unsichtbaren Allmächtigen die Rede ist. Der Verdacht, den der plötzliche Reichtum hervorruft, der tadellose Schein, schattenlos, sie gehören einer immerwährenden Realität an, ebenso wie die Ressentiments gegenüber den Fremden und der Rückzug des Heimatlosen vor der Welt, diese unterscheiden sich jedoch in ihren Ausmaßen und ihren Folgen von dem konsequent manipulierten Verdacht und den Unterdrückungsmaßnahmen des totalitären Staates gegenüber jenen, die für feindlich und auszumerzen gelten.

Der Nomade des Globalisierungszeitalters und der mörderischsten Waffensysteme ist sich der neuen Realität und der neuen Gefahren bewusst, die über seinem Schicksal schweben, wie weit er sich aus dem Gefängnisuniversum seiner eigenen Geschichte mit Oberst Tudors Erlaubnis auch wegbewegt haben mag. Seit Jahrzehnten schon unter der Tyrannei zerbrochen, an die er sich gewöhnt hatte, verkrochen in der Höhle der Bücher, die ihm einen fiktiven und frivolen Schutz boten. Wiewohl von ungewissem Alter, wirkt er nicht alt, vielmehr wie irgend so ein »Verspäteter«, den es nach der Zeit an den Toren der auf Wettbewerb und Individualität getrimmten freien Welt angespült hat.

Aus kosmischer und meta-historischer Perspektive bleibt das Bekenntnis des armen Schlemihl, der zur großen Familie der Unverständigen und Geschädigten aller Orten gehört, eine burleske und alterslose Komposition, in der die Dynamik der existentiellen Farce die ihr angemessene Darstellung erfährt. Dies erklärt, warum jene gelbe, in Goethes Sprache gedruckte Broschüre in der Brusttasche des abflugbereiten Reisenden gesteckt hatte und prompt von dem Grenzbeamten beschlagnahmt wurde.

Das in der Originalsprache gedruckte Märchen sollte dem Exilanten als eine Art Reiseführer dienen, bevor es zum Lehrmaterial wurde, mit dem man den Studenten das Abenteuer der Entfremdung nahebringen konnte. Einsamkeit jenseits des Sozialen und Politischen oder im sozialen und politischen Brennpunkt der Unterdrückung prägt das Exil, Ort- und Besitzlosigkeit, Lehrzeit in der Dialektik der Veränderung und Metamorphose der Regeneration.

GÜNTHER

Mein lieber Wandersmann,

wahrscheinlich hast Du es nie für möglich gehalten, dass der Genosse Oberst Tudor Dich eines Tages aus Deiner Lektüreklause herausreißen und zur Umerziehung nicht etwa in ein Arbeitslager, sondern in die weite Welt schicken wird. Damit Du verstehst, wer Du tatsächlich bist und wer Deinesgleichen sind. Wie Du weißt, habe auch ich ihn kennengelernt, als er versuchte, mich mit gutem Zureden hinsichtlich meiner Zukunft im Westen zu besänftigen, nicht nur im Osten, den ich eben verließ, freigekauft von meinen achthundertjährigen Landsleuten. Mir also riet, das Land, in dem ich geboren wurde, nicht mit Schmutz und Fäkalien zu beschmieren und es in den Augen der Fremden nicht stärker zu kompromittieren, als es dies selber ohnehin tat. Schade, trotzdem, dass Du den Abriss der Mauer Dir nicht mitansehen wolltest. Dass Du der Geschichte und ihren Versprechungen nicht traust, reicht als Argument nicht aus, um bei solch einem Ereignis zu fehlen. Und bei seinen unvorhersehbaren Folgen. Oder vorhersehbaren, wie Du wohl sagen wirst. Ich gebe zu, dass ich mich wieder einmal, trotzdem, wie in meiner Jugend von Hoffnungen habe betören lassen. Vielleicht auch, weil ich neuerlich alles getan habe, was ich konnte, um die Mauer einzureißen.

Jetzt befindest Du Dich schon in der Neuen Welt. Des Geldes? Das ist die grundlegende Wahrheit, nicht? »*Songez au solide!*«, mahnte Dein Maestro Adelbert in seinen Gutenachtgeschichten für Kinder. Die solide Wirklichkeit, das Geld, nicht? Hilft Dir Deine angebetete Schwester, zu erkennen, wo Du gelandet bist? Jede Ideologie ist verdächtig, sagen Deine Yankees wahrscheinlich. Vor allem die Utopien, nicht? Geht es ohne sie? Und wenn es geht, ist es dann besser? Schon tauchen die neuen Missionare des Halbmonds auf, die so tun, als stünden sie in permanentem Kontakt mit ihrem Schalware tragenden und im Namen der Reinheit Köpfe abschlagenden obersten Herrn! Auch die Teutonen hier enthusiasmieren mich nicht. Nachdem sie (zusammen mit mir!) für die Einheit gebrüllt haben, murren sie nun gegen ihre östlichen Brüder und Schwestern, faul seien diese und rückständig, ihretwegen stiegen die Steuern, was den Wohlstand des Landes schädige. Eichhörnchen, Wale und Störche haben diese Sorge nicht, allein wir. Die wir nach dem Angesicht des Allmächtigen geschaffen wurden, na also!

Du antwortest nicht auf Briefe. Ein gutes oder ein schlechtes Zeichen? Ich habe Jenny gefragt, was sie meint. Sie hat mir auf diese Frage nicht geantwortet, aber sie hat mir gesagt, ihr Onkel, John Johnson, der Hochschullehrer, habe sich emeritieren lassen und ziehe mit seiner neuen Frau, der Witwe eines Schwerreichen, nach Australien. Mister John wird Dich nicht vergessen, da sei sie sicher, und sie werde ihn auch an Dich erinnern. Wenigstens diesbezüglich wäre es gut, wenn Du mich auf dem Laufenden hieltest.

Du erinnerst Dich doch, will ich mal annehmen, an die Losung der Pioniere: Voran im Kampf für die Sache von Lenin und Stalin! Die Antwort seitens des Chors war: Immer voran! Nach einiger Zeit wurde die Formel verändert in: Seid bereit für den Kampf um die Sache der Arbeiterpartei! Und die ebenso prompte Antwort war: Immer bereit!

Als alter Freund mit roter Krawatte, militant und wohlgesonnen, kann ich Dir nur wünschen: Immer voran! Ohne jeden anderen Kompass als bloß den Zufall. Unideologisch und ohne Gott. Mithin ohne Sinn. Wie das Leben. Jennifer stimmt mir zu. Wie Du siehst, haben wir Dich nicht vergessen, weder ich noch sie. G.

EIN RABBI IN DER NEUEN WELT

Mister John war verschwunden, ohne zu verschwinden. Er hatte sich emeritieren lassen, war reich und Mitglied des College-Verwaltungsrates geworden. Er war nach Australien gezogen. Behielt aber auch einen stattlichen Wohnsitz in seiner pragmatischen und optimistischen Heimat. Dies war auch die Adresse, an die der Nomade ihm weiterhin schrieb, um den Kontakt aufrechtzuerhalten, bis er seine Kandidatur an der illustren Bildungsinstitution wieder anmelden könnte, wie er bei ihrem ersten kurzen Treffen versprochen hatte. Er schrieb ihm mit dem Wörterbuch auf dem Tisch. Er hatte diese demütige Lösung der sehr viel größeren Demütigung vorgezogen, die darin bestanden hätte, Briefe ins Nichts hinein zu versenden, überallhin und an beliebig viele Menschen, bloß aus Gründen der Unterkunft und Versorgung. Mister John antwortete kurz, aber prompt. Er gab weder Zeichen der Ungeduld noch von Langeweile zu erkennen. Der Exilant hatte sich an diese Routine gewöhnt, sie bestätigte ihm anscheinend seine Anwesenheit in der Neuen Welt und die damit verbundene vage Hoffnung auf etwas Unvorhersehbares überzeugender als das Keaton-Kolleg. Tatsächlich, eines Tages erhielt er ein unerwartetes Schreiben von Herrn Luca Lombardi Formenton, dem hervorragenden Professor für Anthropologie, nunmehr Dekan des Elite-Colleges, worin dieser ihn zu einem Vorstellungsgespräch einlud.

Der elegante Dekan schaute ihn kurz durch die dicken Brillengläser an, die ihm auf seine sommersprossige Nasenspitze herabgerutscht waren, und unterrichtete ihn darüber, dass dies, den demokratischen Prozeduren gemäß, die Oligarchien jeder Art trotzten, ein kollektives Gespräch sein werde. Woraufhin er sogleich in einen Nebenraum geführt wurde. Dort erwarteten ihn sechs künftige Kollegen, die rings um einen rechteckigen Tisch saßen. Gut zwei Stunden lang antwortete er so lakonisch wie möglich, um Schwierigkeiten mit dem Vokabular zu vermeiden. Fragen über seine komplizierte Biographie vom nationalsozialistischen Lager während der Kindheit bis zu jenem der Kommunisten in seinen mit einiger Verspätung erreichten Erwachsenenjahren, über die toten Eltern und die Schwester. Über seine intellektuellen Betätigungen, die Geschichte des Zirkus und die Psychologie des Immigranten, die Geschichte der Zensur und ihre modernen Derivate. Vor allem über das Risiko, das er einginge, wenn er in sein Land zurückkehrte, das er so lange zu verlassen vermieden hatte. Die Befrager versicherten ihm, sein Heimatland werde bald radikale Veränderungen hin zur erträumten Demokratie durchmachen. »Dies nicht«, beeilte sich der Kandidat zu antworten. Nein, er glaubte an keine Veränderung. Auf keinen Fall, jedenfalls nicht an eine vorhersehbare. Das tyrannische System des »vielseitig entwickelten Sozialismus« hatte die Überlebenstechniken perfektioniert, hatte selbst die Fäulnis in eine Wohltat umdefiniert. Und was die Risiken betraf, ja, die waren zu beachten, aber er konnte die Risiken nicht einschätzen, die bei einer Rückkehr auf ihn warteten. Sie können schrecklich sein, ja, sie können auch ausbleiben, vertagt werden auf andere Zeitpunkte und einer anderen Strategie zugeschlagen werden. Er konnte sich in dieser Gesprächssituation nur mit Mühe zurückhalten, die Figur des eleganten, mit den Salben des multifunktionalen Kameläons pomadisierten Obersten zu beschreiben, der seine Konversion hin zur … »Loslösung« inszeniert hatte. Sieh an, nun war er längst losgelöst, gleichgültig, abwesend. Er kam erst wieder zur

Besinnung, als er gefragt wurde, worin genau er die Studenten des Wohlstands unterrichten könnte. Worauf er in aller Eile Themen und Autoren der Entfremdung aufzählte. Die Liste, die er schon im Keaton-Kolleg benutzt hatte, schien das Auditorium hier nicht zu beeindrucken. Nach längerem Schweigen stand ein korpulenter blonder Mann auf. Professor Parker in seiner Rolle als Sprecher der Versammelten. Er erläuterte die finanziellen Schwierigkeiten der Institution, die Tatsache, dass die Summe, die für geflohene Intellektuelle zur Verfügung steht, nur unter größten Mühen eingeworben werden konnte und äußerst sorgfältig verwendet werden muss. »Wie Sie wohl wissen, nimmt unser College keinen Pfennig vom Staat. Wir möchten von niemandem abhängig sein.« In den folgenden Sätzen wurde klar, dass Professor Parker Herrn Lombardi Formenton ebenso feindlich gesonnen war wie dem ehrenwerten Mister John und Teil einer anderen Koalition innerhalb der Institution war. Offensichtlich war das Spiel verloren, aber der Dekan hatte eine definitive Ablehnung diplomatisch vermieden. »Wir werden Sie über unsere Entscheidung auf dem Laufenden halten«, sagte er beim Abschied und schüttelte ihm freundschaftlich beide Hände.

Gut zwei Monate lang bekam der Kandidat keinerlei Nachricht. Er zögerte, Mister John davon zu unterrichten, obwohl ihm dies als einzige Lösung vorkam. Er hatte keinen anderen Ansatzpunkt und fühlte sich nicht wohl mit dem, was die großzügige Jennifer angeboten hatte. Er war abhängig, dem Spiel des Zufalls überlassen, abhängiger als jemals zuvor von Bekannten, die er nicht hatte, und den Unbekannten mit schwer deutbaren Masken.

Es gab Tamar, gewiss, aber Tamar mied er. Schmerzhafte Diskretion nach ihrem letzten Gespräch. Hätte er in einer praktischen Angelegenheit ihrer Hilfe bedurft, so hätte seine Schwester alles darangesetzt, sich seiner Sache bis hin zur Selbstverleugnung anzunehmen. Er zog es vor, allein die ganze Last der Veränderung auf sich zu nehmen.

In einem knappen Brief an Mister John beschrieb er in höflichen Formulierungen und verhaltener Ironie sein Abenteuer mit Luca Lombardi Formenton und Professor Parker. Aus Australien kam keinerlei

Antwort. Allerdings erhielt er nach einer Weile von Dekan Lombardi eine neue Einladung, für eine weitere, diesmal »entscheidende« Begegnung. Madame de Boss erwies sich neuerlich als verständnisvoll und gewährte ihm eine Woche unbezahlten Urlaub.

Nun wurde er nicht mehr vom Dekan empfangen, sondern von einem seiner Stellvertreter. Einem nachlässig gekleideten jungen Mann, dem es offensichtlich nicht leicht fiel, ihm zu erklären, dass man im Konzil lange mit den sechs Professoren diskutiert habe und zu dem Schluss gekommen sei, der Kandidat habe sich aufgrund höflicher Zurückhaltung geweigert, vom Mitgefühl der Kommission zu profitieren, und nicht in allen Einzelheiten dargestellt, dass es ihm unmöglich sei, in das Land zurückzukehren, in dem er gelebt hatte und das nun, befreit von der Diktatur, in eine fragwürdige Übergangsperiode nach nirgendwohin geraten sei. Infolgedessen gewährte man ihm eine neue Chance, seinen Schatten zugunsten einer Tätigkeit und eines Gehalts zu verkaufen, die seine Selbstachtung wiederherstellen könnten. Selbstachtung, das war ein neuer Begriff für den Immigranten, abgenutzt und lieb jenen, mit denen er es zu tun hatte.

Der neue Test bestand aus acht Begegnungen zu je einer halben Stunde mit den Professoren unterschiedlicher Fachgebiete, dann kehrte man zurück und traf sich zum Finale im Büro des Dekans. Eine Studentin wartete schon darauf, ihn reihum zu den acht Treffen zu geleiten und nach den vier Gesprächsstunden wieder zurück an den ursprünglichen Ort.

Die erste Begegnung begann unter günstigen Auspizien. Die Professorin der Sozialwissenschaften war Belgierin, sie sprach Französisch, eine Erleichterung, wie speziell für den Heimatlosen vorbereitet: Endlich wird er auf Esperanto sprechen, im Argot der Belfer.[27] Nach den Anfangshöflichkeiten lancierte die Dame die grundsätzliche Frage: »Wenn Sie zu uns kommen werden, was könnten Sie da unterrichten? Ich sehe, Sie waren noch nie Professor.« Der Novize antwortete ohne Aufschub, er habe sich mit der Geschichte des Zirkus beschäftigt, der des Theaters sowie mit anderen kulturellen Phänomenen. Was die sozialpolitischen

Wissenschaften betreffe, so zentrierten sich seine Lebenserfahrung und seine Lektüren auf die beiden großen europäischen Themen Holocaust und Gulag. »Holocaust?«, plötzlich war die Belgierin hellwach. »An welche Bücher denken Sie?« Der Überlebende zählte ein paar maßgebliche Titel auf. Nun folgte ein längeres und breiteres Schweigen. »Wissen Sie, hier unterrichte ich über den Holocaust! …«, war schließlich die entschiedene Stimme des Schicksals zu vernehmen.

Nun folgten die weiteren Begegnungen – mit der hohen und arroganten Marokkanerin, die Französisch unterrichtete, mit dem schnauzbärtigen und sanftmütigen Herrn, der Mittelenglisch unterrichtete, mit dem dicken und äußerst beredten Ukrainer, Spezialist für die Russische Revolution, mit den Lehrern für Spanisch, Geschichte der Sexualität, Marxismus, Postmoderne, Japanisch für Anfänger.

Zurückgekehrt zum Stellvertreter des Dekans, wurde ihm klar, dass die Entscheidung schon vor seiner Ankunft getroffen worden war: Er würde in den Genuss eines angemessenen Stipendiums über zwei Semester gelangen und in der Wohnung eines Chemieprofessors wohnen können, der sich in einem Sabbatical befand.

Er sollte im Sommersemester und im Wintersemester jeweils zwei Seminare anbieten.

Beglückt durch diese Überraschung, nahm er die Glückwünsche des jungen Mannes vor ihm entgegen, überhörte dabei jedoch die Frage, die dieser ihm gestellt hatte.

»Müssen Sie zur Bahn, nehmen Sie den Zug?«, wiederholte der offizielle Stellvertreter seine Frage.

Der Reisende bejahte.

»Das haben wir uns gedacht. Am Eingang wartet ein rotes Auto, das Sie zum Bahnhof fahren wird.«

Das Auto war tatsächlich rot, eine Studentin am Lenkrad; sofort hatte er den Akzent erkannt, brasilianisch.

»Also fahren wir«, fragte der Reisende.

»Wir warten noch ein bisschen. Warten auf den Rabbiner. Er fährt mit uns zum Bahnhof.«

Der Rabbiner erschien erst nach einer Viertelstunde. Ein Wunder: ein Fräulein in Jeans, kurzer Haarschnitt, eine große Tasche voller Bücher. Eine solche Überraschung ist nur schwer zu überbieten. Die junge Frau war sogleich bereit, sich mit dem wortkargen, von dem jungen Körper der Frau ebenso wie von ihrer transzendentalen Aufgabe eingeschüchterten Herrn zu unterhalten. Der Zug kam aus Kanada und hatte zwei Stunden Verspätung. Zeit für eine Initiationssitzung in die himmlischen Codes oder in die Psychologie der Yankee-Jugend?

»Wie haben Sie sich für diesen Beruf entschieden? Oder diese Neigung … Eine junge Frau, kultiviert, anziehend, modern. Warum gerade dies?«

»Ich habe mich immer schon mit der Gemeinschaft beschäftigt.«

»Ge-mein-schaft? Ich habe vierzig Jahre lang in einem Staat gelebt, der sich kommunistisch nannte. Ich kann dieses Wort nicht mehr hören.«

»Welches Wort hätten Sie denn sonst anzubieten, haben Sie da eine andere Option?«

»Individuum. Höchstes Gut. Es lebe das Individuum! Mit seinem oder seinen Schatten.«

Die junge Frau hatte sich auf der Rückbank ausgestreckt, die Schuhe abgestreift, den rundlichen Kopf auf die Tasche mit den didaktischen Büchern gestützt.

»Apropos, wissen Sie vielleicht, ob der Schatten irgendeine mystische Bedeutung hat? Eine religiöse?«

Die Rabbinerin antwortete nicht. Sie lächelte und zeigte ein Gebiss mit metallischer Befestigung.

»Nein, die heiligen Bücher beschäftigen sich nicht mit dem Schatten.«

»Traurig, ich hatte ja geglaubt, der Allmächtige biete universelle Schlüssel an, die zu jeder Frage passen. Ist Ihre Familie ebenso religiös? So besorgt um die Gemeinschaft?«

»Nein, überhaupt nicht. Eine zerbrochene Familie.«

»Was hat sie zerbrochen?«

»Der eigene Wille. Das eigene Unvermögen.«

»Die Eltern? Womit beschäftigen die sich?«

»Lehrer an der Highschool. Haben sich getrennt, als ich zwölf Jahre alt war.«

»Pubertät, schwieriges Alter.«

»Jedes Alter ist schwierig. Diese Bücher helfen mir. Und verbinden mich mit solchen wie mir.«

»Die wahre Familie. Aber die alte? Brüder, Schwestern, Tanten, Großeltern?«

»Eine Schwester. Ich habe eine Schwester.«

»Ist auch die mit dem da oben verheiratet?«

»Meine Schwester ist Buddhistin. Sie lebt in Kalifornien und züchtet Pferde.«

»Pferde? Nicht Hasen? Hat das Pferd irgendeine biblische Geschichte?«

Die Rabbinerin antwortete nicht. Gekränkt, schlug sie eines der geheimnisvollen Bücher auf. Die Aggression des Heimatlosen irritierte sie. Aber nach einer Weile hob sie den Blick.

»Ich kümmere mich auch um Flüchtlinge. Meine Großeltern sind von weither gekommen.«

»Woher denn?«

»Aus Litauen. Ich habe das große Jüdische Tribunal von Vilnius studiert, mit dem dortigen Gaon,[28] der obersten Autorität. Und dann gibt es auch noch das berühmte Jüdische Theater in Vilnius. In der damaligen Zeit sah ein Rabbi nicht so aus wie ich. Wir befinden uns nicht mehr in jener Zeit, sondern im Land der Freiheit. Dem Land der unbegrenzten Möglichkeiten, sagen die Politiker. Ich weiß, dass du nicht mit Rabbinern wie mir vertraut bist ...«

»Nein, bin ich nicht. Aber ich gewöhne mich daran. Habe schon damit begonnen. Mit allerlei ... Selbst mit der Zugverspätung. Wie zur Zeit des Gaon, in der Welt, aus der ich komme.«

»Kommst du aus Litauen?«

»Nein, aus einer anderen östlichen Zone. Wo jene *Chassidim* aufgebrochen waren, die der Gaon exkommuniziert hat. Ich glaube, du bist nicht auf dem Laufenden.«

»Ich kenne die Referenz.«

Bei Ankunft des Zuges trennte sich die Rabbinerin vom Heimatlosen und ging eilig davon, aber sie reichte ihm noch eine Visitenkarte.

»Wie gesagt, ich kümmere mich auch um Flüchtlinge.«

»Ich habe schon einen Rabbiner. Doktor Adelbert, den Rabbi der Pflanzen und der exotischen Vegetation. Aber wie heißen Sie? Lamm? Mit zwei *m*? Und Rebeka? Mit *k* oder *c*?«

»Ja, mit zwei *m*. Rebekah hat ein *k* und ein *h* am Ende.«

Ohne Zögern umarmte er die kleine Rebekah brüderlich. »Dr. Rebekah Lamm, Absolventin des Theologischen Seminars und der Fakultät für Psychologie«, stand auf dem gelben Kärtchen. Er war ihr für die Orientierungshilfe im neuen Domizil dankbar. Nun verstand er etwas besser, wo genau er mit seinem Schiffbruch gelandet war.

ANPASSUNGSÜBUNGEN: DER BESUCH DER ALTEN DAME CAROL

»Ich habe dich mir bei der ersten Begegnung mit Mister John vorgestellt. Ich hätte dort zugegen sein müssen, verborgen unter einem imperialen Hut.« Mit diesen Worten stellte sich die vornehme weißhaarige Dame mit der Figur eines Mannequins vor. Sie hatte nicht an der Tür geklingelt, diese vielmehr mit ihrer Stiefelspitze aufgestoßen. Eine frühere Schönheit, ganz offensichtlich, stilsicher gekleidet, große blaue Augen, die noch größer wurden, wenn sie ihren Gesprächspartner anschaute.

»John, so glänzend er auch ist, wird nicht der Wert zuerkannt, der ihm zusteht, es sei denn, er verlässt dieses kleine und berühmte College und geht an einen sichtbareren Ort. Seine neue australische Partnerin könnte dafür den Anlass liefern.« Sie respektierte das Schweigen des Hausherrn, nahm eine etwas längere Pause hin.

»Du scheinst etwas unaufmerksam zu sein, ich vermute, du hast nicht gemerkt, dass er, nachdem er schnell den Brief seiner Nichte überflogen hatte, Rita Agopian ein unverständliches Zeichen gab. Das war die lange, ellenlange Diva, wie auf Stelzen, der sie den Spitznamen Giraffe verpasst haben. Rita ist die graue Eminenz des Colleges. *Executive Vice-President,* Expertin in Buchhaltung und Expertin in Betriebswirtschaft. Ohne ihre Genehmigung rührt sich da gar nichts. Für einen derart intelligenten Mann wie John, der dazu noch so gierig auf Bestätigung ist, eine aufwühlende Abhängigkeit. Er weiß so viel und scheint doch nichts zu wissen. Wie sähe die Welt wohl aus, wenn er sie lenken würde?« Wieder respektierte sie das Schweigen des Wohnungsinhabers. Ihre Augen, immer noch groß, und ihre schmalen faltigen Hände verrieten ihre Ungeduld.

»Wir können uns in dieser Sache auf dem Fest widersprechen, zu dem dich Caroline Olson Dodge einlädt, dies ist mein Mädchenname, aber auch mein Witwenname. Gewesene Ehefrau. Ich biete mich als neue Gesprächspartnerin an. Es ist, nach deinem Aufenthalt im Clownskloster, dein erster Winter bei uns, und ich bin die Erste aus unserer Gemeinschaft, die dich einlädt. Dies halte ich für meine Pflicht.«

Winter. Der erste Tag im neuen Jahr. Eine Explosion von Brieflichkeit.

In der Familie eines Pastors geboren, habe ich meine Kindheit in der Schweiz zugebracht, in Zürich, wo ich mit der sadistischen Leidenschaft des Kindes Dürrenmatt gelesen habe. Dann Kanada, woran sich höchst angenehme Erinnerungen knüpfen. Ich war mondän, berühmt im Kollegium für die Abende, zu denen sich nicht nur Kollegen einfanden, sondern auch die Elite der Didaktik, etwa so wie die Neujahrsnacht, die Du ja auch erlebt hast und wo Du meiner Nichte begegnet bist, Eve. Schüchtern und mysteriös wie gewöhnlich. Du hast ziemlich viel getrunken, ein Glas nach dem anderen. Das Jahr hat frivol begonnen, ich weiß. Du bist vielleicht etwas verwirrt im neuen Jahr aufgewacht, erledigt. Mach Dir nichts daraus, Du wirst es vergessen. Schau, hier siehst Du einen Schuh, der vom Fest übrig blieb, mit dem kannst Du auf die

Straße gehen oder gleich den Kühlschrank mit Kuchen und Speck betreten. Carol O.

Wintertraum: Unser preisgekrönter Dichter und ich haben ein erotisches Treffen auf einem der Flure des Konzertsaals. Er fragt mich, was er im Leben tun solle. Fußböden schrubben, sage ich. Ich zitierte dabei indirekt Auden, der meinte, die Dichter und Philosophen sollten Böden schrubben, Lasten schleppen, überhaupt physische Arbeiten verrichten, um ihre Gedanken loszuwerden. Ist eine erotische Begegnung keine physische Arbeit? Caroline.

Immer noch Winter.

Das Beste an dieser frostigen Woche war die großartige Liturgie im Namen des Heiligen Johannes Chrysostomos – Goldmund genannt – in der Russischen Kirche. Ich ginge jederzeit wieder dorthin zurück. Der Geist ist willig, jedoch das Fleisch ist träge. Ich habe auch Solisten vom Bolschoi gehört. Bemerkenswert. Die Pianistin erinnerte mich an eine Holzpuppe, obwohl ihr Spiel alles andere als hölzern war. Der Bass sah aus, als wäre er aus einem sowjetischen Plakat herausgetreten, der Tenor hatte lange graue Haare, die Sopranistin war süß und sanftmütig, die Altstimme schwärzlich, aus der Kohlengrube gestiegen.

Meine Freundin Alexandra konvertiert zum Judentum. Ein bigottes Bestreben. Der Rabbiner scheint nicht überzeugt von der Authentizität ihrer Entscheidung, er vermutet, dass ihr übereifriger Verlobter dahintersteckt, der ihm paradoxerweise nicht religiös, sondern terroristisch vorkommt.

Ich bin so eine Art angetraute Buddhistin, wie ich schon mal gesagt habe. Zuerst war ich katholisch, dann protestantisch. Mein dahingegangener irischer Ehemann, schon vor vielen Generationen hierher gelangt, war so etwas wie ein buddhistischer Priester oder Guru. Ich habe mich an ihre Gelassenheit gewöhnt.

Frühling, Schwindel. Wer war ich, bevor ich aus den Wäldern des Nordens heraustrat und ich selbst wurde? Und wer werde ich sein, wenn ich nicht mehr ich selbst bin?

Also nicht die Eltern, Freunde, Lieben und Verrate, allein die tägliche und irdische Verdammnis. Felsen, Steine, Bäume. Ich vermute, Du kannst Dich überhaupt nicht mit diesem extremen Urteil identifizieren.

Ich kann es, identifiziere mich mit allem, wie es mir die adamitische Schlange geraten hat.

Auch wir hatten unsere Nacht der Unverträglichkeiten. Du hast viel getrunken, hast Dich wohlgefühlt unter Deinen neuen Kollegen. Als alle gegangen waren, hattest Du immer noch das Glas in der Hand. Ich dachte, dies sei der Moment, den ich nutzen muss. Es heißt, der Exodus beginne mit dem Austritt aus der Gebärmutter. Aber der Inzest, der Wiedereintritt in die Gebärmutter?

Ich bin nicht so arg alt, aber lüstern bin ich geblieben. Unvorsichtig und amoralisch. Mein Mann tolerierte das, obwohl er Priester war. In den Monaten vor seinem Tod war sein Hunger auf Sex zurückgekehrt …

Du bist am Morgen etwas wortkarg aufgestanden, verwirrt, erledigt. Mach Dir darüber keine Sorgen, Du wirst es vergessen.

Was für eine Art Wesen ist diese Gesprächspartnerin, fragst Du Dich. Die Antwort liegt in der Luft, wie bei Rilke, der sich fragte, ob die Luft ihn wiedererkenne. Carol.

Ich fuhr im Auto nach Hause, als ich plötzlich Bilder aus Persepolis sah. Alte Paläste und siegreiche Reiter, im Augenwinkel tauchten auch Bäume aus der kanadischen Prärie auf. Ich war durcheinander … Wie nennt man die Konjunktion zwischen der Vergangenheit und der lange schon vergangenen Vergangenheit? Ich werde Dir ein paar Aufzeichnungen meines indischen Freundes über Dein Land schicken, wo er einige Jahre als Sohn des Botschafters gelebt hat. Es kommt auf alles an oder auf gar nichts. Ich ziehe »alles« vor. Jeder Grashalm, wie ein Schwert, jeder Stern, der sich entfernt, jedes Lied, jeder Schrei und jedes Flüstern.

Fang an mit den »ungeschriebenen Romanen« Deiner Flugbahn. Seite um Seite für jeden Knotenpunkt, und sie müssen das Exotische einfangen. Hast Du Distanzierung gelernt, wie es Dir der Polizist geraten hat? Wie Du Dich vor Dir selbst schützt? Mir kommst Du so vor wie das am allerwenigsten gleichgültige Säugetier im Dschungel dieses Planeten. Ich würde Dich zu Ehren der verschwundenen Ahnen den Nomaden nennen. Misanthrop? Ja, Du bist gezeichnet von unserem Gemüse-Zeitalter. Der misanthropische Nomade.

Es ist Sommer, ich sehe zwei dicke Frauen – Renoir-Modelle –, sie waschen meinen toten Mann. Ich schaue bloß zu. Eine verschlagene Heilige, die auf die Huldigungen der Menge wartet. Caro.

Wenn wir sprechen, verstehe ich den gewaltigen Abstand zwischen Deinem Leben und meinem Mikrokosmos besser. Wir haben es uns nicht ausgesucht, wo und wann wir geboren werden, aber würden wir uns etwa dazu entscheiden, noch einmal geboren zu werden? Es gibt flüchtige Augenblicke der Freude und Gedankentiefe, die das Ungeborene dazu bewegen könnten, sich gebären zu lassen, wenn es aber von vorneherein Bescheid wüsste über die spurlos in alle vier Windrichtungen verstreute Asche, wäre ich mir nicht mehr so sicher, ob es diese Vergeblichkeit wählen würde. Ihr Exilanten, was sagt Ihr dazu? Und wie sollen wir darauf antworten, die wir in uns selbst exiliert sind, wir Sesshaften?

Wie auch immer, von dem Abenteuer, das man uns geschenkt hat, beherrschen wir lediglich einen kleinen Teil, das sollten wir nicht vergessen.

Du fragst, was es Neues gibt in unserer akademischen Community. Ich frage nicht nach Deinen Studenten. Ich kenne sie noch gut genug von meinem früheren Mann. Eine kollegiale Atmosphäre, offen, häufig unverschämt. Erzogen zwischen den Extremen der Freiheit. Neugierig, intelligent, ungebildet. Ich denke, Du wirst es nicht so leichtgenommen haben, vor allem am Anfang, mit ihrer jugendlichen Vertraulichkeit. Aber in Deinem bescheidenen Unterstand, zwischen den Büchern? Hat

Dich Eve noch besucht? Wenn ich sie frage, verweigert sie eine Antwort, und das geschieht nicht zum ersten Mal. Caro.

Dies ist mein allerneuester Traum: Der Papst hat uns unerwartet besucht. Wurde mit Verwunderung und infantilem Enthusiasmus empfangen. Man konnte ihn wegen der vielen Autos nicht gut sehen, aber ich konnte ihn immerhin kurz mal erblicken, strahlend und rein. Mister John, der den Beleidigten gibt, wenn jemand Bedeutender als er selbst auftaucht, rutschte auf Knien im Schlamm vor Seiner Heiligkeit, stellte ich mir vor. Die Leute begriffen, dass es sich nicht um eine Verbeugung handelte, sondern schlicht und einfach um eine unglückselige komische Falle, die mit den Regenfällen der letzten Zeit zu tun hatte. Dieses Bild geriet aber unvermittelt zu einem Gemälde von Breughel mit Golgatha im Hintergrund. Ringsum herrschte ein Gewusel von Gläubigen, Echsen und Schnecken, mir schien, als sähe ich auch Deine Schwester, über die Du nicht sprechen magst.

Als ich dabei war, wieder ins grünmetallische Auto zu steigen, schlug mir ein *Ex-Inamorato* vor, uns ein paar Stunden zurückzuziehen. Ich akzeptierte, und wir fanden uns in einer kleinen halbdunklen Kammer wieder. Aber sogleich stürmte eine Horde Kinder herein, angeführt von einem Jungen und einem Mädchen, Zwillinge, die miteinander verheiratet wirkten. Sie verlangten von mir, den vor ein paar Tagen im Fernsehen gesehenen Film wiederzugeben, wo plötzlich zwei blaue Eichhörnchen aufgetaucht waren. Ebenso wie sie, das inzestuöse Paar. Dann verduftete der Traum, wie das gewöhnlich geschieht. Ohne Ende. Caro.

Herbstanfang. Wunderbar hast Du über jenen bizarren, kürzlich gestorbenen Freund gesprochen, über die nächtlichen Telefongespräche, in denen er versuchte, die Wurzel irgendeines Wortes aus Eurer Sprache herauszufinden, in den Jahrzehnten des Exils in Süd- und Nordamerika vergessene Wörter. Ich frage mich, warum Euer Land im Gedächtnis seiner Exilanten so tiefe Wunden hinterlässt, die dann mit sentimentalem Honig überdeckt werden.

Es ist ein weißer Tag, ich erfreue mich daran. Ich habe meinen Gärtner Robert gefragt, was er an einem freien Tag ohne Arbeit tun würde. Sex, Getränke, Rudern. Die Familie hat er überhaupt nicht erwähnt.

Und Deine Familie? Du erwähnst sie nie? Die Eltern tot, beide, aber Brüder, Schwestern, Tanten, Cousins? Niemand, der sich an Dich erinnerte, an den vor den eigenen Erinnerungen, in der trüben Phase der Unbewusstheit? Ich frage mich, ob der Verlust meiner Eltern, meines Bruders und meines Mannes auch ein Selbstverlust ist, der Verlust derjenigen, die für sie so viel bedeutet hat. Ich stelle mir Deinen Vater in unserem Wald vor, und wie er mich freundlich grüßt, ohne mich doch zu kennen, und wie er dabei an seine Frau denkt oder seine Tochter, an den Ehebruch mit der jungen Schwägerin, Deiner Tante. Caro.

Eben habe ich eine Beschreibung von mir in der Rolle einer Friseurin gelesen, in einem Salon des Diplomatischen Corps. Beladen mit schweren Armreifen, die ich von Kundinnen geschenkt bekommen hatte, und mit aristokratischen Neigungen, die mich anekeln.

Ich träume von einem ewigen Herbst. Jetzt schaue ich zu, wie vor meinem Haus neue Straßenlaternen montiert werden, sie passten eher zu einem Bordell in New Orleans. Das Bordell würde mich nicht stören, wenn ich schon als Friseurin beschrieben werde. Das Haus habe ich von meinem pazifistischen und abstinenten Mann geerbt, es wäre ein willkommener Kontrast. Alles Eigentum ist Sünde, mit krankmachenden Obsessionen.

Hier würde ich auch das sexuelle Zwischenspiel erwähnen. Wenn ich Friseurin sein kann, kann ich auch hin und wieder die Beine breitmachen. Du hattest ja die Gelegenheit, es festzustellen.

Der Vorteil bei einer alten Frau? Die Technik ersetzt das Gefühl und wird Potenz. Ich glaube, Du stimmst mir zu. C.

Das College empfängt als Gastdozentin die Therapeutin Susan. Sie verspricht, alles zu heilen, Wut, Ressentiments, Geheimnisse. Klein von Statur, kurzer, militärischer Haarschnitt, schräges Lächeln. Sie trägt einen Rock aus Leder mit vielen Ketten und sonstigem Tand, hat Stiefel an und schwere Ohrringe. Erbarmungslos mit dem anderen Geschlecht: Sie ermutigt die jungen Frauen in der Gruppe, sich ans Fenster zu stellen und die vorbeigehenden Männer frech anzuschauen, sie auszulachen. In meiner Jugend durften wir im katholischen Internat nicht durch das Fenster auf die Straße schauen, damit man uns nicht für leichte Mädchen hielte.

Wenn ich einige der Konfessionen und die vielen Kommentare über dieses therapeutische Seminar von Susan höre, fühle ich mich neuerlich im Kindergarten oder in der Schule einer Erziehungsanstalt, wo alles in klaren und harten Aktionen abzulaufen hat, ohne Zwischentöne. Kriegerische Sprache, drastische und schwarze Energie, wie bei behinderten Kindern. Ich stamme aus der Schweiz und aus Kanada, wie gesagt, hier war ich verblüfft, solch ein schlichtes, selbstgewisses Denken vorzufinden. Ausgerechnet hier, wo man so viel Diversität vorfindet und die Rhetorik der Wahlfreiheit proklamiert wird. Könnte dies das Verlangen nach einer vereinfachenden Herangehensweise erklären? Das Clair-Obscur ist abwesend. Caro.

Protestantisch oder katholisch? Ist der Winter protestantisch oder katholisch, was meinst Du? Oder ist er vielmehr orthodox, etwas mit langen ausfransenden und alkoholischen Ständchenrunden durch die Gegend und mit silbrig schimmernden Eiszapfen. Ich fühle mich der anglokatholischen Variante näher. Mäßige Gewissheiten, die auf kryptische Weise der Ungewissheit huldigen. Ich mag die Größe des katholischen Diskurses, die Förderung der Kunst. Kann aber auch den Protestantismus, die Rettung durch die Sünde, nicht zurückweisen. Schwerer scheint es mir, den Calvinismus zu akzeptieren, die Rettung durch Gnade. Ich habe einen Umweg genommen, doch sieh an, wir kommen wieder auf Dostojewski zurück und die Brüder Karamasow mit der Mystik der universellen Liebe und der neurotischen, nachtschwarzen Orthodoxie.

Bleiben wir, trotzdem, bei der Sünde? Sie bringt uns Gott näher, nicht wahr? Ich begnüge mich mit meinem Buddhismus, der Anbetung des Nichts. Als Atheist genießt Du einen Vorteil, Du kannst Dich in die Wüstenei des Unglaubens flüchten. Weihnachten und Neujahr können als Anlass zu Vergnügung und Entspannung genutzt werden. Ich hoffe, die Tage des letzten Jahres, da Du Eve begegnet bist, haben Dich nicht allzu sehr enttäuscht. Wirst Du auch in diesem Jahr wiederkommen? Ich weiß nicht, ob auch sie kommt, aber vielleicht weißt Du es ja besser als ich.

Was habe ich gehört? Du schreibst einen Roman von achthundert Seiten, darunter jene »ungeschriebenen«. Du seist verliebt in eine blonde Trapezkünstlerin, die eine Gastdozentur am Keaton-Kolleg hatte und nun im Moskauer Zirkus gelandet ist. Dass Du bereit seist, sie in einer luxuriösen Datscha neben der Schriftstellerkolonie zu installieren, die Dein amerikanischer Beschützer einrichten und mit dem Namen der verrückten Frau von Fitzgerald bezeichnen will. Begrenzte Anmeldungen, lediglich hübsche junge Männer, strahlend und gewalttätig. Ich hörte, Du habest eine Schwester, die Dich besucht hat, um Deinen Rat hinsichtlich eines Argentiniers zu erbitten, der sie bedrängt, eines bekannten Pferdezüchters. Er besitzt eine prächtige Villa in Buenos Aires, wo sie Tag für Tag auf die Musik von Piazzolla tanzen werden.

Ich höre das Gras wachsen, wie Du siehst. Fange sämtliche Gerüchte der Erdkugel auf. Ein paarmal pro Tag, bei Sonnenuntergang, gibt es Kurzschlüsse in mir.

Ich wünsche Dir eine angenehme Begegnung mit dem listigen Advokaten, dem Immigrationsexperten. Ein Vagabund. Tadellos, im stets gleichen grauen Anzug mit dem roten Einstecktuch in der Sakkotasche. Lass Dich nicht ablenken durch seine bestens eingeübte Neugierde. Caroline.

Ich verstehe, warum Du das Gespräch mit den Studenten über die Familie, Lektüren und Freunde vermeidest. Du fürchtest Dich vor Bekenntnissen und Insistenz. Ich bin sicher, Du wirst innerhalb der Grenzen des guten Geschmacks bewunderungswürdig bleiben. Herzlich, zugewandt, sogar zu Scherzen neigend, wie ich Dich kenne. C.

Es gab einen Schneesturm, ich suchte vor der Tür nach dem Schlüssel, Du hattest versprochen, ihn dort zu deponieren, wenn Du das Boudoir der lüsternen Alten verlässt. Offenbar hattest Du ihn nicht dort hinterlassen, oder aber Du hattest ihn versteckt bei Gogols toten Seelen.

Ich werde mich eine Weile im Krankenhaus aufhalten, wo ich schon seit einiger Zeit sein müsste. Die Messerprobe. Du hast, wie ich vermute, dies schon mal durchgemacht. Oder aber war diese Zutat in der Diktatur nicht mehr nötig?

Besser, wir reden über die Possen der heutigen Medizin. Meine Nichte, Ursula, Mikes Tochter, sah bis zu ihrem vierzehnten Lebensjahr wie eine Göttin aus. Sie vertraute mir alle ihre Geheimnisse an. Sie erzählte mir auch die Geschichte ihrer Entjungferung, die von einem ihrer Mitschüler, einem Italiener, Paolo, ohne jedes Zartgefühl vorgenommen worden war. Sie war und ist besitzergreifend und argwöhnisch, gescheit und egoistisch. Mit den Jahren hat sie sich immer mehr in sich selbst verschlossen. Sie ist zu selbstsicher geworden, auch habe ich erfahren, dass sie eine erklärte und militante Lesbierin ist. Sie lebt jetzt mit einer wohlhabenden koreanischen Wirtschaftswissenschaftlerin zusammen. Sie wünscht sich unbedingt ein Kind und sucht im Internet nach einem Samenspender. Ein neuer Geschäftszweig des allmächtigen Kapitalismus und der absoluten Freiheit? Ein längst schon legales und bestens eingerichtetes Geschäft: Mit dem Sperma erhält man auch die Akte des großzügigen Spenders, den man sich aus dem Pool von Vorschlägen nach monatelangen Erwägungen ausgesucht hat. Das biographische Dossier: Alter, Nationalität, Studien, Aussehen, ärztliches Bulletin und so weiter. Man kann auswählen zwischen Christen, Juden, Chinesen, Indianern, Moslems, Atheisten aller Hautfarben und Dialekte. Der Preis ist nicht übertrieben hoch. Aber auch nicht gering zu schätzen. Sie denkt nun ständig über einen Namen für ihr Balg nach. Ob es ein Mädchen wird oder ein Junge, spielt keine Rolle, man muss einen Namen finden, der sich für beide Fälle eignet, denn es könnte ja sein, dass das Mädchen eines Tages ein Junge sein möchte oder umgekehrt. Eine Geschlechtsumwandlung stellt heutzutage kein unüberwindliches Problem mehr dar.

Ich nehme an, diese neue Realität und diese neue Generation verstören Dich nicht.

Auch mich nicht, nein. Ein schlechtes Zeichen, glaube ich. Caroline.

Die kapriziöse Alte ist wieder im Krankenhaus. Befragt durch einen galanten deutschen Psychiater, besteht sie darauf, die Leintücher meiner vergangenen Altersstufen zu durchwühlen. Ich mag hier einen afrikanischen Patienten mit der Stimme von Paul Robeson, der in einem schier unendlichen Redeschwall die Bibel, Bahá'í, Astrologie und Magie verbindet. Ich mag auch die beiden schweigsamen Iren und meine Zimmergefährtin, eine junge und hübsche Südstaatlerin, die, man glaubt es nicht, die *Erinnerungen aus einem Erdloch* liest.

Ich dachte immer, die Anerkennung der Realität sei ein passiver, ein apathischer Akt. Das war ein Fehler. Sie ist zu einem irre mutigen Akt geworden, denn die Realität selbst ist mittlerweile fiktional, flüchtig und virtuell. Da bleibt mir nur, es hinzunehmen, ohne mich auslöschen zu lassen. Es liegt vielleicht auch ein Stück weit am Einfluss meines früheren indischen Freundes. Der seine Besuche wiederaufgenommen hat. Ich hatte ihm irgendwann mal gesagt, die Zeit sei eine unvermeidliche Katastrophe, sie vergehe rasend schnell, und man kriegt nicht einmal mit, wie und wann. Die Zeit? Für mich gibt es die Zeit nicht, war seine Antwort. Auch für meine Inder nicht. C.

Letztes Mal habe ich Dich etwas spärlich bekleidet empfangen, ich gebe es zu, und ich habe Dich exzessiv umarmt. Meine Hand ist in Deine Hose geglitten. Aber ich habe mich besonnen. Ich gebe es zu, nach einer Weile habe ich mich besonnen, und dann haben wir beide die Schüchternen gegeben, eine Parodie davon. Als Du dann beinahe eine ganze Stunde lang gesprochen und immer wieder einen weiteren

Kaffee verlangt hast, fühlte ich mich gerechtfertigt in meinem Greisinnen-Elan. Die neue Perversion der Mobilität, der Globalismus. Deine extremen Erfahrungen, das Lager, der byzantinische Sozialismus, das transozeanische Exil. Ein privilegiertes Schicksal! So hast Du's genannt, privilegiert. Die Ehre, zurückgewiesen worden zu sein, formulierte es ein Denker aus Deinem Land. Was wäre das allzu vergängliche Leben sonst? Carol.

Soll ich nun, mitten im Frühling, meine Schwäche für das Trinken kurieren? Dazu raten mir die bestallten Psychiater. Die Leute um mich herum wirken allesamt recht freundschaftlich, ein Drogenabhängiger schlug vor, mir das Schachspiel beizubringen. Ich kann laufen gehen und in den Gymnastikraum, kann mich freiwillig zum Gärtnern anmelden oder in der Kantine des protestantischen Flügels im Krankenhaus. Der protestantische Flügel, er ist gastfreundlich, beherbergt die Waisenkinder des Glaubens. Hat auch Bücher im Angebot. Ich kann auf das Lesen nicht verzichten. Ohne Lesen geht es nicht! In den Nächten meines Lebens habe ich mit den Büchern kohabitiert.

Der Frühling ist unterwegs. Gemächlich und kapriziös. Wenn alles wiedergeboren ist, werde ich zu Ehren des kosmischen Ereignisses ein langstieliges Glas mit ... Mineralwasser trinken. Klar wie Wodka. Carol.

Ein monotoner Sommer. Zur Abwechslung gehe ich ins Krankenhaus und verlasse es wieder, und nochmals von neuem. Dort habe ich gestern etwas über die zehn Stufen der Zurückholung eines Antisemiten gehört. Separierung durch Religion? Etwas Infantiles.

Draußen regnet es mit Sturmböen. Der Arzt wirkt besorgt über meine Chancen, den Tod hinauszuschieben. Ich dachte, ich könnte Dir bis dahin beistehen, den Garten in eine bescheidene Ordnung versetzen und den Rasen mähen. Ich habe den guten Robert, der verlangt nicht viel Geld. Wenn Du aus dem Urlaub bei Deiner Schwester zurückkehrst, wird Dich eine domestizierte Landschaft empfangen, langweilig, dem Vergessen förderlich.

Gestern habe ich den ersten Spaziergang dieses Jahres unternommen, den Fluss entlang, wo ich oftmals mit meinem gesetzlich anvertrauten Partner entlanggegangen bin. Mein religiöser Priester und weiser Gatte. Ich weiß nicht, ob ich Dir gesagt hatte, dass mein Mann das Glück mit einer untreuen Partnerin akzeptiert hatte, aber ich nehme an, Du hast es schon von alleine begriffen.

Die roten Vögel sind zurückgekehrt und besingen ihre Rückkehr. Ich hoffe, Du siehst sie, hörst sie. Caro.

Mein asiatischer Freund ist ein Diplomatensohn. Er ist viel gereist, war auch in deinem Land, nach seiner Prager Kindheit. Er erinnert sich an einen Roman von Olivia Manning, in dem er Bilder seiner eigenen Adoleszenz in Eurer balkanischen Hauptstadt vorgefunden hat. Er hat mir von pittoresken Dörfern erzählt, von orthodoxen Gottesdiensten, der Häutung eines toten Pferdes auf einer Dorfstraße, von der schönen Nationaltracht, der Musik bei den sonntäglichen Vergnügungen rings um die Kirche, den eingestaubten Lastkraftwagen voller Kriegsflüchtlinge, dem Defilee der nationalistisch-mystischen Grünhemden, einem Pogrom das ihn zutiefst beängstigt hat, die ländliche Landschaft, lichtdurchflutet und voller Lyrismus.

In der deutschen Schule, Evangelische Schule, herrschte eine harte Disziplin, zwei der Lehrer waren in der SS. Mein Inder hatte einen schwedischen Kollegen, die beiden zeichneten, wo auch immer sie es konnten, die englische Fahne hin, sie hatten sich gegen ihre deutschen Kollegen verschworen, die heiß waren auf die Siege der Nazi-Armee. Dann ist er mit seiner Familie nach Ankara gereist, nach Bagdad und Rangun. Die Krankheit, von der Auden in *Journey to a War* (1939) erzählt, erinnerte ihn an seine Studentenjahre nach dem Krieg. Auch er war nach einer langen Reise in einem Militärtransporter schwer erkrankt. Also behauptet er, die Interviews mit den Überlebenden von Theresienstadt würden seine eigene Verzweiflung aus den Jahren 1942–1945 evozieren. Ziemlich übertrieben, nicht? Caro.

Wir befinden uns – ich bin, bin noch – auf der Schwelle des ewigen Herbstes. Ausgezehrt, die Gefangene einer kindlichen Melancholie. Habe ich Dir das verstaubte Paket mit den Svevo-Bänden gezeigt? Ich verspürte stets eine Nähe zu seinen männlichen Helden, die mit der Willenlosigkeit zu kämpfen hatten. Ich lese wieder *Die Nashörner* Deines Pariser Landsmanns. Bei uns wird die Tyrannei eher verborgen. Vergifteter Ausdruck einer Geld gewordenen Freiheit, Gier, Pietismus, Krankheit, Verbrechen, nicht unbedingt Politik.

Ich schicke Dir mit getrennter Post zur Erinnerung Fragmente aus meinen kürzlichen Träumen, über ein Paar, das sein Haus (und Leben) in Flammen stehen sieht.

Ob die von mir handeln? Und wer soll der Partner gewesen sein? Caroline Olson.

Für die Hartnäckigkeit, mit der Du es vermeidest, über Deine Schwester zu sprechen, bestrafe ich Dich mit meinen Träumen und Gespenstern.

BEIM PSYCHIATER

Der von der Patientin Caroline Olson bevorzugte Psychiater Vladislaw Weiss war groß und schweigsam. Er versuchte, die Bekenntnisbereitschaft des Professors durch sein Schweigen zu stimulieren. Ich habe verstanden, habe verstanden, wiederholte er doktorhaft nach jedem längeren Schweigen. Aber nach fünf Sitzungen wurde er unverschämt. Er empfing seinen Patienten im Stehen, auf den langen Stelzen seiner eigenen Beine, ohne das gewohnte Ritual. Er lud den Professor nicht ein, Platz zu nehmen, auch er setzte sich nicht hin, signalisierte vielmehr, dass die Begegnung nur kurz sein würde. Zwischen Tür und Angel oder auf der Treppenstufe zum Waggon, wenn man so sagen kann.

»Ja, ich verstehe, Sie haben keine Lust, Ihre Biographie preiszugeben. Es langweilt dich, du willst keine Fragen gestellt bekommen und bietest auch keine Antworten an. Die Psychoanalyse langweilt dich. Willst nichts als eine Tablette, mehr nicht! Eine Tablette, die dir Ruhe verschafft, Entspannung, Humor, damit du leben kannst. Damit du einfach leben kannst, ohne Fragen, ohne Gedanken, ohne lästige Erinnerungen. Also eine Tablette.«

Er bückte sich zur Schublade, öffnete sie und holte die magische Tablette heraus. Keinesfalls eine Tablette, sondern ein Büchlein, das er dem Nomaden mit einer freundschaftlichen Verbeugung aushändigte.

»War's das, mein Herr? Das ist sie, *Herr Professor*, meine Tablette. Du wirst doch nicht erwartet haben, von mir Prozac oder andere Chemikalien zu bekommen … Nimm diese Broschüre, lies sie gemächlich und gründlich durch, freunde dich an mit der Autorin und ihrer Freundin, der Schnecke, konvertiere sie so, dass sie zu deiner Läuterung beitragen. Heilung durch Beispiel. Das ist keine gewöhnliche Behandlung, das merkst du wohl. Auch ich bin kein gewöhnlicher Typ, das dürfte dir mittlerweile klar sein.«

Gewiss kein gewöhnlicher Typ, tatsächlich, da er doch die gleiche bizarre Behandlung anbot, die auch Tamar empfohlen hatte, die Mehr-oder-weniger-Schwester, mit der er auf einer staubigen Allee in der amerikanischen Hauptstadt die Schnecke entdeckt hatte, die ihnen von Präsident Washington persönlich zugeschickt worden war, denn er hatte ihr auch seinen weltweit bekannten Namen geliehen, George.

Der Professor begriff, mit wem er es zu tun hatte. Auch der Zirkushistoriker und -chronist, der von den Gletschern und Eisbergen des Ostens gekommen war, hatte verstanden, dass der misanthropische Nomade nichts anderes als Phantasmen verdient hatte. Kryptische Scharaden, Inszenierungen, Spiele mit schwarzen und vergifteten Glasperlen.

Die Broschüre war kleinformatig, für die Jackentasche. Schnell steckte er sie in seine rechte Jeanstasche und wandte sich ohne einen Gruß für den Zauberer zur Tür. Draußen setzte er sich auf die Stufen vor der Eingangstür, um das neu-alte Wunder zu begutachten.

Auf dem Umschlag die bekannte, ziegelrote Schnecke. Der halbe Körper und die vier Hörner draußen.

Etwas darunter stand die knappe Präsentation des winzigen therapeutischen Evangeliums.

In einem Werk, das die Begabung der Autorin zur genauen Naturbeobachtung in glänzender Weise vorführt, enthüllt die Autorin die intime und inspirierende Geschichte ihrer Begegnung mit einer gewöhnlichen Waldschnecke und als Konsequenz daraus die Heiterkeit und Verwunderung, die dieses rätselhafte Wesen ihr geschenkt hat.

Die seltsame Anatomie der Schnecke, ihre geheimnisvolle Defensive, die hydraulische Weise ihrer Fortbewegung bieten einen so zartfühlenden wie engagierten Blick auf das seltsame Leben dieses unterschätzten kleinen Lebewesens, der uns zeigt, wie ein so geringer Teil der natürlichen Welt in unsere eigene humane Existenz herüberleuchtet und uns erlaubt zu würdigen, was es heißt, tatsächlich lebendig zu sein.

Der Patient blätterte den Kodex des Psychiaters durch, er hatte nicht die Geduld, tatsächlich auch etwas zu lesen. Trotzdem hatte er ein paarmal das Wort Einsamkeit aufgeschnappt und vermutete, dies habe den Doktor veranlasst, das Büchlein als mögliche Therapie auszuwählen.

Er war sich nicht sicher, ob ihn die Aussicht auf die Lektüre vitalisiert hatte oder, im Gegenteil, ob der Text die Intensität und das Neue an seinem Gespräch mit seinem Mitbewohner, George, unterminierte, als er sich entschloss, diesem tauben, blinden und stummen Analphabeten Abend für Abend daraus etwas vorzulesen.

Ja, ja, er sollte sich auch bei seiner Freundin Carol, der moribunden Greisin, bedanken für ihre liebenswürdige Empfehlung an Doktor Weiss, den Komplizen der Schnecken und anderer Solitäre.

EVA ELISABETA LOMBARDINI

Es war kein An-die-Tür-Klopfen, eher ein wiederholtes Kratzen. Nervöse, modernistische Musik. Die Katze, ein Häschen ohne Unterschlupf, das Eichhörnchen aus der Nachbarschaft, die rebellische Spinne? Irgendeine verirrte Fledermaus? Es war schon Abend geworden, perfekte Stille, die Stunde der herumflatternden Fledermäuse.

»Ja, ich bin's, du erkennst mich doch. Eva, Carols Nichte.«

»Ah, Eve.«

Schon hatte die Schöne die Schwelle überschritten und betrachtete lächelnd ihren Bewunderer.

»Eigentlich Eva. Carol hat meinen Namen amerikanisiert. Ihre Form des ironischen Patriotismus. Ich heiße Eva. Eva Elisabeta Lombardini.«

»Carol behauptete, wir hätten uns nicht nur beim Neujahrsfest getroffen, sondern auch noch danach.«

»Sie stellte einen auf die Probe, darum ging es ihr. Du hast, meines Wissens nach, mit deiner Antwort keinerlei Zweifel hervorgerufen.«

»Hat sie dir das gesagt?«

»Selbstverständlich. Sie hat auch mich auf die Probe gestellt. Auch ich habe richtig geantwortet. Und sieh, ich bin hier. Lombardini. Elisabeta. Und Eva, ja, auch Eva.«

Der Professor lud sie mit einer galanten Geste ein, hereinzukommen in die Hüttenklause. Ihr schien es nichts auszumachen, dass er Jeans anhatte und ein recht abgenutztes, häusliches Shirt. Eva reckte schon, zum Zeichen der Freundschaft, die Rotweinflasche über den Kopf.

»Ich bin gekommen, ihrer zu gedenken. Sie hat es verdient, ich denke, sie hat es verdient. Ich weiß, dass ihr euch nahegestanden habt.«

»Soweit es ging.«

»Als wir uns kennenlernten, kamst du mir schüchtern vor.«

»Ich bin schüchtern. Und beharrlich, wie alle Schüchternen.«

»Bist exotisch.«

»In diesem Land kann nichts exotisch genug sein. Ein globales Durcheinander. Exilanten, Abenteurer, Gescheiterte, Verfolgte, Heimatlose. Unverstandene Genies.«

»Zu welcher Kategorie zählst du dich?«

»Nomaden und Misanthropen, wie Tante Carol mal sagte.«

Schon hatte sie einen Stuhl freigeräumt, hatte die darauf abgelegten Sachen aufgehoben und aufs Bett geworfen, dann den nächsten Stuhl. Nun standen zwei Stühle am Tisch und auf demselben eine Flasche Rotwein und zwei hohe Gläser.

»Bevor wir trinken, solltest du mir deine drei Namen erklären. Sie sind anders als die von Carol. Sie gab vor, aus der Schweiz und aus Kanada zu stammen.«

»Was auch stimmt. Mit einem kurzen Zwischenspiel in Österreich. Zu vernachlässigen, behauptete sie. Von sich aus erwähnte sie diesen Zusatz nicht einmal. Bei mir ist es anders. Österreich ist wichtig geblieben. Mein Vater, viel älter als meine Mutter, hat seine Kindheit in Tirol zugebracht, aber er kam von überallher, Türkei, Albanien, Italien, Wien jedoch blieb seine Wurzel. Mutter hat er beinahe geraubt, sie war erst fünfzehn oder sechzehn Jahre alt. Die Familie ist vor Wut schier explodiert, und nicht allein aufgrund des Altersunterschieds. Er hat sich als Österreicher ausgegeben, sprach perfekt Deutsch mit Wiener Akzent, aber sie waren sich keinesfalls sicher, dass er Katholik war und nicht etwa Protestant oder Jude oder was weiß denn ich sonst – orthodoxer Russe oder Libanese und Moslem, was auch immer. Ihn faszinierte Sisi, und sie wussten das. Auch ich halte mich für eine Bewunderin von Sisi, der berühmten kaiserlichen Rebellin.«

»Rebellin? Sie hatte doch viele Kinder, wenn ich das richtig weiß. Legitime Kinder, nicht?«

»Ich denke, ja.«

»Sie nannte sich, soweit ich weiß, Elisabeth. Sisi war ihr Kosename, ihr Codename, und dabei blieb es dann für die Nachwelt.«

»Wenn Vater von ihr erzählte, fanden seine Geschichten kein Ende. Auch die Elogen nicht. Unheilbar verliebt in Sisi. Er kannte sämtliche biographischen Einzelheiten, ihre Geheimnisse, den Magnetismus, die Unabhängigkeit, ihre Lektüren, die Gedichte, alles, ob nun wichtig oder unwichtig kraus durcheinander. Bis zur völligen Konfusion.«

Eva antwortete nun auf keine Fragen mehr, sie hatte sich hingesetzt und versuchte, die Flasche zu öffnen, indem sie den metallischen Deckel nach rechts und nach links drehte. Der Hausherr bot ihr prompt einen Korkenzieher an und setzte sich zu ihr, ohne die Flasche zu übernehmen. Die Gläser färbten sich rot vom griechischen Wein.

Ja, sie war schön, Carols Nichte! Die dichten schwarzen Haare in zwei Hälften geteilt über den darunter verborgenen Ohren. Volle, beinahe kindliche Lippen. Blaue, sehr blaue Augen, ein verführerischer Hals. Die Beine, ja, die Beine etwas füllig, aber lang, ebenso die Arme, weiß und leuchtend, bereit zum Auftritt. Dies alles hatte er schon beim ersten Mal gesehen, nun sah er es bloß wieder.

Sie stießen an, und der Wein in den Gläsern schwappte komplizenhaft. Als sie ihm das Glas entgegenstreckte und sich ihm gleichzeitig zuwandte, schienen auch Evas Brüste straffer geworden zu sein, wie sie da kess unter ihrer tadellosen Bluse wippten. Vielleicht aber handelte es sich nur um die Chimäre, die aus dem Mann herausgetreten war und ihn nun mitleidlos hypnotisierte. Die fesselnde und grimmige Chimäre, sie regte an und schläferte ein, temperierte die Einsamkeit, die Ödnis, in der er lebte.

»Also Sisi, das ist ein guter Gegenstand zum Plaudern.«

»Nicht nur, Vater behauptete, und darin hatte er recht, wenn Sisi wirklich Einfluss gehabt hätte in Wien, wäre die Entwicklung Österreichs anders verlaufen.«

»Vielleicht, obwohl Wien auch die Secession war. Kreativität, Moderne, Psychoanalyse, rebellisches Genie. Nicht bloß nationalistische Hysterie. Ich habe vergessen, dich zu fragen, wo du arbeitest, womit du dich beschäftigst.«

Eva schien gespürt zu haben, dass der Exot nur schwer die passenden Worte gefunden hatte. Sie klangen falsch. Sie schlürfte wieder, länger, am roten Glas, suchte nach einer möglichst gewöhnlichen Antwort.

»Weiß ich nicht so recht. Ich belauere die Tage und vor allem die Nächte. Versuche, sie zu besitzen. Ohne allzu großen Erfolg.«

»Einsamkeit?«

»Ein prätentiöses Wort. Verbraucht. Ich warte, das ist alles. Ich zwinge mich zur Geduld. Bin Jungfrau.«

Das Schweigen war greifbar, mysteriös, aggressiv geworden.

»Nicht, wie du denkst. Ich habe die Beine oft genug breitgemacht. Vielleicht nicht oft genug, aber immer, wenn mir danach war. Rein körperlich gesehen, bin ich keine Jungfrau, auch keine sexuelle Spätentwicklerin. Es geht um etwas anderes. Schwer auf den Begriff zu bringen. Vielleicht Erwartung. Ja, das ist es, ich habe das Wort auf Anhieb getroffen. Ich warte immer noch.«

Es war die Höhe! Eine skrupellose Einladung. Echt die Höhe! Er flehte die Chimäre in seinem Inneren an, ihn zu retten. Sie möge ihn plötzlich einnicken lassen, wie ein dämonischer Kurzschluss, eine Art posttraumatischer Abwesenheit, die innere Ohnmacht der Rekonvaleszenz. Aber nein, die Chimäre blieb abwesend, Rettung konnte wiederum nur von Sisi allein kommen. Tatsächlich, die Fremde hatte aufgrund einer kurzen Drehung auf dem Stuhl die Schnecke George entdeckt, der da am Rande seines Glasgefäßes entlangkroch.

»Ah, ich sehe, du bist nicht allein, du hast einen Kameraden. Großartig! Darauf muss man mal kommen! Zwei Exoten, aber echt! Das habe ich mir wirklich nicht vorstellen können.«

Sie war aufgestanden und ging nun zu George, ihn aus der Nähe zu betrachten und Bekanntschaft zu schließen. Lange betrachtete sie die Schnecke, und mit Sympathie. George reagierte nicht, schwer zu sagen, ob er die veränderten Wellenlängen wahrgenommen hatte.

»Wo hast du sie gefunden? Ist auch sie eine Fremde, die von werweiß-woher gekommen ist? Oder eine reinblütige Amerikanerin? Stammt sie aus deinem alten Land? Hast du sie mitgebracht, damit sie dich hier unterstützt?«

Der Professor schaute sie an und antwortete nicht, ließ dem Kontakt zwischen den beiden Raum, sich normal zu entwickeln, ohne Unterbrechungen.

»Ich bin zu einem Exoten gekommen und finde zwei vor. Welch eine Überraschung! Jetzt bin ich mir sicher, das ist nicht die einzige. Hast du Freunde? Hast du an dieser Küste schon Freunde gefunden? Mit Sicherheit. Hier ist der gesamte Planet versammelt, du triffst hier, wenn auch nicht sofort, auf deinesgleichen. Nun, was sagst du jetzt? Du musst hier keine Bekenntnisse ablegen, keine Details berichten. Nur ja oder nein. Kannst du einen nennen?«

»Mehrere«, flüsterte der Wortkarge.

»Los, lass hören. Komm, warum zögerst du?«

»Clopidogrel. Losartan.«

Stille. Schweigen. Verstummen. Pause. Längere Pause. Bestürzung.

»Metformin. Gabapentin.«

Eva lächelte beunruhigt von der Aufzählung, die noch nicht beendet schien.

»Escitalopram«, vernahm man schließlich den Namen eines weiteren Freundes unseres Exilanten. Ein Deckname, gewiss.

»Klingt nach Apotheke. Bist du etwa krank?«

»Nein, nur alt. Unheilbar. Mit diesen Freunden verstehe ich mich bestens. Ich betrachte sie als Mannschaftskameraden. Zugezogene, Internationalisten. Kosmopoliten wie ich.«

DIDACTICA NOVA (II)

Die Meinungen der Studenten: Exil und Entfremdung in der Literatur

Ich betrachte das Exil als eine radikale menschliche Erfahrung, nicht nur als einen Kontrapunkt, wie Said es sieht, sondern als Modulierung unterschiedlicher Symboliken. Das Exil ist nicht bloß die Erfahrung von zwei simultanen Denkweisen. Dem Exilanten steht die heimische Kultur zur Verfügung sowie zwei oder mehrere Kulturen von außen, die sich untereinander abwechseln. Ich denke vor allem an Meursault, Camus' Helden, weil dessen Exil sich zu Hause abspielt. Was dieser die »arrogante Gewissheit« des Priesters nennt, ist eigentlich die christliche Monophonie, die nur sich selbst kennt und akzeptiert und an die er nicht glauben kann. Mir fällt es schwer, ihn als im Irrtum zu betrachten. Er ist exiliert, weil er anders ist, ebenso wie Schlemihl, der Heimatlose ohne Schatten, der anders ist als die Menschen ringsum. Die Freundschaft mit Raymond ist neutral, bis er sich in völliger Isolation in der Zelle wiederfindet. Beim Prozess begreift er, dass er immer schon unter Anklage gestanden hatte, isoliert durch die Arroganz der Selbstsicheren, die er »die moralische Mehrheit« nennt. Der Staat verurteilt ihn nicht etwa wegen der Ermordung des Arabers, sondern der Mutter, die selbstverständlich nur das Alter umgebracht hatte. Meursault ist sich der Absurdität der Existenz bewusst. Schuldig allein, weil er keinen Platz in der Gesellschaft gefunden und kein Märchen mit Siebenmeilenstiefeln geschenkt bekommen hatte, das er übrigens zurückgewiesen hätte.

Er hat keine Ahnung, ob er einen Schatten besitzt oder nicht. Er würde ihn nicht kommerzialisieren, ist nicht interessiert daran, seine Einkünfte zu verbessern, nicht einmal an einem Umzug in die Hauptstadt, den man ihm vorgeschlagen hatte. Er wacht bloß auf, wenn Céleste offen ihre Solidarität verkündet und den Hund des Alten für genauso wertvoll hält wie eine Gattin.

Meursault öffnet sich, bitter, erst am Ende der »freundlichen Gleichgültigkeit« der Welt. Letztlich schließt er sich dem Hass der homogenen Masse an, die ihm seine Singularität bestätigt. Meursault lebt in einem Kolonialstaat, in der superfremden Positionslosigkeit gegenüber der lokalen Kultur, die der Super-Positionslosigkeit der Justiz entspricht, die ihn verurteilt. Meursaults Amoralität verwandelt sich am Ende in den Zorn der Moralität. Sein sozialer Ausschluss wird zu einer philosophischen Selbst-Inklusion, eine reichhaltigere Komplexität als der von Said stark gemachte Kontrapunkt. Die Isolation gerät zur Aufnahme in die menschliche Gemeinschaft, und die Auffassung des »Moralisten« wird zum Hass. Unglaublich, dass er auf dem Totenbett zu einem Neuanfang bereit ist. (Jacob)

Ich möchte die Diskussion über Exil und Entfremdung ausweiten, mich über den Text hinauswagen, jedoch nicht ohne vom Text selbst dazu angeregt worden zu sein. Werde also in einer Abschweifung das Problem der Sexualität angehen, das selbstverständlich in einem Märchen von vor zweihundert Jahren nicht zum Ausdruck kommen konnte, aber heutzutage nicht mehr übersehen werden kann. Wir können dies immerzu in dem Karneval erkennen, an dem wir teilhaben. Es hat die Sexualität immer schon sowohl in der Bibel und in der Mythologie als auch im Leben selbst als eine zentrale Macht gegeben. Auch wenn sie sich eher beschützt im Schatten aufhält, besetzt das Thema selbst einen zentralen Platz in der Gesellschaft und ist ein nicht zu unterschätzendes Accessoire im Überbietungswettbewerb des Kaufens und Verkaufens, der unsere Gegenwart bestimmt und den der Autor der Exil-Abenteuer des Peter Schlemihl übrigens perfekt vorausgeahnt hat.

Kaufen und Verkaufen hatten schon im frühen Kapitalismus ihre Dynamik entfaltet. Damals hatte der Handel mit Waffen noch nicht diese Ausmaße angenommen, und mit Haut und Nieren und Sperma wurde noch kein Handel getrieben, auch gab es noch keine Sex-Shops auf den zentralen Arterien der Städte. Der Mittler, der den Kauf des Schattens für einen armen Beutel Geld vorschlägt, das sich niemals erschöpft, weiß, warum er den tadellosen grauen Anzug trägt, schließlich befindet er sich auf der Grenze zwischen Weiß und Schwarz, wo auch der Schatten lebt. Vorherrschend zu jener Zeit in den Kulissen – und nicht nur in den Kulissen – des alltäglichen und vor allem des nächtlichen Schauspiels der Geschichte, der Migrationen, denen die Wünsche und die Träume und Regelverletzungen von unseresgleichen und uns selbst unterworfen sind, verfügte der Schatten über ein weit ausgedehntes Manövrierfeld. Die Geschichte beginnt mit Peters Exil und landet bei der Globalisierung und ihrer neutralen und ubiquitären Allgegenwart, dem Geld. Hier muss lediglich noch der Sex hinzugefügt werden, den sich heute jeder überall beschaffen kann, auch zu Hause in der eigenen Wohnung, in der alltäglichen Realität und in der virtuellen. Die Vereinbarungen in jenem Schattenbereich haben sich nach und nach zerstreut, kaum dass man ihrer hie und da noch ansichtig werden kann. Der Schatten begünstigte sie, aber er wurde entthront, erniedrigt, verkauft, ersetzt, gefälscht und einigen einschlägigen Korporationen überstellt. Wie so ziemlich alles, das in unserer auf ihr Ende zueilenden Welt noch herumwuselt. Könnten wir trotzdem ohne Hell-Dunkel, ohne Geheimnisse, stillschweigende Übereinkünfte und Verstecke leben? Alles einsehbar auf den Tisch packen?

Peter befand sich an dem Punkt, an dem er dank des Geldes völlig frei geworden wäre. Zum Glück ist er gescheitert und hat beschlossen, sich dem Studium der Pflanzen und anderer Lebewesen zu widmen, wie sein Botaniker- und Dichtervater. Aber die Sexualität und ihre Rätsel? Kann man sie ignorieren? Und die Beziehung zum Schatten? Und die durch die Welt geisternden Schatten? Der Ton unserer Gespräche im Seminar muss nicht übertrieben seriös sein … Es hieße, den Sarkasmus der Vergeblichkeit zu vergessen, unsere Vergänglichkeit, zu übersehen, dass Herr von Chamisso selber besorgt war darüber, dass seiner Einschlafgeschichte für die Kinder der Familie Hitzig der Humor abhandenkommen könnte.

Dies entschuldigt, möchte ich annehmen, die etwas frivolen und unverschämten Freiheiten, die ich mir, unzufrieden über die allzu didaktische Zurichtung dieses Themas, erlaubt habe. (Kati)

Bei seiner Einlieferung ins Krankenhaus wird Schlemihl »der Jude« genannt. Das ist keine Verwechslung. Auch kein Scherz und keine Beleidigung. Er bekommt eine Nummer (12) und verliert jede andere Identität. Peter Schlemihl *– wiewohl vor zweihundert Jahren geschrieben – stellt uns eine neue Form des Exils und der Entfremdung im Zeitalter der Globalisierung vor, nahe am bestens bekannten Thema des Ewigen Juden. Der Autor behandelt im Kern das Thema des heimatlosen und jeder Chance der Verwurzelung in einer Gemeinschaft beraubten Juden. Die Erzählung fokussiert auf einen Neuankömmling, der keine Ahnung hat, wie die Gesellschaft funktioniert, in der er, unvorbereitet auf die Begegnung mit dem Herrn in Grau, gelandet ist. Verwirrt, verkauft er seinen Schatten. Erst später begreift er, dass er ohne Schatten niemals akzeptiert werden wird und auch der Beutel mit dem niemals zu Ende gehenden Geld ihm die gesellschaftlichen Privilegien nicht wird sichern können. Mina, die er begehrt, verlässt ihn sofort, als sie versteht, was ihm fehlt.*

Die Schlemihl-Figur (im Jiddischen hat schlemiel *die Bedeutung naiv, dumm vor Ehrlichkeit und infantil, tollpatschig, heilig vor Unschuld) übernimmt allmählich die gewichtige Bedeutung von Petrus' biblischem Namen, dem Juden, der zum Apostel des Christentums geworden war. Er weigert sich, seinen Schatten im Tausch für die Seele zurückzugewinnen, und nimmt damit das Risiko auf sich, zum Paria zu werden, verstoßen und ausgeschlossen, auf jede Assimilationschance in der Welt, die ihn vertrieben hat, verzichtend. Die ursprüngliche Torheit eines Handels, der wie ein zu einem tollpatschigen und mit dem Kopf in den Wolken herumlaufenden* schlemiel *passender Scherz aussah, war schnell zur Prämisse eines gefährlichen und langwierigen – wenn nicht gar ewigen – Dramas geworden. Gott wird in der Geschichte nicht genannt, nur die Menschen und das Exil. Es ist nicht von einer heiligen Erfahrung die Rede, sondern von einer irdischen und gewiss nicht erträglichen. »Ich bin allein in meiner Wüstenei, wie vorher auch«, sagt Schlemihl. Die Bemühungen, so zu sein wie alle anderen, scheitern. Es bleibt etwas übrig, das nicht verhandelbar ist. Auch dann, wenn das Geld mit mehr Macht zu sprechen scheint als irgendetwas anderes und die Fallstricke der Komplizenschaft neu geknüpft werden.*

Wenn die autokratischen und totalitären Regime diejenigen, die nicht ihren Normen entsprechen, exilieren oder umbringen, finden die demokratischen kapitalistischen Regime tückischere Methoden, sie zu isolieren, zu marginalisieren und zu neutralisieren. Eventuell bieten sie auch das Reisen und die Erkundung der Welt als Lösung an, wie Schlemihl verfährt, nachdem er sich von seinesgleichen gelöst und dem Exil einen anderen Sinn hinzugewonnen hat, ohne eine Beziehung zum Vaterland, der nationalen Identität und sozialen Akzeptanz. Es wirkt wie das Ergebnis einer typisch jüdischen Erfahrung: Eintritt in eine neue Gesellschaft, Beachtung der darin geltenden Regeln und unvermeidliche Entfremdung – der einen oder anderen Art.

Chamisso spielt an auf die Situation der Juden im Europa seiner Zeit, aber ebenso auf das allgemeine Urteil hinsichtlich der zyklischen Fluchtbewegungen. Den Juden waren Berufe im Geldgewerbe erlaubt worden, die aber die gesellschaftliche Anerkennung nicht einschlossen. Sie wur-

den nicht bloß einmal wegen ihrer Entwurzelung beschimpft, ihrer mangelnden Zugehörigkeit (dem fehlenden »Schatten«). Dass schlemiel *und* schlimazel *jiddische Wörter sind, ist keine schlichte Koinzidenz: ein Pechvogel, ein Naivling und ein Geschädigter auf der Suche nach dem Sinn der Stabilität.*

Der heimatlose Schlemihl findet seinen Platz nicht in der Nation oder in der sozialen Ordnung, sondern im Reich der Natur, in deren Erforschung. Was vor allem heute in unserer gegenwärtigen Welt möglich ist: Internet, Mobiltelefone, Hyper-Kommunikation und Hyper-Vernetzungen. (Nathan)

Chamissos Erzählung ist moralisch. Wichtiger als die Torheit, den eigenen Schatten zu verkaufen, ist Peters Entscheidung, sich seiner Seele nicht zu entfremden. Der Wohlstand ist weniger wichtig als der Schatten (die Identität), und dieser ist weniger wichtig als die Seele. Die moralische Gewichtung erklärt auch die Einfachheit der Bilder, die eher allgemeiner denn besonderer Natur sind.

Der Leser wird wie ein zufälliger Zeuge zwischen Chamisso und Schlemihl gesehen. Ein mit den Regeln des Märchens nicht vertrauter Eindringling, auch er, wie Peter, ein Fremder. Nachdem er seinen Schatten verkauft hat, wird Peter der Andere, der Fremde, ein Verdächtiger in einer verdächtigen Situation. Obwohl der Mann in Grau die Marionetten lenkt, ist er nicht eigentlich die Gegengestalt des Märchens, dies sind die Menschen, die Peter verstoßen und auf diese Weise zu den unbewussten Werkzeugen des Mannes in Grau werden. Nichts zwingt sie, sich so zu verhalten, sie tun es ganz selbstverständlich. Der Mann in Grau freut sich, dass andere sein Geschäft besorgen. Nicht er verhält sich Peter gegenüber aggressiv. Die Gesellschaft bestimmt, was normal und hinnehmbar ist, ihr Handeln befremdet und verletzt Peter. Die Wohlfahrtsunternehmungen finden öffentlich statt, und Peter empfindet sich als großzügig, ist sich sicher, dass die anderen ihn für tugendhaft halten, sie würden ihn achten und ehren. Die Motivationen sind verlogen, Peter erwirbt kein moralisches Ansehen. Ich hätte es für nötig befunden, dass der Held lernt, was tatsächliches Leid bedeutet. Ich bleibe bei der Meinung, dass noch tieferes Leid und ein dramatischerer Zusammenbruch der Moral gedient hätten. (Benjamin)

Märchen vermitteln den Kindern moralische Botschaften. Ihr Erfolg besteht in ihrer Universalität, die sich aus den fantastischen und allegorischen Elementen speist, frei von Chronologie und räumlichen Bezugspunkten. Im Fall der Geschichte von Chamisso gehören auch die moralische Kritik und das sozialpolitische Klima dazu. Der Schatten gibt den sozialen Status wieder, indem er zum Ausdruck bringt, wie viel Raum man in der Welt einnimmt. Die Seele ist das Wesen des Selbst. Die Seele repräsentiert die Entität, und der Schatten gibt die Identität wieder. Die Entität existiert in Zeit und Raum, der Schatten verbindet sich mit Zeit und Raum dank der Sonne. Wenn Peter seinen Schatten verliert, wird er selbst zum Schatten im sozialen Kontext. Peter und der Mann in Grau stehen für die Fremden, sie werden auch häufig arme Teufel genannt. Der Mann in Grau benutzt seine soziale Position, um seine Identität zu verschleiern, und bietet soziale Vorteile an, aber er ist von einer korrupten Hierarchie abhängig. Letztlich gibt Peter jede soziale Beziehung auf und bewahrt seine Seele intakt, während der Mann in Grau weiterhin Identitäten manipuliert. Peter wird zum Patienten Nummer zwölf, also einer der zwölf Apostel Jesus, zum Fundament, auf dem der Glaube und die Kirche errichtet wurden. In der Geschichte gibt es auch eine aufklärerische Antithese, wenn Schlemihl sich wie die ersten christlichen Einsiedler in die Höhlen zurückzieht. Nicht zum Gebet, sondern um beschützt vor der menschlichen Barbarei die Natur zu studieren. Allein der Verstand trennt das Humane vom Tier, das einen Schatten, aber keine Seele hat. Mina heißt auf Jiddisch friedlich, Schlemihl bedeutet lächerlicher Pechvogel. Die Personen werden mittels eingeführter Allegorien verbunden. Chamisso schließt sich mit in die Geschichte ein, er ist wie Peter, der Botaniker ohne Schatten, ins Exil getrieben worden.

Ein Schriftsteller kann aus einem Werk den Schatten seiner selbst machen, um sich selbst dabei zu entdecken. Schreibend beseitigt Chamisso die gläsernen Wände der Seele, aber Schlemihls gesamtes Abenteuer kann gewiss auch als das eines melancholischen Narren, eines Dummen August betrachtet werden, der dazu verurteilt ist, seiner unglückseligen Laufbahn zu folgen. (Alexandra)

Seele versus Schatten! Eine Gesellschaft auf der Schwelle zur materialistischen Konsumkultur. Eine fantastische Novelle. Eine Kindergeschichte mit Erwachsenenthematik. Ein Held, Peter, der sieht, was andere sich zu sehen weigern. Als der Mann in Grau aus seiner verzauberten Tasche ein enormes Fernrohr hervorholt, einen türkischen Teppich und viele weitere ungewöhnliche Gegenstände, schenkt ihm von den anderen Beteiligten niemand eine besondere Aufmerksamkeit. Der einfache Stil der Geschichte erlaubt es, stärker auf die Botschaft zu fokussieren denn auf die Sprache. Die Personen befinden sich im Einklang mit der typischen Märchenrequisite. Die Erzählung beginnt wie Kafkas Verwandlung *mit einem einzigen entscheidenden und fantastischen Ereignis: dort die Verwandlung in einen Käfer, hier der Verkauf des Schattens. Als die Einheimischen das Fehlen des Schattens bemerken, schließen sie Peter aus, er verliert Mina und versinkt in Schuldgefühlen. Als er erkrankt, wird er im Schlemihlium-Sanatorium als Jude identifiziert, worauf er die Welt auf seinen Siebenmeilenstiefeln durchreist und sich mit der Natur beschäftigt, ebenso wie Chamisso, der Autor der Geschichte, der selber aufgrund seiner adligen Herkunft ein aus Frankreich Expatriierter war. Die Erzählung ist zentriert auf den Wechsel des Momentums, was sich in Deutschland vollzog, beziehungsweise auf den Übergang vom Kantianismus zum Idealismus. Der deutsche Idealismus stammt als Antwort auf den Kantianismus gleichermaßen aus der Romantik und der revolutionären Kraft der Aufklärung. Die Tatsache, dass ein Gegenstand unabhängig von seiner geistigen Voraussetzung als unabhängig gelten kann, wird vom Idealismus zurückgewiesen – also hängt auch die Vorstellung, dass der Schatten die Art und Weise darstelle, wie wir von den anderen gesehen werden, während er doch geradezu der Ausdruck unserer Existenz ist, nicht von den sozialen Konventionen der Umgebung ab. Aber der Schatten bleibt ein soziales In-*

diz und bestimmt die Weise, in der Schlemihl von den anderen betrachtet wird; auch als er reich wird, kann die Gesellschaft seine moralische Ambiguität nicht ignorieren. Hier kann man den Disput zwischen Idealismus und Kantianismus erkennen: Was ist wichtiger, der Schatten (die soziale Stellung) oder die Seele (die individuelle Existenz)?

Als Herr John den Neuankömmling davon in Kenntnis setzt, dass er einer Million bedarf, um in Betracht zu kommen, bezieht er sich auf den neuen Kapitalismus: Das Geld ist der wichtigste Wert. Peter ist reich und wird wegen des verlorenen Schattens, der als Anomalie betrachtet wird, lächerlich gemacht. Sein Vermögen kann diese Situation nicht abmildern. Peter kann nicht weitermachen, es sei denn, im Dunkeln. Als sein »Geheimnis« enthüllt wird, verliert er Mina, wird er von Rascal angegriffen, ein verurteilter Mensch, denn »der Mensch kann sich seinem Schicksal nicht entgegenstellen«. Dass der Mann in Grau ihm zeitweilig beisteht, ist ihm keine Hilfe. Der provisorische Schatten ist ihm keine Hilfe, und doch weist der Vertriebene den Vorschlag des Mittlers zurück: Er gibt seine Seele nicht preis, womit er den Schatten endgültig verliert, und wirft den unerschöpflichen Geldbeutel weg. »Ich saß da ohne Schatten und ohne Geld; aber ein schweres Gewicht war von meiner Brust genommen, ich war heiter.« Nun stellt sich die Frage, was für eine Person er werden wird. Es gibt für ihn keinen Grund, sich in aller Ewigkeit schuldig zu fühlen, zumal er ja nicht auf seine Seele verzichtet hatte, sondern nur auf seinen Schatten, was ihn mit den anderen ringsum gleich werden ließ, also sozial hinnehmbar.

Er verzichtet auf die soziale und menschliche Interaktion und wählt die Einsamkeit und die Natur anstelle der Gesellschaft. (Christy)

DAS PRIVILEGIERTE TRAUMA (II)

Vortrag im Seminar

Die subtilen Betrachtungen Jungs und seiner Schule scheinen Personen zu gelten, die dem totalitären Universum entkommen sind. Sie wirken pompös, wenn nicht gar überflüssig, wo der »Schatten«, an den der Gefangene und Überlebende einer Diktatur normalerweise denkt, der »Spitzel« ist. Stets nahebei und überall zugegen. Eine ganz und gar andere Gestalt als die, die westliche Erforscher der Psyche in den widerstreitenden Impulsen der Persönlichkeit aufzusuchen trachten. In einem totalitären Regime setzen der äußere Druck, der verallgemeinerte Verdacht und der Imperativ absoluter Überwachung die innere Dynamik allmählich in Klammern und konzentrieren die Aufmerksamkeit auf mögliche Verteidigungsmechanismen gegen die sichtbaren und unsichtbaren Agenten der Macht. So entwickelt sich eine Art »pawlowscher« Mechanismus der im sozialen Feld funktionierenden Reflexe, aber auch in der Intimität eines eingeschränkten Gesprächskreises. Nach dem Zusammenbruch des europäischen Kommunismus sind die Unterwerfungsmechanismen aufgedeckt und diskutiert worden, die Fälle, in denen beste Freunde, ja selbst Ehegatten zum Nachteil des jeweils anderen als Informanten des Geheimdienstes tätig waren. Exil bedeutete für den ehemaligen Gefangenen und Versuchskaninchen der Diktatur die langersehnte Befreiung vom stets mit anwesenden Schatten, vom verräterischen Gesprächspartner, dem Vertrautesten in Diensten des Unterdrückungsapparats.

Was Jung und seine Nachfolger schreiben, verschwindet auch unter dem Druck dieses ubiquitären äußerlichen Drucks nicht vollends in der Bedeutungslosigkeit. Es wird zwar etwas kodifiziert und verliert, vielleicht teilweise, an Wirkung. Die Vitalität erfindet sich ihre eigenen pragmatischen Lösungen zum Selbsterhalt, der Isolation, Tricks und Duplizität. Wachsamkeit, unwillkürliche Verstellung. In der zwielichtigen Innenwelt verbündet sich der imperative Zwang zum Selbstschutz mit der in der Außenwelt entscheidenden Energie zur Tarnung oder Maskierung. Auch in dieser opportunistischen Mobilisierung des Überlebensinstinkts kann der Masochismus auf paradoxe Weise wirksam werden, indem er die »dunkle« Seite der Individualität aktiviert, mit den repressiven Mechanismen kooperiert und die Trophäen des gegenwärtigen Moments in fragwürdigen Inszenierungen hinnimmt, wenn nicht gar begehrt. Die von Jungs Psychologie vertretene Vorstellung, wir dürften die dunkle Seite unserer Defizite nicht abweisen, sondern müssten vielmehr für deren Einbeziehung und damit für Vollständigkeit optieren, um katastrophale Gärungsvorgänge und die Explosion der Hemmungen zu vermeiden oder hinauszuschieben, kann die totalitäre Tragödie unmöglich in den Blick bekommen. Diese entfaltet eine andere Reichweite der Bedrängnisse, worin es nicht allein den »Schatten« gibt, der im Namen der Autorität seinen Beobachtungsposten einnimmt, sondern auch den vereinzelten Schatten eines solidarischen und geheimen Zuhörers, auf den der Zwiegespaltene angewiesen ist, will er seinem Selbstvertrauen etwas Frischluft zukommen lassen.

Der Exilierte mit dem Decknamen »Der misanthropische Nomade« könnte sich beispielsweise daran erinnern, dass in den Studien über den Zirkus und die Clowns, die er sich angesehen hatte, irgendwann auch ein Band genannt wurde, der ihn überraschte, weil er sich mit den *Lehrjahren des Dummen August* auseinandersetzte. Der Schriftsteller, er sieht sich an als geschädigt und marginalisiert, hat in dem Leser einen brüderlichen Zuhörer. Eine Art Doppelgänger, ohne den er seinen inneren Widerstand nicht aufrechterhalten könnte, etwa so, wie der Gläubige ohne die Gespinste seines Glaubens dazu nicht fähig wäre.

Jungs Konzeption des Bösen als Prämisse eines Güte-Potenzials lässt sich eventuell, wenn auch riskant, in eine Diktatur verschieben, etwa durch die Stählung und Vollendung des Ich im Wartezustand. Als Reaktion auf die widrige Verdüsterung ringsum vollzieht sich eine geheime Kodifizierung der Hoffnung. Das Trauma des Exilierten, auch dessen, der sich durch das Exil aus der finsteren Verdammnis befreit hat, in der er an den Orten und mit den Gebresten seiner Heimat überlebt hatte, hängt offensichtlich auch ab vom Universum der Beschränkungen, dem der ehemals Eingesperrte entkommen ist. Vom Guten des Exils – das ansonsten belastend und erniedrigend sein mag – anzunehmen, was es im Kontrast zu den Enttäuschungen und der Finsternis von »zu Hause«, ebenso wie zum Bösen des Exils, anzubieten hat, etwa die Kraft zu einer strukturellen Veränderung, kann ein ungeahntes Experiment sein, disponibel für den Rest der Existenz.

Ja, da gibt es bei Jung schon einiges festzuhalten, auch im Falle des Gefangenen, der sich in den Fallstricken der Freiheit verfängt. Die Lehre aus den überreich vorhandenen Ambiguitäten, denen das Ich ausgesetzt ist, führt zu aufregenden Wendepunkten. Gewiss, der frühere Gefangene »weiß« besser Bescheid über die Illusionen und Irrtümer und die krankmachende Macht der Unterdrückung als sein neuer Mitbürger, er betrachtet die Amoralität des freien Marktes und die Kompromisse der nicht perfekten Demokratie als wohltuendes Heilmittel der »Normalität«, das auf die selbstverständliche Unvollkommenheit des Menschen zielt. Der Tribut, den er der Hoffnungslosigkeit am vorherigen Ort und zu früherer biographischer Zeit entrichtet hat, sollte ihn nun vor den hiesigen Trickbetrügern der Hoffnung bewahren. Ein Vorteil, der auch ein Handicap sein könnte, wenn er den Flüchtling in der freien Welt unempfindlich machte für das soziale Engagement und die öffentliche Zurückweisung von Ungerechtigkeit.

Schlemihls Odyssee ignoriert diesen Exzess an Nuancierungen. Sie ignoriert die soziale und familiäre Vorgeschichte des in einer neuen Realität schiffbrüchigen Fremden, behandelt das Exil in seiner unveränderlichen »Essenz«, ohne grundsätzliche Differenzierungen im Umgang damit vorzunehmen. Außerdem unterlässt sie es, die »Innerlichkeit« der Person etwas genauer zu betrachten, wie dies gewiss auch nicht zu einem Märchen passen würde. Die Kenntnis der »Innerlichkeit« ist für ein umfassenderes und tieferes Verständnis solch drastischen äußeren Erlebens unvermeidlich. Sie gehört schließlich zu den

Voraussetzungen des Menschseins, die mit den Ungewissheiten von Überraschung und Veränderung und Selbstüberwindung zu tun haben, dem Ertragen von Erfolg und Scheitern, dem mühsamen Sich-Wiederfinden in einer neu anhebenden Einsamkeit.

Ist Schlemihls Abenteuer gültig auch für den aus einer Diktatur oder einer tyrannischen Familie oder einer rückständigen und verelendeten Enklave Expatriierten, aus Verwilderung und Fanatismus? Erfasst Peters Drama, soweit es eines ist, jenes aller Heimatlosen, Vertriebenen, der von den Stürmen der Geschichte von einem Unterschlupf zum anderen getriebenen Nomaden? Gibt es in dieser »Dialektik der Veränderung«, wie Brecht es genannt hat, noch einen Platz für einen Hitlers Zugriff entronnenen, unter der kapitalistischen Fackel der Freiheit umherirrenden Linken, für die Zwangslagen des inneren Menschen, der den Gewaltakten der gleichen Dialektik unterworfen ist?

Indem sie den Einwanderungsbehörden die Papiere ihrer alten Identität vorlegen, geben die Fremden anscheinend auch den Schatten der Vergangenheit auf, in der sie gelebt haben. Es ist dies lediglich der »legale« Beweis für diese Vergangenheit und ihren »Schatten«, ohne dass sich auch eine unwillkürliche und wundersame Verwandlung des »alten« Menschen in den »neuen« Menschen der neuen Nachbarschaften und Mentalitäten vollzöge.

Die alten Papiere enthalten nicht das insgesamt Gelebte. Auch die neuen werden es nicht enthalten. Der offizielle Identitätswechsel verzeichnet formell die Veränderung, an welcher der Fremde als Subjekt teilhaben wird. Eine Veränderung, die in der Folge allmählich den Fingerabdruck (oder Schatten) des Doppelgängers von gestern und vor langer Zeit ersetzen wird durch die Laufbahn eines Kleinkindes, das an diesem neuen Ufer zum Erwachsenen heranzureifen bereit ist. Auf den ursprünglichen Schock, der die Absonderung ankündigt, werden Übergänge und Transaktionen folgen, die sich wie ein echter Wertewandel anfühlen. Im Fall von Schlemihl etwas schlicht, hart und sichtbar von dem unerschöpflichen Geldbeutel markiert, wird die Veränderung in Wirklichkeit eine allmählich sich vollziehende komplexe Konfrontation sein. Der Begriff des Wertewandels behält dabei irgendwie seine Prägnanz.

Auch wenn die Unterschiede in der Verfasstheit des Heimatlosen von zu vielen ursprünglichen und nachfolgenden Konditionierungen herrühren, sind die Unterschiede in Schein und Qualität des »Schattens« sowie der Entwicklung, die er verzeichnet, allenthalben anzutreffen, sie wirken sich immerzu und überall unterschiedlich stark aus und zeitigen sehr verschiedene Effekte. Die Folgen für das Innenleben könnten Forscher in Sachen Jungscher Psychoanalyse zu weitläufigen Erkundungen animieren.

SISI

Ein drei Tage und Nächte währendes Jahrhundert war vergangen seit dem letzten Besuch, mit dem ihn Eva Elisabeta Lombardini beehrt hatte, als anscheinend wieder ein Kratzen an der Eingangstür zu vernehmen war.

Unsicher, ob es sich um einen Menschen oder eine Katze handelte, öffnete der Professor vorsichtig die Tür. Dort stand das Phantom, einen Schritt vor der Tür.

»Oh, welch eine Überraschung!«

»Überraschung war letztens. Jetzt ist es Beharrlichkeit«, greinte die Einlassbegehrende. »Ich bin George besuchen gekommen. Geht das?«

»Ich will ihn fragen«, antwortete der Professor gelassen.

Er wartete allerdings Georges Antwort nicht mehr ab, öffnete die Tür und lud die Aggressorin mit vollendeter Kavaliersgeste ein in die Klause.

»Bist du gekommen, mir mehr über Sisi, dein Vorbild, zu erzählen?«

»Es war das meines Vaters. Ich habe es bloß übernommen. Ich habe Vater geliebt, liebe auch sie. Ich bin nicht wegen Sisi gekommen. Wir können auch über sie sprechen, wenn du magst. Ich bin gekommen, um über dein Exil zu sprechen. Damit wir uns kennenlernen.«

»Biblisch?«

»Nicht unbedingt. Wie du magst, Monsie … Ich habe keine Hemmungen. Keinerlei. Damit du's weißt! Nur damit du's weißt, nicht damit du aktiv wirst. Wir reden über alles. Ohne Hemmungen. Ohne Tricks. Okay?«

»Schwer, ohne die rote Flasche. Ich sehe, du hast auf sie verzichtet.«

»Ich habe vermutet, hier eine vorzufinden. Rot, grün, gülden. Du bist ein einsamer Kerl, sagtest du jedenfalls. Ist offensichtlich, wenn man sich umschaut. Die Flasche ist eine Verbündete, diesmal habe ich die Zuversicht, nicht auf sie angewiesen zu sein.«

Schon stand Eva vor George. Ihr Freund aber schien sich in den Schlaf oder eine Wartestellung zurückgezogen zu haben. Eine gute Gelegenheit, ihn zu verschonen. Was auch der Hausherr tat, nicht nur das aus den Wolken herabgestiegene Gespenst.

Sie war nicht so elegant gekleidet wie beim letzten Mal. Schwarze Jeans und eine blaue Bluse mit kurzen Ärmeln, aus denen der weiße, infantile Ellbogen herausragte. Das dichte Haar war am Hinterkopf zu einem Knoten eingedreht. Die lebendigen blauen Augen zur irdischen Welt hin geöffnet.

Der Professor hatte schon eine Flasche portugiesischen Rotwein in der Hand.

»Trinken wir?«

»Wenn es sein muss … Das heißt, wenn du magst. Du übernimmst die Führung unseres Treffens. Oder unserer Treffen. Ich zöge Abstinenz vor. Wenigstens diesmal. Wir verzichten auf Verbündete. Wenigstens heute. Ohne Flasche!«

»Dann sollten wir in perfekter Nüchternheit die Gespräche für die kommenden zehn Jahre festlegen. Zwei Fünfjahrespläne – im stalinistischen Vokabular. Ich verspreche, weiterzumachen, auch von der jenseitigen Welt her. Nenne mir das erste Kapitel.«

»Das erste und das letzte werden ebenso wie die in der Mitte vom Exil handeln.«

»Ich mag mich nicht beklagen.«

»Das habe ich geahnt. Aber ich habe auch geahnt, dass du mich trotzdem als Gesprächspartnerin akzeptieren würdest. Als Freundin nämlich. Potenzielle Freundin. Richtig?«

»Könnte sein. Noch hast du mir nicht gesagt, womit du dich beschäftigst.«

»Eine Art Journalistin. Bei einer Fernsehstation. Eine kleine wöchentliche Sendung von einer Stunde, genannt *In Klammern*.«

Der Professor war verstummt. Er schwieg, schwieg für immer. Erhob schließlich die langen Arme vor Hilflosigkeit. Unvermögen.

»Nein, ich kann nicht. Ich war auch zu Hause nicht beim Fernsehen. Dort wollten sie mich nicht haben. Ich entsprach nicht ihren Kriterien. Hier will ich nicht.«

»Ich repräsentiere nicht das Fernsehen. Ich bin die Freundin des Exilanten oder kann sie werden. Die potenzielle Freundin. Diskret. Sehr diskret. Verschlossen! Treu! Absolut vertrauenswürdig, ich schwöre es! Mein Vater war ein Exilierter. Er hat es immerzu abgelehnt, über die Heimatlosigkeit zu sprechen. Jetzt habe ich die Chance, zu verstehen.«

»Ich weiß, ohne es tatsächlich zu wissen, dass unsere Geschichten sich nicht vergleichen lassen. Die deines Vaters und meine.«

Schweigen. Absolutes Schweigen.

»Soll ich gehen?«

»Nicht unbedingt. Aber das Exil bleibt als Gesprächsgegenstand tabu. Dafür können wir die Flasche portugiesischen Rotweins leeren.«

»Ich bin nicht deswegen gekommen. Ich bin wegen der Freundschaft gekommen.«

»Mit einem alten Mann?«

»Mit einem im Exil befindlichen alten Mann. Um davon zu profitieren. Von seiner Einsamkeit. Ihm meine Freundschaft anzubieten. Eine entspanntere, interessenlosere Freundschaft als die meiner Tante Carol. Glaube mir.«

Der alte Exilant versuchte, die Weinflasche zu öffnen, indem er erfolglos den Schraubverschluss mal nach rechts und mal nach links drehte, bis Eva, irritiert, ihm die Flasche aus der Hand nahm und mit einer ruckartigen Bewegung den Metallverschluss aufschraubte.

»Okay, ich verstehe, du möchtest nicht, dass ich gehe.«

»Das will ich nicht. Ich bin einsam, du sagst es. Nur die Katze der Nachbarn besucht mich.«

Er goss von dem roten portugiesischen Wein in zwei Gläser, die er von einem Wandregal genommen hatte. Sie stießen an, lächelten freundschaftlich, erhoben die Gläser aber nicht ein weiteres Mal zur Huldigungsgeste. Dann schlürften sie schweigend und betrachteten, je für sich, ihre Gläser.

»Also trinken wir und sprechen nicht mehr. Es gibt nichts mehr, worüber wir sprechen könnten.«

»Doch, doch. Über Sisi. Ein ergiebiger Gegenstand.«

»Du ziehst also literarische Gegenstände vor, ich sehe schon. Das Leben kann dich nicht verlocken.«

»Doch schon, ich erforsche schon lange den Zirkus, wie ich schon sagte. Außerdem ist Sisi Leben und nicht bloß Text.«

»Also über Sisi. Die Exilierte.«

»Exiliert? Von München nach Berlin, aus Bayern nach Österreich? Das soll ein Exil sein?«

»Ist es nicht. Jedenfalls kein geographisches oder sprachliches oder religiöses, nicht einmal unbedingt ein ethnisches Exil. Ein Essentielles. Sisi befand sich in permanentem Exil. Sie hat sich nicht mit dem Leben aussöhnen können.«

»Du sagtest, sie sei dem Kaiser treu gewesen.«

»So scheint es, das glaube ich. Die Gerüchte über die Liebesbeziehung mit dem bewunderten Grafen Andrássy oder dem schottischen Hauptmann Bay Middleton haben sich als unhaltbar erwiesen. Ebenso wie jenes, ihre letzte Tochter, Maria Valeria, sei der Bastard ihrer Beziehung mit Gyula Andrássy gewesen. Das Mädchen war dem Kaiser tatsächlich wie aus dem Gesicht geschnitten. Über die Schönheit der Kaiserin können wir sprechen. Der Schah von Persien war bei ihrem Anblick wie paralysiert, ebenso der deutsche Kaiser Wilhelm II. oder

der amerikanische Botschafter. Wir können auch über ihre Bewunderung für den exilierten Dichter, den Juden Heinrich Heine, reden, oder über die verlängerten Ferien fernab von Wien, über den Griechisch-Unterricht und die Homer-Lektüre, über das Reiten, die Jagd und die Morgengymnastik. Wir können über ihren Humor und ihre Ironie ebenso sprechen wie über ihre karge Ernährung, Milch, Fleischbrühe, ein paar Früchte. Und über Entfremdung und das Bewusstsein eines unvermeidlichen weltlichen Exils, das sie auch in Versen proklamierte, nicht nur in Briefen: *Eine Möwe bin ich von keinem Land / Meine Heimat nenne ich keinen Strand.*«[29]

Eva schien das ganze Gedicht auswendig zu können.

»Oder im Brief an den befreundeten Grafen Grunne: *Jedes Schiff, das ich auslaufen sehe, ruft in mir die heftigste Sehnsucht hervor, mich an Bord zu befinden, ob es nach Brasilien fährt oder nach Afrika oder nach Cabo. Das wäre mir ganz egal, nur nicht zu lange am gleichen Ort verweilen.*«

Der Professor lauschte ergeben. Als Eva eine etwas längere Atempause machte, intervenierte er schüchtern mit einer Ergänzung:

»Ja, ich habe vieles erfahren, danke. Ich verstehe, warum dich Sisi fasziniert. Vielleicht weißt du nicht, dass sie mit Königin Elisabeta von Rumänien befreundet war. Ebenfalls eine Elisabeth! »Die Mutter der Verwundeten«, fürsorglich, mit philanthropischen und literarischen Aktivitäten. Sie hat Enescu unterstützt, »das Kind ihrer Seele«, hat ihm Partituren geschenkt. Es heißt, sie habe ihm auch eine Geige geschenkt … Sie war nicht eben eine Exilierte, auch wenn es den Anschein haben mag. Verheiratet mit dem König von Rumänien, einem deutschen Katholiken, und perfekt integriert im christlich orthodoxen Rumänien. Schön, auch sie, hat sie unter dem Pseudonym Carmen Sylva, wie eben auch Sisi, Gedichte, Theaterstücke und Prosa veröffentlicht.«

»Davon hatte ich keine Ahnung. Das sind für mich exotische Einzelheiten aus einer exotischen Gegend. Mit denen mich ein exotischer Freund beliefert. Ich hoffe, es irritiert dich nicht, dass ich dich einen Freund genannt habe.«

Eva goss nach, ihr Gesprächspartner lächelte und schaute sie an.

»Du hast wahrscheinlich auch von ihrem großen walachischen Bewunderer noch nichts gehört. Dem Nihilisten Emil Cioran, der Pariser Berühmtheit. Geboren im ehemals österreich-ungarischen Siebenbürgen. Ein Exilant reinsten Wassers. Er hat die Apologie des Exils betrieben, als sei dies ein Adelstitel. Die Fäden laufen doch zusammen, oder?«

Eva schwieg nachdenklich, bereit, sich in den osteuropäischen Exotismus initiieren zu lassen.

»Also, was sagte euer Nihilist über Sisi?«

»Ich erinnere mich nicht mehr ganz genau, habe es irgendwo notiert. Etwas von der Idee des Todes. Das war die Obsession von beiden. Und über ihre hoffnungslose Hellsichtigkeit, solche Dinge etwa.«

Sie hatten geredet und redeten und redeten, während Freund George, der Schneck, zu Evas tiefster Enttäuschung gleichgültig blieb.

Der Abend brach herein, die Sätze wurden gemächlicher und schwankten. Eva war aufgestanden, stand an der Tür.

»Ich beglückwünsche mich für diese offene Tür. Und ich komme wieder, nur damit du's weißt. Bald schon. So leicht kommst du mir nicht davon.«

»Okay, George wird entzückt sein.«

Eva winkte zum Abschied und verschwand.

Sie kam nach zehn Tagen wieder, diesmal ohne die Tür zu zerkratzen … wusste, dass sie immer offen war. Drückte auf die Klinke und war drin und bei George, der seine Runde drehte am Rande des Glasgefäßes. Der Professor befand sich irgendwo auf dem Mond, wo sich wahrscheinlich sein wahres Zuhause befand. Eva schien seine Abwesenheit nichts auszumachen, war vielmehr vollkommen absorbiert von der Gemächlichkeit der Schnecke und der stillen Ergebenheit, mit der diese wieder und wieder ihre Runden drehte. Und als der Professor aus dem Bad trat, schienen auch seine Stummheit und Taubheit sie nicht zu stören. In blauen kurzen Baumwollhosen und einem ebenfalls blauen

Shirt. Die Uniform irgendeines Clubs der Einsamen? Er war eingeschüchtert, der Professor, es fiel auf, dass er seine Bewegungen und Worte nicht ganz im Griff hatte.

»Oh, ja, du hast nicht die Gewohnheit, dich anzukündigen, das hatte ich vergessen. Nach so langer Abwesenheit vergisst man das leicht. Ja, das war echt lang. Hoffentlich stört dich meine sportliche Kleidung nicht.« Und der Lange schaute verwundert auf seine kurzen Hosen, sah aber auch die Flasche in Evas Hand.

»Ah, du hast dir eine Verbündete mitgebracht. Wäre nicht nötig gewesen.«

»Ich rechne nicht mit Verbündeten, ich habe Lust zu reden. Offene und spannende Gespräche, mehr nicht.«

»Okay, wir verzichten auf Abweichungen oder Stimulanzien. Ja, Stimulanzien, so bleibt alles klarer. Also setz dich, damit wir losplaudern können.«

»Ich bin eine Sesshafte und Amerikanerin in einem Land der Heimatlosen. Ich bin nicht heimatlos. Ich möchte die Entfremdung verstehen lernen. Das Exil. Du könntest mir ein guter Lehrmeister sein.«

»Weil ich Professor bin? Das wurde ich der Not gehorchend. Ich war mein Lebtag ein Schüler, Student, Leser. Du sagtest, ich sei vereinsamt. Dies befördert das Gespräch nicht gerade. Meinen Monolog kennt allein George, dein Freund. Und der ist diskret, wie du siehst. Er wird die Geheimnisse des Hauses nicht enthüllen. Sämtliche Bibliotheken und Buchhandlungen sind nun voll mit Büchern über das Exil. Globalisierung und Exil sind jetzt in Mode. Eine gewaltige Bibliographie, Bücher, Filme, Lieder, was das Herz begehrt. Du brauchst nicht mich dazu.«

»Vielleicht aber doch.«

»Ja, vielleicht brauchst du mich … aber ich bin ein Verirrter, nicht nur ein Entwurzelter. Deine Tante hat mich einen Nomaden genannt.«

»Ja, ich weiß.«

»Und sie fügte noch ›Misanthrop‹ an. Vermutlich, um mich zu provozieren. Damit ich ihr widerspreche, ihr beweise, dass ich nicht so bin. Es ist mir nicht gelungen. Auch das weißt du, denke ich. Ich habe diese Kategorisierung hingenommen, habe mich nicht gekränkt gefühlt. Auch nicht enttarnt. Und auch identifiziert habe ich mich nicht gefühlt. Ich irre zwischen den Kategorien herum, habe mich in keiner von ihnen eingerichtet.«

»Perfekt! Das ist echt das Exil. Da können wir reden. Mit oder ohne Wein. Darum bin ich mit dem Wollschal gekommen, wie du siehst. Ich hatte eine Grippe. Ebenfalls Exil.«

»Ohne Wein. Diesmal ohne, einverstanden. Ich habe den Eindruck, du hast Sisi als Gesprächsgegenstand erschöpft, suchst nach einem anderen Zugang.«

Nun erst sah der Professor den dicken grünen Wollschal, in den sich die junge Lombardini eingewickelt hatte. Die junge? Ja, relativ jung, jünger als der Nomade. Elegant, eleganter als beim ersten Mal. Vorsicht, Vorsicht, Professor! Die Eingedrungene hat ihre eigene Taktik! Sie hatte sich anders gekämmt, war leicht, kaum merklich geschminkt, hatte die Konturen der etwas geöffneten Lippen nachgezogen. Der Büstenhalter war durch die seidene Bluse hindurch zu sehen. Und die Hände? Den Professor beschäftigten die Hände und Füße am meisten … Er schien nicht genau zu wissen, wie die Hände und Füße Evas sind. Lediglich die etwas angerauhte Stimme, wie mit Schalldämpfer.

»Ich könnte zurückkommen auf die Beziehung zwischen Sisi und dem rumänischen Nihilisten, der sie bewundert hat. Würde dich das interessieren?«

»Was auch immer. Mich interessiert alles, was du zu enthüllen bereit bist.«

»Ich gebe Dinge aus Büchern wieder, enthülle nichts. Wie schon gesagt, ich bin ein ewiger Student. Mehr nicht. Und Leser, ja, auch Leser.«

Dies wäre der Augenblick gewesen, Wein einzuschenken, anzuzeigen, dass man bereit war, sich stimulieren zu lassen, aber keiner von beiden schien bereit, der Verlockung nachzugeben.

»Gut, wenn du nicht mit Sisi fortfahren möchtest, komme ich zurück auf den transsilvanischen Nihilisten. Mit Betonung auf den Unterschieden zwischen ihnen, nicht auf den Ähnlichkeiten.«

»Mich würden eher die Ähnlichkeiten mit dir interessieren, nicht die mit Sisi.«

»Okay, hier eine davon. Im Alter hat ihn auf der Straße ein Passant angesprochen und gefragt: Sind Sie etwa Emil Cioran? Der war ich, antwortete der Einzelgänger. Ich würde ebenso antworten. Ich bin nun beinahe so alt, wie er es damals war. Er definierte sich als Fragment von einem Menschen. Das würde ich auch unterschreiben. Hätte ich nicht geschrieben, wäre ich ein Mörder geworden, sagte er. Das kann ich nicht mehr unterschreiben. Ich bin nicht mutig genug, das war ich nie. Übrigens war auch er das nicht, allein bei Wortgefechten. Und die Schlaflosigkeit, die morbide Schlaflosigkeit, unheilbar, als hätte sie nichts mehr mit ihm zu tun, obwohl sie sich aus ihm nährte. Ich glaube, Sisi hat nicht an Schlaflosigkeit gelitten. Auch ich kann nicht über Schlaflosigkeit klagen, nur über Albträume.«

»Sisi war Mutter, sie hat ein paarmal geboren. Auf diese Weise hat sie sich mit der Existenz abgefunden. Ohne ihre Unruhen zu besänftigen. Sie hatte kein Recht auf Schlaflosigkeit. War kein Mann … Sisi war eine Frau, mit sämtlichen Fasern ihres Wesens. Auch den cerebralen. Als Mann wäre sie wie ihr Cousin gewesen, der Bayerische Ludwig. Sie hat ihn bemitleidet, und sie hätte alles getan, ihn zu retten. Sie war kein Mann, trotz ihrer Auflehnung und ihrer Kraft. Ich würde sagen, auch trotz der Beharrlichkeit, mit der sie darauf bestand, sie selbst zu sein. Und dies auch in einem Umfeld, in dem Doppelzüngigkeit und Entfremdung herrschten. Und, oho, in einem Milieu von Ritualen, den höfischen Ritualen, dem Hofzeremoniell. Cioran hatte ein Stipendium in Berlin, an der Friedrich-Wilhelms-Universität, als er sich in den Hitlerfaschismus verliebt hat.«

»Tatsächlich?«

»Ja, tatsächlich. In Hitler und dessen Nationalsozialismus. Der blinde Fanatismus war es, was ihn faszinierte. Vitalität. Intensität.«

»Schlechter Geschmack!«

»Er verachtete den guten Geschmack.«

»Das ist nichts für Sisi. Das Rohe, das Vulgäre, es entsetzte sie, auch am Adel. Trotz ihrer Entschiedenheit war sie feinfühlig, bezaubernd. Weißt du, wie sie ihren Lieblingshund nannte?«

»Ich weiß nur, was ich weiß. Aus Büchern. Ich bin ihrem Hund in der Bibliothek nicht begegnet.

»Er hieß Shadow. *Schatten*. Immerzu beisammen. Unzertrennlich.«

»Schatten? Das könnte mich interessieren … Ich lese viel über den Schatten.«

»Du liest? Wieder Bücher, nicht das Leben?«

»Doch, auch das Leben. Der Hund ist Leben, ebenso wie sein Schatten. Und Sisis Schatten. Und Gott ist Schatten. Ebenso auch Leben. Zur Zeit des Kommunismus war Schatten der Codename des Spitzels, der wie eine Klette an dem klebte, der ins Visier des Geheimdienstes geraten war. Der verdächtig war oder lediglich für verdächtig gehalten wurde. Beide, der Spitzel und der Verfolgte, waren Leben.«

»Aber ihr bevorzugtes Pferd, weißt du, wie Sisi es genannt hat? Nihilist! Sie war eine ausdauernde Reiterin.«

»Nihilist? Also Cioran?«

»Sie wusste nichts von Cioran. Und auch ich wusste nichts von ihm, obwohl ich etwas hätte wissen können.«

»Ich hole mal etwas Wasser. Wenigstens Wasser, wenn es schon keinen Wein gibt.

Evas Blick folgte dem Langen aufmerksam, als er sich gemächlich vom Stuhl erhob und mit drei großen Schritten in der schachtelgroßen Küche stand. Und sogleich war er mit einer Karaffe und zwei vollen Gläsern wieder zurück.

»Beim nächsten Mal kommst du zu mir. Da ist es bequemer, etwas mehr Platz.«

»Hast du den Kalender dabei?«

»Den habe ich nicht dabei, aber ich kann dich anrufen und dich daran erinnern. Ich kann auch ein Taxi schicken oder selber angefahren kommen und dich abholen.«

»Mit Gewalt?«

»Eventuell. Wiewohl, sehr stark bin ich nicht.«

»Du hast von Beharrlichkeit gesprochen. Eine Form von Macht, vielleicht. Von Energie ohnehin.«

»Ja, also trinken wir heute Wasser und Cioran.«

»Er sagte, man müsse die über Vierzigjährigen umbringen.«

»Wir wären also tot in der Kolonie deines Cioran.«

»Gerede. Ein Maschinengewehr an Geschwätz. Er redete ständig vom Selbstmord, war sein Ideal. Er ist sehr alt geworden.«

»Liebte er sein Land, die Sprache?«

»Das Land schon, aber rauschhaft. Er wünschte es sich berauschend, vitalisierend! Die Sprache hielt ihn gefangen, wie jede Liebe. Er kämpfte, lernte Französisch. Silbe für Silbe und murrend. Es kam ihm als eine pompöse Sprache vor. Er fluchte in einem vulgären Rumänisch und brüllte, er ziehe den Kuhmist vor. So wurde er zum großen französischen Stilisten. Im Alzheimer des Alters hat sich die rumänische Sprache gerächt und die großartige französische Sprache, die er so lange poliert hatte, aus seinem verirrten Gehirn getilgt. Als er starb sprach er nur noch Rumänisch.«

»Ein interessanter Typ, finde ich spannend.«

»Er hat keinen einzigen Tag gearbeitet. Das war sein Stolz!! Allein eine Hure ohne Kundschaft könnte mir noch Konkurrenz machen, pflegte er zu sagen. Er sprach mit starkem Akzent.«

»Zog ihn etwas an?«

»Ja. Paris. Der ideale Ort, sein Leben zu verschwenden. Sagte er. Die Rumänen hielt er für vorbestimmt zum Scheitern. Er meinte, für sie gebe es keinen anderen Platz auf der Welt als bloß den Dreckpfuhl, den sie besaßen.«

Eva hatte sich Wasser ins Glas gegossen und angestoßen, in der Luft nämlich und ohne tatsächlich mit dem Professor und dessen unberührtem Glas anzustoßen.

»War er verheiratet?«

»Er hatte die perfekte Partnerin, ich glaube nicht, dass sie Heiratsurkunden besaßen.«

»Geliebte?«

»Weiß ich nicht. Es gibt einen kleinen Band, einen Briefwechsel mit einer jungen Deutschen, die ihn bewunderte. Ich werde ihn suchen. Ja, den werde ich dir schenken.«

»Bist du verheiratet? Warst du es, bist du es noch? Wer ist die Märtyrerin? Und wo ist sie? Gibt es sie? Ist sie im Gefängnis? Versuchter Totschlag? Wollte sie ihren Ehemann umbringen, den begehrten? Es wird doch nicht die Katze der Nachbarn sein, will ich hoffen. Sie schnüffelte an der Tür herum. Als ich anhielt, sah ich sie an der Tür herumschnüffeln. Dann ist sie davongerannt, sie hat wohl gespürt, dass ich eine Rivalin bin. Also, bist du verheiratet?«

Der Nomade antwortete nicht, aber er stand vom Tisch auf.

»Der Freund ist aufgewacht. Schau nur, er umrundet wieder die Welt. Die Weltumrundung an einem Glasrand entlang. Dir zu Ehren ist George zu seiner Routine zurückgekehrt. Eine Huldigung für dich. Begrüße ihn, gib ihm ein Zeichen. Er hat es verdient.«

Schon stand Eva vor dem Glasgefäß und bewunderte ihren Komplizen. Der Bauchfüßler-Nomade kroch langsam voran, immer an der Rundung des Gefäßes entlang. Er erweckte nicht den Eindruck, als ließe er sich durch die von seinen liliputanischen Abenteuern in Bann geschlagenen Betrachter einschüchtern. Beharrlich ging es voran, kaum nachvollziehbare Bewegungen, nach nirgendwo, entzückend, wie unbekümmert.

»Also, bist du verheiratet? Hast du eine Frau, Kinder, Familie? Von der Katze der Nachbarn habe ich nichts erfahren. Sie ist abgehauen, aber sie scheint fasziniert zu sein von dem Rätsel, das dich umgibt. Beim nächsten Mal komme ich mit einer Maus, um sie zu bestechen.«

»Ich habe eine Schwester, mehr nicht«, murmelte der Schweigsame.

»Befindet sie sich hier, im Land der unbegrenzten Möglichkeiten, oder in der Vergangenheit, im Kindheitsmärchen?«

»Sie ist hier, ist Ärztin, wir sind in Verbindung. Haben geschwisterlichen Kontakt. Jedenfalls hin und wieder.«

»Wunderbar. Ganz wunderbar, also hast du jemanden, nicht nur das weiße Kätzchen aus der Nachbarschaft. Wie heißt sie? Wie heißt deine Schwester?«

»Agathe«, flüsterte der Hausherr schließlich seine Antwort.

»Ein schöner und seltener Name. Also zwei Exilierte, oder? Mich wundert, dass ihr nicht zusammenlebt, schließlich habt ihr doch sonst niemanden.«

Der Schweigsame schwieg eisern, Eva begriff, dass sie die Gepflogenheiten eines freundschaftlichen Besuches etwas strapaziert hatte, also wandte sie sich George zu und nahm die Stille hin, in der sie alle drei sich nun entspannten.

»Okay, Zeit, mich um mein Amerika zu kümmern. Beim nächsten Mal bist du mein Gast. Es ist bequemer, das kann ich versichern. Du kannst auch George mitbringen, wenn du meinst, wir sollten nicht bloß zu zweit sein. Ich komme und hole dich, hole euch mit dem Auto ab. Ich rufe dich in der kommenden Woche an, und wir fixieren den glücklichen Tag. Ich weiß, dass du von alleine keinen Schritt tun wirst, du brauchst das Unvermeidliche. Ich nehme diese Ungehörigkeit auf mich. Also die Beharrlichkeit, wie wir dies von allem Anfang an genannt haben. Ich rufe dich an, ich komme dich abholen und bringe dich unversehrt wieder zurück, rechne nicht mit Terminverschiebungen. Schließlich werde ich mich durchsetzen. Zu deinen Gunsten, nicht zu meinen. Mit dieser Präzisierung bin ich auch schon weg, ich wünsche dir eine sternklare Nacht und beginne zu warten. Ab morgen früh. Heute möchte ich ruhig schlafen, mein Schlaf ist mir lieb und essentiell.«

Tage und Nächte vergingen wie ruinierte Jahrhunderte. Die Tür war geschlossen worden, die Katze der Nachbarn hatte resigniert und versteckte sich im Wald. Der Misanthrop hatte das Telefon aus dem Stecker gezogen, damit die Verlockung verschwinde, fühlte sich in Sicherheit. Bis zu dem Nachmittag, da der Yankee-Bolide mit einiger Wucht vor der Klause anhielt. Die Tür war verschlossen, die Angreiferin hatte begriffen, dass ihr kryptisches Kratzen keinen Effekt haben würde, und stieß mit den aufgebrachten Füßchen an das Gefängnistor. Wieder und wieder und wieder, mal sehen, wer als Sieger vom Platz geht! Schließlich gab der Gefangene nach. Verwundert, aber lächelnd zeigte er sich in der hölzernen Umrahmung.

»Ah, du bist es?«

»Na wer denn sonst? Ich habe tagelang immer wieder angerufen. Ganz gut, wenn du begreifst, dass ich mich nicht evakuieren lasse. Vielleicht hast du nicht ganz vergessen, dass ich dich zu mir eingeladen habe zum Abendessen.«

»Das habe ich nicht vergessen. Ich gehe mir ein anderes Hemd anziehen und bin gleich wieder da.«

Er ging wieder ins Haus zurück, schloss hinter sich die Tür und, Überraschung, verriegelte sie nicht. Er kam nicht gleich wieder, wahrscheinlich war er davongerannt, durch das Schlafzimmerfenster zur Katze der Nachbarn, weit weg. Nein, nein, da war er schon wieder, gerahmt von der Tür! In einem schneeweißen Hemd, vor Aufregung zerknüllt. Anstatt der kurzen Hosen trug er nun Jeans, die schwarz wie der Teufel waren. Anstelle der Tennisschuhe trug er, wer hätte das gedacht, elastische Sommerschuhe.

»Lass uns an einem Blumenladen anhalten …« Blumen zur Huldigung?

»Blumen welken. Ich ziehe die Liebesbriefe Ciorans vor. Du hast mir doch etwas von einem schmalen Band erzählt.«

»Die einzige Ausgabe, die ich besitze, ist in Deutsch. Ich nehme an, du kannst kein Deutsch.«

»Nein, das kann ich tatsächlich nicht, ich ziehe es vor, du übersetzt es mir. Anstelle von Blumen. Das Exil der Liebe. Du sagtest doch, er sei der perfekte Exilant gewesen.«

»Glaube ich jedenfalls.«

»Und in der Liebe? Das Exil der Liebe! Ein guter Gegenstand fürs Abendessen. Ich habe in einem türkischen Restaurant reserviert. Nehme an, deren Küche ähnelt der euren.«

»Ja, da gibt es Ähnlichkeiten.«

»Ich bin mit meinen Küchenfertigkeiten gescheitert. Die amerikanische Küche ist wie das Land … eine hastige Improvisation. Pragmatismus. So nennen sie es, und so ist es auch. Also nicht sie, wir, ich bin Amerikanerin.«

Das Auto schlug den Weg zum Restaurant Pascha ein, einem kleinen malerischen Lokal, vor dessen Eingang sie ein stattlicher und großer, livrierter Janitschare begrüßte. Der reservierte Tisch befand sich in einer Ecke des Raumes. Alles war in roten Samt getaucht. An einem einzigen Tisch saß ein Paar, zwei schnurrbärtige elegante Herren, sie sahen wie Botschafter aus oder Meisterspione, was auch auf das Gleiche hinauslaufen konnte. Schon standen drei imposante Kellner an ihrem festlich mit Blumen geschmückten Tisch. Sie überreichten Eva und ihm je eine in rotes Leder eingebundene Speisekarte. Alles ringsum war osmanisch rot.

»Was feiern wir in dieser orientalischen Gruft? Unsere endgültige Trennung?«

»Nachdem wir die Leckereien des Sultans verkostet haben. Eine stilisierte und kosmopolitische Gastronomie. Hier findest du die Köstlichkeiten aus Istanbul ebenso wie Spezialitäten aus der ganzen Welt. Vor allem aus Europa. Paris, Rom, Madrid, Wien, ja, das Wien meines Vaters nicht zu vergessen.«

»Hat er dich hierher ausgeführt?«

»Selbstverständlich. Ich weiß nicht, woher er das Geld dafür hatte. So etwas wie ein Versprechen auf die ungewisse Zukunft.«

»Und wo nehmen wir das Geld für diesen Abend her?«

»Kannst beruhigt sein, du bist mein Gast.«

»Ich bin nicht beunruhigt, ich bin entsetzt.«

»Bringt doch nichts. Ich genieße hier einen besonderen Status, in Erinnerung an meinen Vater.«

»Das mehrt meine Unruhe nur noch.«

»Diese Laune kenne ich schon. Ich übertreibe nicht, dessen kannst du sicher sein. Ich wollte dich nur etwas aufbringen, unsere Trennung beschleunigen, mehr nicht. Unvermeidlich, wie ich denke. Ich wusste, dass du dich in diesem Dekor und bei diesem Ritual nicht wohlfühlen wirst. Darum habe ich es ausgewählt.«

»Okay, ich bestelle, du zahlst.«

So hatte der denkwürdige Abend begonnen, eine Art Überraschungsprolog mit Aussicht auf die folgenden Überraschungen. Gar nicht so leicht, sich maßvoll den Bauch vollzuschlagen, wenn einen die Erinnerungen bedrängen. Speisen mit bekannten Düften und Aromen, Überbleibsel der osmanischen Herrschaft im Geburtsland: *yaprak sarmasi,* die traditionellen gefüllten Weinblätter; *kalmar tava,* die gegrillten Tintenfische; *patlican salatasi* ist das köstliche Auberginenmus; *yogurtlu kebab* und *istim kebab* erklärten sich von selbst; *kurzu pirzola,* das Lammkotelett; *kiyma köftesi,* moldauische Bratlinge sowie die längst klassisch gewordene *baklava.* Kosmopolitische Getränke, Scotch, Martini, Raki, Cognac, Amaretto, Weißweine, Rotweine. Der Professor entscheidet sich für einen türkischen Pinot Noir. Er verkostet ihn, ist entzückt. Nun wartete er auf das traditionelle Auberginenmus, das Lamm und die Baklava. Eva beteiligte sich diskret. Der Überschwang des Professors hatte die Wachmannschaft ihrer Vorkehrungen dezimiert.

Der Wein war gut, zwei Flaschen Rotwein vom Bosporus setzten ein Fragezeichen hinter die Zurückhaltung der Partnerin.

»Ach, diese Hingabe hat mich erschöpft. Ich kriege ja kaum noch Luft. Und keine Arztadresse zur Hand.«

»Du brauchst keinen Arzt, bloß etwas Ruhe. Ich bringe dich nach Hause, und du wirst schlafen wie neugeboren.«

»*Ich gehe heute nicht mehr nach Haus ... Denn Sintflut folgt uns, Sintflut ist uns voraus,* Zeilen eines großen Dichter-Alkoholikers.«

»Einer von euch?«

»Ja, wir haben so viele Dichter, wie du haben willst. Gute. Wir produzieren Dichter, keine Heiligen. So spricht das Volk: Wir gebären Dichter, keine Heiligen.«

»Ein hervorragendes Land! Ideal! Dort würde ich leben wollen.«

»Nur keine Eile. Sie sterben jung, unsere Dichter, manch einer im Hospiz. Zum Glück war ich weder Dichter noch Heiliger. Bloß ein Leser. Des Zirkus. Der Clownerie! Nun bin ich bei einem Abendessen in einem moslemischen Exilanten-Restaurant, um mich wieder mit der Tochter eines Exilanten zu versöhnen.«

»Es ist nicht moslemisch, es ist amerikanisch. Türkische Küche, allerlei Alkohol, der den Moslems verboten ist.«

»Hast recht. Wieder einmal! Bist weder vom Wein benebelt noch vom Zauber deines schweigsamen Gesellschafters.«

»Schweigsam? Hier hast du heute Abend geredet. Du hast dich zu Hause gefühlt.«

»Zu Hause? Also im Bauch meiner Mutter? Seitdem ich ins Licht des Fegefeuers gelangt bin, gibt es kein Zuhause mehr. Die Gebärmutter gibt es nicht mehr. Ich bin ein Streuner, Heimatloser, Verirrter, Schalk, Vagabund, Zirkusmensch. Ja, ja, es geht um den Zirkus, immer auf Rädern, global. Der Wanderzirkus, auf Tournee durch die Vorstädte der Weltkugel. Der Zirkus der Welt, der Zirkus, von dem …«

»Okay, jetzt gehen wir. Ich bringe dich nach Hause. Der Wein, sogar der türkische, hat einen vorhersehbaren Effekt. Ich bringe dich nach Hause.«

Eva gab dem Kellner einen Wink, und der reagierte prompt, ein roter Roboter in einem roten Saal, der nun angefüllt war mit vor Appetit rotgesichtigen Essenden fortgeschritteneren Alters. Die Rechnung war der Gastgeberin diskret in die zarte Hand geschoben worden.

»Ich habe dir doch gesagt, ich gehe nicht nach Hause. Ich gehe heut nicht mehr nach Haus …«

»Perfekt, ich bringe dich zu mir. In die Falle. Du hast dich stets davor gehütet, jetzt bist du gefangen. Besoffen, müde, allein, George kann dich nicht verteidigen. Jetzt bist du mit mir allein, aus dem Spiel ist Ernst geworden. Es ist gefährlich, tödlich.«

Eva stützte ihren Partner bis zum Auto und half ihm sachte auf den Beifahrersitz. Der Nomade wirkte entspannt, schläfrig. Der Weg war nicht weit, aber als er durch die Tür des kleinen, kokett wirkenden Apartments trat, schien der Gast schon wieder wach und zum Reden aufgelegt zu sein. Eine Sturzflut an Worten. Über den Todeszug voller

Stöhnen und Fäkalien, den Gestank auf Rädern, er hatte es bisher immerzu vermieden, darüber zu sprechen. Nun wiederholte er wieder und wieder: Der Gestank auf Rädern! Eine Art Krampf. Über Günther und das Pionierlager, den von den Verbrechen der Nazis besessenen Deutschen und über den Botanischen Garten im suprakapitalistischen Berlin, über die Wiederbegegnung jenseits des Ozeans mit der Schwester, die sich frei machen wollte von der schuldlosen Schuld des Inzests, und über Peter und den Taschenspieler, der Schatten kaufte und verkaufte, und über eine hübsche und brüderliche junge Frau, die keineswegs zufällig wie in der Bibel Eva hieß und ihn neuerlich zum Inzest verführen wollte, ein anderer Anfang der Welt, und was nicht noch alles über das Land der unbegrenzten Möglichkeiten und Schweinereien, wohin man ihn ins Exil geschickt hatte, damit er die Freiheit und deren Verlogenheiten genießen möge.

Und wieder von neuem über die Chimäre, die ihn stets zu verführen trachtete, obwohl sie eigentlich in George verliebt war, den Taubstummen, mit dem sie geheime Vereinbarungen getroffen hatte, und über einen Obersten Tudor, dem er die Entlassung aus der verlorenen Heimat mit Dollars bezahlt hatte, und über Claire, die Studentin mit einem grünen und einem blauen Auge, und über die akademische Expedition in die Welt der Ärmsten der Armen im Land der Reichsten der Reichen, und über das festliche Abendessen in einem Diplomaten-Restaurant, wo einem die delikatesten Delikatessen des Osmanischen Reiches serviert wurden, das einstmals den Planeten beherrscht hatte und dies wieder tun würde. Er redete, redete ununterbrochen und entkleidete die unwiderstehliche Eva all ihrer Hüllen und nistete sich in ihr ein, als wäre sie Schwesterchen Tamar gewesen.

Nach dem Redeanfall und der Umarmung fiel er plötzlich in einen tiefen Schlaf ohne Schnarchen. Spät und einigermaßen mühsam wachte er im fremden Zimmer dieser fremden Welt wieder auf. Er öffnete die Augen, sah den runden eleganten Tisch, schlief wieder ein, wachte auf und sah wieder den mit einem Spitzentischtuch bedeckten Tisch, auf dem ein blaues Papier lag. Er stützte sich nackt auf die alten Ellbogen, dann stand er auf dem kleinen Teppich mit der infantilen Musterzeichnung. Es kostete ihn einige Mühe, zum runden Tisch zu gelangen, dort aber griff er sich das blaue Papier und las die Botschaft: *Essen im Kühlschrank. Ich bin bis heute Abend im Dienst. Telefon: 212-767-7778. Sag meiner Assistentin, Du seiest mein Bruder und hättest dringend ein Problem zu erledigen. Die Telefonnummer meines Festnetzanschlusses steht auf dem Apparat auf dem Nachtkästchen. Dies ist der Anschluss, der Dich nie interessiert hat. Wenn Du wieder unter den Lebenden bist, kommen wir auf die gefüllten Wein- oder Kohlblätter bei Pascha zurück. Bleib da und warte auf mich, im Zimmer gibt es ein paar Bücher, die Du lesen kannst.*

Unordentliche Schrift, da und dort ein fehlender Buchstabe. Der Professor gelangte ins Bad, unter die Dusche, ans Waschbecken, zu den Handtüchern, war wieder unter den Lebenden. Er hätte gerne um ein Taxi telefoniert, aber er kannte die Adresse nicht, an der er gestrandet war. Mit dem Stift, der auf dem blauen Papier liegen geblieben war, fügte er am Fuße des Blattes hinzu: *Danke für die Beherbergung, ich gehe, muss George versorgen.*

Völlige Stille von Ost wie von West, Ödnis und Amnesie.

Nach etwas über einem Monat erhielt Eva eine Botschaft: *Dein Freund hat uns verlassen. Diese Nomaden leben ungefähr fünf Jahre, aber ich habe es nicht geschafft, George zu fragen, wie alt er sei, als ich ihn von der Straße aufgelesen habe. Nun habe ich ihn für den Abschied vorbereitet, er ist in Stanniol gewickelt. Morgen am frühen Abend ist die Beisetzung. Nahebei im Wald. Ich glaube, Du darfst nicht fehlen. Ich hoffe, er findet in der jenseitigen Welt zu Stimme, Sehvermögen, Gehör und Vertrauen.*

Eine kurze, weltliche Prozedur. Auf die frische Wohnstätte des Dahingegangenen steckte der Professor ein blaues Fähnchen zur Markierung der Stelle. Dann brachen die beiden Angehörigen des Verschiedenen auf zum Restaurant Pascha, um dem Verschwundenen (oder der Verschwundenen) zu gedenken. Sie hatten beschlossen, lediglich diätetische Gerichte zu verzehren, dazu eine Flasche Pinot Noir. Ein schweigsames und relativ kurzes Abendessen. Als sie in der Stratosphäre angelangten, nahm Eva den goldenen Schlüssel aus der goldenen Handtasche, schloss die verzauberte Tür auf und blieb auf der Schwelle, die Innenseite der halboffenen Tür im Rücken, stehen und tat keinen weiteren Schritt.

»Ich möchte nun eine klare Antwort von dir, ohne Schweigen und Kodifizierungen. Liege ich falsch, wenn ich mir einbilde, dass du das Bedürfnis hast, jemandem von dem Gestank zu erzählen, der dich gezeichnet hat, ohne dass du jemals davon gesprochen hast? Über das verordnete Glück der totalitären Utopie! Über Jesus und den ewigen Antisemitismus? Über den kosmischen Sprung in den amerikanischen Zirkus? Und dies noch und jenes? Ein hinausgezögertes Bekenntnis, dargebracht einer libertären Nonne, die weiß, was Geheimnis, Vertrauen und Schweigen bedeuten. Irre ich mich? Sag es geradeheraus, mit dem ganzen Zynismus.«

Schweigen. Absolutes Schweigen. Der Nomade schaute auf seine staubigen Schuhe. Als er seine Stimme nach einem Jahrhundert wiedergefunden hatte, war sie scheu, infantil.

»Hast recht. Ich gebe es zu, du hast völlig recht. Ich vertraue dir.«

»Und ich bin weder Sisi noch Agathe, Musils Heldin, wie deine Schwester.«

Sie umarmten sich. Der Anfang eines neuen Anfangs.

UNGESCHRIEBENE ROMANE: AFRODITES BRUDER

Die Kollegin vom Department für Chinesisch, Madame Afrodita Chung, wurde zur Gesprächspartnerin. Der Professor hatte erfahren, dass sie mal eine offizielle Delegation in sein Land begleitet hatte, und zwar als Dolmetscherin, obwohl sie die Sprache nicht beherrschte, lediglich verwandte Sprachen – das Französische und das Italienische. Sie hatte angenehme Erinnerungen an ihr exotisches Abenteuer: Die balkanische Diktatur rückte ins Ungefähre, bekam häufig opportunistische Risse und schien etwas humaner zwischen den Zähnen der Unterdrücker hindurchzugleiten. Eines schönen Tages stellte sich Dita, wie der Misanthrop sie nannte, dem Abgrund der Erinnerungen und erzählte ihm von ihrem genialischen Bruder und dessen plötzlichem Absturz in die Mittelmäßigkeit. Er war der Stolz und die Hoffnung der Familie gewesen: Der Vater, ein berühmter Hochschullehrer, Spezialist für chinesische Geschichte, alter und geachteter Kommunist, die Mutter, eine mittelmäßige Schauspielerin, jedoch mit ständigen Auftritten in feierlichen Großveranstaltungen und, dank der Partei, auch dementsprechend bezahlt. Den Sohn, Ditas Bruder, begleitete von klein auf die Reputation einer außerordentlichen Begabung, die durch maximale Bewertungen seiner schulischen Leistungen wie durch die superlativischen Einschätzungen seiner Lehrer ihre Bestätigung erfuhr. Ein gutaussehender und relativ bohèmehafter Jugendlicher, dessen Erfolge sich wie selbstverständlich und völlig anstrengungslos einstellten. Der wortkarge Vater hätte sich mehr Gewissenhaftigkeit und klarere Zukunftspläne gewünscht. Die verschwiegene Spannung zwischen Vater und Sohn war kurz davor, den Siedepunkt zu erreichen, als der Vater dem Sohn ankündigte, sie würden einen berühmten Experten in klassischer Kalligraphie und psycho-graphologischer Vorhersage aufsuchen. Der Junge absolvierte ohne jede Schwierigkeit sämtliche Tests und wurde gebeten, den Vater im Hof zu erwarten. Der berühmte Kalligraph vertraute dem beunruhigten Vater an, dass er in der Schrift des Sohnes die Zeichen eines unvermeidlichen künftigen Verfalls gesehen habe: Konfusion und Unvermögen, Laster und Apathie, Ausschweifung und sozialen Zusammenbruch.

Von diesem Augenblick an hatte der Sohn ein Regiment ständiger Feindschaft zu ertragen. Er wurde wie eine Last und ein Paria behandelt, ignoriert und gedemütigt. Na klar folgte nun eine heftige Störung seines psychischen Gleichgewichts, die sich zu einer schweren Neurose ausweitete, der er mit Drogen und Gewalt sowie Anfällen einer seltsamen Servilität beizukommen suchte. Ein zunehmend toxischer werdender Zusammenbruch unter den Augen von Mutter und Schwester und bei absoluter, gletscherkalter Gleichgültigkeit des Vaters.

Nach langen Behandlungs- und Isolationsphasen, die ihn stets mit verödetem und wirrem Geist sowie unfähig zur Eingliederung ins normale Leben wieder nach Hause zurückführten, endete der genialische Sohn definitiv in einer Anstalt für Geisteskranke. Man hatte ihn zu den geistig Behinderten gesteckt und damit Schritt für Schritt die Vorhersage des großen Kalligraphen erfüllt.

FIONA, DIE GATTIN EINES IDEALEN EHEMANNS

Der Fall der Mauer, die als Eiserner Vorhang gedient hatte, wurde zu einer guten Chance, das Schauspiel publizistisch auszubeuten. Nicht allein in der Presse und in den Funkmedien, sondern auch in Universitäten, Parlamenten und Wohltätigkeitsgesellschaften.

Fiona Blum-Kowalski, Professorin für Gender Studies, konnte diese Gelegenheit nicht ignorieren. Bei der Party im Garten von Herrn John sah der Exilant mit einiger Verwunderung, mit welcher Zwanglosigkeit Fräulein Fanny die männliche Aufmerksamkeit zu gewinnen verstand, um sich anschließend über die empfangenen Huldigungen zu wundern. Ihm fehlte der Mut, sich in die Nähe dieser unschuldigen Verführerin zu begeben. Seine Zurückhaltung, nahe verwandt mit der Schüchternheit, erregte die Aufmerksamkeit der Brünetten mit der im Wind wehenden Mähne und dem wiegenden Gang einer Odaliske.

»Sie stammen nicht aus dieser Gegend hier«, flüsterte die Raubkatze dem Fremden ins Ohr.

Dieser bestätigte mit einem leichten Nicken. Nein, er war nicht von hier, kaum dass er angefangen hatte, die Sprache der Ortsansässigen zu verstehen.

Fräulein Fanny, wie sie von allen hier genannt wurde, hatte sich schon seinen Arm geschnappt und dirigierte ihn diskret zur etwas waldigen Zone des Gartens. Das Tempo dieses Vorgangs verwirrte und vitalisierte ihn gleichermaßen. Die Abenddämmerung förderte die Empfänglichkeit für zweideutige Annäherungen, der Mond stürzte zwischen die alten Laubbäume, und schon empfand der Spaziergänger ringsum das gezeitenartige Heranschwappen der Schlafwandler.

Geleitet vom Mondlicht, entfernten sich die beiden zwischen den Zierbeeten. Fanny wurde in kaum einem Schritt Abstand von ihrem graziösen, wohlgeformten Schatten begleitet, als sie sich mit einem Mal verwundert zu ihrem schattenlosen Partner umwandte. Nun schaute sie ihn noch einmal an, schaute sich um, schaute die Allee hinunter, auf das Strauchwerk, den Mond und wieder die Allee hinab, und noch einmal den seltsamen Partner an, der keinen Schatten hatte. Völlig durcheinandergebracht, versuchte sie, ein scheues Lächeln hinzukriegen, ein höfliches … und fiel mit einem kurzen Aufschrei in den Armen des Monstrums in Ohnmacht. Die vornehme Gesellschaft kam in Panik zum Ort des Geschehens geeilt und stand dann aufs Äußerste verblüfft vor dem Desaster.

Dies war die Fanny-Episode aus den ersten Abschnitten nach der Transaktion mit dem Mann in Grau. Eine eher zurückhaltende Warnung hinsichtlich dessen, was während der Wanderschaft des unbekannten Fremdlings noch folgen sollte.

Tatsächlich hatten sich im Garten von Präsident John die Dinge nicht genauso zugetragen, wie sie der misanthropische Nomade im Gedächtnis behalten hatte. Er hatte Fiona entdeckt, die brünette und graziöse Irin, sie war umgeben von einer Gruppe eleganter Herren, denen sie lebhaft von dem Glück erzählte, in unserer egoistischen und frivolen Zeit eine solide und solidarische Familie zu haben, zwei bewunderungswürdige Kinder und einen unvergleichlichen Ehemann. Herr Karel Blum-Kowalski, der zartfühlende und treue Ehemann, gehörte in seinem Ingenieursberuf zur Entwickler-Elite und war ein nicht weniger verlässliches Familienoberhaupt.

Seine Frau bewunderte ihn noch genauso wie an dem Tag, an dem sie sich kennengelernt hatten. Eine Seltenheit, nicht wahr, äußerst selten … Der Nomade hatte das Gespräch mit angehört, war aber nicht näher herangetreten, tat dies erst, nachdem er von der jungen Ehefrau und mustergültigen Mutter dazu aufgefordert worden war.

»Hey, mein Herr, kommen Sie doch näher, ja, näher, wir beißen nicht. Vor allem, wenn es sich um einen Gast des Präsidenten handelt.«

»Ich, ich bin, bin nicht … nein, keinesfalls«, stammelte der Fremde und trat näher heran.

Bei der Rückkehr vom Clownskolleg fand der Heimatlose einen neuen Präsidenten und die gleiche Fiona vor. Die osteuropäische Tragikomödie hatte wieder neue Episoden anzubieten, weshalb nun auch er selbst profitierte und schließlich mit einem ordentlichen Gehalt angestellt wurde. Dabei erfuhr er, dass Fiona eigentlich Absolventin einer prestigeträchtigen Universität war und einen Doktortitel in Geschichte erworben hatte. Sie unterrichtete ein Seminar in Gender Studies, was ein sehr nachgefragtes Gebiet war.

Brünett und schlank, wie er sie beim ersten Mal schon kennengelernt hatte, gesellig und sarkastisch, hatte sie die dünne und abgehackte Stimme eines verwöhnten Kindes und überschätzte ihre Raubkatzen-Bewegungen. Sie suchte, warum auch immer, das Gespräch mit dem Neu-Angestellten, ohne diesem dabei – paradox, wie es schien – eine größere Bedeutung beikommen zu lassen als einer notwendig gewordenen Abweichung vom eingespielten Kurs.

Eines Tages hielt sie ihn jedoch auf der Allee, die zur Verwaltung führte, auf und bat ihn um seine Mithilfe bei der Organisation einer Tagung über die Situation der Frau in einem totalitären Regime. Wusste er etwas über die totalitären Regime, kannte er die umfangreiche Literatur zu diesem Gegenstand? Nein, aber er war bereit zu lernen, nachzuholen. Sie benötigte eine Liste mit den entscheidenden Buchtiteln zu diesem Thema. Sie hatte Bücher über den Nationalsozialismus und den Kommunismus gelesen, auch einiges über unterdrückerische und misogyne Religionsgemeinschaften, aber sie müsste noch mehr über die europäische Geschichte erfahren, nicht wahr?

Sie setzten sich auf eine Bank vor dem alten angelsächsischen

College-Gebäude, das nun die Verwaltung beherbergte. Der Nomade erklärte die sozialistischen Gesetze, die eine perfekte Gleichheit zwischen den Geschlechtern statuierten, gleiche Bezahlung bei gleicher Arbeit, vergüteten Mutterschaftsurlaub und Krankenurlaub. Positive Regelungen, die dazu da waren, die alltägliche, jenseits und außerhalb des Gesetzes stattfindende Realität zu verschleiern, die Frauen zu einem byzantinischen Status von Unterlegenheit verurteilte.

»Ich kann dir vieles erzählen, viel zu viel. Einiges davon wirst du auch in den Büchern finden, die ich dir empfehle. Autorisierte Daten und Kommentare. Die Frau unter dem Nazismus, die drei K – Kinder, Küche, Kirche –, der Kommunismus mit den Sitzungen und den Schlangen bei den Lebensmitteln, Gehorsam und Restriktionen, Abtreibungsverbot.«

Die von Fiona organisierte Tagung war ein Erfolg! Teilnehmerinnen und Teilnehmer aus mehreren Ländern, vor allem aus der Dritten Welt, ein breit gestreutes Presseecho. Die junge Professorin hatte den Eröffnungsvortrag in einem langen und eleganten schwarzen Kleid gehalten. Sie hatte es damals und danach vermieden, die Hilfe des Nomaden zu erwähnen, aber nicht auf die Rhetorik zugunsten der Familie verzichtet: »Bei allen beruflichen Erfolgen, die ich je haben sollte – ich gebe zu, dass ich sie mir wünsche und sie verdiene –, hat doch die Familie Vorrang. Es gibt nichts Gewichtigeres, das unsere Existenz legitimieren könnte, als das Familienleben! Eine enge und endgültige Beziehung. Verbrüderung, absolute Stütze. Ich habe zwei Kinder und einen Ehemann, wir sind seit einem Jahrzehnt zusammen. Ohne einen Riss.«

Fiona Blum-Kowalski wiederholte diese feierlichen Erklärungen mit einer Inbrunst, als handelte es sich nicht um eine glückliche persönliche Erfahrung, sondern um eine Religion. Das Exil schien diese pathetische Familiensolidarität hervorgebracht zu haben, denn Fiona Blum behauptete, sie stamme aus der Familie des Exilanten Leopold Blum, und der Name Kowalski, der Nachname ihres ebenfalls, aber nicht in Joyces Buch exilierten polnischen Gatten, bestätigte die Authentizität und Ernsthaftigkeit, mit der sie alle vier, Ehemann, Gattin und Kinder, in einer einigen, kohärenten und glücklichen Familie lebten.

»Ja, ja, Fiona behauptet, sie käme aus der Familie ihres Urgroßvaters Leopold Blum, der den Iren inspiriert hatte.«

Das war die Stimme von Frau Sally Katz, der Bibliothekarin mit blonder Perücke, Freundin von Fiona.

»Die Juden leiten ihre Ethnizität von der Mutter ab«, wandte prompt der Misanthrop ein. »Dem Vater kommt nur Potenzialität zu, er spielt keine Rolle. Die Mutter gebiert, aus ihrem Bauch wird der irdische Exilant seinen Ausgang nehmen. Madame Blum ist Madame Kowalski. Karel Kowalski.«

»Ja, ein idealer Gatte.«

»Das ist der Titel einer Komödie von Oscar. Oscar Wilde, ein Ire«, beeilte sich der Misanthrop hinzuzufügen.

Sally war es auch, von der er ein Jahr nach dem Erfolg der internationalen Tagung von dem großartigen, mittlerweile vollzogenen Wechsel der Madame Blum-Kowalski zur Stiftung des berühmten Bankiers Spiros Kantas erfahren hatte, der Wohltätigkeitsorganisationen subventionierte, die Entwicklungsländer unterstützten. Herr Kantas, den Fiona bei einem der festlichen Dinner des neuen College-Präsidenten kennengelernt hatte, hatte der »Irin« die Stelle der Exekutiv-Direktorin bei einer der Organisationen angeboten, die sich um die Alphabetisierungsprogramme und die medizinische Versorgung in der Welt kümmerte. Ihr Gehalt war unvergleichlich viel höher, der neue Präsident des Colleges hatte sie zu diesem Wechsel ermutigt, schließlich hing auch er selbst von den Spenden ab, die der Bankier dem College zukommen ließ. Er hatte Fiona beglückwünscht und sie gebeten, mit dem College in Kontakt zu bleiben, war stolz auf ihre neue Rolle, auf die internationale Resonanz.

»Fiona war glücklich«, hatte ihre Freundin Sally dies kommentiert. »Nun muss sie ihre Doktorarbeit nicht mehr unbedingt veröffentlichen, auch braucht sie nicht mehr jahrelang darauf zu warten, dass sie irgendwann einmal, wenn hier eine Stelle frei wird, diese auch bekommt. Da gibt es nur noch eine Schwierigkeit.«

»Sie kann keine der afrikanischen Sprachen«, schlug der Misanthrop vor.

»Nicht das ist die Kalamität. Spiros hat genug Geld, um Dolmetscher und Übersetzer für alle Sprachen und Dialekte zu bezahlen. Aber sie muss viel reisen. Und diese Reisen dauern lange und sind ermüdend.«

»Also die Abwesenheit von der Familie. Die heilige Familie«, wagte der Nomade.

»Genau. Fiona ist eine Fanatikerin des Familienlebens, wie du weißt. Diese viel zu häufigen Reisen sind ihr ein Albtraum. Das hat sie mir mit Tränen in den Augen selbst gesagt. Aber sie kann eine derart seltene Chance nicht ungenutzt verstreichen lassen.«

»Einmalig im Leben! Wenn sie die verliert, begegnet ihr keine zweite mehr von dieser Art.«

Damit verschwand Fiona Blum-Kowalski für eine Weile aus dem Tratsch-Repertoire des Colleges. Sie tauchte aber überraschenderweise in den Sorgen von Barbara wieder auf, der Sekretärin, die jedoch keine Einzelheiten lieferte. Also musste wiederum Sally konsultiert werden.

Sally Katz lehnte es diesmal jedoch ab, die Neuigkeiten zu kommentieren.

»Das ist keine Schande, glaub mir«, versicherte ihr der Nomade. »Der Ehebruch ist eine Form der Freiheit, er regeneriert die Ehen. Ein sehr altes Gewürz des Lebens, tausendjährig. Hat schon vielfach seine Notwendigkeit und seinen Nutzen unter Beweis gestellt. Also, ganz und gar menschlich.«

»Er regeneriert sie eben nicht. Er zerstört! Zerstört die Ehe, Ehrenwerter, und er zerstört die Familie! Schließlich sind wir nicht in Frankreich.«

»Du wirst mir nicht sagen wollen, dass auch Kantas' Ehe in Gefahr ist. Das Kowalski-Paar ist nicht zu erschüttern, das wissen wir.«

»Nachdem Fiona Kantas erpresst hatte, sie würde ihre Beziehung enthüllen, hat Spiros ihr vier Millionen angeboten, damit sie ihr Schnäuzchen hält und mit sieben Schlössern verriegelt«, fuhr die Bibliothekarin Katz rot vor Wut und mit gesenktem Blick nach einer Weile fort. »Fiona hat beim Rechtsanwalt unterschrieben, dass sie niemals ein Wort von dieser Geschichte preisgeben werde.«

»Hat sie jemand erwischt? Nackt, der eine über der anderen, einer in der anderen?«

»Schlimmer.«

»Erschossen mit den Kugeln des idealen Gatten? Bloßgestellt durch den irischen Rabbi und den polnischen Priester oder durch den amerikanischen Psychiater? In aller Öffentlichkeit bespuckt von den Lehrern der idealen Kinder des idealen Paars?«

»Umsonst machst du dich lustig darüber, die Sache ist ernst.«

»Wie ernst kann so ein Ehebruch schon sein?«

»Das kann er sehr wohl sein, wenn einer der Partner zu ernst ist.«

»Also die Gattin? Madame Kantas? Die Gekränkte? Hat sie einen Revolver oder ein großes Bankkonto?«

»Alexandra Kantas ist sehr viel jünger als der Bankier, sie ist seine dritte Frau. Sie haben vor ein paar Jahren geheiratet und ein Zwillingspaar mit blauen Augen. Aber hier ist nicht von Spiros' Frau die Rede. Sondern von unserer verrückten Fiona, der Teufelin! Der Propagandistin der heiligen Familie. Sie hat uns alle schamlos belogen!«

»Hoffte sie, eine neue heilige Familie zu begründen? Loszukommen von der biblischen Verbindung mit Herrn Kowalski zugunsten eines anderen mythologischen Bündnisses? Griechisch und atheistisch.«

»Nein, mein Herr. Nein! Stellen Sie sich vor, sie hat Geld gefordert! Geld, für ihr Schweigen, unsere Fiona! Hat erpresst. Sie hat die Beine breitgemacht und ihr Beutelchen geöffnet und ein Konto bei der Bank eröffnet. Schweigegeld. Und sie hat nicht geschwiegen. Ich weiß es, also wissen es auch andere. Jetzt wissen auch Sie es.«

»Aha, sie hat das Geheimnis verkauft. Sie hat den Schatten zwischen ihren Beinen verkauft, das Geheimnis.«

»Es ist eben nicht mehr geheim, ich hab's doch gesagt. Sie hat die vier Millionen genommen. Vier Millionen! Ein guter Preis, müssen Sie anerkennen.«

»Überzogen! Selbst wenn die Beziehung zwei große antike Traditionen verbindet.«

»Es geht nicht darum. Zwei Millionen hat sie für sich behalten, um ihr Leben wiederherzustellen, zwei Millionen hat sie Kowalski gegeben, ihrem Mann, damit er sie in Frieden lässt. Fiona, unsere Kollegin! Gescheit, hübsch, kollegial.«

»Und fromm.«

»Weiß ich nicht. Sie betete ihren Mann an, die Kinder … Eine perfekte Ehe.«

»Perfektion schließt eine weitergehende Perfektionierung nicht aus. Vor allem, wenn sie dazu noch einträglich ist. In der freien und auf Konkurrenz beruhenden Welt gibt es den nicht, der keine zwei Millionen besitzt. Das wurde mir gesagt, als ich das Gelobte Land betreten habe. Nicht von Herrn Spiros, dem zwei Millionen oder neun Millionen keine Rolle spielen, sondern von einem geschätzten Pädagogen, dem Präsidenten des Colleges. Für eine Million war ich bereit, meine Nieren zu verkaufen, die Fingernägel, den Schatten, aber es boten sich keine Abnehmer an. Und Fiona, was macht sie jetzt? Ist sie ins Kloster gegangen?«

»Sie ist geschieden oder wurde geschieden. Herr Kowalski hat seinen Teil kassiert, Fiona blieb bei ihrer Inderin.«

»Inderin? Was für eine Inderin?«

»Wusstest du's nicht? Indira Sumar. Forscherin hier am College. Sie waren schon lange zusammen.«

»Seit langem, seit wann? Als sie ihren Ehemann bewunderte oder den Boss mit dem Geld? Und der Arbeitsplatz? Hat sie ihn verloren oder ist sie aufgestiegen?«

»Sie hat gekündigt. Mit dem Geld von Herrn Spiros hat sie sich ein Haus gekauft. Sucht jetzt eine Stelle. Lässt sich Zeit, bis sie etwas findet, das ihr zusagt. Das sagt jedenfalls Indira, Fiona warte auf etwas, das ihr zusagt.«

»Sie wird ein Buch schreiben, das wird sie tun«, zischelte der Misanthrop. »Ein Buch über die Arroganz des kapitalistischen Bosses und seines zur Demütigung der Frau geschaffenen Geschlechtsorgans. Es wird ein gut verkäufliches Buch sein, intelligent und mit Pathos geschrieben. Zu einem angemessenen Preis.«

Es lohnte sich, den Fall weiterhin im Blick zu behalten, obwohl der Misanthrop auch mit dieser oberflächlichen Initiation schon zufrieden schien. Fälle wie diesen findet man überall auf der Welt, man muss nicht ans Ende der Welt reisen, um sie zu entdecken. Ist man ein Zugezogener, Nomade, Migrant und Immigrant, Exilierter und/oder Ausgewiesener, so ist das eine echte Ehre, sagte der Exzentriker Cioran. Man kann die zusätzliche Erfahrung und Herausforderung nicht leugnen, die einem eine extreme Situation zuspielt. Nein, man kann den Vorteil der Entfremdung, der Exilierung und Befreiung vom Stall nicht negieren.

Ein Vorteil, ja, unbestreitbar.

DIE MARSMÄNNCHEN (GÜNTHERS BRIEF AN DEN NOMADISIERENDEN PIONIER)

Ich weiß, dass Du mir nicht antworten wirst. Habe mich an die Launen des Heranwachsenden gewöhnt, zu dem Du wieder geworden bist. Einsiedler, ja, mit Realitätsangst. Nicht nur vor der sozialistischen Realität, sondern auch vor der anscheinend entgegengesetzten, in die Du gezogen bist, um Deine fehlende Hälfte zu finden. Ich verurteile Dich nicht, ich verstehe Dich nicht einmal mehr. Ich unterwerfe mich lediglich dem ungewöhnlichen Umstand, dessen Gefangene wir allesamt auf dem von Monstern besetzten Planeten sind.

Die Nachrichten vom Luftangriff haben mich entgeistert. Auch ich hatte den Eindruck, dies sei der Anfang vom Ende, fragte mich, ob Du Dich unter den Opfern befindest. In meiner Verzweiflung habe ich bei

Deiner Schwester angerufen … ich hatte Dein Adressbüchlein gefunden, das Du in meiner Berliner Klause vergessen hattest. Ihre Adresse und sogar ihre transatlantische Telefonnummer. In diesem apokalyptischen Tumult funktionierte das Netz, immerhin! Und sieh an, Madame Doktor antwortete prompt und in Panik! Mehr tot als lebendig. Ich beeilte mich, ihr zu versichern, dass ich nicht einer der Eindringlinge bin, lediglich ein senil gewordener Deutscher, ein ehemaliger Lehrling der Revolution. Sie schwieg lange, bevor sie sich auf das Gespräch einließ, ohne sicher zu sein, dass ich der bin, der ich zu sein vorgab. Ja, sie hatte mit ihrem Bruder gerade vor einer Stunde gesprochen, aber man könne nicht wissen, wie lange die von der himmlischen Verdammnis irre gewordenen Telefone noch funktionieren würden. Sie sei glücklich, dass Du am Leben seist, obwohl man nicht wissen könne, wer in den nächsten Stunden und Tagen noch am Leben bleiben würde. Ich habe mich bei ihr bedankt und die Erlaubnis erbeten, etwas später noch einmal anrufen zu dürfen. Sie schwieg und legte auf. Trotzdem hatte sie es noch geschafft, mir zu sagen, dass Du es abgelehnt hast, die Unterrichtsstunden am College ausfallen zu lassen, wie das Dekanat es Euch geraten hatte, Du wolltest die Studenten entscheiden lassen, und die haben für die normale Fortsetzung der Seminare gestimmt, obwohl auch sie eher tot als lebendig aussahen. Sie fühlten sich wahrscheinlich wohler in der Gruppe als allein. Du hast das Seminar über Pnin um eine halbe Stunde verkürzt, und Ihr habt über das planetarische Ereignis des Tages diskutiert.

Danach gefragt, ob Du schließlich Freunde gefunden hast am College, sagte mir das Schwesterchen, dass Du dort kaum mit jemandem verkehrtest. Mit den Studenten träfest Du Dich oftmals auch außerhalb der Seminare, achtetest offenbar schon auf die Psychologie und die Möglichkeiten der neuen Generation.

Also das neue Millennium! Ein Zeichen der Post-Zivilisation. Die neuen Genozide mit Phantomen aus dem Himmel und von der Erde. Die unzugängliche Gottheit bestimmt die Gedanken und Aktionen, man wird absolut gehorsam. Folgt den himmlischen Befehlen. Die weltliche Utopie ist dem nicht unähnlich, aber verletzlicher als die Religiöse, die sich auf eine sehr viel machtvollere Mystik konzentriert, als es die Irdischen sind, die Du nur zu gut kennst. In der Leere, die ringsum zunimmt, werden die »Stellvertreter« aller Art sehr viel wichtiger, als wir es uns je vorgestellt haben! Nach und nach werden uns rationale und raffinierte Roboter ersetzen und auf therapeutische Weise das immer riskanter werdende Experiment mit den Restbeständen des Humanen beschleunigen. Was darauf folgt, wird nichts anderes sein als der normale Geldfluss und die Komödie vom Glauben an das ewige Leben. Du weißt bestimmt über all dies bestens Bescheid ... Ich habe mitbekommen, dass Du Dich wieder unter Büchern und Buchgelehrten aufhältst, wie vordem. Hast keinen Bedarf mehr an einem nicht resignierten Gesprächspartner, einem wie ich.

Der Unterschied zwischen uns hat sich verschärft und Dich ferngerückt. Ja, der Linke aus der überlegenen Rasse, Marx' Teutone, der ich bin, Feind seines Landes und seiner rheinischen Landsleute, ein verspäteter Heranwachsender, wie Du sagst, ist keiner Beachtung mehr würdig seitens des von Gott auserwählten und von allen anderen gehassten Heimatlosen, der sich weigert, seine Biographie zu befragen, die Erniedrigungen, die totale Verbrennung ... Wann auch immer Du Lust hast auf einen Alten, der jünger ist als Du selbst, dann bedenke, ich könnte bei Bedarf das gewünschte Schlafmittel sein. Dich dafür zu beneiden, dass Du Dich auf den provinziellen Yankee-Planeten zurückgezogen hast, fällt mir schwer. Nirgends mehr gibt es einen beschützenden Winkel.

Ich kann mich nicht enthalten, Dir mitzuteilen, dass ich in Zeitungen schon dem Gerücht begegnet bin, das auserwählte Volk, also Du und Dein Schwesterchen und Eure alten und neuen Toten, wäret vor dem Flug der bombenbeladenen Fledermäuse vom 11. September gewarnt worden!? Was erklären würde, warum Ihr Euch nicht unter den etwa dreitausend Opfern der ersten Angriffswelle befindet ... Nicht bloß vorgewarnt, sondern sogar die Regisseure des großen aviatischen Meetings, das der Halbmond veranstaltet hat!

Mir ist, als hättest Du am College Seminare gegeben, nicht wahr? Wann hattest Du noch die Zeit für die weltweite Verschwörung? Das

Schwesterchen ist doch auch überaus beschäftigt im Krankenhaus und hat dazu noch die Eheprobleme am Hals, so jedenfalls meine ich es mitbekommen zu haben. Aber Ihr seid ultrageschmeidig, gewiss: Das auserwählte Volk, zuständig für Verschwörungen und Komplotte und Bankkonten!

Auch nach alledem noch weigerst Du Dich ebenso wie Dein süßes Schwesterchen, vom Lager zu sprechen! Vom Lager und vom Holocaust! Und sogar vom Post-Holocaust ... Und dem immerzu fortdauernden Verdacht.

Als Oberst Tudor Dir mit dem Leid die Falle gestellt hat, damit er davon schwadronieren konnte, wie sehr sich die Zeiten unter der Sonne des Sozialismus zum Besseren gewandelt hätten, hast Du hartnäckig geschwiegen. Alle Rhetorik verweigert. Den Opferstatus ebenso verweigert wie die falsche Therapie, so verstehe ich das. Warum schweigst Du und schweigt Ihr? Ihr schüttelt Euch beide angewidert von den gestreiften Klamotten, in die Euch die Nachbarn wieder stecken würden. Die Kollegen, Chefs, Historiker, Bischöfe, die Vorstadt ebenso wie die Elite, Freunde und Feinde!

Da ist nicht viel von den Effekten auf die Attentäter und ihre Familien und die in die Moscheen gepferchten Mengen die Rede gewesen! Auch nicht von den Verheerungen, die der Analphabetismus bei den tausenden Gläubigen, die sich ihre Informationen und Verhaltensregeln immer freitags aus den Mündern ihrer Ayatollahs abholen! Und dort wird die Ermordung der Ungläubigen gepredigt. Also unsere, die von uns allen, nicht bloß Deine und die Deiner libertären Schwester. Du lehnst die Evakuierung in eine ethnische Enklave ab, erst recht die in eine religiöse.

Wir kennen uns seit der Zeit des Pionierlagers in Lipova. Kämpfer für die helle und proletarische Zukunft des Planeten ... Umsonst hast Du Dich ins Schneckenhaus zurückgezogen! Wieder wird man Dir die Nummer für die Auslöschung verpassen und den Strang um den Hals legen. Wenn nicht in Wirklichkeit, dann zumindest in den nächtlichen und literarischen Albträumen, die Dich ganz gewiss auch in Zukunft begleiten werden. Du glaubst nicht mehr an die Revolution, das weiß ich, aber Du kannst die irre Botschaft des 11. Septembers nicht ignorieren!! Die hysterische und feurig lodernde Warnung an die merkantile, kurzsichtige, blinde, mit übernatürlichen Teleskopen ausgestattete Welt. Verlass dieses Schneckenhaus, wenigstens jetzt! Damit Dich die Apokalypse im Wachzustand antrifft.

Dies sagt Dir der alte Günther aus dem alten Berlin. Runzlig wie unser lasterhaft arrogantes Jahrhundert.

DAS TAGEBUCH DER EVA LOMBARDINI

Samstag, der 12. September. Erst Erstarrung, dann Besäufnis. Er hat losgeredet, erzählt, kommentiert, hat gescherzt und noch mal gescherzt, hat lauthals gelacht über den Harem der Stielgläser und jener ohne Stiel, der Untersetzten oder Sylphiden, die uns die türkischen Fleischbällchen gestohlen haben. Eine Rede-Kaskade, eine echte Überraschung. Was so eine Flasche türkischer Pinot Noir nicht alles bewirkt! Bis zum Besäufnis lieferte er nur minimale Antworten, eventuell mindere Scherze, und vermied jedwedes Bekenntnis. Letztlich aber kam er auf das während der Deportation erlittene Elend. Den in Geist und Körper gleichermaßen eingeprägten »Gestank«, das Stöhnen, den Tod, die Hölle. Über den Taschenspieler, der die Schatten kaufte und verkaufte, über die angebetete Schwester und die Verzweiflung der Abwesenheiten. Und siehe da, plötzlich taucht da unerwartet Eva auf, der Schatten Eva, Eva aus der Bibel, Eva aus dem Lied der Lieder, die geliebte Frau, Schwester-Braut.

Es war eine Nacht tiefster Anverwandlung, zärtlicher Kameradschaft, der er so sehr bedurfte. Als er am nächsten Morgen ging, hinterließ er einen gewöhnlichen Zettel: »Danke für die Beherbergung, ich gehe, muss George versorgen.« In meinem besinnungslosen Taumel hatte ich geglaubt, die unberührbaren Territorien der Schwester zu berühren. George ist sein idealer Freund, Waise, heimatlos und durch die

Welt geirrt wie er selbst. Er stellt keine indiskreten Fragen, verlangt von ihm nicht, bezaubernd und gesprächig zu sein.

Samstag, 3. Oktober. Absolutes Schweigen. Drei Wochen absoluten Schweigens. Ich habe das Lied der Lieder noch mal gelesen, Bücher über den Inzest durchgeblättert. Der Inzest, diese mystische Vereinigung: Grenzenlose Freundschaft und Intimität, anders nicht zu erreichen.

Sonntag, 11. Oktober. Ich hatte zu glauben begonnen, wir seien voneinander losgekommen, und plötzlich kommt eine Botschaft. Nach einem Monat Abwesenheit werde ich zu Georges Beerdigung gebeten.

»Nun habe ich ihn für den Abschied vorbereitet, er ist in Stanniol gewickelt. Morgen am frühen Abend ist die Beisetzung. Nahebei im Wald. Ich glaube, du darfst nicht fehlen. Ich hoffe, er findet in der jenseitigen Welt zu Stimme, Sehvermögen, Gehör und Vertrauen.«

Auf welches Vertrauen in die Freundschaft bezog sich der Professor?

Nach der Beerdigung wieder ins Restaurant Pascha, wieder Pinot Noir, diesmal aus Oregon. Wir sprachen nur über Schnecken. Ein neuer Anfang. George wird uns fehlen.

Donnerstag, 15. Oktober. Die Welt der Schnecken ist mir zur Obsession geworden. Ich lese alles, was ich im Internet finden kann, suche und finde Bücher, ein anderes Universum tut sich auf. Ich habe meinen Job vernachlässigt, obwohl ich mir anfangs vorgenommen hatte, eine Bombensendung über Schnecken für das Wochenprogramm zu machen.

Schnecken gibt es auf unserem Planeten seit beinahe fünfhundertfünfzig Millionen Jahren, lange, sehr lange vor den Menschen. Das überraschendste physische Attribut scheint die Kalkspirale zu sein, die sie zum Schutze ihres fragilen Körpers auf dem Rücken tragen. Die Schnecke bewegt sich kriechend dank eines Muskel-Fußes, der sich in wellenförmigen Bewegungen voranschiebt und dabei über den Schleim gleitet, den er absondert. Der Geruchssinn ist ihr wichtigstes Orientierungsorgan. Geruch und Geschmack machen die Welt aus, in der die Schnecke lebt. Die Faszination endet hier noch nicht. Schnecken sind Hermaphroditen, aber zur Vermehrung benötigen sie traditionelle Partner. Die einen sind mehr Mann, die anderen mehr Frau; das sexuelle Abenteuer dieser einsamen Wesen ist anrührend. Das Finden des passenden Partners, die ersten Berührungen, die Taktiken der Fesselung, Kuss und Geschlechtsverkehr ziehen sich stundenlang hin. Ein bezaubernder Tanz. Ich habe mir im Internet zahlreiche Aufnahmen ihres magischen Sex-Tanzes angesehen. Er inspiriert zu wellenförmigem Schlängeln.

Die Freundschaft des Nomaden mit George ist kein Zufall. Die rätselhafte Schnecke hat ebenso wie mein nomadischer Freund Lösungen gefunden für ein Leben als einsamer Wanderer. Beide ziehen sie sich in ihr Gehäuse zurück und ignorieren die Reize ringsum. Die Schnecke verfügt über ein außergewöhnliches Geruchsgedächtnis. Der obsessive »Gestank« hat sich in Fleisch und Gehirn des Deportierten eingeprägt, aber ebenso in Fleisch und Gehirn von George.

Sonntag, 1. November, abends. Er beneidet sie um die »Dämmerschlaf«-Phasen, wenn die Schnecke die Öffnung ihres Hauses verschließt und dahinter wochenlang, ja Monate und sogar Jahre verharren kann. Ich frage mich, ob dies nicht eine Lösung ist, die wir uns alle gewünscht haben, um uns aus dem Leben abzumelden, verriegelt, weitab allen Leids, des Elends oder der Katastrophe, auf bessere Zeiten wartend. Für mich gewiss, ja, auf jeden Fall …

Montag, 9. November, abends. Es ist vielleicht kein Zufall, dass mir der Zirkusexperte und leidenschaftliche Leser versichert hat, George sei eine Metapher. Ja, ein Wesen, aber auch eine Metapher, betonte der Leser und Experte.

Überraschung! Gewöhnlich schickte er keine Nachrichten mit dem Computer. Kaum zu glauben, er errät meine Gedanken!

»Wenn die Metapher für etwas anderes steht, ist George ein Substitut oder ein Substituierter, um seine Doppelgeschlechtlichkeit nicht zu vergessen. Vergiss das nicht, sei nicht eifersüchtig auf George.«

Substituierung? Könnte dies eine indirekte Liebeserklärung sein? Indirekt, wie sie zu meinem Nomaden passt? Eine Metapher, vielleicht, aber er hat ihr Wohngefäß in der letzten Zeit zweimal gewechselt, und in seinem Kühlschrank gibt es frischen Salat. Außerdem ist es George junior, der Dahingegangene ist vor fünf Jahren gestorben.

Eine neue Entdeckung, das Buch von Patricia Highsmith, *Der Schneckenforscher*, es ist die Geschichte von Peter Knoppert, der das Leben der Schnecken beobachtet und daraus eine Leidenschaft und ein Hobby gemacht hat.

»Ich hab mich mein Leben lang nicht für die Natur interessiert, [...] aber diese Schnecken haben mir die Augen für die Schönheit der Tierwelt geöffnet.« [...] Eines Abends war Mr. Knoppert in die Küche geschlendert, um vor dem Abendessen noch eine Kleinigkeit zu essen, und hatte bemerkt, daß sich zwei der Weinbergschnecken in der Porzellanschüssel, die auf der Spüle stand, sehr eigenartig verhielten. Sie standen einander gegenüber, aufgerichtet und mehr oder weniger auf ihren Schwänzen, sie wiegten sich hin und her und sahen aus wie Schlangen, die von einem Flötenspieler hypnotisiert wurden. Im nächsten Augenblick legten sie ihre Gesichter zu einem Kuß wollüstiger Intensität aneinander. Mr. Knoppert beugte sich hinunter und betrachtete sie von allen Seiten. Noch etwas geschah: An der rechten Seite der Köpfe erschienen Auswüchse, die wie Ohren wirkten. Sein Instinkt sagte ihm, daß es sich hier um eine Art sexueller Aktivität handelte. [...] Inzwischen zeigten jedoch zwei andere Tiere Interesse füreinander und richteten sich langsam in die Kußposition auf. Mr. Knoppert sagte der Köchin, er wünsche keine Schnecken zum Essen, und brachte die Schüssel hinauf in sein Arbeitszimmer. Im Haus der Knopperts wurden nie wieder Schnecken serviert.[30]

Herr Knoppert findet in Darwins *Die Entstehung der Arten* eine Passage, in der von der Sinnlichkeit der Schnecken die Rede ist:

»[…] dann, wenn sie sich paaren, zeigen die Schnecken eine Sinnlichkeit, die man nirgends sonst im Tierreich antreffen kann.«

Ob die beiden verliebten Schnecken etwa Bruder und Schwester waren oder wenigstens aus der gleichen Familie abstammten? Gibt es Inzest bei den Tieren?

Die Geschichte hat ein apokalyptisches und morbides Ende. Die Schnecken, die Herrn Knopperts Leben verändert haben, vermehren sich ungeheuerlich, sie besetzen und ersticken das gesamte Haus und damit gleichzeitig ihren armen Bewunderer. Die mythische Strafe für eine unbeherrschte Leidenschaft?

Der arme Knoppert hatte in seiner Naivität ein solches Ende nicht ahnen können! Aber sogar wenn er es vorhergesehen hätte, wären wahrscheinlich seinerseits keine Vorkehrungen getroffen worden. Will uns die Autorin dies etwa suggerieren?

Freitag, 12. November. Die Schnecken und ihre Abenteuer sind zum bevorzugten Gegenstand unserer Treffen geworden. Scherze, die wir hin und wieder fallen lassen über Sinnlichkeit, Küsse und Sex. Oftmals stimulieren sie die Annäherung, manchmal ersetzen sie sie auch. Ich weiß nicht, ob dies ein Zeichen geteilter Langeweile ist oder bloß Teil der Anpassung.

Zuerst tauchte der Nomade in meinem Leben nur als eine gewisse Neugierde auf; ja, ich weiß, ich kenne mich, ich bin empfänglich für das Unbekannte und Geheimnisvolle, das ist eben mein ungeduldiges Wesen; was mich erschreckt, ist, dass sich dies dann in die tieferen Zonen meiner Existenz hineingeschoben hat. Er verfügt über eine nicht vorhersehbare Persönlichkeit, und diese passt zu meinem bohèmehaften Wesen, es stimuliert mich intellektuell und sexuell, aber dieses Verschwinden im Nirgendwo (»auch hier ist er nicht vorbeigekommen, gerochen hat er hier auch nichts«) kann ich nur schwer verstehen. Dann folgen Unruhe, Unsicherheit … Ich muss wieder zurück zu mir selbst finden, ich hasse es, abhängig zu sein.

Vielleicht hilft Meditation, hilft das Beten durch Konzentration. Ob wohl eine Schnecke in der unmittelbaren Nähe mit ihrem beschränkten Universum zum Widerstand oder zur Schicksalsergebenheit stimuliert? Vielleicht auch, viel schlichter, zur Freude, am Leben zu sein?

19. November. Gestern Abend habe ich den Professor entzückt, ich habe Jacques Préverts »Chanson des escargots qui vont à l'enterrement« entdeckt.

À l'enterrement d'une feuille morte
Deux escargots s'en vont
Ils ont la coquille noire
Du crêpe autour des cornes
Ils s'en vont dans le soir
Un très beau soir d'automne
Hélas quand ils arrivent
C'est déja le printemps
Les feuilles qui étaient mortes
Sont toutes ressuscitées
Et les deux escargots
Sont très désappointés[31]

Ich habe es recht gut vorgetragen, Vater hätte mich gelobt für meine französische Aussprache. »Hélas quand ils arrivent / C'est déja le printemps … Voilà le soleil«. Sieh, die Sonne geht auf.

Nach einem kurzen bewundernden Schweigen trat der Nomade ans Bücherregal und zog einen Band mit einem farbigen Umschlag hervor. Ich spürte eine Hand auf der Schulter und gemurmelte Worte, die ich nicht verstand. Sie klangen schön, nach Kindheit. Er sagte, es sei ein großartiges Gedicht, »Auf Schneckenjagd«, des rumänischen Dichters Ion Barbu, der auch ein Mathematiker namens Dan Barbilian war, was in meinen Ohren wie ein unfreiwilliger Reim klang. Ich fand im Netz auch eine Übersetzung, die Wundertüte öffnete sich mit der Geschichte von dem Kind, das im Wald eine Schnecke gefunden hat. Neugierde und Herausforderung. Er beschwor sie mit einem traditionellen Kinderrefrain:

Schnecklein, Schnecklein,
Plumpes Säcklein,
Hocke nicht
Und bocke nicht
In dem kalkigen Versteck lein [...]
Schnecklein, Schnecklein,
Plumpes Säcklein,
Schau, die Winterzeit ist um.
Du alleine grollst noch stumm
Im versperrten Schneckenhaus,
Komm heraus!

Zur frostig kalten Winterzeit denkt das Kind an seinen kleinen Freund, aber als es taut, findet es eine tote Schnecke vor.

Und noch immer lag ich dort,
Meine Schnecke zu betrauern,
Und so sang, vom Tage müd,
Ich für sie ein Klagelied:
Schnecklein, Schnecklein,
Tot erfrornes, plumpes Säcklein,
Hast du auf mein Wort gebaut
Und dich drum heraus getraut?
Höre, Zaubersprüche lügen!
....
Schlummern hättest du doch müssen,
Eingeschlossen wie vorher,
Tief vergraben in dem Laub:
Für das Lied von draußen taub.
....

Viele Fühler knickt der Winter …
Hilflos liegst du da und nackt,
Dumme Schnecke,
Sture Schnecke![32]

Das Gedicht ist ein magischer Flug durch die Worte hindurch, kindliche, nonchalante Neugierde, Zartgefühl und Grausamkeit.

Ich muss spielerischer werden, fröhlicher, wenn ich schon keine Zirkusakrobatin werden kann.

GÜNTHERS BRIEF AN DEN PIONIER VON EINST

Amerikaner, Du,

ich warte darauf, in einen besseren Zustand zu geraten, damit ich Dich ausschimpfen kann. Diese Ermahnung erscheint mir jedoch unvermeidlich: Schreib Deiner Schwester! Tamir, Tamar (Mara? Agathe?). Sie hat mir mitgeteilt, dass die letzten beiden Postanweisungen, die sie Dir geschickt hat, zurückgekommen sind und Du nicht ans Telefon gehst. Sie glaubt vielleicht, ich hätte in meiner Eigenschaft als (ehemaliger) Pionierleiter eine größere Autorität als irgendjemand sonst und meine Intervention könnte ein eventuelles Missverständnis beheben. Bei dieser Gelegenheit werde hoffentlich auch ich mitkriegen, in welche Grotte Du Dich vor der Welt verkrochen hast, für die Du Dich nicht mehr zu interessieren scheinst, seitdem die Geschichte, die sich unter unseren Augen austobt, Dich nicht mehr zu erreichen scheint. Das hast Du gesagt, als Du es abgelehnt hast, hier den Fall der Roten Mauer zu verfolgen, und die Euphorie, die er ausgelöst hat, und zwar nicht nur an diesem infamen Ort, sondern auch überall sonst in der Welt. Ich glaubte aber, die Neue Welt habe Dich wiederhergestellt. Ich habe mich erkundigt: Das Leben der Schnecke ist kurz, was auch immer Du tun magst. Fünf Jahre, steht in den Büchern, obwohl es verblüffende Ausnahmen gibt. Du kannst auf ein längeres Zusammenleben hoffen, wenn sie sich als hoffnungsvolle Freundin erweist. Schreib mir also, oder schreib wenigstens der Einzigen. Der Schwester und Hälfte von Dir.

G (der von einst)

MÖRDERISCHE SCHATTEN

September 2001

Mit einem Schlag waren die Bildschirme der Welt von den Vögeln besetzt, die Mord und Untergang brachten: Große metallische Flugobjekte schossen im Sturzflug herab, um Gebäude und Menschen auszulöschen. Die Schatten wurden schwarz, dann rot, und dann nahmen sie bizarre Formen an: Brennende Eulen, explodierend zu tausenden großen Splittern, wie Kampfflugzeuge. Ganze Serien von Explosionen, zerbröselte Fensterscheiben, eingestürzte Mauern, noch und noch. Türen und Schränke und Tische aus Stahl fliegen in die Luft. Brennende Kleider, brennende Menschen, Rauch und Alarmsirenen, Schreie und Jammern und irres Gerenne. Der Allmächtige hatte einen Wutanfall, seine Boten waren unterwegs, ihre Mission zu erfüllen, die Bestrafung der Ungläubigen, die das Alarmsignal aus der Moschee überhört hatten.

Der Raum war winzig, vier Zuschauer schauten entsetzt auf den Fernseher, in dem die Geschichte explodiert war. Der Nomade war einer von ihnen: Zimmer 224. Auf der Tür stand »Health Department«. Man sah die Straße, die fassungslos rennenden Fußgänger. Dichter Rauch stieg aus den nunmehr Bauschutt und Glasscherben und abgetrennte Leichenarme gewordenen Gebäuden. Schreie, Staub, Rauch, Flammen. Belagerung und Apokalypse. Der Sprecher übertrug Warnungen, keine Informationen. Die Außerirdischen? Aus dem Himmel der Einbildung gekommen, die Überlegenheit des Universums zu beanspruchen? Es war keine Zeit für Fragen. Sieh an, der Nomade fühlte sich solidarisch mit denen, die auf dem Stück Land lebten, auf dem er vor über einem Jahrzehnt gestrandet war. Ja, jetzt war er einer von ihnen! Nun hatte er das Recht, auszusprechen, was einstmals ihr Präsident gesagt hatte, *»Ich bin ein Berliner«*. Allerdings schlichter, *»I am yours«*, *»I am here«*, *»Among you«*, *»Like you«*. Jetzt erst bestätigte sich seine neue Identität, der Zufluchtsort war zum Wohnsitz geworden, wie sich die Behörden ausdrückten. Der finstere Gedanke in ihm sprach abgehackt: »Sie haben mich eingeholt! Haben mich eingeholt. Haben mich auch hier eingeholt.« Die Totenvögel bewiesen, dass man nicht mehr allzu weit fliehen konnte. Ein Weit-Weg gab es nicht mehr, das Schicksal ereilt dich überall.

Die Ferne ist hier, ein Schritt weit.

Er schaute auf die Uhr. Es war Mittag am Tag des Weltendes. In den nächsten Tagen gab es eine wahre Nachrichtenflut. Die Nachrichten im Radio und TV wiederholten stets, die Angehörigen der Mörder würden nicht anerkennen, dass sie die Täter waren: Die Aktion sei von den Angegriffenen selbst auf den Weg gebracht worden. Den skrupellosen Imperialisten auf ihrer Suche nach neuen Märkten und neuen Kolonien und neuen Sklaven für ihre Profite und ihr schäbiges Prestige. Selbstverständlich mit Unterstützung ihrer ständigen Komplizen mit Schläfenlocken und Bankkonten! Im Ferneren und Nahen Osten wurden das Massaker überaus fröhlich gefeiert und die Selbstmörder glorifiziert, die ihr Leben gelassen hatten.

Die diabolische und unmoralische Zivilisation, die die Welt beherrschte, werde bald verschwinden! Sie ist schon verschwunden.

Von finsteren Erinnerungen bedrängt, kauerte sich der Nomade zusammen. Er konnte sich nur schwer beherrschen, nicht Tamar anzurufen. Das Kapitel aus *Pnin* erzählte von der Ermordung der schönen Mira durch die Deutschen, der pubertierende Pnin hatte sich in Prag in sie verliebt und sie niemals vergessen können. Das Buch hatte ihn aufgewühlt, nicht so sehr während der ersten Lektüre in seinem schmalen und rauhen Bett, als vielmehr in dem Seminar, in dem sie es am Tag des finsteren Angriffs besprachen.

Nach mehreren schlaflos zugebrachten Nächten gelang es ihm schließlich, in totaler Erschöpfung einzuschlafen und in einen tiefen Schlaf zu fallen, wie in eine herbeigewünschte Krankheit. In der Leere dieser ungewissen Stunden von Nachlässigkeit und Aufgeben, in dieser Todestrunkenheit begegnete er wieder dem Mann in Grau. Unverändert! Die Zeit hatte seinem Gesicht und seinen galanten Umgangsformen nicht das Geringste anhaben können. In einem tadellosen grauen Anzug, einem grauen Seidenhemd und mit einer ebenfalls grauen Schleife um den Hals. Darüber ein feiner Schal aus grauer Seide. Er lächelte gewinnend.

»Es freut mich, dass du mich erkannt hast. Wir sind als Freunde auseinandergegangen, obwohl wir am Ende gescheitert sind.«

Der Nomade schwieg. Er starrte etwas verwirrt das Phantom an, an das er nicht glauben konnte.

»Du hast dich letzte Woche mit Timofei Pnin beschäftigt. Ein weiterer Patient aus unserem Schlemihlium … Wusstest du nicht. Du hattest während deiner Internierungszeit keinen Sinn für jemand anderen, außer für die ehemalige Geliebte und den ehemaligen Freund. Pnin befand sich ebenfalls dort, ein Patient mit einer anderen Bett- und Stammesnummer. Im Unterschied zu ihnen hat Pnin nicht auf seinen angeborenen Schatten verzichtet, obwohl er von dem neuen fasziniert war, mit dem er zusammenlebte. Ein anderer Fall, also, ja, ein anderer Fall. Immerhin vergleichbar. Ja, vergleichbar, wie bei allen Patienten des Schlemihliums.«

»Wie, was, welches Scheitern, was spinnst du dir dort zusammen?«, brabbelte der Schlaftrunkene, ohne sich selbst zu hören.

»Du wolltest deine Seele nicht preisgeben. Nicht einmal im Tausch gegen den Schatten. Den wollte ich dir zurückgeben. Das wünschtest auch du dir, aber du hast die Bedingungen nicht akzeptiert. Hast sie nicht akzeptiert, stell dir vor«, begann der Mann in Grau seinen Tadel, erfreut, dass es dem Patienten, wenn auch unter großen Mühen, gelungen war, ein paar Worte auszusprechen.

»Eine weitere Li, List! La, lasterhaft. Schuldig, Schuldig.«

»Keineswegs, mein Lieber. Darum bin ich doch zurückgekehrt. Nicht wegen eines neuen Geschäfts, nein! Bloß um dir zu erklären, wie und was … Vergangenheit und Zukunft, lohnt sich zu wissen, zu verstehen. Du warst mir von Anfang an sympathisch, ich hoffe, du erinnerst dich. ›Sie haben einen sehr schönen Schatten‹, so habe ich dich angesprochen. Ich weiß, wie verstört du aufgrund unserer Aktion warst, von unserem Sanatorium, von unseren Wohltätigkeitsorganisationen. Von der Luftfahrtoperation der vergangenen Woche.«

Wieder krümmte sich der Nomade zusammen, wie damals, als er sich an Mira erinnerte. »Unsere Aktion?« Unsere? War der Mann in Grau Pilot geworden? Der Patient konnte sich auf einen neuen Schlag gefasst machen, bei der Erschöpfung, die ihn erfasst hatte, wäre es ein zu schwerer Schlag gewesen.

»Ja, ja, du wirst es nicht glauben, darum bin ich gekommen. Ich war dir noch eine Erklärung schuldig geblieben. Ich schulde dir kein Geld, auch nicht den Schatten, der heute ohnehin nichts mehr nützt, sondern eine Erklärung. Damit du verstehst, was war und was sein wird. Schulde ich dir. Ja, der Heilige Krieg! Er hat schon vor langer Zeit begonnen, jetzt erst ist er sichtbar. Die mystische Revolution.«

Der Eingeschlafene, der nicht schlief, hielt sich sogleich und instinktiv die Ohren zu, was aber keinen Effekt hatte.

»Du hast mich immerzu für einen Emissär gehalten. Einen Mittler. Einen Wechsel-Agenten, Kauf und Verkauf im Namen eines unsichtbaren Bosses. Musst nicht protestieren, das bin ich tatsächlich. Darum hast du auch das ursprüngliche Geschäft akzeptiert: Du hieltest es für bedeutungslos. Hattest teilweise recht. Aber nur teilweise. Denn du wusstest nicht, in wessen Namen ich tätig war. Und hast auch nicht danach gefragt. Aus Angst oder aus Gleichgültigkeit. Die frivole Gleichgültigkeit, wenn ich so sagen darf.«

Der Mann in Grau zündete sich eine Zigarre an und nahm den grauen Hut ab, worauf er mit seiner teufelsschwarzen Perücke dastand.

»Wer auch immer mich losgeschickt hätte, dich zu kaufen, war an den Seelen interessiert. Auch ein Emir ist an den Seelen interessiert.

Diejenigen, die in den Flugzeugen agierten, waren auch Mittler wie ich. Man hatte ihnen den Himmel und Jungfrauen versprochen. Ich benötige keine Versprechungen und Belohnungen. Ich bin erleuchtet, weiß, was geschehen wird, werde auf der Seite der Sieger sein, wenn das Jüngste Gericht kommt.«

Der Eingeschlafene, der nicht schlief, war entsetzt, so eingekrümmt, wie er dalag, hätte er sich Evas nächtlichen Schutz gewünscht. Er erwartete, dass der Gast die sündigen Kleider von sich werfe und in einem weißen, bis zum Boden reichenden Kittel dastehe, ein weißes heiliges Käppi auf der teufelsschwarzen Perücke. Er wird sich bis zum Boden verneigen, er wird niederknien, das wird er tun, er wird sich mehrfach zur Verehrung des unsichtbaren Herrn verneigen, dann wird er die Maschinenpistole unter den so makellosen Rockschößen hervorholen, die Brüste der Jungfrauen, die ihn im Himmel erwarten. »Wer sollte dich verteidigen, ausgepowerter Nomade?« Er kniff die Augen zu, presste die Handflächen auf die Ohren. Damit er nichts sehe, nichts höre. Stille, er hörte nichts! Der Mann in Grau verharrte reglos in seiner tadellosen Haltung. Verkleidet. Ein absoluter Profi, stets bereit zum Palavern. Initiiert wie kein anderer.

»Die Schatten werden schließlich verschwinden, solltest du wissen. Sie sind Anlass für Idolatrie, reproduzieren sie doch die Gestalt des Menschen, vor der sich jeder wie vor einem Gott verneigen kann. Jedweder! Der Mensch ebenso wie der Teufel. ›Du sollst dir kein Bildnis machen‹, ist ein heiliges Gebot. Wir können keine Kompromisse machen, selbst wenn das Material, aus dem die Kopie gehauen wurde, die Finsternis ist. Die Schatten werden verschwinden, du wirst es sehen. Sie sind an vielen Orten schon verboten, ebenso wie die antiken Statuen mit den Gesichtern und Körpern von Mann und Frau, von Tieren und Vögeln und Fischen verboten sind. Idolatrie! Ich bedauere, dir sagen zu müssen, dass selbst die doppelten Schatten verschwinden werden, wie ihr es als Paar seid, Bruder und Schwester, die Unzertrennlichen vom Ungetrennten oder die saisonale Platzhalterin, die Amerikanerin mit dem biblischen Namen. Eine Art siamesischer Babys. Ein voneinander nicht zu trennendes Doppel, so wart ihr zwei, die Waisen, du mit der Schwester, die lasterhaften Geschwister. Und siehe, da hat sich ein Schatten zwischen euch eingeschlichen!«

Nein, das war zu viel! Der Mittler hatte das Maß überzogen. Der Schlaftrunkene rappelte sich hoch auf seine spitzen Ellbogen, damit er der Bestie eine runterhauen könne. Er prüfte die Dunkelheit. Man konnte nichts sehen, das Zimmer war finster, völlig finster, als wäre es die Dunkelkammer eines Fotografen, der sich in Hypnose übte. Der Patient mit der Nummer 12 sackte neuerlich zurück auf das zu kleine Kissen, war unfähig, um Hilfe zu rufen.

Am nächsten Tag oder in der folgenden Nacht oder im nächstfolgenden Tierkreiszeichen schleppte er sich in den Schatten seines verwaisten Schattens. Erschöpft, schwankend, betäubt, wie ohnmächtig. Die Müdigkeit der vergangenen Nacht … er wusste es, aber er fürchtete sich vor dem, was folgen sollte.

Ja, die Angst machte ihn fertig, ließ ihn schwanken. Die Angst vor der Dunkelheit, mit der er neuerlich sprechen würde, ohne mehr zustande zu bringen als ein schüchternes Gestammel, unfähig dazu, die Verwünschungen loszulassen, die Flüche und die Fäuste, bereit zur Rache.

Dies alles hätte der gemeine Kerl verdient gehabt, der Mittler und Plagegeist. Es stand ihm über alle Maße hinaus zu. Schließlich musste er loskommen von dem Phantom, das ihn jagte.

Die Nacht war unruhig, verging aber ohne ungebetene Gäste. Und ohne Evas Schutz, die zum Skifahren war. Erst in der nächstfolgenden Nacht tauchte Figaro auf, der Gespensterhund, der nach der Trennung von dem Mann in Grau und der Nostalgie des verlorenen Schattens sein vertrauter Gefährte geworden war. Er war nicht wiederzuerkennen, ausgezehrt, entkräftet, zum Glück hatte er noch die grünlich rote Zunge, unverwechselbar. Figaro, Figaro, flüsterte er animiert von der berühmten Arie seiner Jugendzeit. Der senile Köter war ein schlauer Emissär des Mannes in Grau. Schließlich durchschaute er den Trick:

Der Scharlatan in Grau versuchte ihn zu sentimentalisieren und damit zu zermürben. Vergeblich, es war spät, das Spiel war gespielt, Sir.

»Hinaus mit dir, Miststück!«

Der arme Hundeemissär wurde auf die Straße und in die kalte Nacht hinausgescheucht. Gekrümmt kehrte der Patient zurück in das Bett seiner allmählichen Genesung, in seine vorzeitliche Unruhe. Er hörte an seiner Tür das Winseln des armen Tiers, das ihm in schweren Zeiten als Partner zur Seite gestanden hatte, aber er hatte sich entschlossen, sich nicht darum zu scheren. Nein, er wird das Spiel des in Grau Verkleideten nicht noch einmal spielen. Schlief ein oder schlief nicht ein, wer sollte es denn noch wissen … Auch als das Morgengrauen das Fenster einfärbte, hatte das operettenhafte Gewinsel noch nicht aufgehört. Auch kehrte es in der nächsten Nacht und im nächsten Tierkreiszeichen wieder. Das gleiche, langgedehnt und gleichförmig. Gegen Morgen schwoll es an, wie ein langes Wolfsheulen.

In der dritten Nacht beschloss er, das Risiko einzugehen, sei's drum, er würde die Tür öffnen: Wenn es nur Figaro ist, allein, in der Nacht, dann wird er ihm öffnen. Schließlich hatte er für seine Treue dieses Mitgefühl verdient. Wenn es aber der Seelenjäger in seinem Graue-Eminenz-Anzug ist? Dann wird er ihm mit der Bratpfanne eins auf den Kopf geben, um ein für alle Mal diese heilige Mission zu erledigen. Er hatte die große Stahlpfanne in der Hand, sie war schwer und rot wie Büffelblut. Vor der Tür war niemand! Vergeblich pfiff er das beiden bekannte Zeichen. Kein Figaro nirgends! Kompakte, undurchdringliche Finsternis, kein Lebewesen. Dichte Schatten, kalt, eisige Finsternis.

Zurück im Zimmer setzte das Geheul der Schatten wieder ein, entsetzlich. Lang, makaber, ein ganzes Rudel ausgehungerter und angriffsbereiter Schatten. Er rollte sich unter der Bettdecke ein, zog sie sich über den Kopf und stopfte sich die Ohren zu, obwohl er wusste, dass dies nicht hilft.

»*Here, everything can be fixed*«, hatte ihm vor langem, eigentlich schon am ersten Abend, Mister John Mut zugesprochen. Und so war es auch, es gab für alles eine Tablette, für Donner und Traumata und

Schüchternheit, für Fettleibigkeit und Melancholie, Impotenz und Impulsivität, Geiz und Hass, Faulheit, Krebs und Cholesterin und Haarausfall. Die alte Apothekerin hatte ihm die neuesten Produkte empfohlen, mit denen man alles und jeden einschlafen lassen konnte, auch Nilpferde und Hyänen und Taschendiebe, hatte das zu Späßen aufgelegte Tantchen gesagt. Tatsächlich, die dreieckigen grünen Tabletten taten ihre Wirkung, das nächtliche Geheul verschwand, der Mann in Grau schien ohne Einreisevisum an der Grenze gestoppt worden zu sein; Figaro hatte wahrscheinlich auf der Mailänder Bühne den Grafen und den Friseur und sein eigenes Rudel gefunden.

Nächte mit tiefem Schlaf, zu tiefem. Wenn sich der Misanthrop davon erhob, war er verwirrt wie nach der Erschaffung der Welt. Die Tage waren ihm dafür beherrscht von der Spannung, die in der Zeit lag: dem weltumspannenden Terrorismus und der Dynamik des neuen Jahrhunderts. Die Septemberepisode mit den Märtyrer-Flugzeugen, so behaupteten es die Zeitungen und das Radio und das Fernsehen und die Mobiltelefone, war lediglich der Anfang einer neuen kosmischen Barbarei. Chaotischer, beschleunigter Pulsschlag.

Wo könnte man sich da noch hinflüchten, fragte der Nomade, doch weder Peter noch von Chamisso oder Don Quichote, kein Samsa oder Pnin, kein dostojewskischer Idiot oder Monsieur Meursault schien gewillt zu antworten. Die Bibliothek half dem Verirrten nicht mehr, und auch das Departement für Straßen- und Pannen-Hilfsdienste erwies sich nicht als nützlich.

Er hatte seine Momente der Einsamkeit auf jener Bank, die auf dem Weg zum Dekanat stand. Auch eine bevorzugte Bank im Garten des akademischen Friedhofs, aber er hatte keine Telefonnummer oder E-Mail-Adresse von Oberst Tudor, um ihn fragen zu können, was er über den postkommunistischen Lauf der Welt und über die zukunftslose Zukunft des immer kleiner werdenden Planeten denke. Die abendliche Tablettendosis beschützte seine Nächte, die bevorzugte Bank beruhigte ihn bei Tage, er hatte keinen Grund, sich zu beschweren. Die heimatlose Wanderschaft des Sünders erwies sich als besser denn die Gefangenschaft in der dialektischen Utopie. Nun blieb ihm nur noch, sich mit dem Gedanken anzufreunden, dass er nicht unsterblich war. Illusionslos, ein Schilfrohr im feindlichen Wind, den Gnadenstoß erwartend.

Wieder einmal hatte er sich, fürs Erste wenigstens, hinter Mauern von Büchern verbarrikadiert. Eine völlig andere Art Grotte als die von Freund Schlemihl. Typographische Backsteine, einer über und neben dem anderen, man streckt die Hand aus und gelangt unmittelbar dorthin, wo man hingelangen will, zwischen die Schatten der Buchstaben. Die Welt auf den Buchseiten interessierte ihn mehr als die Illusionen nach jenem Attentat und diesem Verbrechen, und jenem Orkan und dem Erdbeben, das die Erdbebenaktivisten in die Wege geleitet hatten, mehr als die neuen Fahnen der neuen Stämme in den tropischen Wäldern der Welt und in der lunaren Ödnis der Sterne, die sich immerzu um diese drehen. Hier, auf der bevorzugten Bank und im bescheidenen Eremitenbett und auf der Allee, die zum paradiesisch hübschen Friedhof des Elite-Colleges in der neuen und ephemeren Welt führte, feilschte der misanthropische Nomade mit dem Unbekannten. Auf dem Schachbrett des Tages stellte er sich seine künftigen Verirrungen vor, so viele es auch noch werden mochten. Hier, vorläufig, bloß hier, sagte sich der sterbliche Wandersmann ergeben.

Er legte sich aufs Bett, streckte die Hand aus nach dem Telefon, um Tamara anzurufen. Im Mikrofon das Weinen einer Heranwachsenden. Kein Wort, nur ein fortwährendes Schluchzen, abgehackt, ununterbrochen. Also lebte Tamara, die Liebste. Sie wird ihn neuerlich retten. Die ausgebliebene Kommunikation hätte, wenigstens für eine Weile, therapeutisch wirken sollen, aber nichts dergleichen. Als wäre mit einem Mal das Gehäuse verschwunden, in dem er sich verrammelt hatte, und er wäre nackt im Tosen des feindlichen Waldes zurückgeblieben. Tamar wusste all dies, aber sie betrachtete es, wie er selbst eben auch, mit einer gelassenen Komplizenschaft. Sie weinte, zog sich zurück in die Tränen, die Liebe.

Behutsam legte er auf. Dann hob er den Hörer noch einmal ab und knallte ihn einmal, zweimal, neunmal laut auf die Gabel.

Nun konnte er wieder einschlafen, man hatte ihm das Visum für den Schlaf erteilt.

DIDACTICA NOVA (III)

Die Meinungen der Studenten:
Exil und Entfremdung in der Literatur

Der Schatten scheint eine Metapher für das Vaterland zu sein, die Sprache, die Wurzeln oder jedes andere Verhältnis zur Zugehörigkeit.

Für den Leser ist Peter Schlemihl nicht in einem bestimmten Land geboren, mit einer bestimmten Herkunft versehen, er scheint aus dem Wogen der Ungewissheit selbst herzurühren. Er ist ein Fremder, von allem Anfang an. Die Welt auf den Seiten von Chamisso ist wiederzuerkennen. Eine ereignisreiche Odyssee. Man darf wohl annehmen, dass der Tor, der uns hier vorgestellt wird, den gleichen drehbuchartigen Ablauf wiederholen, dass er weiterhin ein Entwurzelter sein wird, wo auch immer sein Geheimnis sich für ihn als riskant herausstellen mag.

Der Teufel hat in Chamissos Märchen keine Hörner, auch keinen Schwanz. Er ist ein höflicher Gentleman der bürgerlichen Kultur. Der graue Bürokratenanzug ist emblematisch für das banale Aschfahl eines Schattens. Können wir uns fragen, wo Gott ist? Für Schlemihl kommt die Rettung aus der Wissenschaft. Die Siebenmeilenstiefel dienen ihm für seine Forschungen. Der Junge, der ihm dieses magische Schuhwerk verkauft, wird als blond und hellhäutig beschrieben, eine Art Engel. Schlemihl ist überall und doch nirgends zu Hause. Er befindet sich irgendwo zwischen dem Teufel und den Tiefen des blauen Meeres. (Claire)

Wie Peter Wortsman in seinem Essay über Peter Schlemihl, »The Displaced Person's Guide to Nowhere«,[33] *notiert, schrieb Chamisso an Madame de Staël: »In Deutschland bin ich Franzose und Deutscher in Frankreich; katholisch den Protestanten und protestantisch den Katholiken; ein*

Philosoph unter Gläubigen … bin ich nirgends zu Hause!« Ein seiner Nationalität, Religion, Ethnizität und Kultur Entfremdeter.

Chamissos Biographie wird in der seines Protagonisten gespiegelt. Beide, der Autor und sein fiktives Double, enden beim Studium der Natur. In der Schlussphase des Buches scheint Chamisso die Person zu sein, die am intimsten mit dem Leben des Erzählers verbunden ist. Peter Schlemihl ist eine Komplementärfiktion. Der fehlende Schatten platziert ihn außerhalb der menschlichen Gesellschaft. Was sich am Ende als Geschenk erweist. Die Siebenmeilenstiefel scheinen die andere Seite des fehlenden Schattens zu sein. Das Exil wird zu einer Art Freiheit. Freier Verkehr und Abenteuer. Schlemihl nimmt das Exil an und lässt die von der Gesellschaft definierte Identität hinter sich zurück. (Vicky)

Ich ziehe es vor, an das zu denken, was in der Geschichte nicht gesagt wird, aber essentiell wichtig bleibt für deren Verständnis. Woher kommt Peter, und warum? Wurde er nach einer Verurteilung, einem Verbrechen, einem unerfüllten Traum von irgendwo vertrieben? Wenn der Schatten dasjenige ist, was Jung uns unbedingt glauben machen will, warum beeilt sich der Fremde dann, ihn bei der erstbesten Gelegenheit einem Unbekannten zu verkaufen? Ist dieser vielleicht sein eigenes verborgenes, schuldiges, beschämtes Ich, mit dem er nicht zusammenarbeiten kann?

Also nicht die soziale, sprachliche, religiöse »Identität«, wie es die üblichen Kommentare darstellen, sondern die verschwiegene, verleugnete, verborgene? Das Trauma einer kindlichen Tragödie? Einer früheren Verfolgung oder Exilierung? Oder aber ein Inzest oder eine kleine, aber unvergessene Gesetzesübertretung, von der niemand etwas weiß? Was ist es nun wirklich? Es wird uns nicht gesagt, wir schließen daraus, dass es sich im psychischen Gepäck des nomadischen Peter befindet und dass der Schatten nicht bloß das ist, was die Bildhauerstudien sagen. Und wenn dem so ist, ist es von Vorteil, ihn loszuwerden? Bei allen sozialen Risiken, die sich daraus herleiten?

Ja, Peter verliert zwei Liebeschancen und sogar Aussichten auf die Ehe, möglicherweise auch noch mehr, aber wird er dadurch nicht sogar etwas freier als durch das Exil? Ohne Geld und Ansehen, ein echter Paria, aber einer, der uns nun erst zu interessieren beginnt?

Obwohl es nicht zum Typus einer schulischen Literaturdiskussion gehört, etwas zu kommentieren, was im Text nicht gesagt wird, glaube ich, dass dies wenigstens in diesem Fall, die Auseinandersetzung auf vorteilhafte Weise animieren könnte. (Claire, die Studentin mit einem blauen und einem grünen Auge)

Wie alle Exilanten ist Peter ein Gefangener. Eine Situation mit vielen Konnotationen und einer einzigartigen Schlussfolgerung. Die Narration bewegt sich an Peters Entdeckung seiner eigenen Wahrheit entlang voran. Er begreift, dass Gold nichts wert und eine Liebe ohne Schatten unmöglich ist. Nachdem er auf den verzauberten Beutel verzichtet hat (und auf den Rest seiner irdischen Besitztümer) erhält er die Siebenmeilenstiefel. Die Befreiung vom Gewissen wird ihm prompt durch Bewegungsfreiheit vergütet. Im Schlemihlium wird er als Wohltäter geachtet. Jetzt hat er kein Gold mehr; man applaudiert seiner Großzügigkeit. Er scheint ein Misanthrop zu sein, den sein Hündchen Figaro und exotische Pflanzen begleiten. Schließlich ein Exilierter und ein Paria. In seinen finalen Bemerkungen antwortet er auf das Dilemma Bendels im Schlemihlium: »Man wünscht das erste Gaukelspiel nicht zurück und ist dennoch im Ganzen froh, es, wie es war, gelebt zu haben.«

Beim experimentellen Umgang mit einem spezifischen Märchenthema hat von Chamisso sein Schreiben auf die Problematik des Exils und der Entfremdung ausgerichtet. Er stellt sich dem Dilemma der Modernität und lädt es mit einem modernistischen Subtext auf. Und er behauptet ganz bewusst, es gebe trotzdem in der Situation des Exilanten Hoffnung. (Jeremy)

Wenn es einen Gott gäbe, so wäre es der Mann in Grau.

Wir haben es mit einer Geschichte zu tun, die von Selbstverlust handelt, von Exil, Entfremdung, Identität, Glück und einer geistigen Erkundung. Der Mann in Grau beginnt den Handel mit dem Schatten als einen ersten Schritt, um in den Besitz von Schlemihls Seele zu gelangen. Ein Versuch, den auch Gott unternehmen würde, der nicht bloß eine passive Anwesenheit ist, sondern eine aktive und höchst aufmerksame.

Im Alten Testament stellt Gott die Treue der Gläubigen auf die Probe. Ein aktiver Gott müsste das geistige Vermögen der Menschen prüfen, die Sünder bestrafen und die ohne Makel belohnen. Aus der Perspektive eines aktiven Gottes steigt Schlemihl als ein Mann in die Geschichte ein, dessen Tugendhaftigkeit unbestimmt ist, mit der Folge, dass er von Gott auf die Probe gestellt wird, damit sich zeigt, wie weit ihn die Sünde oder seine eigene Ignoranz treiben kann.

Schlemihl war nicht der Ansicht, der Mann in Grau sei der rettende Gott. Der blonde Knabe, der ihm zulächelt, als er ihm die Stiefel gibt, könnte ein Surrogat des Mannes in Grau sein. Das Lächeln könnte ein Zeichen der göttlichen Gnade, eine Segnung sein. Als Schlemihl begreift, dass er Siebenmeilenstiefel besitzt, kniet er in stiller Dankbarkeit nieder. Woher stammen all diese legendären, mythischen Gegenstände der Geschichte, wenn nicht von dem Mann in Grau? Die Siebenmeilenstiefel, Sühne für frühere Vergehen, die nur durch eine Versöhnung mit dem Leben selbst möglich wird, eine Versöhnung, die der Mann in Grau vermittelt und in die Wege geleitet hat.

Der theologische Blick auf Themen wie Entfremdung, Exil und Persönlichkeitsverlust lässt das Leid des Exilanten noch deutlicher hervortreten. Das Ende der Geschichte führt den idealen Weg vor, den Schlemihl sich vorstellen kann, jedoch keine Existenz, worin der Seele Dauer zukommt. Um mit dem Schatten kohabitieren zu können, muss man sich mit den Menschen als seinesgleichen gemein machen. Diese Interaktion macht nicht unbedingt glücklich, wie der letzte Satz des Buches zu verstehen gibt. Am Ende des Märchens ist Schlemihl buchstäblich ein Weltbürger, aber er gehört nirgendwohin und ist relativ glücklich, dass seine Seele ihm unbeschadet erhalten geblieben ist.

Wiewohl die theologischen Implikationen des Textes mitunter verwirrend erscheinen mögen, wird schließlich doch klar, dass der Mann in Grau nicht der Teufel ist, dem es nur um den Raub der Seelen geht, son-

dern Gott, der die Unschuld des gemeinen und schlichten Menschen auf die Probe stellt. Chamisso scheint anzunehmen, es sei ein Fehler, sich auf den Schatten als Zugangsdokument zur Zivilisation und physisches Merkmal der Identität zu konzentrieren. Nur wenn man mit einiger Skepsis betrachtet, was Erfolg und gesellschaftliche Teilhabe bedeuten, und dies aus der Perspektive eines Vorteils für das Selbst analysiert, verbünden sich Überleben und Glück. (Sho)

Der Schatten kann die althergebrachte, die Jahrtausende alte Identität bedeuten, nicht die Nationale und auch nicht die sprachliche.

Wäre Peter Jude und sein Spitzname nichts als ein schlichter Spitzname, würde die ganze Geschichte eine andere Lektüre erfordern. Chamisso betrachtete sich als eine Art Heimatlosen und hatte jüdische Freunde. Sein bester Freund war Jude, und er hat dieses Märchen für dessen Kinder geschrieben. Dass Hitzig »zum Wohle der Kinder« zum Christentum konvertiert war, sagt schon alles. Chamisso hat dies verstanden. Chamisso wusste, dass Jesus in der Kirche mit der Dornenkrone auf dem Haupt und der Inschrift »König der Juden« dargestellt wurde. Verächtlichmachung, gewiss, aber auch Realität.

Peter kommt von Nirgendwo, und wir wissen nicht, warum; es könnte aufgrund eines Pogroms sein, aufgrund von Angriffen von Hooligans auf den Schatten, mit dem man den Juden in Verbindung bringt, irgendwelcher Beschuldigungen der Ritualmorde etc. Klassisch gewordene Episoden. Wo also ist Schlemihl heute mit der Geschichte von seinem Schatten und dem, der ihn ihm abkauft, um ihn von der schuldlosen Schuld zu befreien, die ihm die ewige Verdammnis eingetragen hat, und ihm das Geld zur Verfügung zu stellen, mit dem er sich gegen alles zur Wehr setzen kann? Das Geld geht drauf, die Gefahren bleiben. Besser, man zieht sich zurück in eine Höhle zum Studium der Käfer und Schmetterlinge und tropischen Pflanzen.

Nein, der Schatten steht nicht für das Familiengeheimnis, den verleugneten Inzest mit der Schwester, die Vergewaltigung der Dienstmagd oder das aus dem Safe des senilen Großvaters entwendete Geld, wie in Kafkas

Amerika-*Roman. Der Fluch, der den Fremden begleitet, ist älter, er beginnt als Strafe für den Verzicht auf Idolatrie und mündet in die ewig sich erneuernde Strafe für diesen Verzicht.*

So sehe ich den Schlemihl. Und ich denke, eine solche Lektüre ist völlig gerechtfertigt. Aktueller, als darin eine Kritik des räuberischen Kapitalismus und des Geldes zu sehen, das überall alles beherrscht … Die Geschichte des Vertriebenen, der von einem Ort zum anderen gehetzt und mit Freuden umgebracht wird, wenn sich eine Gelegenheit dazu ergibt, ist die Geschichte dessen, der sich gezwungen sieht, seinen Normalitätsstatus mit Geld zu erwerben und darin scheitert. (Emet)

Je weiter sie voranschreitet, umso aufregender und rätselhafter wird die Geschichte … Sie ist nicht perfekt strukturiert, ist erratisch und gemächlich, frustrierend und unentwickelt, aber sie verfügt über eine Art fiebriger Intensität. Und sie ist damit vielleicht faszinierender als eine besser gebaute Geschichte.

Peter ist als Apatride und Migrant nicht vertraut mit der Etikette und den Werten der Gesellschaft. Er weiß nicht, wen er nach dem Mann in Grau fragen könnte, auch nicht, wie er dies tun müsste, ja nicht einmal, ob diese Frage angebracht ist. Nachdem er seinen Schatten verloren hat, wird Peter wie ein Übeltäter behandelt, der das geheime Protokoll der Welt verletzt hat. Die Ortsansässigen wissen, warum der Verlust des Schattens eine ernsthafte Übertretung darstellt. Im Fortgang der Erzählung, als Peter immer reicher wird, scheint er sich besser in das lokale Regelwerk einzupassen, sich mithin weniger von den Anderen zu unterscheiden. Die magischen Stiefel sind nicht bloß normal, sondern auch natürlich. Die Siebenmeilenstiefel stellen eine Voraussicht der Natur dar, aber diese bizarre Erscheinung dient lediglich der arbiträren Logik, die Peter (und Chamisso) im Verlauf der gesamten Narration an den Tag legen. Eine Quasi-Schizophrenie beherrscht die Geschichte. Dies kann man am besten an der krampfhaften Darstellung der Zeit erkennen.

Peter erkennt an, dass er diese Periode seines Lebens nicht hinreichend zum Ausdruck bringen kann, da seine literarischen Fähigkeiten hinter de-

nen von Chamisso zurückstehen. Ein verfrühter Trick postmodernen Erzählens, den Chamisso, der Autor der Geschichte, benutzt.

Die Emotionen werden durch einen romanhafteren und vielleicht interessanteren Teil ersetzt, als es eine schlichte Liebesgeschichte wäre. Die Ambiguitäten erlauben es, bei der Gestaltung der Personen – etwa von Mina und Bendel – Potenzialitäten ins Spiel zu bringen. Die einzige Person, die eine Art stabilen Sinn behält, ist der Erzähler, der allerdings uneindeutige Spuren hinterlässt. Verrückt, eben diese Leerstellen bereichern die Erzählung.

Wir sollten uns ins Gedächtnis rufen, dass Peter Schlemihl *zum Zeitpunkt seiner Veröffentlichung eine populäre und originelle Fiktion mit einem unorthodoxen und amüsanten Zugriff war, ein großer Erfolg des Verlags. Was uns daran erinnert, dass große Kunst (wofür viele die Geschichte des Peter Schlemihl halten werden) nicht elitär sein muss. Innovation muss nicht unbedingt chiffriert werden … Unabhängig davon, ob man von der Geschichte bezaubert oder frustriert wird, ist es durchaus schwer, sich von der Lektüre nicht fesseln zu lassen. Eine Seltenheit.* (Coleen)

GÜNTHERS ARCHIV: GOTT IM EXIL

Alan Berger:
Elie Wiesel – Der Schriftsteller
als Zeuge im und über das Exil[34]

Elie Wiesel behauptet, das Judentum spreche über das Exil in kategorialen Begriffen. Das Exil umfasst auch Gott selbst. Auch die Sprache befindet sich im Exil. Nicht nur der Mensch, auch Gott befindet sich im Exil-Zustand […]. So lange das Exil dauert, werden sich weder die Juden noch Gott selbst von dessen Last befreien […].

Was das Exil bedeutet hat, folgt aus der negativen und kreativen

Spannung dessen, was es geworden ist. Der kulturelle Zusammenprall von Vergangenheit und Gegenwart kann zur Tragödie führen. Die Selbstmorde von Schriftstellern wie Jean Améry, Tadeusz Borowski, Paul Celan, Primo Levi, Piotr Rawicz, Amelia Rosselli und Benno Werzberger bezeugen den Horror der Shoah.

Elie Wiesel hat auf seinem Schreibtisch ein Foto von Sighet, seinem Geburtsort, aufbewahrt und dazu gesagt: »Wenn wir aufhören, uns zu erinnern, hören wir auf zu existieren.«

Das Exil ist eine grundlegende Weise, die jüdische Existenz zu verstehen [...]. Abraham, der erste Jude, stand unter Gottes Weisung, sein Land und das Haus seiner Eltern für ein ihm von Gott gewiesenes Land zu verlassen.

Die Shoah war ein ontologisches Ereignis. Die Juden wurden aus der Existenz exiliert. Aus Geschichte und Zeit vertrieben, hatte sich das jüdische Volk wegen des »Verbrechens«, geboren worden zu sein, der Auslöschung zu stellen [...]. Der Holocaust ist die letzte Form der Exilierung [...]. War Glauben in Auschwitz noch möglich? Was für eine Art Glauben? Konnte man Gott noch glauben oder dem Menschen?

Wiesel bemerkt, Sokrates habe dem Exil den Tod vorgezogen [...]. Er bevölkert seine Romane mit Exilanten, deren Existenz eine Entwurzelung und Modernität ausdrückt, die weiter reicht als das Werk Kafkas, dessen Schriften auf die Entmenschlichung des Individuums und die Zwänge des modernen Staates zielen. Wiesels Exilanten werden nicht zu Insekten, eher schon Apatriden.

Der Autor beschreibt die erste Nacht in Auschwitz. »Nie werde ich die Augenblicke vergessen, die meinen Gott und meine Seele mordeten, und meine Träume, die das Antlitz der Wüste annahmen. Nie werde ich das vergessen, und wenn ich dazu verurteilt wäre, so lange wie Gott zu leben. Nie.«

Auf die Frage eines Gefangenen, »Wo ist Gott?«, antwortet Wiesel: »Wo er ist? Dort – dort hängt er, am Galgen [...].«[35]

Wiesel folgert daraus, dass die traditionelle Bindung zwischen dem Gott aus dem Sinai und dem Volk, das er beschützt hat, nicht mehr gilt. Er *wird sich mit Hiob identifizieren […], der Gottes Existenz nicht leugnet, aber dessen Gerechtigkeit infrage stellt. Die grundsätzliche Frage Wiesels: »Wie kann man mit einem ungerechten Gott leben?«, durchzieht die Erinnerungen in* Die Nacht.

SUSANNAH HESCHEL:

Ein Exil der Seele – Eine theologische Untersuchung der jüdischen Interpretation der Diaspora[36]

Am Ende der jüdischen Hochzeitszeremonie, bevor der Bräutigam ein Glas zerschlägt, spricht er einen Vers aus den Psalmen: *»Wenn ich dich je vergesse, Jerusalem, dann soll mir die rechte Hand verdorren« (137:5). Die Zerschlagung des Glases – worauf sogleich das überschwängliche »Mazel Tov« und die Musik folgen – geschieht, um an die Zerstörung des Tempels und das Exil aus dem Lande Israels zu erinnern. Die Tragödie des Exils ist auf symbolische Weise selbst bei einem fröhlichen Ereignis anwesend, um in Erinnerung zu rufen, dass im Zustand des Exils nichts mehr perfekt und ganz sein kann. Die Zerschlagung des Glases bestätigt den Bruch der physischen Verbindung mit dem Land Israel und macht das Exil zum tragbaren Vaterland der Juden, einem geistigen Zustand ebenso wie theologischen Prinzip […].*

Jude zu sein heißt, exiliert zu sein. Nicht nur leben die Juden im Exil (galut), *das Exil lebt vielmehr auch in ihnen; dem Exil kommt es zu, die kollektiven Existenzbedingungen des jüdischen Volkes ebenso zu definieren wie das Selbstverständnis jedes einzelnen Juden. Das Exil ist nicht bloß eine politische und theologische Doktrin, es ist auch ein Gefühlszustand, der die subjektive und emotionale Erfahrung jedes einzelnen Juden bestimmt. Das Wechselspiel zwischen Doktrin und Affektivität hat beide potenziert und mittels Ritualen befestigt, etwa dem Zerschlagen des Glases, den Fastentagen während der Trauer, Tisha B'Av, das an die Zerstö-*

rung des Tempels in Jerusalem erinnert, die zahlreichen Bezugnahmen auf das Exil in den jüdischen Gebeten und verschiedene Bräuche – dass man sich ein abgetrenntes Stück von einem Tischtuch oder einem Teppich an die Wand hängt, um darauf hinzuweisen, dass nichts perfekt ist, solange die Juden im Exil verbleiben. Andererseits ist das Exil eine Lebensbedingung, beginnend mit der Vertreibung von Adam und Eva aus dem Paradies [...].

Noch wichtiger scheint das Exil nach der Zerstörung des ersten Tempels im Jahre 586 vor Christus zu sein, als die Juden nach Babylon deportiert wurden. Die Gefühle dieses Exils spiegelt Psalm 137, der das Trauma der Israeliten in Babylon aufschnappt und die affektive Verarbeitung eröffnet, die sich in liturgischer und politischer Wiederholung bis auf den heutigen Tag fortsetzt. »An den Wassern zu Babel saßen wir und weinten, wenn wir Zion gedachten.«

»Unserer Sünden wegen sind wir aus unserem Land vertrieben worden ins Exil«, wiederholen es die Gebetsbücher. Es überrascht vielleicht nicht, dass schon in der Bibel das politische Geschehen an das religiöse Verhalten gekoppelt war. Die Politik verwandelt sich in Theologie, und das Exil wird mit der Sünde verknüpft, eine der Erbsünde der Christenheit analoge existentielle Situation, nicht so sehr hinsichtlich der Vertreibung aus Israel durch die Römer denn als menschliche Grunderfahrung von Entfremdung, die sich mit der Hoffnung und Antizipation dessen verbündet, dass Gott eines Tages den Messias schicken werde [...].

Die Christen meinen, das jüdische Exil sei die Strafe dafür, dass die Juden Jesus umgebracht haben; die Juden behaupten, es sei ein Selbstopfer für die Sünden der Menschheit [...].

Wenn die Rabbiner das politische Galut *zum existentiellen hin verschieben, geben sie die Politik des Exils nicht auf, aber sie verrücken sie zum theologischen Bereich hin. Die theologische Transformation des politischen Exil-Statuts [...] führt zur Behauptung, auch Gott selbst befinde sich im Exil. Dieses Thema findet sich im Talmud und im Midrasch und wird in der kabbalistischen Literatur des Mittelalters zentral: Die Juden sind nicht allein im Exil. Gott ist bei ihnen und verlangt, sie von ihren*

Sünden zu erlösen. Dies ist ein Gedanke, der die hebräische Theologie differenziert und für den es keine Entsprechung im Christentum und im Islam gibt [...].

Von der Bibel bis zum Sohar wird festgeschrieben, dass Gott durch das Verhalten des Gläubigen zur Vergebung der Sünden bewegt werden kann [...]. Die lurianische Kabbala aus dem 16. Jahrhundert nimmt eine Neudefinition des Exils vor, das nun eine Kalamität wird, die sich im Schöpfungsmoment selbst zugetragen hat [...]. Die Verzweiflung, in einer im Exil geborenen Welt zu leben, führt zu einer noch viel größeren Kalamität [...], zur Vorstellung, man könne ein Jude ohne Judentum sein. Es war dies der Versuch der Diaspora, das Galut *vollends zu überwinden, obwohl die säkularen Juden ebenso wie die Schabbesjuden, wie Gershom Scholem meinte, in einem Exil ohne Judaismus endeten [...]. Wenn das Exil die Verbindung zur Erlösung verliert, wird es schlicht und einfach Hoffnungsferne und Verzweiflung.*

Die Traumata des Exils gelangten durch die in keusche Studien versenkten Juden in die Thora, indem sie für sich einen Unterschlupf in den Texten fanden, brachten sie es fertig, das politische Umfeld und die ökonomische Kultur zu transzendieren [...].

Mit der Zeit wurde das jüdische Bewusstsein dafür, dass man im Galut *zusammenlebe, immer realer und positiver, und man begann, das Exil als einen existentiellen Zustand zu betrachten, vor allem in der chassidischen Theologie des späten 18. Jahrhunderts [...].*

Das Exil ist nicht so sehr ein Wesenszustand, den es zu überwinden gilt, als vielmehr ein existentieller Zustand, den man auf seine religiöse Bedeutung hin zu befragen hat.

DIE ROTEN SCHATTEN

Das Taxi hielt unvermittelt, der Fahrgast wurde von einem Teil des Wagens in den anderen geschleudert, aber – so verwirrt er auch war – er konnte den Tadel des Chauffeurs durchaus verstehen.

»Sir, es interessiert Sie wohl nie, wer da am Lenkrad sitzt. Wirklich überhaupt nie?«

Der Schock war heftig: Das plötzliche Bremsen, der Ruck, der durch den Wagen ging. Und über allem die Unverschämtheit des Schnauzbärtigen.

Ja, der Chauffeur hatte einen Schnauzbart, das konnte er sehen, nachdem er die Tür zugeworfen und sich mit geschlossenen Augen auf die Rückbank hatte fallen lassen, bereit, irgendwohin gefahren zu werden. Und trotzdem, der große Schock war die Sprache, in der ihn der Schnauzbärtige zurechtgewiesen hatte.

»Nun echt, Sir, hat der Chauffeur denn so gar keine Aufmerksamkeit verdient? Nichts als ein bezahlter Diener, mehr nicht?«

Die Fragen hatten in der alten Sprache einen viel aggressiveren Klang als im Globalisierungsslang! Eines war gewiss, der schnauzbärtige Chauffeur und der schweigsame und apathische Kunde waren beide aus dem gleichen Land exiliert. Das heißt, aus der gleichen Sprache!

»Erkennst du mich nicht, Sir? Wir haben mal zusammen Basketball gespielt. Waren sogar Freunde, dachte ich jedenfalls.«

Der Schnauzbärtige drehte sich nun ganz zu seinem ehemaligen Mannschaftskameraden um. Dieser hatte Pavel Pietraru, Pupu genannt, schon wiedererkannt. Der spielte Basketball wie niemand sonst, groß gewachsen und drahtig wie keiner sonst.

»Doch, doch, Pupu, ich erkenne dich und freue mich. Ich habe nicht gewusst, dass auch du dich im Land der unbegrenzten Möglichkeiten aufhältst. Auch nicht, dass du Taxifahrer geworden bist. Eine Möglichkeit, an die ich nicht gedacht hätte.«

»Da hat der da oben dran gedacht, der Dispatcher.«

»Ja, der denkt an alles.«

»Du hast dich überhaupt nicht verändert. Ich habe dich sofort wiedererkannt, habe nur abgewartet, dass du aus deiner Teilnahmslosigkeit erwachst. Hast deine Glatze in die Zeitung gesteckt, damit sie dich vor Eindringlingen bewahre. Ich habe begriffen, dass ich überhaupt keine Chance habe. Dann habe ich das Raumschiff angehalten, um dich an Pavel Pietraru, Pupu genannt, zu erinnern.«

Der Chauffeur und sein Kunde stiegen aus dem Taxi, sie umarmten sich und gingen in das Café mit dem grünen Firmenschild »The Acrobat«, vor dem das Taxi angehalten hatte. Es war die Zeit, als der Kandidat zurückgekehrt war, um neuerlich sein Glück an dem College zu versuchen, das Jennifers Onkel zugunsten von Australien verlassen hatte.

Der alte Freund verstummte, als er von den Schwierigkeiten erfuhr, denen der Nomade ausgesetzt war: Er hatte auf die materielle Unterstützung durch seine Schwester verzichtet, die im Morast einer Scheidung steckte, die sie all ihrer Kräfte beraubte, nicht nur der finanziellen. Nach einer tonlosen Sequenz bot ihm der Chauffeur eine bescheidene und unentgeltliche Beherbergung in seiner Garage an, die er für ausweglose Situationen ausgestattet hatte. Auch in den folgenden Monaten noch großzügig, lud er ihn an manchen Abenden in eines der bescheidenen Restaurants der Gegend ein zum Abendessen. Bei solch einem friedlichen Plauderabend in einer Sushi-Bar machte er ihm ein überraschendes Geständnis.

»Ist deine Schwester auch hier?«, fragte ihn der Chauffeur in einem bestimmten Moment. »Immer noch so schön?«

Ja, die Schwester war noch genauso schön. Auch sie befand sich in der Neuen Welt, was der Grund dafür war, dass der Exilierte über Länder und Meere gehüpft war, um auch für sich selbst die Ehre eines Heimatlosen zugesprochen zu bekommen.

»Ich bin ihr nicht begegnet, aber meine Cousine Nastasia hat mir von ihr erzählt. Tasia Traikov, sie war ihre Kollegin im Krankenhaus, und sie war wie verzaubert von ihr. Ärztin in einem Kinderkrankenhaus, nicht wahr? Deine Schwester ist doch Kinderärztin?«

»Ja, Kinderärztin. Und deine Cousine?«

»Psychologin, eine Art Ratgeberin. Sie hätte dringend Rat gebrauchen können, ist nicht die Person, die anderen Ratschläge erteilen kann. Wenn du siehst, wie sie so an den Wänden entlanggeht, verstehst du es sofort. Aus der Familie des bulgarischen Funktionärs Traikov. Du hast bestimmt schon von ihm gehört, denke ich.«

»Ja, gehört schon, aber nicht so arg viel.«

»Pass auf, dass du auch richtig gut sitzt, denn das wird dich gleich umhauen.«

»Ich halte mich sogar am Tisch noch fest.«

»Gut so. Nun, die junge Nastasia, Tasia, wie wir sie nennen, hatte doch tatsächlich den Erben des Stotterers erobert.«

»Meine Schwester hat mir nichts davon gesagt.«

»Konnte sie auch nicht. Nastasia hat da nicht mehr ihre Nähe gesucht, auch von niemand anderem mehr. Sie war von der Schönheit deiner Schwester geradezu eingeschüchtert. Tasia, die Tochter des Genossen Traikov, war die Schwiegertochter des Tyrannen geworden.«

»Die Schwiegertochter des Tyrannen? Echt so?«

»Hast du denn die Geschichte von der skandalösen Hochzeit nicht gehört? Die von der Justiz des Despoten und den Manövern seiner Frau, der Hexe, für null und nichtig erklärt wurde? Das dröhnte doch durch die ganze Hauptstadt. Ja durch das ganze Land, schließlich lebten wir doch im Paradies des Klatsches und der Intrigen. Das Liebespaar hat trotz des Widerstands der allmächtigen Eltern geheiratet. Und zwei Wochen darauf entdeckten sie das Scheidungsurteil in ihrem Briefkasten. Sie hatten dies selbstverständlich nicht angestrebt. Ein unerwartetes Geschenk.«

»Und?«

»Nun, die Liebe siegt … so geht die revolutionäre Romantik. Die Schwiegereltern haben schließlich, angesäuert, die Situation hingenommen.«

»Aber was hatten sie denn gegen die Schüchterne? Schließlich gehörte sie doch auch zur Nomenklatura? Der Genosse Traikov war doch, nach dem, was man in den Zeitungen lesen konnte, ein bekannter Revolutionär. Das Kätzchen Tasia hat doch, wie ich vermute, niemandem geschadet?«

»Das war nicht nötig. Traikov hatte eine Frau, selber auch Revolutionärin, eine aus der Elite der ewigen Revolutionäre: Moses, Jesus, Marx, Freud, Einstein, ja selbst Leiba Trotzki.«

»Du willst sagen, dass …?«

»Ja, ja, der Gezeichneten. Das auserwählte Volk. Für den Verbrennungsofen.«

»Woher weißt du das?«

»Eh, sie ist doch meine Cousine. Sechsten, siebten, achten Grades. Tasia, die Tochter der Genossin Halevi. Bei den Beschnittenen kommt es auf die Mutter an. Der Vater ist ungewiss, wie auch unser Vater, der du da bist im Himmel.«

»Das heißt, dass auch du …«

»Auch ich, durch Mutter und Vater. Ich hieß Saul, sie haben mich in Griechenland in der Diaspora beschneiden lassen. Dann wurde ich plötzlich mit einem Mal, das heißt aufgrund einer Erleuchtung, zum heiligen Paulus, dem Revolutionär, der den Glauben von Abraham und Isaak und David und Salomon auf den Kopf gestellt und dem auserwählten Volk einen Spieß in seinen alten und fauligen Arsch gesteckt hat.«

»Bist ziemlich antisemitisch. Wie der heilige Paulus.«

»Paulus hatte nichts gegen die Juden. Er hielt sich selbst auch für einen Juden und ließ die Juden in Frieden. Aber von den Christen verlangte er nicht, sie sollten das Alte Testament befolgen, sondern das Neue. Hier, an der Stelle schürzt sich der Knoten, nicht im Hass auf seine ehemaligen Religionsbrüder.«

»Das ist mir neu! Sämtliche Bücher verbreiten eine andere Version. Und das ist eine immense Menge an Büchern. Ich nehme an, das ist dir bekannt.«

»Ich weiß, ich habe mir alles angeschaut, was über Paulus geschrieben wird, schließlich wollte ich doch verstehen, wer ich bin und was ich gewesen bin. Vor allem, seitdem ich auf diesem paradiesischen Gestade angelangt und Taxifahrer geworden bin. Konvertit wie Paulus, belehrt von den neuen Zeiten. Ja, ich lese alles, was über den Heiligen erscheint.«

»Statt Basketball? Erklärt dies deinen Verzicht auf Basketball?«

»Nichts erklärt irgendetwas, die Dialektik ist überholt. Mir hat das Spielen Spaß gemacht, mehr nicht. Wie es mir Spaß macht, ein Taxi zu fahren, basta. Und auf Paulus und Saulus aus Tarsus zu machen.«

»Und Romeo? Der rote Romeo, der Sohn des Tyrannen? Und die sündige Julia? Die keusche Tasia? Was wurde aus denen?«

»Sie haben sich letztlich getrennt. Der Erbe fand eine weniger maulfaule Fee.«

»Womit beschäftigt die sich?«

»Sie bemüht sich, einen Sohn zu produzieren, der an die Stelle von Maxim, dem Sohn von Tasia, treten könnte. Tasias Sohn ist zum einzigen Erben des Stotterers geworden! Die Geheimdienste mühen sich, eine Verbindung zu einer weltumspannenden Verschwörung aufzudecken. Wieder einmal Juda und die Silberlinge.«

»Womit beschäftigt sich der Sohn des Stotterers?«

»Womit? Er hat halt in Frankreich studiert, wie auch seine beiden Schwestern. Hat in der Wissenschaft geglänzt wie die beiden während der Revolution zu Tode gekommenen Schwestern.«

»Enthauptet?«

»Wir befinden uns nicht in der Französischen Revolution. Die proletarischen Prinzessinnen wurden mit dem Knüppel verprügelt. Dies aber erst, nachdem die gekrönten Eltern im Delirium der Massen von einem Erschießungskommando, bestehend aus Feuerwehrmännern und Schustern, erschossen worden waren.«

»Schustern?«

»Ja, unser genialer karpatischer Stotterer, der Vater von Romeo und Großvater des armen Maxim, war mal Lehrling bei einem Schuster. Dort hat er unter Beweis gestellt, dass er zu nichts als zur revolutionären Tätigkeit zu gebrauchen ist.«

»Und wo ist Tasia jetzt? Und der arme Maxim? Warum sagst du denn immer ›der arme‹ Maxim?«

»Ziemlich durcheinander, der Junge. Sind mit knapper Not dem Zorn der Massen und ihren Rachegelüsten entkommen. Weißt du, wohin sie entkommen sind?«

»Ob ich das weiß? Woher denn? Die Geschichte steckt voller Schatten und Fallen.«

»Schatten, sagst du? Finstere Intrigen. Mutter und Sohn sind ins Heilige Land abgehauen! Stell dir das mal vor! Tasia und Maxim sind heimlich dorthin gelangt, mit einem Nachtflug und unter Beihilfe der Leute von der Securitate, die ihre eigenen Manipulationspläne hatten. Bestimmt ging es ihnen um das präsidiale Erbe. Das Präsidentenkonto bei einer Schweizer Bank sollte dem jungen Maxim zukommen, dem wie Jesus von einer jüdischen Mutter geborenen Erben. Flüchtling nun in Jesu und Jehovas Land. Die Unglückseligen haben ihre Namen geändert. Das Leben im neuen Staat der ehemals Verfolgten hat ihnen nicht gefallen. Auch das Volk nicht, zu dem sie nicht gehören wollten. Sie haben sich oder man hat ihnen den Weg über den Ozean eröffnet. Die Freiheit, die Yankee-Statue! Jetzt befinden sie sich in einer amerikanischen Provinz unter ebenfalls exilierten ehemaligen Landsleuten. Die haben die arme Tasia, nunmehr Tess, mit ihren Ratschlägen, wie sie leicht schnell zu Geld kommen könnte, völlig verrückt gemacht. Wie sie etwa ein Buch über ihren Schwiegervater und vor allem über die Schwiegermutter schreiben könnte, dass sie ihre mosaische Zugehörigkeit nutzen möge, dass sie von ihrem früheren Gatten Entschädigung einfordern solle, dass sie für ihren Sohn die Zugehörigkeit zu den Revolutionären der Welt beanspruchen möge. Ich schicke ihnen hin und wieder etwas Geld. In der früheren sozialistischen Republik hatte ich keinerlei Beziehung mehr zu ihnen.«

Für den Moment hatte der Taxifahrer das Gespräch beendet. Gelangweilt von diesem Gegenstand, kam er auch später nicht mehr auf das Schicksal der Flüchtlinge zurück. Sein ehemaliger Mannschaftskollege erfuhr jedoch von seiner Schwester, dass die Beschreibung der Tasia, ihrer ehemaligen Kollegin im Krankenhaus, die sie allerdings nur entfernt gekannt hatte, mit dem Porträt, das Pavel skizziert hatte, übereinstimmte. Der Bruder begriff jedoch erst dann, wie vorteilhaft es war, keine Nachrichten mehr über Tasia von ihrem Cousin fünften, sechsten oder sechsundsechzigsten Grades zu bekommen. Der Taxifahrer Pavel war so plötzlich verschwunden, wie er aufgetaucht war. Seinem ehemaligen Mitspieler war es nicht danach, ihn zu suchen; er hätte ihn, allein schon durch das schlichte Auftauchen des Taxis, an die Dankbarkeit erinnert, die er ihm schuldete.

Und doch tauchte der ehemalige Basketballer zwei Jahre später wieder auf. Ohne Taxi. Er klopfte etwas zurückhaltend an die Bürotür des nun am College angestellten Professors.

»Nein, ich habe dich nicht vergessen, aber Silvia hat mir einen Sohn geboren. Ein echter Yankee, mir bleibt kaum noch Zeit zum Atmen. Ich habe auch das Taxi aufgegeben, bin jetzt Verwalter eines Wohnblocks im Zentrum. Jetzt aber bin ich hier, lass uns quatschen.«

Er rauchte Pfeife, das Zimmer hatte sich sogleich mit einem angenehm parfümierten Rauch angefüllt. »Apostel« Paulus hatte zugenommen, er bewegte sich gemächlich, selbstsicher. Kam bald zur Sache.

»Diesmal komme ich wegen Tasia. Das heißt, Tess. Tess Thompson. Sie haben ihre Namen geändert, wie ich dir schon gesagt habe. Es geht um Eduard, ehemals Maxim, den Sohn von Tess und Enkel des in die Hölle geschickten Tyrannen. Edy beendet das Gymnasium. Exzellenter Schüler. Wie sein Vater, der Biologe, der Sohn des Diktators, der den Rachegelüsten der Masse entkommen ist, hat er's nur mit seinem Mikroskop und seiner Briefmarkensammlung.«

Pavel hielt eine blaue Mappe in der Hand.

»Ich habe hier die Essays mal mitgebracht, die Edy in der Schule geschrieben hat. Höchstnoten. Schau diese Mappe durch und entscheide.«

»Was soll ich entscheiden?«

»Ob du sie unterstützt. Den Jungen und seine Mutter. Tess, die ehemalige Kollegin der Doktorin, deiner Schwester. Ich bin gekommen, dich zu fragen, ob du sie unterstützt.«

»Wie denn? Wie soll ich sie unterstützen? Womit? Mit Geld? Den Enkel des Diktators oder den Enkel der Genossin Haia Halevi, der Kommunistin?«

»Und den Enkel des Genossen Traikov, des großen Aktivisten, der aufgrund einer Anordnung von oben eliminiert wurde.«

»Ja? Wusste ich nicht, interessiert mich nicht. Überhaupt nicht! Keinen Deut interessiert mich die Geschichte der bolschewistischen Hausstände. Mitnichten!«

»Aber das Schicksal eines jungen Heimatlosen? So entwurzelt wie wir. Talentiert, gescheit, arm. Außer dem falschen Namen, der ihn vor der Vergangenheit seiner Familie beschützen soll, hat er keine Unterstützung. Und dann gibt es noch diese Bluthunde, die nach dem schweizerischen Konto des Erschossenen fahnden.«

Der Professor schob die blaue Mappe zum Rand des Tisches hin.

»Darum bist du gekommen? Du hast doch gesagt, du seist mich besuchen gekommen?«

»Es ist eine Grenzsituation. Sie sind verzweifelt, stehen am Rande des Abgrunds, kurz davor, in das yankee'sche Nichts zu fallen. Ja, ich bin gekommen, um dich zu sehen und mit dir zu sprechen. Nur du kannst uns jetzt helfen.«

»Hilfe im Plural? Oder handelt es sich, wie es das Protokoll vorschreibt, um den majestätischen Plural, der auf die gekrönte und anschließend enthauptete Familie zurückgeht? Ich bin ein armer improvisierter Professor. Ich habe keinerlei Macht. Hier gibt es Wohltätigkeitsgesellschaften.«

»Tasia will nicht an die Wohltätigkeit appellieren. Sie hat sich auch im Heiligen Land nicht angepasst. Sie hütet sich vor ihren Religionsgenossen. Sie ist von Internationalisten und Atheisten erzogen worden.«

»Sie hütet sich vor allen, das verstehe ich. Wahrscheinlich bist du ihr einziger Vertrauter.«

»Das glaube ich auch. Ich vertrete sie hier vor dir. Sie wünscht sich, dass ihr Sohn in eurem College studieren kann. Ein berühmtes College, nicht? Er benötigt ein Stipendium. Sie werden hierher umziehen, damit sie beisammenbleiben können. Hier habe ich Edys Noten, sie sind sehr gut. Du kannst mich nicht zurückweisen.«

»Es wird schwer, dir zu helfen. Wir werden sehen … Ich habe mich allmählich mit dem neuen Präsidenten angefreundet. Ein zupackender junger Mann. Ich werde ihm den Fall schildern. Werde seine Legende noch ein bisschen ausschmücken, den Mythos, den Exotismus dieser beiden Heimatlosen. Die Yankees sind mit Exotismus leicht zu kriegen.«

»Exotismus? Was willst du damit sagen?«

»Nun ja, die Kommunistin Haia Halevi und der Kommunist Traikov, und deren Tochter, die Schüchterne! Und ihr Sohn mit dem Biologen. Die Verwandtschaft mit dem Allerhöchsten. Dann die Scheidung, die Flucht zur Klagemauer, die Namensänderung, die Flucht in die Neue Welt, die Armut und die Verzweiflung. Der junge Präsident des Colleges wäre sensibel. Also neugierig. Alles ist in Geheimnis, Leere und Schatten eingehüllt.«

»Nein, das bitte nicht! Du fängst jetzt nicht an, diese Geschichte zu verkaufen, sodass das gesamte College davon erfährt und die vom Schicksal Betrogenen mit offenem Maul begafft.«

»Von der Tyrannei, Monsieur, nicht vom Schicksal betrogen! Wie soll ich denn sonst den Präsidenten dafür interessieren? Ich muss ihn einfangen, dass ihm die Kinnlade herunterfällt! Ich verkaufe ihm ein Geheimnis oder eine tolle Anekdote für offizielle Dinners. Es ist die einzige Lösung, und auch die ist nicht sicher. Ich kann es probieren.«

»Unter der Bedingung, dass er den Schnabel hält.«

»Das ist nun überhaupt keine Garantie, selbst wenn er es verspricht. Je mehr man das Geheimnis betont, umso größer wird die Freude am Weitererzählen, unwiderstehlich. Die einzige Lösung besteht darin, deinen Gesprächspartner umzubringen. Aber dann gibt es auch für Edy keine Chance mehr. Du musst das Risiko akzeptieren. Zumal es nicht deines ist.«

»Du hast das kapitalistische Gesetz gelernt. Kaufen und verkaufen.«

»Ich werde täglich daran erinnert. Da werden die Organe des menschlichen Körpers verkauft, das Sperma, die Haut. In einen anderen Körper implantiert. Alles wird verkauft und gekauft. Seelen werden verkauft und Träume und Waffen und Föten. Freier Markt, globaler Jahrmarkt.«

Der Professor zögerte. Man wird ihn bestimmt scheel ansehen, wenn er der heimatlosen Verwandtschaft des Tyrannen beisteht. Er zögert und zögert, den Präsidenten des Colleges anzusprechen. Gelangweilt von seinem Zögern, warf er mit einem Mal die Würfel und stand vor dem Präsidenten mit seinem verstotterten Ansinnen.

Trotz der Vorsicht gewährte der junge Präsident dem Professor das Stipendium für den verheimlichten Neffen des Tyrannen. Und eine Stelle in der Bibliothek für die scheue Psychologin Tess Thomson. Pavel war zufrieden, der raffinierte Pfeifentabak hatte wieder einmal das ganze Büro des Professors ausgefüllt. Er wusste nicht, wie er ihm noch danken könnte. Er hatte nicht erwartet, dass sein ehemaliger Mannschaftsgefährte mit seiner Dankbarkeit für die paar Monate der Beherbergung in der Garage so weit gehen würde. Aber der Professor stellte eine Bedingung.

»Bevor ich dem Präsidenten die Ankunft des neuen Paares ankündige, will ich die berühmten Flüchtlinge sehen. Ich will die Gelegenheit nicht versäumen, es handelt sich schließlich um die neue proletarische Aristokratie.«

»Tess hat nicht in geringster Weise davon profitiert, dass sie zur Herrscherfamilie gehörte. Jetzt befinden sie sich auf der untersten sozialen Stufe, kurz vor dem Absturz ins Nichts. Die Enterbten der Utopie! Nicht sie sind schuldig zu machen für die Sünden ihrer Eltern und Großeltern. Aber sie können sich nicht an das normale Leben anpassen, das ist es eben. Du wirst ja sehen, sie sind Schatten. Bettelnde Gespenster.«

Das Treffen wurde für den kommenden Donnerstag um vier Uhr nachmittags im Café Marilyn vereinbart. Er war zwar auf jede Überraschung gefasst, und doch war der Schock heftig. Die Mutter weißhaarig und der Sohn stumm, den Blick starr auf den Boden gerichtet, bequemte er sich in großen Intervallen mal zu einer kurzen Antwort, die bestens zur gerunzelten Stirn passte. Die mitnichten enthusiastische Meinung des Professors über die Schüleressays von Edy schien sie nicht zu schockieren. Auch nicht die Vorsicht, mit der er ihnen begegnete. Sie unterwarfen sich lediglich ergeben diesem Gespräch, das sie aus Finsternis und Elend herausholen sollte. Erst am Ende, als das Schweigen erdrückend wurde, erhob Tess den Blick und lächelte.

»Und Tamar? Wie geht es der schönen Tamar? Wir waren Kolleginnen, das wissen Sie wahrscheinlich.«

»Ja, ich weiß. Auch sie erinnert sich daran.«

»Bei uns im Krankenhaus ist sie diesem gutaussehenden Journalisten begegnet. Ich hoffe, sie ist glücklich, sie sind beide glücklich.«

»Ja, das sind sie.«

»Richten Sie ihr meine besten Wünsche aus. Tamar ist eine heitere Erscheinung, unvergesslich. Allein durch ihre Anwesenheit kann sie schon für eine freundliche Stimmung sorgen.«

»Ja, das stimmt. Ich werde es ausrichten, sie wird sich bestimmt freuen.«

Die Flüchtlinge zogen sich scheu zurück, der Professor saß vor der nicht geleerten Kaffeetasse. Die Anstrengung, die er unternommen hatte, den jungen Edy nicht wirklich wahrzunehmen und ihn dann so schnell wie möglich zu vergessen, hatte ihn erschöpft. Und trotzdem hatte er es nicht geschafft. Diese Begegnung unter Hochspannung hatte ihn mit schierer Gewalt ergriffen: Der Tyrann im jugendlichen Alter! Dem Großvater, wie ihn die offiziellen Fotos zeigten, aus dem Gesicht geschnitten! Eine dämonische Ähnlichkeit, die man nur schwer vergessen kann, die plötzliche Invasion des Phantoms, das jahrelang das ferne Land beherrschte. Das in geraden Linien geschnittene Gesicht, der unerbittliche Blick, das fraktionierte, schräge Lächeln, die großen Hände, so hatte der Despot, der dann zum absoluten Herrscher geworden war, in seiner Jugend ausgesehen. Der Schatten des Jungen war die Gestalt des Großvaters, jedenfalls auf der weißen Wand des Cafés und in den Augen des erschrockenen Professors.

Die dann folgende Nacht war alles andere als nachsichtig, heimgesucht von dem gleichen stotternden jungen Revolutionär, über den sich die Umrisse des von der Menge umgebrachten Diktators gelegt hatten.

Erst in den Handschellen der kapitalistischen Polizei, dann im Angesicht der Richterschaft in der bürgerlichen Demokratie. Im Gefängnis an der Seite seiner Zellengenossen die marxistisch-leninistisch-stalinistische Lehre studierend. Dann als junger General, beauftragt mit der politischen Erziehung der Volksarmee, die proletarische Rednerkunst auf den befreienden sowjetischen Panzern übend, bald schon ins Politbüro der einen Partei kooptiert, der einzigen und einigen führenden Kraft des Landes auf seinem Weg in eine unbefleckte und sündenfreie sozialistische Zukunft. Und schließlich absoluter Herrscher! Im flauschigen Sessel der Maskerade, mit vergoldetem Hammer-und-Sichel-Emblem und einer blutroten Dornenkrone. Der Großvater des gegenwärtigen Schülers am College des nomadisierenden Professors war wieder jung geworden, trug einen geänderten Namen und hatte eine ehemalige Schwiegertochter des Revolutionärs zur Mutter. Beide hatten sie nun unter Skeptikern und Spekulanten Schiffbruch erlitten.

Eine Albtraumnacht: Der nicht enden wollende Film mit der Biographie des genialen Absolventen der Kurse in Propaganda und Agitation, abgehalten von den Totengräbern des Kapitalismus und den Fanfarenbläsern der Utopie.

Am Morgen, vom Terror erwacht, konnte er sich nicht mehr an einen Unterschied zwischen Edy und seinem vom Teufel dekorierten Großvater erinnern. Er wusste, dass er ihm niemals mehr begegnen wollte. Er würde die beiden meiden, koste es, was es wolle! Er hoffte, ihr wahrer Name werde nie in Erfahrung gebracht: Der könnte sonst den Verdacht in Umlauf setzen, der Professor sei Komplize ihrer Flucht und ihres Identitätswechsels gewesen.

Feigheit! Er war sich der Feigheit bewusst, nicht offen zu seiner Intervention zu stehen. Der Präsident des Colleges hatte seine Initiative belobigt. »Beispielhaft, Ihr Verhalten erscheint mir als beispielhaft«, hatte er gesagt. »Sie, die Sie unter dem Regime des Großvaters gelitten haben. Wenige sind imstande, ihre eigenen Ressentiments zu überwinden.«

Okay, eine willkommene Überraschung, diese Worte, aber er wollte mit dem Paar nichts mehr zu tun haben! Es hatte gereicht, er zog die Distanz zu den Enterbten vor.

Hin und wieder sah er sie auf den Alleen des Colleges, sie hielten sich an den Händen wie Genesende, und er schlug sogleich eine andere Richtung ein, um ihnen nicht zu begegnen. Zwei Schatten, die sich an den Händen hielten. Mitunter wurden die Schatten rot wie die Revolution, dann wieder schwarz wie der Tod, manchmal aber trennte sie eine goldschimmernde Wolke. Und trotzdem, er war neugierig geworden auf die schulischen Leistungen des Jungen, er hatte eine Neubewertung verdient. Aber er gab diesen Gedanken gleich wieder auf; er musste jedweden Zusammenhang mit den armen Flüchtlingen vermeiden, eine zynische Weise, die eigene Ruhe zu beschützen.

Kaum zwei Monate nachdem Tess in der Bibliothek angestellt worden war, füllte sich das Büro des Professors neuerlich – an einem regnerischen Oktobernachmittag – mit dem parfümierten Rauch aus Pavels Pfeife.

»So schnell? Sie haben sie eben erst angestellt und auch schon wieder entlassen! Das soll Mitgefühl sein? Was sagt der junge Präsident dazu?«

»Weiß ich nicht, er hat mich nicht vorgewarnt. Dazu war er auch nicht verpflichtet. Ich vermute, es gibt Gründe für die Entlassung, kann mal nachfragen.«

Tatsächlich, es gab Gründe. Tess hatte sich nicht an ihre neuen Kollegen angepasst, und auch diesen war es nicht gelungen, in eine reale Beziehung mit der seltsamen Schweigerin zu treten, die darüber hinaus auch noch überaus erregbar und unfähig war, sich auf ihre neuen, alles andere denn komplizierten Aufgaben zu konzentrieren. Die Direktorin der Bibliothek hatte den Präsidenten davon unterrichtet, dass sie keine Perspektive zur Verbesserung der Situation erkennen kann. In dieser bizarren Vereinsamung war an den Beginn der Einbürgerungsformalitäten, verbunden mit Empfehlungen hinsichtlich der besonderen Qualifikationen der Kandidatin, vorerst nicht zu denken.

Der Präsident hatte sich jedoch als besonnen und großzügig erwiesen. Er wirkte engagiert in dieser karitativen Aktion und hatte eine bescheidene vorläufige Lösung gefunden, denn seine Sekretärin, Molly, hatte eine alte und kranke Mutter, die dringend einer Pflegerin bedurfte.

Der misanthropische Professor blieb bei seiner Neutralität, unternahm nichts zu Tess' Unterstützung. Er hütete sich wie der Teufel vor dem Weihwasser vor jedem Kontakt mit dem Paar. Von Molly erfuhr er, dass sie sich von einer Pizza pro Tag ernährten. Molly war es auch, von der er nach einigen weiteren Monaten erfuhr, dass ihre Mutter die Geflüchtete nicht mehr ertrug, sie brachte sie schlicht und einfach aus der Fassung. Sie träumte in der Nacht von ihr, einer Höllengestalt.

Als die Begegnung auf der Allee des Colleges nicht mehr zu vermeiden war, blieb der Professor etwas verängstigt stehen.

Tess hatte ihre Stimme wiedergefunden:

»Ein Schwein, dieser College-Präsident! Nichts von alldem, was er versprochen hatte, hat er erfüllt. Nichts. Ich habe mich schriftlich zu einer Audienz bei ihm angemeldet, aber diese rothaarige Sekretärin, diese Molly, hat gesagt, er sei überlastet, ich möge ihm schreiben. Ich habe ihm von unserem Elend in der kapitalistischen Demokratie geschrieben und dass ich keine verlogene Mildtätigkeit haben will. Ich will, dass man uns wie Menschen behandelt, mehr nicht! Und nicht wie schmutzige Lumpen. Der soll sein Versprechen einhalten, mir einen Posten geben und die Residenzakten erledigen. Wie er es versprochen hat! Keine Antwort. Dann hat mich diese scheinheilige Molly angerufen, um mir zu sagen, der Herr Präsident bedauere, was vorgefallen ist, aber er hänge von den Gutachten seiner Untergebenen ab. Diese Skorpionin von der Bibliothek hat ein negatives Gutachten verfasst. Die Sekretärin hat mir geraten, an die Hilfsorganisationen der Flüchtlinge zu appellieren, die an meinem Fall interessiert sein könnten, wenn ich ihnen meinen Familiennamen nenne. Er, der Herr Präsident, wäre bereit, mich einem Senator vorzustellen, der ganz bestimmt an meinem Fall interessiert sei, wenn ich ihm einiges über die Familie mitteile und mich nicht scheue, auch an meine jüdischen Wurzeln zu erinnern. Wurzeln, hört, hört! Wie im Kommunismus! Lasst uns die Wurzeln des Übels ausfindig machen, die sündige Herkunft. Meine Wurzel möge eine jüdische sein! So wünscht es sich der Herr Präsident, als wüsste er nicht, dass ich wie von der Tarantel gestochen aus dem Staat der Juden abgehauen bin und hier jeden Kontakt mit ihnen vermieden habe.

Der Professor schwieg, Tess redete in einem fort, holte jetzt ihre lange Schweigezeit nach und war nicht zu unterbrechen.

»Ich, ich möchte ja helfen, Ihnen irgendwie helfen, aber ich weiß nicht, wie. Vielleicht sollte ich noch einmal mit ihm sprechen. Ihm erklären, warum die Situation verzweifelt ist.«

»Eine Erklärung? Die Zeit der Erklärungen ist vorbei. Wir sind ihm zur Last gefallen, das ist es. Auf den Kopf. Und es ist nicht der richtige Kopf … Molly, die affektierte Schnepfe, hat mich gefragt, warum mein Sohn nicht arbeitet. Alle Studenten verdienen sich etwas in der Kantine, in der Bibliothek, beim Gärtnern. Das war die Information, die ich von der Nichtsnutzigen bekommen habe.«

Der Professor hätte am liebsten die wohlgemeinte Frage von Molly wiederholt, aber er wollte das Unglück dieser Begegnung nicht noch in die Länge ziehen. Er musste das kurze Schweigen ausnutzen und sich davonmachen, das war die einzige Lösung. Wie bei einem Brand, sofortige Flucht!

»Sicher, Sie können mit ihm reden, aber ich habe keine Hoffnung mehr. Alle Welt hütet sich vor uns, als hätten wir die Pest. Edys Freunde von hier, an diesem großen internationalen College, sind aus Bangladesch, aus Pakistan und Nigeria. Kein einziger Amerikaner! So sieht es aus, Herr Professor, das ist das Bild, und nicht, was in den an die Lüge verkauften Zeitungen steht. Die Lüge des Geldes, um es so zu sagen.«

Ihre Vehemenz hatte nachgelassen, Tess wollte ihren Beschützer nicht kränken. Sie lächelte, lächelte schon wie nach einer kräftigen Prügelei. Ein schiefes Lächeln, bereit zur Versöhnung.

»Die Rettung kann nur vom Kongress kommen. Wenn sie sich entscheiden, die Situation der Flüchtlinge ohne Papiere zu regeln, und uns die Staatsbürgerschaft erteilen.«

Und was werden Sie dann tun, hätte der Professor gerne gefragt. Er beeilte sich, der Geflohenen die Hand zu schütteln, und ließ dem jungen Zuschauer, der sich aus dem Gespräch herausgehalten hatte, eine Geste der Sympathie zukommen. Dieser machte einen autistischen oder neurasthenischen Eindruck, geistig behindert oder genial. Und ähnelte, das war deutlich zu sehen, dem heiliggesprochenen Stotterer-Großvater.

Das war wahrscheinlich der Grund, weshalb der Professor ihn während des Gesprächs mit seiner Mutter überhaupt nicht angeschaut und ihm bloß am Ende die Andeutung eines verlogenen Grußes hatte zukommen lassen. Eigentlich wusste er schon aufgrund der Lektüre seiner Schulaufsätze, dass der Erbe des roten Thrones keinesfalls genial, sondern lediglich mittelmäßig war. Er war auch nicht ganz und gar blöde oder autistisch, lediglich linkisch, gelangweilt von sich selbst und allen anderen, verstört durch nicht eben heitere Erinnerungen, die die Identität und deren Metamorphosen betrafen, beherrscht von der Nähe der Mutter, der Armut und von den Schatten, mit denen jeder von ihnen beiden sich im Gespräch befanden. Die Ungewissheit des Entkommenen … ein fortwährender Tremor, auf der Hut vor dem Blick der Öffentlichkeit, in Erwartung der finalen Konvulsion.

»Ja, ja, ich möchte mit dir sprechen«, kündigte der Professor dem früheren Mannschaftskollegen an. »Ich habe deine Verwandten getroffen, und ich habe Mitleid und bin angeekelt. Von mir, von ihnen. Ich sehe überhaupt keine Lösung. Die Lösung, die sich anbietet, karitative Hilfeleistung, lehnt Madame Tess ab. Sie verleugnet auch ihre Zugehörigkeit zum Judentum, verweigert auch eventuelle zusätzliche Anstrengungen des roten Prinzen, also irgendeine geringe, aber bezahlte Tätigkeit. All dies kann sich das Paar offenbar nicht vorstellen, und ich bin noch nicht so senil, dass ich ein neurotisches Kindermädchen bräuchte.«

FATA MORGANA

Es gab auch Vormittage, ja auch Dämmerungen, an denen er die Bäume und Schnecken und Ameisen und sogar den ungerührten Himmel darüber vergaß. Verführt, wie vor Zeiten, von der Falle der Buchseiten, als der Heranwachsende die Eltern vergaß und die Schule und das Mädchen mit den blonden Zöpfen aus der ersten Bank und bis mitten in der Nacht beschützt von der Mauer der Buchstaben.

In Eden gab es nicht nur Schnecken und Blumen und Schmetterlinge, Vögel und Bäume und Würmer und Grabsteine, steinerne Bänke und Blätterdächer. Da gab es auch Geister und Schatten, die mit den Phantasmen und Gespinsten zusammenlebten und dann und wann – immer unerwartet – ihre transparenten Flügel reckten.

Er hatte sich auf die Bank an der Seite der rechteckigen Steinplatte gesetzt, die das Grab der Professorin für Italienisch bezeichnete, die er nicht mehr hatte kennenlernen können. Dem Nichts überantwortet, bevor er selbst im College aufgetaucht war, fuhr diese trotzdem darin fort, sie in seinem Vogelbauer, recht anspruchsvoll *casa minima* genannt, zu beherbergen. Sie drang ein in seine Träume, in sein Vor-sich-hin-Dösen und seine schlafwandlerischen Anfälle. Eine Komplizenschaft, über die zu sprechen er sich hütete.

Madame, Fräulein und Muse Brandeis, Irma Brandeis, Dante-Exegetin, zur neuen Beatrice des Dichters Eugenio Montale geworden, nährte selbst in ihrer Nachwelt noch den Mythos der Klytia, den sie von Ovid, dem nach Tomis ans blaue Schwarze Meer verbannten Dichter, übernommen hatte. Die Fee, eine in die Sonne Apollo verliebte Frau, wird in Irma verwandelt, eine Blüte der biblischen Sonne – die semitische Blume unter der feindlichen Sonne der Zeit.

Irma wird, wie David Michael Hertz in seinem gewichtigen Band *Eugenio Montale, the Fascist Storm and the Jewish Sunflower* zeigt, zur Apotheose der leidenden Fee, die den blutenden Gott mit sich führt durch die Levante und durch die Welt. Der Umschlag belebt noch einmal das Bild des Paares: Ein gestandener Mann mit Schnurrbart und eine zarte junge Frau mit Ponyschnitt und unschuldigem Blick. Die Liebesgeschichte, durch die Poesie zur Zeit des Faschismus mythisiert, verband den Namen des berühmten Dichters mit der amerikanischen Jüdin, die den Versuch unternommen hatte, den Dichter und christlichen antifaschistischen Geliebten zu retten, der von dem gleichen Unheil bedroht war, das Millionen ihrer Glaubensgenossen vernichten sollte.

Auch wenn diese dramatische Episode in Gedichtbänden (und der Sammlung der 155 Briefe des Dichters aus den dreißiger Jahren, die Irma schließlich im Jahr 1983 dem Archiv Gabinetto Vieusseux der Bibliothek von Florenz übergeben hat) zu einem glücklichen Ende gelangte, hörten die blutenden Schatten des Gedächtnisses nicht auf, den amerikanischen Nomaden zu drangsalieren.

»Einmalige weibliche Eleganz und mystische Aura«, las der gegenwärtige Landstreicher über die Leiche, die nur ein paar Schritte entfernt unter der Erde lag. »Ihre Haartracht und das Oval ihres Gesichts erinnerten an die strahlend gelben Blütenblätter und den runden Diskus der Sonnenblume.« In seinen Schriften erwähnte der Dichter ein paar weitere spezifische Details von Irma: die Haare, den Schmuck, die Schärpe, die Sonnenbrille, ihren Zigarettenrauch, der sich träge in der Luft hielt.

Montale konnte sie nicht vergessen, ebenso wie er Svevo und Saba während der nationalsozialistischen Apokalypse nicht hatte vergessen können. Die Anrufung der Muse war mehr als nur eine lyrische Klage, sie war eine brennende Vergegenwärtigung des Vergangenen. »Bring mir die Sonnenblume, dass auf meine Flur / ich sie verpflanze, die der Salzhauch sengt. / Hier sei den ganzen Tag im spiegelnden Azur / ihr furchtsam gelblich Antlitz aufgehängt.«[37] Irma, eine leidenschaftliche Leserin, war es, die den Dichter in der Bibliothek von Florenz aufgesucht hatte. Dort nahm die so reale wie literarisierte Geschichte einer Liebe ihren Anfang, die beide Liebende bis an ihr Lebensende beherrschen und selbst den Tod noch als eines ihrer Kapitel umfassen sollte.

»Ich hasse den Platonismus, und ich denke, es gibt mit Varianten und Zugaben jenseits des 5. September nichts im Leben … Und ich träume von dir, und träume nicht von Deiner Seele, ich träume von den Lippen, deinen Augen, den Brüsten und dem Rest, der nicht bloß Schweigen ist. Ich wage zu behaupten, der Rest ist das Allerbeste, und Shakespeare wusste dies.«[38]

Die Beziehung Irmas mit dem Dichter, der auch in der Nachwelt ihr Partner bleiben sollte, stand von allem Anfang an unter dem Zeichen der magischen Liebe zwischen einer modernen biblischen Beatrice jenseits des Ozeans und ihrem unveränderlichen Dante. »Du warst mir eine große Gegenwart, halb verschattet, nun aber bist Du ein gewaltiges Licht«, schrieb ihr Montale nach ihrer ersten Begegnung.

Der misanthropische Nomade wiederholte nun, neben dem Grabstein, den Vers.

Die alte Madame Caro hatte ihm von Irma erzählt. Exzentrisch, barock, ein merkwürdiges und faszinierendes Wesen. Der Misanthrop fühlte sich wohl unter dem von Irma errichteten Brandeis-Schutzdach. Der Bewohner der kleinen Schutzhütte, in der Irma vor sich hingeträumt hatte, las nun das Post-mortem-Gedicht und betrachtete die Schnecken, wie sie ihr winziges Haus mit sich trugen. Beim Tod von Doktor Brandeis, Irmas Vater, erinnerte Montale sie: »Lontano, ero con te quando tuo padre entrò nell'ombra.«[39] Die Blume Clizia überlebt die Stürme wie ein Vogel der Hoffnung:

Da du die letzten Krümel von Tabak
mit einer Handbewegung hast gelöscht,
in der kristallenen Schale, steigt
zur Decke langsam auf die Rauchspirale,
erstaunt schaun auf dem Schachbrett Pferd
und Läufer ihr nach; und neue Ringe folgen,
beweglicher als die
an deiner Hand.

Das Trugbild, das am Himmel schweben ließ
Türme und Brücken, ist zergangen
beim ersten Hauch; es öffnet sich
das unbemerkte Fenster, und Bewegung
kommt in den Rauch […][40]

Der Rauch und das Trugbild (die Fata Morgana) tauchten im unsichtbaren Fenster der Pension Annalena in Costa Sang Giorgio 54 wieder auf, wo Irma in den dreißiger Jahren gelebt hatte.

Am 5. September 1933, als sich im Hotel Bristol in Genua die glühende Verschmelzung der jungen Körper vollzog, gab es mich noch nicht auf der Welt, würde der Streuner der Nachwelt heute sagen. Die Luft rings um die Verliebten, die in einem kleinen osteuropäischen Marktflecken meine Eltern werden sollten, war noch Waldluft und Windhauch der Märchennächte. Der Nomade war viele Jahrzehnte später zum zeitweiligen Bewohner des Tiny Houses der Irma Brandeis in dem College geworden, dem sie beide zu unterschiedlichen Zeiten und mit verschiedenen Lehrverpflichtungen gedient hatten.

»Ich bin weit weg von hier und zu einer Zeit geboren worden, als Irma schon die jüdische Nachfolgerin von Petrarcas Laura und Dantes Beatrice geworden war«, flüsterte der osteuropäische Solitär der Schnecke zu, die sich auf seinem Knie niedergelassen hatte. »In einer ehemals österreichischen Provinz, *mit österreichischen Augen*, wie Montale sie bei Irma entdeckt hatte, ohne dass mich dies sonderlich interessiert hatte.« Von den Faschisten verdächtigt, Jude zu sein, dessen auch bezichtigt, bleibt Montale viele Jahre lang der lyrische Gefangene seines mythischen Schattens, Clizia, in der er Irma wiedererkennt und wiederbelebt, nachdem er ihren Vorschlag zurückgewiesen hatte, sich gemeinsam ins Amerika der Exilanten zu retten.

In den Jahren, da ich das Versuchskaninchen-Kind im nationalsozialistischen Vernichtungslager war, wurde Montale immer philosemitischer, nicht bloß Antifaschist, wie er es immer schon war. Und nicht allein wegen der jüdischen Geliebten vor und nach Irma: »In Mailand dachte ich wegen des Svevo-›Falles‹, ich sei Jude. Wäre es möglich, Jude zu sein, ohne davon zu wissen, so wäre dies mein Fall, so weit reicht meine Leidensfähigkeit«, vertraute Montale der Nachwelt an.[41] Die Briefe an Clizia lassen keinen Zweifel mehr darüber aufkommen, dass seine poetischen »Motetten« zum überwiegenden Teil von Irma inspiriert sind. Dem Vulkan der Zeitläufte widersteht eine Sonnenblume, deren Schatten aus einer peinvollen Vergangenheit von Flucht und Unbehaustheit herrühren.

Fata Morgana, ein gescheiterter Inzest. »Wir werden immerzu beisammen sein, was auch immer geschehen mag, nichts wird uns trennen, was auch immer kommen mag«, sagte Agathe zu ihrem misanthropischen Bruder und schaute ins Nachtkissen hinaus, die »Nußschale«, die sie jedes Mal wieder in der Vorbestimmung vereinte. »Jetzt aber ist auch die aufgetaucht, an deren Seite ich mich auch im jenseitigen Leben befinden werde; hier, im Eden-Friedhof des Colleges, das meiner Unbehaustheit eine Heimstatt geboten hat«, flüsterte der Misanthrop der Schnecke zu, die wieder auf seinem Knie aufgetaucht war. Die Fata Morgana im Rauch der Nachwelt, sie hat das schwarze Jahr 1938 erlebt, als ich gerade mal zwei Jahre alt war in jener kleinen semitischen Enklave im Osten Europas.

Das »Manifesto degli scientiziati razzisti« (Manifest der rassistischen Wissenschaftler), veröffentlicht im *Giornale d'Italia* im faschistischen Rom, war die Ankündigung dessen, was ihresgleichen künftig in Europa zu gewärtigen hatten. »*La tua fuga*«, schrieb ihr der verlassene Dichter, dazu entschlossen, sie im Bild der Clizia, der fiktiven Heldin aus der Zeit des Unheils, wiederzuerwecken. »Und von hier aus schreibe ich Dir, / von diesem fernen Tisch, der Honigwabe / einer ins All geworfenen Kugel. [...] Viel zu kurz / ist dieses Leben noch, das Dich umspinnt / mit Märchen, wenn Du's ausfüllst. Es enthüllt / Deiner Ikone lichten Grund. Es regnet draußen.« »Allzu dünn ist das Muster der Sterne gestickt, / das Auge des Kirchturms blickt starr auf zwei Uhr / auch die Kletterpflanzen sind ein langsamer / Aufstieg der Finsternis, und bitter schmerzt ihr Geruch. [...] O das Tröpfeln, das langsam zieht von den dunklen / Hütten herab, die Zeit, zu Wasser geworden, das lange / Gespräch mit den armen Toten, der Asche, dem Wind, / dem Wind, der spät kommt, dem Tode, dem Tode, der lebt!«[42]

Die Gefahr, die den Dichter und seine Muse ebenso bedroht wie eine ganze Zivilisation, findet ihr Echo in der erotischen Meditation über Krieg und Religion in dem Band *Le occasioni (Die Gelegenheiten)*, der Irma Brandeis *(für I.B.)* gewidmet ist, und dort vor allem in dem Briefgedicht »Notizie dall'Amiata« (»Nachricht vom Berg Amiata«) sowie in den anderen, von der amerikanischen Geflohenen inspirierten Fragmenten. »Sie wird sie lesen«, sagt David Michael Hertz. »Im Januar 1941 leiht sie den ihr gewidmeten Gedichtband in der Bibliothek des Sarah-Lawrence-Colleges in der New Yorker Bronx aus.«

Die Sonnenblume wirft Schatten, obwohl sie der Sonne angehört? Das jahrtausendelange Pendeln zwischen Sonnenaufgang und Abenddämmer, die ungewissen Rückstrahlungen aus Vorläufigkeit und Wanderschaft, das immer wieder neu angegangene Abenteuer der Entzweiung? Irma wird Clizia, »ein angelischer Gast« in der Auseinandersetzung des Dichters mit dem nazistischen Nichts, da die *bufera*, der danteske Sturm des planetaren Genozids ihm für viele Jahre die Schreibhand lähmt, ohne dass die beschützende Schattengestalt verschwunden wäre, sie hatte sich lediglich in ein jüdisch-christliches Emblem verwandelt, wie David Hertz feststellt. »Clizia wird (trotz, aber auch wegen ihrer jüdischen Herkunft) zur unfreiwilligen Bewahrerin des christlichen Symbolismus sowie alles dessen, was dieser im Kontext der lyrischen Dichtung Montales verkörpert. Sie ist die heidnische Nachfolgerin Christi, Jüdin, ein pan-kulturelles Symbol des Guten in seinem Kampf gegen das Böse und, schließlich am allerwichtigsten, in ihren Konnotationen eine Christin … Irma ist Clizia geworden, zum Symbol von etwas, das Montale in die Lage versetzt, noch hoffen zu können, selbst in den finstersten Momenten des Krieges.«[43]

Und wo war ich zu jener Zeit, Herr Hertz?, fragt sich der Misanthrop im Exil und studiert die Schnecke auf der Seite dieses Buches auf seinem Knie. Ich begrüßte die Befreier der Roten Armee aus dem Zug, der mich nach Hause und damit zurück in das verräterische Land brachte, das mich in die Hölle geworfen hatte, war bereit, an der Seite der kleinen Tamar wiedergeboren zu werden in der schönen Geburtslandschaft, die sich mir nun verwehrte. Was folgte für uns, die Vertriebenen im Osten, in den Jahren, als Irma die Gedichte dessen übersetzte und anpries, von dem sie sich getrennt hatte, ohne sich zu trennen?

dies und weniges andere [...]
ist alles, was von dir entkommen dem Schiffbruch
meiner Leute und deiner, nun da ein eisiges Feuer
die Erinnerung wachruft der Erde, die dein ist
und die du nicht sahst, anderer Rosenkranz
schlingt sich mir nicht um die Finger, andere Glut
nicht als diese aus Harz und Beeren
hat dich ergriffen.[44]

schrieb der italienische Dichter in den Jahren des Schiffbruchs, die mich, den Verdächtigen, ins Vernichtungslager geworfen hatten. Ich sollte es als Schatten verlassen. Dürstete ich nach Licht und Frieden und war bereit, Bücher und blutendes Fleisch, Blätter und Ameisen und Schnecken und die Träume verirrter Tauben mir einzuverleiben?

Die Zeit bot mir von den roten Tribünen her das verlogene Märchen der Verbrüderung und einer hellen Zukunft an. Ich war durch Geschichten, die ich noch nicht kannte, durchaus angreifbar und klammerte mich in den verdreckten Waisenhäusern der Zeit an Tamar. Wir haben uns gemeinsam zwischen die Buchdeckel der Schulbücher geduckt. Die mussten uns retten! So haben wir die Grausamkeit des uns umgebenden Zirkus begriffen, haben es dem Dschungel überlassen, uns Freude und Verzweiflung beizubringen, Resignation und Feigheit sowie den Wunsch, wegzugehen. Und der hat es uns tatsächlich beigebracht, Sir Hertz! Auf diese Weise gelangten wir beide, aber jeder einzeln, in die bunte Wüstenei des postkapitalistischen Wohlstands! Eine fragwürdige Wiedergeburt, dankbar sind wir und angewidert.

In dem Jahr, als Irma hier in dem College, in dem wir uns nun unterhalten, Professorin für Italienisch wurde, also 1944, da wagte ich gerade mal, die befreienden stalinistischen Kanonen anzuschauen; 1979 dann, als sie pensioniert wurde, freute ich mich darüber, dass der Amerikaner Agathe mit seiner Liebe aus ihrer Apathie erweckte und ihr neue Illusionen schenkte; und 1990, als Irma Brandeis hier unter diesem Stein, auf dem ich nun ihren Grabspruch lese, ihre ewige Ruhestätte fand, war auch ich schon hier in der Nähe und bereit, das Tiny House der Heimgegangenen zu beziehen. Ich hatte mittlerweile gelernt, die Schatten aus den Büchern mit denen im wirklichen Leben zu verwechseln, dann sie zu unterscheiden und zu separieren. Ich nahm die Lehrlingszeit im neuen Exil als eine Gunst an. Die Initiation ins hier nun finale Exil, in Eden, dem letzten Wohnsitz, den ich mit Irma mir werde teilen dürfen.

»Nichts und niemand wird uns trennen«, sagte Tamar. Ich nehme an, sie wird Irma schließlich akzeptieren, die neue Fata Morgana, die mir, wie ein Adagio, das Schicksal geschenkt hat.

»Clizia, es ist dein Schicksal, du, / die du die unverwandelte Liebe verwandelt / bewahrst, bis dass die blinde Sonne in dir / sich im Anderen blende und in Ihm / sich zerstöre, für alle«.[45] Das Gedicht »Der Hitlerfrühling« berücksichtigt den durcheinandergebrachten und ruinierten Kalender der Zeit, mit dem schicksalsergebenen »Schatten der Magnolie«,[46] aber auch den echten Schatten des Engels von Feuer und Eis, die ihm die *»fuggitiva fragile«* war und blieb, wie der Dichter sagt. Auch achtzehn Jahre nach dem Weggang Irmas aus Italien und ihrer endgültigen Trennung wird Montale in seinem 1956 erschienenen Gedichtband *La bufera e altro (Der Sturmwind und anderes)* das apotheotische und strahlende Motiv der Clizia wieder aufnehmen. Die lyrische Göttin – ein christliches und jüdisches Motiv der Opferbereitschaft, wie Hertz feststellt – von Millionen Opfern des Holocausts.

»Irmas amerikanische Schönheit und Vitalität haben den Dichter in den 1930er Jahren erst einmal in ihren Bann geschlagen, aber in den dann folgenden Jahren haben das Schreiben über diese Schönheit und

Vitalität, ihre kritische Exegese und ihr Denken den Geist des Dichters zutiefst durchdrungen und wurden zu einem essentiellen Teil seines dichterischen Ausdrucks auf dessen Flugbahn in die weitläufigeren Bereiche der Weltliteratur.«[47]

Schließlich bot ihm die Liebe auf paradoxe Weise auch eine Regeneration an, die jungfräuliche Wiederverkörperung der Heldin. In den letzten Gedichten Montales kehrt die junge bezaubernde Frau wieder, strahlend, voller Lebenslust und sprühend von Ideen. 1970 verkörpert er noch einmal die Frau aus den 1930er Jahren.

Dann folgt die letzte Trennung: Montale stirbt 1981 in Mailand, Irma 1990 in New York; sie ruht auf dem Friedhof, auf dem ihr Leser sie Jahre später für sich als Partnerin anspricht. Dies bezeugen die vom Wind und unbehausten Schatten gezausten Bäume, die panischen Ameisen, die besonnene nicht aus der Ruhe zu bringende Schnecke, die den Versuch unternimmt, bis zum alten Augenlid des fremden Nomaden hinaufzusteigen.

1944, als wir im Osten die Gespenster des Krieges vertrieben und nach den Fallstricken der neuen Utopie gierten, ballten sich in der italienischen Ferne bei jedem flüchtigen Schritt der Fata Morgana die Schatten. Der italienische Dichter widmete das Gedicht »1944« seiner Clizia/Irma: *»la mia divina«*. Der künftige Leser von heute, schiffbrüchig am Hudson River, lauschte Jahre später auf die grünen Wellen der Blätter, wie sie die Verse des verliebten Dichters flüsterten. Ringsum waren Blätter und Wasser und die alten Schatten und die Schnecke und der Wind verstummt. »Dieser Streit unter Christen / mit nichts als Wörtern für Schatten / einer leisen Klage / sie gemahnt dich an mich.«

Die Schatten des Krieges wiederholten im Trans-Tristia des antisemitischen Lagers, was Irma Tag für Tag im Amerikanischen Kriegs-Informationsbüro zur Kenntnis gelangte, für das sie, die Radiosendungen für Italien vorbereitend, tätig war.

Als der osteuropäische Knabe sich auf die Rückkehr an die Orte vorbereitete, von denen man ihn vertrieben hatte, blieb Irma die Muse des fernen Dichters; als der junge Student in Bukarest sich mit der Knechtschaft des Ingenieurswesens und des Polizeistaats herumschlug, erlebte Irma die Apotheose der Clizia des Bandes *La bufera e altro* von 1956. Im Jahre 1975, als Montale mit dem Nobelpreis gekrönt wird, nimmt der junge Absolvent des Bukarester Polytechnikums hinter der sozialistischen Sklavenmauer die Risiken des Literatur-Hooliganismus auf sich.

Irma war schon Clizia geworden, das jüdische poetische Symbol nach dem Holocaust. Sie war eine andere Beatrice »im Aufflug Dantes zu Gott hin«, im lyrischen Aufstieg Montales in den Parnass der modernen Dichtung, worin er auch eine agnostische Sühne seiner eigenen Religion und Kultur sah, wie sein Exeget David Michael Hertz in der Monographie meint, die ihrem heutigen Leser soeben aus der Hand glitt und die nahebei eingedöste Schnecke wegstieß.

Er selbst, der Nomade, von der Grausamkeit des Augenblicks getroffen, verharrte lange bei der Kollegin unter der Steinplatte. »*Mia divina*« unter »dem Schatten der Magnolie«, sagte von fernher ihr Dichter. Die einsame Fee und Sonnenblume sah sich auf den Pergamentseiten des Geschicks gewürdigt und liebkost.

GÜNTHERS ARCHIV: LANGANDAUERNDE SCHATTEN[48]

Nach dem Zusammenbruch des europäischen Kommunismus sah sich das globale Dorf einer neuen Aggression ausgesetzt: dem islamischen Terrorismus. Der neue Fanatismus traf auf eine Migrationswelle vom Mittleren Orient und Afrika nach Europa: Entwurzelte, die im Bestreben, den blutigen Konflikten in ihren Herkunftsgebieten zu entkommen, auch den Tod in Kauf nahmen. Die neuen Exilanten wurden mit den Juden verglichen, die vor dem nationalsozialistischen Holocaust geflohen waren. Die Diskussionen in den Vereinigten Staaten erinnern an »die beschämende Weise, in der wir auf die aus dem nationalsozialistischen Deutschland der dreißiger Jahre fliehenden Juden reagiert haben«, schreibt Nicholas Kristof in *The New York Times*, als »die Amerikaner fürchteten, die europäischen Juden könnten zu einer linken Bedrohung für die amerikanische Sicherheit werden«. Nicholas Kristof erinnert daran, dass »im Januar 1939 [...] eine Mehrheit von zwei zu eins« der Meinung war, die Vereinigten Staaten »sollten die zehntausend Kinder, mehrheitlich aus Deutschland geflohene Juden« nicht aufnehmen; infolgedessen musste die *St. Louis* »Kurs zurück nach Europa nehmen, wo ein Teil der Passagiere von den Nazis umgebracht wurde«. Im Unterschied zu unseren heutigen Verhältnissen hatte es bei dieser zynischen Entscheidung keinerlei Verdacht hinsichtlich eines möglichen terroristischen Vorfalls gegeben.

Der Band *A Brief Stop On The Road From Auschwitz (Ein kurzer Aufenthalt auf dem Weg von Auschwitz)* des schwedischen Schriftstellers und Journalisten Göran Rosenberg ist ein Memento dessen, was sich in jener Zeit zugetragen hat.[49]

Das Buch erzählt von der aufregenden Lebensbahn eines jungen Paares, David und Halinka Rosenberg, polnische Juden, Überlebende von Auschwitz, die sich nach dem Krieg in Schweden niedergelassen haben. Ihr Sohn, Göran, erkundet die Parallelen zwischen der diffizilen Wiedergeburt seiner Eltern in einer fremden Umgebung und seiner »normalen« Nachkriegsexistenz in Schweden. »Dort nimmt alles seinen Anfang, im Haus unterhalb des Bahnhofs, an dem der junge Mann, der mein Vater sein wird, an einem Augustnachmittag aus dem Zug steigt [...]. Dies ist der Ort, der mich prägen wird, auch wenn ich glaube, ganz sicher zu sein, dass ich mich selbst geprägt habe. Das ist der Unterschied zwischen ihnen und mir. Sie sind der Welt zum ersten Mal an einem völlig anderen Ort begegnet, und sie tragen eine völlig andere Welt in sich. So vieles hatte für sie bereits begonnen, so vieles wurde bereits beendet, und noch immer ist nicht sicher, ob hier etwas wieder von vorn beginnen kann [...]. Was sie unmittelbar an diesen neuen Ort band, war das Kind, das zufällig ich war.«

Görans Eltern haben den größten Teil ihrer Familie während des Krieges verloren. Sie hatten gewünscht, sich ein neues Leben aufzubauen, einen erfolgreichen Übergang vom Überleben hin zum Leben schaffen zu können. Ihre Geschichte wird auch zur Geschichte des neuen Ortes, an dem sie sich niedergelassen haben, der nun auch die Heimat Görans und seiner Geschwister ist.

Ihr biographischer Albtraum begann in Łódź, in Polen, in dem Konzentrationslager, das im August 1944 liquidiert wurde, und er setzte sich fort in ihrem langen Weg nach Auschwitz. Die düsteren Präliminarien werden in der zynischen Ansprache des Vorsitzenden des Judenrats, Chaim Rumkowski, eloquent zum Ausdruck gebracht, der am 4. September 1942 den deutschen Befehl erhielt, sämtliche Minderjährige, Alte und Kranke zu liquidieren, insgesamt etwa zwanzigtausend Menschen. Rumkowski flehte: »Väter und Mütter, gebt mir eure Kinder! […] Wie ein Räuber bin ich gekommen, um euch das Beste aus euren Herzen herauszureißen! […] ich teile euren Schmerz, ich leide unter eurer Angst, und ich weiß nicht, wie ich dies überleben soll. […] Vor euch steht ein vernichteter Jude […]. Ich strecke meine zerschlagenen, zitternden Hände zu euch und bettele: Legt euer Opfer in meine Hände, damit wir weitere Opfer verhindern können.«

Die unmittelbare Antwort der Zuhörer war eine Welle von Selbstmorden sowie eine neue Form des Irrsinns: »Die Menschen im Ghetto weinen in diesen Tagen nicht wie Menschen […]. Sie bellen wie Hunde, heulen wie Wölfe, jaulen wie Schakale, brüllen wie Löwen […]. Das Ghetto ist in jenen Tagen eine Kakophonie aus wilden Lauten, in der nur ein Laut fehlt – der des Menschen.«

Und dann? Dann »setzt der Kampf ums Überleben ein, als wäre nichts geschehen. *Leute, die soeben ihre Liebsten verloren haben, sprechen jetzt nur über Zuteilungen, Kartoffeln, Suppe u.s.w.!*«, schreibt der Ghettoinsasse Josef Zelkowicz in sein Ghettotagebuch. Seine nächste Erinnerung: *»Die ersten zwanzig Tage im September [1942] angenehm und sonnig, mit nur wenigen Regenschauern.«*

Zu dieser schrecklichen Episode wird die Nachwelt ihre Fragen zu stellen haben: »Kann man sagen, dass Chaim Rumkowski seine Seele opfert, um das Leben des Ghettos zu retten? Kann man sagen, dass er einen Pakt mit dem Teufel schließt?« Das sind Fragen, die jene (nicht nur) jüdischen verantwortlichen »Leader« betreffen, die sich gezwungen sahen, mit den nationalsozialistischen oder kommunistischen Unterdrückern zusammenzuarbeiten, und die dabei hofften, durch das Opfer anderer einige Leben retten zu können.

Das Urteil des Autors ist exemplarisch: »Vielfach hieß es, sie hätten sich weigern sollen, sie hätten Widerstand leisten müssen (so wie schließlich in Warschau, als alles ohnehin zu Ende war), sie hätten sich lieber umbringen lassen sollen, als sich zu Mittätern machen zu lassen. Hannah Arendt bezeichnet ihr Handeln *als das dunkelste Kapitel dieser dunklen Geschichte*. Primo Levi [...] verwahrt sich von vorneherein gegen das Unfassbare der moralischen Herausforderung, der sich Rumkowski gegenübersieht. [...] In Rumkowskis Ambivalenz erkennt Levi die Ambivalenz unserer westlichen Zivilisation, *das Hinabsteigen in die Hölle zum Klang von Pauken und Trompeten. [...] wir vergessen: wir alle befinden uns in einem Ghetto [...], und dass ganz in der Nähe auf uns alle der Zug wartet.*«

Rosenberg fügt hinzu, Chaim Rumkowski sehe sich »vor eine Wahl gestellt, für die ich keine historische Entsprechung finde, und er fasst einen Beschluss, über den etwas zu sagen mir die Autorität und die Kompetenz fehlen.«

Die andere Seite des Albtraums, die Todesfabrik in Auschwitz, dort setzt ein strenger und rasanter Auslöschungsprozess ein: 340 000 jener 405 000 Juden, die bei ihrer Ankunft in Auschwitz (aus Łódź) registriert wurden, starben.

»Ende 1946 sitzen noch 250 000 jüdische Überlebende in europäischen Auffanglagern für *Displaced Persons*, Zwangsverschleppte, und warten darauf, irgendwohin gehen zu können. [...] Von den jüdischen Männern aus dem Łódźer Ghetto, die die Selektion auf der Rampe in Auschwitz-Birkenau überlebt haben und die anschließende Arbeit in den Büssing-Werken in Braunschweig, den umherirrenden Todestransport von Watenstedt nach Ravensbrück und das schwarze Loch in Wöbbelin, werden im Großen und Ganzen alle durch die Fürsorge des Roten Kreuzes im Sommer 1945 weiter nach Schweden transportiert. David Rosenberg. Eingereist am 28. Juli 1945. Passkontrolle Malmö.«

Die kriminelle Odyssee der Vernichtung der Juden im christlichen Europa spielte sich zu den fröhlichen Klängen eines Karussells ab, wie Czesław Miłosz in seinem Gedicht »Campo dei Fiori« schreibt – Freude, Musik und Spiel und die Komplizenschaft des Windes »von den brennenden Häusern / blies in die Kleider der Mädchen, / die fröhliche Menge lachte«.

Göran Rosenbergs Buch betrachtet, wie es auch der Titel des Buches ankündigt, »einen kurzen Aufenthalt« des Schicksals im gastfreundlichen Paradies Schwedens nach dem Holocaust. Der schwedische Sohn polnisch-jüdischer Abstammung lebt auf einem anderen Planeten: »Er weiß, Mama und Papa sind Juden, und er selbst, und seine kleine Schwester [...]. Und auch wenn er nicht weiß, was das bedeutet, weiß er, es hat mit den Schatten zu tun.«

Die Bedrängnis durch die *Schatten* wird die Narration bis zu ihrer Apotheose, dem Selbstmord des entwurzelten Juden, begleiten. Der Heimatlose hat alles, was in seiner Macht stand, ausprobiert, um seine Erinnerungen als Teil einer verhassten und gejagten Minderheit zu besänftigen – beginnend mit dem Ghetto in Łódź, dann in Auschwitz, als Überlebender, Migrant mit Transit-Status, Fremder mit Residenzrecht. Ein Fenster zum alt-neuen Schatten. Der Überlebende David Rosenberg unternimmt alles Mögliche, um in den Zustand der »Normalität« zu gelangen. Das Rosenberg-Pärchen gehörte zu den ganz wenigen, die es vorziehen – zusammen mit lediglich 3 % der überlebenden Juden –, an Ort und Stelle zu verbleiben. David und Halinka werden am 7. Mai 1954 schwedische Staatsbürger.

Trotzdem, »den Schatten, die euch auch bis in dieses Paradies folgen, entgeht ihr nicht«, warnt der Autor. Selbst die anscheinend kleinen Aggressionen haben Auswirkungen auf die Sensibilität der Flüchtlinge: »An einem Wintertag werfen Kinder Schneebälle gegen ihr Küchenfenster und rufen *Juden*. [...] Der Junge hört, wie der Schnee hart gegen die Scheibe klatscht, und sieht, wie die Mutter weiß wird.« Der Augenblick, an dem die »Schatten« ganz entschieden wieder zurückkehren, wird nicht mehr lange hinauszuschieben sein. Tatsächlich tauchen sie im Umkleideraum der Fabrik wieder auf: »Jemand schleudert dich gegen einen Spind, und du trägst eine Gehirnerschütterung davon. Dieser Jemand hat sich lautstark erkundigt, was einer wie du unter normalen Arbeitern zu suchen hat. Warum einer wie du sich nicht damit beschäftigt, Geld zu verleihen oder auf Kosten anderer zu leben. Dass er noch nie einen Juden gesehen hat, der arbeitet. Nach dem Streit im Umkleideraum kommen die Kopfschmerzen häufiger. Die Kopfschmerzen und die Albträume.«

Die ärztliche Behandlung scheint nicht anzuschlagen. Die Schatten verfolgen den Patienten auf Schritt und Tritt. Die ärztliche Kommission, die die Schädigungen durch die Deutschen zu begutachten hat, ist der Meinung, der Antrag des Patienten sei nicht durch Auschwitz begründet, sondern durch seinen Wunsch nach finanzieller Wiedergutmachung. Am 5. Februar 1960 bestätigt ein Doktor Raabe jedoch, dass der Patient, seit 1959 krankgeschrieben, an einer Krankheit leidet, die von den unter den Nationalsozialisten erlittenen Qualen herrührt. Am 26. April wird der Überlebende in die Nervenheilanstalt Sundby eingeliefert. Er versucht, den Ärzten mitzuteilen, dass ihn die Vielzahl von Hakenkreuzen, die in der Welt aufgetaucht seien, beunruhige. Einige Zeit später wird er erneut interniert. Er bittet um eine Elektroschockbehandlung. Dann findet man ihn tot in einem See. Endlich befreit von den irdischen Schatten.

In seinem letzten Brief an Halinka hatte er erklärt: »Ich leide Höllenqualen und kann nicht mehr.«

Der Chefarzt befindet, die Schatten, die ihn umgebracht haben, seien von draußen gekommen, nicht aus seinem Inneren. Der deutsche Staat hatte gefehlt, das Opfer hatte recht. Die Schatten der Vergangenheit haben sich mit dem Zusammenbruch der beiden totalitären Systeme nicht verflüchtigt, auch der Antisemitismus ist nicht verschwunden. Im Gegenteil, er ist an zu vielen Stellen wieder zurückgekehrt.

Der »kurze Aufenthalt« in einer Welt des Post-Holocausts, in der das Nachleben des Vaters und die Gegenwart des Sohnes aufeinanderprallten, zeigte die Widersprüche zwischen dem Projekt einer offenen, hybriden und modernen, zentrifugalen Gesellschaft und den Impulsen einer kohärenten Identität auf, die durch Tradition, Rasse, Ethnie und Religion strukturiert wird.

Ein Konflikt, der sich gut mit dem Dilemma in dem berühmten Märchen von Chamisso, *Peter Schlemihls wundersame Geschichte*, über den Mann, der seinen Schatten verkauft hat, vergleichen lässt. Geben wir den inneren Schatten zugunsten eines Lebens in Wohlstand und Freiheit hin oder bewahren wir ihn, ein letztes heiliges Refugium?

Die Seiten dieses Buches haben die Nachdenklichkeit und die Ängste und das Gedächtnis des Lesers stimuliert, der in dem Eden genannten Friedhof des amerikanischen Colleges die Blüte betrachtet und das Phantom.

DIE MUSCHEL

Mollusken mit weichem Körper werden von zwei kalkhaltigen Schalen geschützt, die ein externes Skelett bilden; so auch das Schneckengehäuse, muschelförmig …

Er hielt das Stückchen Papier mit der bekannten Schrift in der Hand, das an dem Tagebucheintrag klebte, in dem er sich, in exakt den Worten von damals, seine Besessenheit eingestand. Bei der Abreise der Schwester nach vier Tagen und Nächten zärtlichen Zusammenlebens war ihm dieses bescheidene Souvenir aus Worten zuteil geworden.

»Sagen wir Muschel, anstatt Schale. Gehäuse, anstatt Schale. Refugium, Unterschlupf. All dies scheint passender zu sein.«

»Es kommt nicht auf die Benennung an. Wir wissen, wofür es steht. Das ist alles.«

Die Beschreibung im Nachschlagewerk lieferte lediglich den Vorwand für einen Wortwechsel, der nach so vielen Jahren kaum mehr zu rekonstruieren sein dürfte, über die nächtliche »Schale«, in die sich die inzestuösen Körper hüllten.

Nächtliche Kohabitation, durch Jahre und Jahrzehnte, vom infantilen Aneinanderschmiegen auf der beschützenden Liegestatt gegen die Finsternis, bis zur Routine danach, Panzerung gegen das feindliche Außen.

»Hat unsere Schale uns die Familie ersetzt?«

»Kann schon sein.«

»Was sonst?«

»Wir sind keine Kinder mehr, auch keine Heranwachsenden, morgen früh werden wir alt sein.«

»Doch, wir sind auch Kinder und Heranwachsende, alt werden wir bleiben. Du weißt sehr wohl, warum wir nicht von der verheimlichten Schale gesprochen haben. Wir haben uns Tag und Nacht versteckt gehalten, nicht nur vor den Anderen, sondern auch vor uns selbst.«

»Bist du deshalb gekommen? Ein Kolloquium über die Vergangenheit? Über Schuld und die Art, in der wir uns verteidigt haben?«

»Vergangenheit und Gegenwart. Ich bin nicht nur deshalb gekommen. Aber wir können das Gespräch nicht mehr vermeiden.«

»Die Schale war unsere Therapie. Es gab und es gibt keinen Grund, weshalb wir sie verleugnen sollten. Unabhängig davon, wie häufig oder wie selten wir uns noch treffen werden.«

»Es gäbe schon etwas, von dem wir uns befreien könnten. Reden wir endlich mal über das Trauma und seine Therapie. Geschwisterliches Zusammenleben. Unser Schild gegen Welt und Gedächtnis.«

»Schild, ja. Besser als Muschel. Der nächtliche Schild. Die Schale. Umarmung und Paarung. Verteidigung. Unterstände, in denen wir den nächsten Morgen erwarteten.«

»Das Refugium der Waisen, die zu sein wir nicht aufgehört haben. Die Höhle des Exils. Wanderschaft, Provisorium. Wir, verklammert zu einem gemeinsamen Körper. Der zweifache Körper, untrennbar. Eine Schöpfung der Nacht. Das Geheimnis. Das Geschenk.«

»Und die Last?«

»Und die Freude.«

»Schuldig? Eine schuldhafte Freude …«

»Glaube ich nicht. Freude kann nicht schuldhaft sein. Bloß selten, real, rächend.«

Der Bruder befand sich wieder in Eden, bereit, den Tag neben den steingewordenen Gefährten zu beginnen. Grabsteine. Neuerlich betrachtete er die Bäume und den Himmel, die Vögel und Ameisen und die Schnecken aus dem verstummten Wald. Schmerzende Erinnerung.

»Ich bin gekommen, um dir von Luisa zu erzählen. Ich fühlte mich nicht in der Lage, dir von ihr zu schreiben.«

»Du hast sie mal erwähnt, deine Kollegin im Krankenhaus.«

»Mehr als eine Kollegin. Wir sind uns nähergekommen. Wir haben eine in der anderen ein Echo gefunden.«

»Und die Männer? Sind sie nicht mehr hinter dir her? Ich vermute mal, sie sind nicht verschwunden. Du bist eine Beute, warst du schon immer.«

»Bist du eifersüchtig?«

»Sofern es mir zugestanden wird.«

»Wird dir zugestanden.«

»Und Luisa? Ein Surrogat? Wie dein ehrenwerter Ehemann? Oder andere Partner?

»Das ist jetzt nicht der Moment für Ironien. Es geht um etwas anderes.«

»Ich fühle mich nicht getröstet.«

»Du brauchst keinen Trost. Wäre nicht angebracht.«

»Ich hatte mir gewünscht, mit dir zusammenzuleben. Dachte, du habest mich gerufen, damit wir beisammen sein können.«

»Die Gefahr steckte nicht nur in dir, sondern auch in mir. Aber ich rede nicht von der Gefahr, ich rede von der Realität. Ihrer Überlegenheit.«

»Weiß Luisa von uns?«

»Sie weiß alles. Es ging gar nicht anders. Ich mag keine Duplizität, das weißt du doch.«

»Und nun?«

»Prüfen wir die Verknotungen. Und überprüfen sie noch mal.«

»Ist nicht nötig. Du hast es doch eben gesagt, alles ist gleich geblieben. Wie denkt Luisa darüber?«

»Mitfühlend. Sie hat keine Meinungen, sie fühlt bloß mit. So ist sie. Wir sehen uns hin und wieder. Die Abstände werden sich von alleine ergeben. Die Überlegenheit der Realität …«

»Ich warte. Warte schon lange.«

»Wird schon. Wie das Schicksal. Unvermeidlich.«

»Es ist unsere Biographie.«

»Separat und gemeinsam.«

»Unzertrennlich und einmalig.«

Schon lange schaute der Bruder auf das Kissen, den Abdruck der beiden zu einem vereinten Körper. Da gab es gar keine Spur, er sah nach wie vor die Vergangenheit. Das Wunder der Ergänzung? Die heimliche Verklammerung, geschwisterliche Komplizenschaft und Schuld, bewahrt vor dem Auge der Welt? Geheim und profund. Widerstand und Rebellion.

Der Abdruck im Kissen war tiefer geworden. Der Nomade war lange allein mit ihr in der Hütte im Wald geblieben. Das Tiny House. Name und Spitzname.

GÜNTHERS ARCHIV

Meine Mutter war nicht Jeanne-Clémence Proust, geborene Weil, ihr Sohn ist keine Verkörperung von Marcel. Meine Kindheit war nicht in den Genuss des mütterlichen Gutenachtkusses gelangt, und auch heute erwartet der Alte, der mir meine Nostalgien interpretiert, nicht so etwas … Der Krallengriff der Vergangenheit ist jedoch nicht weniger schmerzhaft, wenn ich nahebei den Schatten spüre, der mich im Blick hat … wieder zieht die blinde Alte in ihrem Rollstuhl über den roten Nachthimmel. Auf dem himmlischen Stuhl döst Gott: eine Alte, auf der Schwelle zur Nacht … Unter den Fremden von hier und von dort und von wo auch immer, geben die Konfusionen, letzte Besitztümer des Exilanten, mir einen familiär vertrauten Gott zurück …

Die Wand wird zum Traumgelände, ich erkenne die Silhouette derjenigen, die das Spiel der Schatten in der Finsternis darauf zeichnet …

Die Dunkelheit ergrünt, wird russischer Steppenwald, ich sehe das namenlose Grab … in den Wäldern Transnistriens (Trans-Tristia), in dem die Großeltern verblieben … Unter dem im judäischen Sonnenlicht glühenden Stein ruht auf einem der Jerusalemer Hügel, der mein Vater war. Bloß Mutter verspätet sich … an dem Ort, an dem sie schon immer gelebt hat und den sie immer schon verlassen wollte.[50]

Jean Starobinski sieht in einem Kommentar seines Buches 1789 – Les emblèmes de la raison *sehr zu Recht den Erweis einer »Wiederversöhnung mit dem Schatten«, die die Sensibilität des XVII. Jahrhunderts charakterisiert. »Wir können nicht nur die Wiederkehr des Schattens beobachten, auch wird die Dunkelheit zur universellen Ressource erklärt: Das Licht ist sekundär – und der Kampf dieser Gegensätze entfesselt die Schönheiten der Welt. Bei dieser kosmischen Konfrontation ist der Mensch nicht allein Begegnungsort, sondern auch Agent der Überschreitung. Er besitzt innere Dunkelzonen, während sein Auge eine dem Sonnenlicht verwandte Helligkeit trägt.«* (Max Milner)[51]

Berücksichtigt man das melancholische Temperament des Fernando Pessoa, so gehört die Metaphysik der autonomen Schatten *zu jenen Werken, welche die »Unruhe« vieler Generationen reflektieren, deren Desillusionierungen nicht ausreichend betrachtet wurden. Der portugiesische Schriftsteller setzt die Inanspruchnahme dieser »Autonomie« der Schatten auf die gleiche Stufe mit der Zurückweisung jenes sokratischen »Erkenne dich selbst«, worauf sich ein beträchtlicher Teil unserer westlichen Zivilisation stützt. Es wäre absurd, wollte man in dieser Koinzidenz ein obskurantistisches Glaubensbekenntnis sehen (und dies in einem Buch, das sich die Einladung, auf die Vorteile des Lichts zu verzichten, zu eigen macht, von dessen Magie er sich in seiner Prosa und Lyrik so tief berührt zeigt). Niemals werden wir ausreichend über die Lektionen in Bescheidenheit nachgedacht haben, die uns von denjenigen angeboten werden, welche die Schatten respektieren, um nicht taub zu sein für die Botschaft, die sie uns mitzuteilen haben. Ohne die Intensität der Leiden zu missachten, deren Markierung sie tragen, halte ich sie nicht etwa für eine Beeinträchtigung der Fülle der Existenz, der wir mit nostalgischen Blicken anhängen, sondern für Sinnvorbehalte, wenn Sie so wollen, und zwar unter der Voraussetzung, dass man niemals einen endgültig verbürgten Sinn für gegeben hält; Vorbehalte hinsichtlich des Menschlichen, dies auf jeden Fall (aber gibt es einen humaneren Schriftsteller als Pessoa?), sie verhindern, wie Levinas gezeigt hat, dass sich zwischen den Menschen eine schier gewaltsame Gewissheit einnistet, die Wahrheit zu besitzen, weil wir sie vor Augen zu haben meinen.* (Max Milner)[52]

ALBERTO

Freitag

Gestern in Paris kaufte ich ein Buch nur wegen seines Titels: Erschöpfende Abhandlung über Schatten *von Abu al-Rayhan Muhammad b. Ahmad al-Biruni, zwei Oktavbände, veröffentlicht in der Universität von Aleppo, Syrien.*

Es handelt sich um einen mathematischen Text aus dem 11. Jahrhundert, der Autor war ein Gelehrter aus Mittelasien. Ich bin nicht in der Lage, den komplizierten Ausführungen zu folgen, bin aber gefesselt von Feststellungen wie dieser: »Die zweite der beiden Gruppierungen besteht aus den gewöhnlichen Menschen, deren Herz sich bei der Erwähnung von Schatten oder Höhen oder Sehnen mit Abscheu füllt und die schon beim bloßen Anblick von Berechnungen oder wissenschaftlichen Apparaturen eine Gänsehaut bekommen.« Ich hingegen erfreue mich an Schatten. Wie schreibt Goethe im fünften Akt des Faust II*? Mangel: Da wird' ich zum Schatten.*

Sonnabend

Gestern Abend brachte mich der Gedanke an Schatten dazu, im Bett Peter Schlemihl *zu lesen. Meine Ausgabe (ich bekam sie geschenkt, als ich acht oder neun war) enthält George Cruikshanks hervorragende Schwarz-Weiß-Illustrationen in ockerfarbener Umrahmung. Dieser Zeitgenosse von Dickens (für den er ebenfalls berühmte Illustrationen schuf) hat es verstanden, den Märchencharakter der Geschichte zu erfassen und auch den sehr realen Horror des Mannes, der seinen Schatten verloren hat. Peter Schlemihls Teufel, der Mann im grauen Rock, der ihn zu diesem schrecklichen Handel verleitet, hat in Cruikshanks Zeichnungen nichts Illustres wie Goethes Mephisto, sondern wirkt eher selbst wie ein Schatten – ein Wesen, das irgendwo zwischen dem Diesseits und dem Reich der Toten verharrt. »Wie ein Ende Zwirn … der einem Schneider aus der Nadel entlaufen ist«, schreibt Chamisso.*

Für mich als Kind endeten Peter Schlemihls Abenteuer mehr oder weniger abrupt in der Mitte des Buches, nach dem spannenden Anfang, wo der Held den Faden seiner vielen Abenteuer aufgreift: nachdem er seinen Schatten gegen eine Börse eingetauscht hat, die unaufhörlich Dukaten hervorbringt, sich aber wegen seiner Schattenlosigkeit die Angst und den Spott seiner Mitmenschen einhandelt und seine Geliebte an seinen Diener verliert, der zu Recht Raskal genannt wird (und zu ihm sagt: »Von einem Schattenlosen nehme ich nichts an«), bis er sich weigert, dem Teufel seine Seele zu verschreiben, um seinen Schatten zurückzubekommen. Bis zu diesem Punkt blieb ich gefesselt. Die nachfolgende Wanderschaft in den auf rätselhafte Weise erworbenen Siebenmeilenstiefeln langweilte mich.

Jetzt, fast fünfzig Jahre später, weiß ich, dass das Ende in diesen Wanderungen liegt, in der Genugtuung, der letzten Versuchung zu widerstehen, in der Schilderung Schlemihls als sanfter Gelehrter, der irgendwo am Nordpol still vor sich hin forscht.

Montag

Selbst körperlich glaube ich ein anderer zu sein, einer, der im Alter von achtzehn oder zwanzig Jahren zu wachsen aufhörte, der sich seitdem nicht geändert und nichts dazugelernt hat, so dass die Person im Spiegel, der Alberto Manguel, den andere in mir sehen, sehr wohl ich bin, aber ein anderes Ich, nicht das, mit dem ich mich identifiziere. Um dieser Selbsttäuschung einen gelehrten Anstrich zu geben, könnte ich sie als »Dorian-Gray-Komplex« bezeichnen.

Im letzten Teil der Geschichte segelt Schlemihl, in sein Schicksal ergeben, mit Hilfe seiner Zauberschiffe um die ganze Welt, immer auf der Suche nach Material für seine wissenschaftlichen Studien. Er besucht die Eisberge des hohen Nordens und reist durch die Wüsten des Südens, die unbewohnt sind und ihn daher nicht dem Spott oder der Angst seiner Mitmenschen aussetzen. Nun ist er in der Lage, uns seinen Rat zu erteilen: »Mein Freund, willst du unter Menschen leben, so lerne verehren zuvörderst den Schatten, sodann das Geld. Willst du nur dir und deinem besseren Selbst leben, so brauchst du keinen Rat.«

Später

Peter Schlemihl versorgt mich mit einem Motto für mein Tagebuch: »Und so war im Ursprung schon alles, was sich sammeln und erbauen sollte, bloßes Fragment zu bleiben verdammt. – O mein Adelbert, was ist es doch um die Bemühungen der Menschen!«

Und Luthers Bibelübersetzung bietet eine unbeabsichtigte Beschreibung meines Tuns: »Wo man arbeitet, da ist genug; wo man aber mit Worten umgeht, da ist Mangel.«! (Die Sprüche Salomons, XIV, 23)

GÜNTHERS ARCHIV: TAMAR-AGATHE

Lieber Günther,

entschuldige bitte, dass ich nicht auf Deine Mitteilungen nach unserem Gespräch an jenem apokalyptischen 9/11 geantwortet habe.

Ich habe schon seit langem keinerlei Zeichen mehr von meinem Bruder erhalten, der Dir doch auch sehr nahesteht. Und seitdem die Schecks, die ich ihm geschickt habe, ungenutzt zurückkehren, hat meine Besorgnis beträchtlich zugenommen.

Für mich bist Du Günther geblieben und nicht jener Ulrich aus Herrn Robert Musils Buch geworden, das Idol meines Bruders und so vieler anderer kränklicher Leser, vielleicht ja auch eines Deiner Idole.

Ich nehme an, dass mein verschwiegener Bruder, der östliche Zirkusforscher, Dir nichts über unsere sehr frühe Verschwisterung erzählt hat. Wahrscheinlich werden wir niemals erfahren, inwieweit wir tatsächlich Bruder und Schwester sind. Meine Mutter war nicht allzu tugendhaft, schwer zu sagen, mit wie vielen sie das unglückselige Lagerbett geteilt hat. Der Vater meines Bruders – also eigentlich mein Onkel – war weder ihr erster noch ihr letzter Partner. Sie waren nach dem Tod seiner Frau, also er und meine Tante, die ältere Schwester meiner Mutter, Konkubinen geworden. Zur Vereinfachung können wir annehmen, dass mein Vater auch sein Vater ist und dass wir lediglich verschiedene Mütter haben. Also Halbgeschwister, halbe Sünder. Halb inzestuös! Die Hälfte, die uns tatsächlich am Leben gehalten und uns geholfen hat, am Leben zu bleiben! Die einzige dauerhafte Freude nach der Erfahrung des Lagerinfernos. Nicht lange nach dem Lager haben sie uns beide verlassen, der Vater meines Bruders ebenso wie meine Mutter, die Schwester seiner länger schon toten Mutter. So waren wir nun allein auf der Welt. Und wurden, gemeinsam, ein Ganzes. So schafften wir es durch sämtliche elenden sozialistischen Waisenhäuser und durch die Schulinternate und universitären Studentenheime. Als ich das Land verlassen habe, wollte ich nicht meinen Bruder verlassen, sondern mich selbst, diejenige, die ich gewesen bin. Die Ehe war nicht gerade eine gelungene Erfahrung. Sie war aber auch kein Unglück. Ich bewunderte an dem Fremden, der sich viel zu schnell in mich verliebt hatte, etwas, das eher mit der Psychologie und Erziehung seines Landes als mit seinem Charakter selbst zu tun hatte.

Wir trennten uns, das heißt, ich habe mich getrennt. Wir haben uns unschön getrennt. Es waren schwere Jahre für mich, aber ich habe ihm keine Monatsberichte darüber zukommen lassen, in welcher Sackgasse ich steckte.

Dann bin ich schwer erkrankt; und in der Situation tauchte Luisa auf, eine Kollegin, Ärztin aus Chile. Ein Geschenk des Himmels. Die Liebe zu meinem Bruder ist jedoch, wie immer, absolut. Ich weiß nicht, was weiterhin mit meinem erschöpften Körper geschehen wird. Ich habe mich vor einiger Zeit gefreut zu erfahren, dass er hier in dem Exil, in dem wir, so fraktioniert, wie wir eben sind, nur noch uns haben, eine Partnerin hat, die er bewundert, Clizia. Stimmt das? Sie treffen sich, wie es scheint, täglich in einem wunderbaren Park namens Eden. An der Ruhestätte ihrer wohltuenden Begegnungen.

Ich bin nicht eifersüchtig, nein, keinesfalls, ich bin eher versöhnt. Möglicherweise befreit ihn das endlich von unserem heimlichen Pakt, der ihn schon seit Jahrzehnten gleichermaßen getröstet und belastet hat. Ich möchte nur wissen, ob es die magische Clizia, die er (wieder einmal eine literarische Anspielung!) die Jüdin Beatrice nennt, wirklich gibt. Ich will wissen, ob diese Beatrice real ist.

Die nicht eben heiteren Zeichen, die mir zusetzen, haben mich bewogen, Dir zu schreiben. Es würde mich beruhigen, zu wissen, dass er die Verbindung mit Dir aufrechterhält und dass die Gesprächspartnerin unseres Nomaden das Geschenk ist, dessen er bedarf. Jetzt, da es gut sein kann, dass die Schatten, die mich Tag für Tag aggressiver bedrängen, mich niederwerfen.

Ich danke Dir mit neugieriger Aufregung.

Ich umarme Dich, als umarmte ich den Stiefbruder, der alles andere als stief ist.

Tamar

Anders als Hannah Arendt meint,[53] *ist Heine keinesfalls, wie Charlie Chaplin, ein* Schlemihl, *ein* Taugenichts. *Nein, diese Person ist eine Rolle unter anderen. Wenn er über seinem traurigen Schicksal eine Träne vergießt, liest er Gedichte, um davon beglaubigt, Gefühlen habhaft zu werden. Da gibt es nichts Naives oder Unschuldiges bei Heine […]. Übrigens scheint Heine sich dieser Redewendung:* »Wir Deutsche sind doch wahre Schlemihle« (Die Nordsee) *zu bedienen.*

Der Begriff »Exil« bezieht seine Bedeutung aus dem Lateinischen exilium, *das wörtlich »außerhalb dieses Ortes« heißt […]. Was verloren gegangen ist, war vor allem ein Raum, der vertraut gewesen war […]. Der Ort, auf den sich der Exilant zubewegt, erhält eine größere Bedeutung als jener, den er soeben verlassen hat. Dieses »Anderswo« wiegt das »Jenseits dieses Ortes« auf […]. Dass der Exilant den unumkehrbaren Weggang akzeptiert, verleiht ihm die Psychologie eines Rebellen. Als er damit beginnt, seine Eindrücke von dem langen Aufenthalt an den Gefilden der Donau aufzuschreiben, wo er von Augustus wegen seiner Dichtung über die Kunst der Liebe hin vertrieben wurde, versucht Ovid, dem Exil eine gewisse praktische Weisheit abzugewinnen. Er ist überrascht davon, dass die Freundschaften zu verblassen beginnen, davon, dass die Sprache offenbar daran scheitert, ihm die Worte anzubieten, die geeignet wären, die Gefühle auszudrücken, die ihn in die Beunruhigung und Besorgnis um den einen und einzigen Ort einkerkern, Rom […]. Ein Mensch der lateinischen Rasse aus der Cäsarenzeit, dazu verurteilt, die Barbaren zu ertragen? Gefangen in einer feindlichen Gegend, tröstet sich Ovid damit, dass er zu einer* relegatio[54] *verurteilt worden ist und nicht zu einem* exilium *[…], denn das Exil ist in guten Teilen ein Schiffbruch. Aber nicht jeder Schiffbruch endet notwendigerweise mit dem Ertrinken […]. Wenn das Exil derart schmerzhaft ist, »wie kommt es dann, dass es sich so leicht in die moderne Kultur als eines ihrer stärksten Themen hat integrieren lassen und diese sogar bereichert?«, fragt E.W. Said in seinem Aufsatz* Gedanken zum Exil.

Man kann das Exil nicht idealisieren […]. Das Exil entmenschlicht […]. Es gibt keine erlösende Tugend in der Tatsache, dass man sich selbst fremd wird […]. Said führt die Juden, Palästinenser und Armenier als Beispiele an. Wenn er sich dessen sicher ist, niemals mehr heimkehren zu können, schafft sich der Exilant eine neue Welt. Die meisten Nationalismen gehen von einer »Entfremdungssituation« aus, von der durch das Exil geschaffenen Einsamkeit […].

Man kann sagen, der Schatten stehe für die verborgene Seite einer Individualität. Er ist wie eine treue Partnerin, wie eine äußere Manifestation des Inneren, ein Echo jener Originalität, die eine Individualität von einer anderen unterscheidet. In Adelbert von Chamissos Text wird das Motiv des verschwundenen Schattens zweideutig und daher auch widersprüchlich gedeutet. Es liefert den Vorwand für eine endlose Folge von Selbstüberbietungen, deren Sinnhaftigkeit für Schlemihl durch die Geschichte hindurch niemand versteht, bis zum Ende hin, da alles enthüllt wird.

Einerseits kann Chamissos Märchen als Parabel über die menschliche Existenz nach dem Fall betrachtet werden. Der Verlust des Schattens entspräche so der Vertreibung aus dem Paradies, und Schlemihls Leben danach entspräche einem langen Weg auf der Suche nach dem Schatten (worauf die menschliche Rasse eine neue Jugend erlangte). Andererseits ist es durchaus möglich, das Märchen als eine praktische Lektion in gesundem Menschenverstand zu lesen: Renne nicht deinem eigenen Schatten hinterher, denn er ist Ausdruck der Begierden einer Welt, die man besser ignoriert, wenn man seinen Seelenfrieden erlangen will. Diese beiden Lektüren widersprechen sich nicht. Es kommt nur darauf an, dass man die Momente identifiziert, an denen die eine sich in die andere verwandelt, wenn die beharrliche Suche nach dem Schatten hinter den Wunsch zurücktritt, ohne Schatten zu leben. Und diesen Umschlagpunkt anzusehen, als Bild einer ganzen Folge von inneren Veränderungen, die der Exilant durchläuft.

Die Schlussfolgerung, die das »Leben unter Menschen« einem »Leben für sich selbst« entgegensetzt, ist die letzte Leistung dieser Epopöe über den Schatten [...]. Schlemihl ist das Opfer eines Prozesses, der ihn übersteigt und dazu führt, dass er sich niemals in dieser Welt at home fühlen kann. Er interpretiert den Verlust des Schattens als ein Zeichen des fortdauernden, vom Exil geschaffenen Unglücks. Chamissos Schlemihl ist nicht bloß ein »Unglücksrabe« im deutschen Sinne des Wortes. Er ist auch ein Individuum, das sein Schicksal in einen Vorteil konvertiert: in die Chance, sich innerlich aufzurichten trotz einer beträchtlichen Folge von Enttäuschungen.

Wenn Hannah Arendt Charlie Chaplin mit Heinrich Heines Schlemihl vergleicht, so tut sie dies, um die Figur des Parias als Metapher für den ewigen Juden und alternativen Begriff für den Kosmopoliten vorzustellen, der aller Welt »suspekt« ist. Aber suspekt ist nicht allein der Bettler, dem wir nicht vertrauen, das Individuum, das sich von der Masse aufgrund seiner ungewöhnlichen Lebensweise abhebt. Die Masse, die durch seine Separierung von der eigenen Geschichte im Voraus über sein Schicksal entscheidet, schließt ihn aus. Wenn die Mehrheit die Vergangenheit eines Individuums missachtet, wird dessen Schatten diskreditiert. Das Individuum zerbricht unter der Last der Bezichtigungen. Es kann nicht mehr selber entscheiden, wie es sein Leben zu führen hat. Da es nicht mehr über die Fähigkeit verfügt, seine Heimatlosigkeit oder Einsamkeit in eine soziale Affirmation zu transformieren, verfällt es der Nostalgie.

Zum Schluss wünscht sich Chamissos Schlemihl, nicht wiedererkennbar zu sein. Er entscheidet sich dafür, unsichtbar zu werden, und lernt dadurch einmal mehr, wie er zu leben hat. Folglich wird man den Schlemihl-Komplex auf jene anwenden, die zu lange an die Macht des Schattens geglaubt haben. Chamissos Protagonist betrachtet sich selbst nicht als einer Seite seiner selbst verlustig, nämlich jener Seite, die für gewöhnlich als die Wesentliche gilt. Als wollte er die Verzweiflung eines Ovid konterkarieren, legt Chamissos Schlemihl einen Pfad, an dessen Ende man der Ansicht beipflichten kann, bisweilen sei es von Vorteil, wenn man im Einklang mit sich selbst leben wolle, keinen Schatten zu haben. Die Schluss-

folgerung daraus ist, dass der Verfolg einer solchen Entscheidung nicht gerechtfertigt wäre [in den Augen des Exilanten selbst], wenn es nicht die Nostalgie gäbe, mit der er sich auseinanderzusetzen hat und die Heilung seines inneren Risses, bevor er irgendein Arrangement mit der Gesellschaft erreichen könnte. (Olivier Remaud)[55]

Sehr geehrter Herr Günther von Weissbrot,

ich habe lange gezögert, Ihnen zu antworten, bevor ich in Erfahrung bringen konnte, wer Sie sind, wie Sie meinen Namen und meine Adresse gefunden, warum Sie mir geschrieben haben und worum es Ihnen geht. Die Begründung, es gehe um die Vervollständigung des Archivs, an dem Sie arbeiten, kommt mir übertrieben vor. Sie nennen es Holocaust, aber genauso gut könnten Sie es Günther nennen, um es von der gesamten bisher über diesen Horror geschriebenen Literatur zu unterscheiden.

Ich bin Ihrem Rat gefolgt und habe dem Misanthropen nichts über unser Gespräch gesagt. Ich habe abgewartet, dass er selbst sich auf die Situationen beziehe, die Sie beschreiben. Es stimmt, wir sind Freunde geworden. Er hat nicht gerade viele Freunde, auch ist er nur sehr schwer zu Bekenntnissen zu bewegen. Nach und nach hat er sich mir geöffnet. Mit Leib und Seele, wie man sagt, ich bin sicher, die Wendung gefällt Ihnen. Er hat mir den Schlüssel zu vielen Ereignissen seiner Biographie anvertraut. Sie fragen nicht, ob ich mit Ihrem ehemaligen Freund ins Bett gegangen bin und wie es war, ob ich nach dem Sex vor Genuss völlig von Sinnen war oder wacher als jemals sonst. Ich antworte nicht auf nicht gestellte Fragen. Ich werde auf die Fragen antworten, die auch mich interessieren. Und auf die ich, um ehrlich zu sein, die passende Antwort nicht so recht kenne.

Über die Beziehung mit Günther, einschließlich dessen, was zwischen Euch war und geblieben ist. Nicht gerade sehr viel, schließlich seid Ihr keine Kinder mehr. Kindlich seid Ihr geblieben, wie ich feststellen konnte, jeder auf seine Weise. Auch die Opposition im Verhältnis zum Holocaust trennt Euch nicht ganz, denke ich. Der eine, das Opfer, der Jude, also er, spricht niemals darüber; der andere, der Deutsche, hält sich aufgrund der ethnischen Zugehörigkeit für einen Komplizen der Mörder. Eigentlich eine ausgedünnte Ethnie, verrostet: Deutscher, der seit hunderten von Jahren im rumänischen Exil ansässig war. Bis zum Schluss längst Rumäne, sollte man meinen. Außerdem ist die deutsche Schuld nicht mehr so aktuell wie vor ein paar Jahrzehnten: Die Argumentation der Deutschen, denen Sie sich offenbar zugehörig fühlen, obwohl Sie so lange im rumänischen Banat gelebt haben, muss neu bewertet werden. Wie? Im Licht der späteren Haltung. Schuld bleibt Schuld, aber in der Nachwelt anerkannt und gelebt, gelangt man zu einem neuen Begriff, einem pädagogischen und vielleicht auch religiösen, der möglicherweise sogar an die Religion der Umgebrachten gebunden ist und uns sagt, wie ich es von Ihrem früheren Freund neulich gehört habe, dass niemand das Recht hat, im Namen anderer zu verzeihen. Die Toten sind stumm und weit weg. Die öffentliche Annahme der Schuld ist schon ein enormer Schritt hin zur christlichen Vergebung, der wir alle verpflichtet sind. Ich habe keinen Teil an dieser Tragödie, auf keiner Seite, aber ich habe, als junge Militante und Tochter meines Vaters, die deutschen Diskussionen nach 1968 sehr aufmerksam verfolgt. In Berlin habe ich auf den Straßen Tafeln gesehen, die auf die ehemaligen Wohnungen der Märtyrer verwiesen, die man in Auschwitz bei lebendigem Leib verbrannt hat. Mich hat diese stolze, würde ich sagen, Selbstkritik beeindruckt; sie ist heute so nötig wie niemals sonst. Vor allem heute.

Ist Schlemihl der Schatten seines Lesers? Oder sind Sie, Günther, der Schatten des früheren Freundes geworden, der Sie bedrückt? Vielleicht aber auch der Schatten des Spitzels und Informanten? Der Securitate, wie die armen überwachten Bürger im Sozialismus, die alle glaubten, sie hätten einen Doppelgänger, einen von der allgegenwärtigen Geheimpolizei bezahlten Schatten? Oder aber der Informant der Nachwelt, wie unser Freund glaubt, der weder der Nachwelt noch der Gegenwart vertraut?

Unsicher, was ich zur Antwort bekommen werde, habe ich in unseren Dialog eingewilligt und hoffe, Du wirst Dich dabei bloßstellen. Noch ist das nicht geschehen. Ein echter Informant stellt sich nicht bloß, das hat mir der Nomade immer wieder eingebläut …

Umsonst, ich bin neugierig, Schuld daran ist mein Hunger nach Belehrung, meine Vitalität.

Neugierde war es auch, was mich zu ihm hinzog. Ich sitze mit offenem Mund neben deinem Pionier, neugierig auf die neuerliche Überraschung seitens des biblischen Wandersmanns, der nun skeptisch und heiter geworden ist. Und ich fühle mich dabei wie angesteckt von diesen Spinnereien. Der Schatten und Schlemihl und der allmächtige Zirkus. Es füllt mir die Leere aus, und die Leeren. Die Zeit bekommt Konsistenz, ebenso mein Leben, und ich bin ihm dankbar. Und nicht bloß das, einiges mehr, gewiss, aber ohne Treueschwüre. Das kann ich nicht, es passt nicht zu meiner ungestümen und geschmeidigen Art.

Lassen Sie es uns wiederholen. Ich wusste nicht, wer Sie sind und warum Sie mich zur Komplizin gewählt haben, ich habe dem Misanthropen nichts gesagt, habe ihn lediglich über seine Kindheit und sein kindliches Kommunismus-Ideal ausgefragt … Nach langem schweigsamen Warten wurde ich seine Vertraute. Konkubine, Bettgenossin, nächtliche Fee, um es akademisch auszudrücken. Eines nicht mehr so jungen Schüchternen, also geht es um keine sonderlich aktive Beziehung, aber eine immer noch angenehme. Saisonale Partnerin, mehr nicht, anstelle der abwesenden Schwester. Schicksalsschwester, unersetzlich. Alle sind wir eifersüchtig, nicht wahr? Denn die Schwester ist mehr als eine Schwester. Er hat mir von dem Ferienlager der dreizehnjährigen Pioniere erzählt und über die Freundschaft mit Günther, dem Erzieher, der es akzeptiert hatte, als improvisierter Zensor die Briefe zu lesen, die die Pubertierenden mit der roten Krawatte an ihre Eltern schrieben. Zu überprüfen, ob sie die Anordnung befolgten, ihren Eltern nichts über die Polyomyelitis-Epidemie mitzuteilen. Zu Tode erschreckt, jeder für sich und allesamt, durch diesen neuen und unsichtbaren Feind der proletarischen Sache. Soweit ich es verstanden habe, sind Sie auch als Erwachsener der gleiche leidenschaftliche, unbeugsame und verblendete Pionier geblieben, was der Grund dafür ist, dass der Misanthrop Euer Gespräch eingestellt hat.

Sie wissen bestimmt, dass er unheilbar skeptisch geworden ist hinsichtlich aller Hoffnungen auf eine Verbesserung der menschlichen Spezies. Er studierte und studiert die Geschichte des Zirkus und lässt sich von unseren Karikaturen mit und ohne Humor bezaubern. Das will ihm als einzig mögliche Antwort auf die Tragikomödie der Vergeblichkeit erscheinen. Er hat mich keinesfalls von der Richtigkeit dieser Annahme überzeugt, obwohl wir uns nahestehen, wie Sie ahnten. Und obwohl ich, wie Sie sehen, als eine Art Sprecherin des abwesenden, in seine unheilbare Einsamkeit Zurückgezogenen betrachtet werden kann.

Hier, ja, hier gelangen wir auch zu Schlemihl, mit dem er schon lange und immer noch bestens befreundet ist. Auch er ist schließlich eine Art unfreiwilliger Hanswurst, denken wir nur an seine Triumphe und Niederlagen. Beide absolut lachhaft! Sie haben Recht, Schlemihls Gespenst ist ihm treu geblieben, er erkennt in dem exilierten Peter das Bild einer dem Gelde preisgegebenen Gegenwart. Immer wieder erinnert er daran, dass Jesus, der fiktive Erlöser der Menschheit – so nennt er ihn: fiktiv –, sich der menschlichen Realität im alten Jerusalem sehr wohl bewusst war, als er im Tempel die Tische der Geldwechsler umgeworfen und sie mitsamt ihren verschlagenen Geschäften hinausgeworfen hat. Ein Zirkus auch dies, aber nicht lustig … Mein Freund und wahrscheinlich auch unserer hat in Schlemihl einen imaginären Verbündeten gefunden. Er hatte die gelbe Broschüre bei sich, die ihm der sozialistische Grenzbeamte an der Grenze zur Freiheit abgenommen hat. Ohne diesen Reiseführer ins kapitalistische Paradies gelangt, hat er sich hier ein neues Exemplar besorgt. Sie haben die umfassende Bedeutung dieses von einem berühmten Botaniker für die Kinder eines Freundes geschriebenen Märchens nicht ahnen können. Unser Misanthrop, bezaubert vom Zirkus und seinen Clowns, ist solidarisch mit ihnen und sämtlichen Exilanten der Welt. Beginnend mit Adelbert von, der Ihnen bestens vertraut ist. Ein Berliner Konvertit, der er gezwungenermaßen war, wie es jetzt auch mein Gesprächspartner Günther ist.

Geld, Geld, wir sehen die tägliche Bebilderung dieses alten und neuen unwiderstehlichen Tricks, ein wirkmächtiger und ubiquitärer Talisman der Vergeblichkeit, effizient bei Kindern jeden Alters und von überall. So behauptet es der Misanthrop, und er hat recht. Die Lösung bleibt inexistent. Ein gescheiter Junge, unser Nomade. Erkennt es und schweigt. Das Schweigen, seine große Waffe. Da hole ich ihn nur schwer heraus, selbst ich, mit weiblicher List, die nicht immer aufgeht, das gebe ich zu. Meine Elektrode zwischen den Beinen ist nicht eben ganz frisch, was kann man da tun, obwohl sie die Garantiefrist noch nicht überschritten hat.

Ich nehme an, Sie haben mir wegen solchen allzu menschlichen Einzelheiten vier Briefe geschrieben, bevor ich nun antworte. Die Fragen nach dem Gesundheitszustand und den Erfolgen des Freundes waren nur Vorwände. Lassen Sie mich trotzdem auch auf diese Manipulationen antworten: Er ist nicht mehr, der er war, der Liebe. Er hat einen Spazierstock, als lahmte er, eine veraltete Brille und Freunde in der Apotheke. Ja, er sagt, ihm seien nur noch die Medikamente geblieben, die einzigen Freunde, mit denen er rechnen könne, immerzu einsatzbereit. Aber er ist lebendig, ich schwöre es, ich bin bei ihm, weil ich ihn mag, was nicht immer auch Liebe ist. Ich habe viel von ihm gelernt. Auch aus seiner Biographie, nicht nur aus der Bibliographie. Ich würde ihn nicht durch einen Yankee ersetzen, habe derer genügend ausprobiert.

Der Nomade, ein besonderes Exemplar, der Mann ohne Eigenschaften! Vielleicht haben Sie Musil nicht gelesen, seinen Lieblingsautor. Ich habe von der Trilogie nur einen Band verdaut. Etwas langatmig und zügellos, um es so zu sagen. Aber bedrängend, das gebe ich gerne zu. Wir dürsten aufeinander, das schwöre ich. Diskret, verschwiegen, verklammert, sterblich. In allem verzweifelt und, vor allem, in der kindlichen Umarmung ohne Worte und ohne Stöhnen. Er scherzt oftmals sarkastisch, wie es so seine Art ist, und dann beteilige auch ich mich am

Spiel mit meinen kosmopolitischen Späßen. Ich notiere hier all dies in Vorbereitung auf die Mitteilung, die unsere Plauderei abschließt.

Nun, eine Botschaft an die Schwester. Sie lädt ihn immerzu ein, sie zu besuchen. Er besteht darauf, ich müsse sie kennenlernen, damit sie erfahre, dass der Knabe in gute Hände gelangt ist. Und zwischen heiße Beine! Darauf kommt es an, ja, vor allem bei Rheumatismus. Ich will nicht, es hat keinen Sinn, ein Gespräch mit der Phantomin zu beginnen. Ich weiß, dass er sich ohnehin zu ihr zurückziehen wird, wenn der Gongschlag ertönt. Ich möchte sie nur vorwarnen: Unser Schatz will keine Beerdigung! Die will er nicht mehr! Er hat lange genug im Land der unbegrenzten Möglichkeiten gelebt, wo alle das Recht auf ihre Meinung und Entscheidungsfreiheit haben. Und auf das Glück als persönliches Eigentum. Er will keinen Sarg und kein Grab. Sie sollte sich daran gewöhnen. Muss es hinnehmen und nicht darüber verhandeln, denn er, das wissen wir, wird nachgeben. Er möchte verbrannt werden, darum geht es. Das Wort Krematorium belebt ihn, das kann ich sehen. Das scheint ihm die beste Option zu sein. Ich sage das so spielerisch dahin. Ist aber ein finsteres Spiel. Also wird sie, seine Hälfte, der Schatten Tamar aus dem Lager oder Musils Schatten aus den Büchern, nicht mit in seinem Sarg liegen, wie sie es in einer Sommernacht geplant und sich geschworen hatten.

Er hat es sich anders überlegt. Der misanthropische Nomade hat es sich anders überlegt, und das ist sein gutes Recht! Mein Geliebter hat andere Präferenzen und ist bereit, sie argumentativ zu vertreten. Er sagt, sie müsste ihn verstehen, die Wurzel dieser Option spüren. Denn sie sind auf demselben Rost verbrannt.

Dies wäre die Botschaft. Ich glaube, ich habe nicht eben unnützerweise herumgeschwätzt.

In aller Kürze wären dies einige der Antworten auf die zu vielen Fragen, die Sie umtreiben.

In Freundschaft,

Eva

FRÜHMORGENDLICHE DYNAMIK

Wöchentlicher Spaziergang durch den Wald, der seinen feierlichen Abschluss im türkischen Restaurant findet. Die Nacht begünstigt das Gespräch. Spät erst schliefen sie in geschwisterlicher Umarmung ein. Er übernahm das Wecken, stand als Erster auf, duschte und kehrte mit zwei großen schwarzen Kaffees zurück.

Das Notizbüchlein auf dem Küchentisch war bei derselben Seite aufgeschlagen. »Der Mensch ist der Traum eines Schattens.« Pindar. Darunter ein Zitat aus Giorgio Agambens Buch *Die Zeit, die bleibt,* mit der in blauer Handschrift eingetragenen Bemerkung: »Die Schatten sind für Paulus irdische Präfigurationen der göttlichen Wahrheit.«

Den Tagen mit Eva folgten solche ohne sie. Der Nomade war wie erschlagen vor Einsamkeit und der Feindseligkeit des für alle Ewigkeit verstummten Telefons. Tamar antwortete nicht mehr. Weder heute noch gestern noch vorgestern, am Tag oder bei Nacht, im Morgengrauen oder in der Abenddämmerung. Gewöhnlich hatte sie freitags abends angerufen, bei jedem Anruf sofort abgehoben, sich niemals beklagt. Sie mochte das offene Gespräch, die angedeutete Zuneigung. Die Stimme war seit einiger Zeit etwas gealtert, auch gab es längere und verdächtige Pausen. Der Nomade gab keinen Ton mehr von sich. Es funktionierte keine Verbindung mehr, was auch immer man tat.

Schließlich griff Eva ein: »Fahr zu ihr, wenn du es nicht mehr aushältst, fahr zu ihr. Der alte und neue Fluch hat dich erledigt. Ich begleite dich, wenn es dir etwas nützt.« Ein paar Tage später kaufte Eva ihm Hin- und Rückflugtickets und begleitete ihn zum Flughafen.

Es regnete sintflutartig. Die Wolken waren erzürnt, sie detonierten in Krämpfen. Flughafen, anderer Flughafen, Taxi, schließlich vor der starren Tür. Er kramte in den Taschen, fand schließlich den Schlüssel. Die Tür wurde wohlwollend, wie früher, sofort sah er den zerknüllten Zettel auf dem Tisch: »Wir sehen uns demnächst in den Weiten!« Das Papier hatte sich selbst verkrampft, die Donnerschläge beschleunigten sich, als wollten sie ihm den Atem verschlagen. Sein Hemd war nass, ebenso die Hände, die Glatze, Noahs Sintflut hatte ihr letztes Opfer gefunden. »Du hattest recht! Unsere Liebe war die höchste Form der Hingabe.« Ödnis, Frost, Angst. Darunter Luisas Name und Telefonnummer. Soll er Luisa anrufen? Ausgerechnet bei ihr ... Das Schicksal ohrfeigte ihn ohne Unterlass ... Und ein allweites Böses.

Eine melodiöse Stimme. »Ja, ich bin's.« Beim Hören des Namens blockierte die Sprechmuschel. Schneller Atem war zu hören. Schweigen. Minutenlang. Dann endlich kehrte eine gebrochene Stimme zurück, gestammeltes Flüstern: »Ja, Tamar hat sich umgebracht.« Schweigen, lang, breit, endlos.

»Ich habe den Brief am nächsten Tag bekommen.« Frost. Ein trüber, schüchterner, verstörter, zerhackter Klang: »Ich werde im nächsten Jahr eine Tochter zur Welt bringen ... sie wird ihren Namen tragen.« Kosmische Wut, teuflischer, irrer Regen, der in den Dachrinnen poltert. Tamar wieder dem alten Noah überantwortet, dem Erzengel der Sintflut, des Unrats und der Schrecknisse? Das Ende der Welt! Endlich, endlich! Die unwillkürliche, wilde Explosion.

Nein und wieder Nein, du verstehst nicht. Selbstmord! Das war das Urteil! Die Wirklichkeit, der ständige Feind, du hättest es ahnen können, weißt es längst. Der permanente Feind. Du verharrtest zwischen den Buchdeckeln, erstickt, vergraben, hast den Kompass verloren, lange schon, lange schon vor dem Verlust der Schwester.

Selbstmord, hörst du? Befreit, hörst du? Das Ohr funktioniert, hörst du die Donnerschläge? Haben dich die Donnerschläge erreicht?

Ein endloser Augenblick, so lange hat die Apokalypse gedauert. Erschöpft und wie erstarrt auf dem Inzest-Bett unter der maskierten Schlange des Todes liegend, brabbelte der Tote die Totenklage. Die Vereisung, der nicht mehr zu entkommen war. Ich habe die Wüstenei mitgebracht, Schwesterchen, meine Wüstenei, die zu unserer werden musste. Du hast mich gerufen, ich bin gekommen. Verdammnis und Wohltat. Die bekannte Realität, verschlagen und verlogen. Die makabre mörderische Finsternis des Hakenkreuzes. Der Hass, der uns nicht verlässt. Die vergiftete Initiation, derer wir bedurften, die verdammte Wiege, der wir fortdauernd Miete entrichten. Meine Verirrungen in Lektüren, von denen ich mich nicht trennen konnte … Der Inzest? Agatha, unser Code hat dich nicht bewegt, auch die Fraternisierung mit dem exilierten Schlemihl und dem Schicksal derer ohne Schatten und Ideologie wie er und wie ich. Unter meinen Komplizen hat allein die transzendente und mysteriöse Schnecke dein Mitgefühl gewonnen.

»Unsere Liebe war ein Waisenschluchzen«, sagtest du. Soll ich Herrn Musil mit dem intergalaktischen Telefon anrufen? Würde Herr Musil das Knäuel entwirren oder lediglich einfärben?

Er schlief ein. Geschlagen von dem in finsterer Nacht versunkenen Gelände zurückgekehrt, er hatte das glitschige Ufer nicht finden können, wieder einmal unter dem heiligen, souveränen Regen geduckt zum Beweis, dass dieser Irrsinn weitergeht und ebenso bis in alle Ewigkeit weitergehen wird, in eine neblige Unendlichkeit, in der die neue Königin des Lichts herrscht, Tamar, die niemals überwundene Unsterbliche, unerschöpflich in ihren infantilen Zaubereien, stärker als die arme, blattrige Greisin Realität.

Die Wächter waren auf ihren Posten, wie im Lager des Todes. Der Gefangene erflehte im Schlaf die Antwort der Schwester, die sich in den Wassern des Ozeans wiegte. Der Regen murmelte den himmlischen Appell, Tamar wusste es und beteiligte sich wie früher.

Zwei Tage schon brabbelte der Nomade unter dem brüderlichen Regen alleine vor sich hin. Die Abenddämmerung war Sonnenaufgang geworden, die Antwort kam nicht, doch, sie kam, sie stand an der Tür und hatte eine Stimme, die fähig gewesen wäre, das senile Schloss zu bezähmen. Die Nacht hatte sämtliche Türen entzaubert, stimmte anscheinend einen scheuen Anfang an oder, nein, es war nichts als der gescheiterte Versuch des Windes, sich dort einzumischen, wo er keinen Topf auf dem Herd hatte und ihn das alles nichts anging. Eine saisonale Liebkosung, mehr nicht. Und trotzdem, das Kratzen eines Katers ist zu hören. Der Tod besitzt den goldenen Schlüssel auch für ein verrostetes und seniles Türschloss, für alle fiktiven Türen. Im nächsten Augenblick wird er im Schlafzimmer der Engel gewordenen Schwester sein.

Es war Eva. Kaum zu glauben, da war kein Schlaf mehr, auch keine Tamara, Eva war einen Schritt weit entfernt mit ihrer Stimme aus dem Traum. »Ich war mir sicher, dass du hier bist! Ich fand die Adresse auf dem Umschlag mit zwei identischen Schlüsseln. Sieh, ich bin dein Rettungsdienst! Nur ich kann dich noch aufwecken, ich allein bin noch übrig geblieben. Du hast keine Fluchtmöglichkeit mehr. Geretteter Kriegsveteran. Königin Sisi rettet den in Wolken und Bücher verirrten Krieger.« Ihre Hände waren kalt und samtig, wie es der Rettungsdienst vorschrieb, auch ihre Stimme befolgte das Regelwerk für Noteinsätze und extreme Fälle.

Er schlägt die Augen auf, lässt die Realität zu. Wieder hat Eva gesiegt. Umsonst, das Schutzsyndrom, dich kann nichts mehr schützen, du befindest dich in den Klauen der Rettung, so war es dir schon lange vorherbestimmt, immer schon, dich kann kein literarischer Trick mehr zurückholen, kein Ausweichen unter Deckung, alles umsonst, bist gefangen, wie du es immer schon warst, wirst das Auge des Bibliothekskindes aufschlagen und das Unausweichliche erkennen.

Erkenne es an und unterwirf dich, du kannst nicht ewig schlafen, noch nicht, jetzt noch nicht. Tamar wartet, und sie wird auch noch etwas länger warten, wie früher.

Der Schlafwandler hatte sich bewegt, der Gegenzauber hatte ihn im Morgengrauen erreicht. Er konnte ihm nicht mehr ausweichen, nein und wieder nein, die samtigen Hände hatten ihn fest im Griff. Du wirst dich wieder aufrappeln, so sind die Kinder, auch die alten Kinder sind so, es gibt kein Entkommen. Schon ist ein Auge offen, du kannst dich nicht mehr in die Ohnmacht retten, die knochigen Hände drücken die samtigen Hände der Retterin, der Schlaftrunkene ruht sich aus in den Armen der Agonie.

Eva räumte auf, öffnete die Fenster und den Schrank mit den Schubfächern, worin die vertraute Ordnung herrschte. Am nächsten Tag kam der Student, den Eva angestellt hatte, um die Bücher, die Korrespondenz sowie die Einbürgerungs- und Scheidungsunterlagen zu verpacken. Drei Tage dauerten die Liquidierung der Biographie und der Versand der Reliquien nach Berlin an den Kameraden Günther. Alles wurde beendet, vorläufig beendet, bis zum 9. Juli nächsten Jahres, wenn das Ritual der Wiederbegegnung zu Tamars Geburtstag ansteht, wie es der Schwur bestimmte, der eine Trennung ohne Separierung vorsah.

Schon stand der nomadisierende Bruder wieder auf der Treppe zum Flugzeug, kehrte er zurück unter die Lebenden, in die Höhlen der kannibalischen Wirklichkeit, von der er sich nicht wird befreien können.

HINENI

Auf dem Rückweg vom Konzert bleibt der Dichter, anstatt nach Hause zu gehen, in einem Gespräch mit der Gottheit begriffen, reglos vor der Armenischen Kirche von Czernowitz stehen.

Hineni,[56] »Hier bin ich!«, wiederholte der Dichter, eine mehr als achthundert Mal im Alten Testament vorkommende Äußerung, Antwort auf eine seit Jahrtausenden an die Exilanten gerichtete Frage. Dass dies vor der Armenischen Kirche und nicht vor einer Synagoge geschah, wie man hätte annehmen können, ist Ausdruck der frommen Ausbreitung dieses alten Bundes. Wir begegnen diesem Wort in Abrahams Gespräch mit dem Allmächtigen vor dem Isaak-Opfer und ebenso in Moses' Gespräch mit Gott vor dem glühenden Rost, wo es die absolute Unterwerfung des Gläubigen markiert.

Hineni, »Hier bin ich!«, hat in der Bibel vielfältige Resonanzen. Es ist das Gebet, das der Dichter in der Nacht des himmlischen Gesprächs zur größten Verwunderung der in der Finsternis verstreuten Zuhörerschaft stets wiederholt hat. Und es wird immer und immer wieder wiederholt werden, mit jedem neuen Gedicht. Nicht bloß als mystische Bestätigung, sondern auch als höchste Begründung der Poesie.

Die Tatsache, dass auch Gott ins Exil gelangt ist, wie es einige Kommentare zu den heiligen Texten behaupten, vermenschlicht seine Anwesenheit unter den gewöhnlichen Sterblichen. Wenn der Mensch nach dem Angesicht Gottes und ihm gleich geschaffen wurde, geraten wir in keinen unlösbaren Widerspruch mehr.

In der Pariser Nacht sprach der Dichter Paul Celan ohne Worte mit seinem Gast, dem polnischen Dichter Zbigniew Herbert, beide im Bann der heiligen Ausstrahlungen des Schweigens. Lange Stunden einer Verbrüderung im Schweigen, an die beide sich als außergewöhnlichstes Abenteuer erinnern werden. Das mit dem herumirrenden Bruder geteilte Wunder der Nacht wird sich in vielen weiteren Exilnächten von Bukarest, Wien und Paris wiederholen, durch die der Bukowiner Dichter wandert. Die Seine erwartete ihn und die großen Gewässer der Ungewissheit.

Paul Celan stürzte sich schließlich in den Rachen eines fluiden Nichts und bestätigte damit den Bund mit der lyrischen Berauschung und Pein. Niemand wird mit einiger Gewissheit annehmen dürfen, damit habe sein verdunkeltes Schicksal seine Befriedung erfahren, aber die Lösung konnte nur im unvermeidlichen Opfer des Geistes bestehen.

Transnistrien, die Rettung durch den Tod der Mutter, vor allem, was hätte sein können und nicht mehr erlaubt war?

*

»Hörst du mich? Hörst du, Tamar?«
Die Antwort des Nichts, erfüllt vom Tod.
Hörst du? Hörst du mich, Tamar?
Das Echo des Phantoms, Antwort aus dem Nichts
die tosenden Wellen, Wasser einer letzten Verbrüderung
Leid und Einsamkeit
das ungewisse und schwarze Märchen des Schweigens.
Umsonst flüchtest du, junger Peisach
in den Atem dieses alten Kaddisch.
Die Tragödie vollsten Verbrennens, Holocaust
als Schauspiel, freier Eintritt in die Nachwelt
es wacht des Opferjuden Schatten.

Peisach? Der Name führte direkt ins Gas.
Vergiss nichts, vergiss nicht den Tod.
Jetzt bist du Paul. Der heilige Paulus
also Peisach, der Tausendjährige
im dunklen Winkel der Synagoge in Griechenland
bei der Kreuzigung des großen Schuldigen Yehoshua
in der Kirche des neuen, erlösenden Glaubens.
Hineni, hier bin ich. Ungeschützt, Gläubige und
Feinde, Häretiker und die Mörder des Allerheiligsten
verzückte Nonnen und Einsiedler in Trance
Rettung suchende Dichter, der bukowinische
Migrant Celan mit dem Kompass, den man bestenfalls noch
in die globale Reparaturwerkstatt für heilige Angelegenheiten
bringen kann, damit er der nächsten Prozession zu Diensten sei
der Exilanten ohne Papiere und ohne Unterkunft.

Das Schweigen, das eine lange Pause ist
die pseudo-heilige Ödnis im Nebel.
Niemandes Stimme, ein erster Schritt zum Gespräch?
Der Schatten lenkt die Selbstsuche, der Glauben einer
wiederkehrenden Befragung macht den Reim
auf die Begegnung des Dichters mit sich selbst
im souveränen Dämmer der Ungewissheit.

Tamar! Hineni! Hineni!
Hier bin ich, es gibt mich noch, erschöpft und angeklagt
der Dichter schleudert die Feder der Ahnen
blutend, immer noch blutend
ins Massengrab, lang wie die Welt weit ist
weit wie der Friedhof Welt.

»Blicke umher:
Sieh, wie's lebendig wird rings –
Beim Tode! Lebendig!
Wahr spricht, wer Schatten spricht.«[57]
»Nahe sind wir, Herr,
nahe und greifbar [...]
als wär
der Leib eines jeden von uns
dein Leib, Herr.

Bete, Herr«[58]

Celan, trauernd, versucht zu sprechen
greift zurück, wiederholt das aus Zögern geborne Fragment
und die gemordete Mutter, die geliebte Mutter, gemordet.
Ein zerstückter und schwarzer Himmel, stumm,
gierig nach Tragödien.
Im Schatten der Irrungen schreibt der Exilierte
das Murmeln der frischen Blutlache mit
immerzu aufgefrischt von Nebelwänden.
Hineni, ein plötzlich erwachter Pfeil
in den Zenit des mörderischen Chaos.

Hineni? Wo bist du? Tamar?
Hier sind wir, wo wir vergessen wurden vom Geschick,
sprechende und lebende Schatten,
schwer, unmöglich sie niederzustrecken.
Hier bin ich, hier sind wir seit langem, immer schon
kein Sturm kriegt uns klein, nicht biblische Verdammnis,
hier sind wir
mit unserem kindlichen Greinen und immerzu
immerzu und ohne Heil.

Summen die Verzweiflung, das Schluchzen Tamar
biblische Schwester unterm riesigen Wellenschlag.

Ja, das Licht der vereinsamten Welt,
die fluiden, verzauberten Nächte, verirrten
Tränen des einen Augenblicks in Trance wieder
wiederholen: der Bruder Peisach, der Bruder Paul
sie haben dich gefunden, im Gewitter gefunden
in der Seine haben sie dich gefunden, Phantom ohne Tod.

Hier, beisammen im fluiden, dem Friedhof der Nacht
schließlich, verbrüdert im Augenblick ohne End,
betrunken, die grüne Welle, sie wiederholt den himmlischen
Dämmer.

ARBEITSBERATUNG (I)

Es war ein gewöhnlicher Tag in sanftem Herbstlicht. Zunehmende Müdigkeit, ohne Grund. Eine Art Lethargie, kommst du heut nicht, kommst du morgen. Der Morgenbesuch in Eden war kürzer als gewöhnlich. Die Stille des morbiden Paradieses bedrückte ihn, also hatte er sich schnell zu den Steinen der Ewigkeit zurückgezogen. Die würdigen und solitären Laubbäume, die Schnecken auf ihren gemächlichen und verträumten Wegstrecken. Bei Sonnenuntergang saß er auf einer Bank vor dem Zentralgebäude der Studentenheime. Der Standardbau der englischen Colleges von vor über hundert Jahren. Die Seminare hatten noch nicht begonnen, der Campus war verwaist. Stille. Er hatte die Augen geschlossen. Betäubt. Ja, er hatte Glück gehabt: Die Entwurzelung hatte ihm nach und nach Gelassenheit und Genügsamkeit angeboten. Das Licht nahm ab, die Dämmerung offerierte perverse Harmonien. Er war nicht mehr allein. Er spürte eine Nachbarschaft, öffnete die Augen: Niemand da. Und noch mal das Gleiche: Niemand.

Nach einer Weile gelang dem unsichtbaren Nachbarn sein Zaubertrick nicht mehr: Er tauchte auf! Hoch aufgeschossen, knochig, eine Lederjacke an und ein silbernes Medaillon an einer Kette am Hals. Kleiner Kopf, das Haar buschig, schwarz. Die großen Augen eines Faulenzers. Er erriet die Gestalt, hatte seine Ahnung, schaute den Nebenmann aber nicht an. Schaute geradeaus auf den Horizont. Das scheue und etwas linkische Lächeln war alles andere als vertrauenerweckend. Konnte man ihn ansprechen? Würde er antworten?

»Ich hab dich schon lange erwartet. Hatte Angst vor der Begegnung«, murmelte der Professor.

Völliges Schweigen, keinerlei Antwort. Der Unbekannte bleibt stumm, als wüsste er nicht, wie verletzend solch ein Schweigen wirken muss.

»Sagtest, du habest verloren, das heißt, du habest deinen Schatten verkauft. Für einen Beutel mit Geld, der dir nur Ungemach eingebracht hat.«

Schweigen, Abwesenheit, Ödnis. Er wusste nicht mehr, ob sein Gesprächspartner noch da war, an seiner Seite, oder ob er sich zwischen den Grabsteinen versteckt hatte. Ihm fehlte der Mut, auf dieser kurzen Bank zur Seite zu schauen, sich zu überzeugen, dass er wieder allein war. Er schaute weiterhin auf den fernen unzugänglichen Horizont und sprach mit sich selbst, wenn es denn nicht anders ging. Ob der Gast etwa taubstumm war?

»Auch ich habe ihn verloren, wiewohl, nicht gänzlich. Ich habe ihn zugunsten eines neuen Wohnorts an der Grenze abgegeben. Eines Wohnsitzes in der Freiheit. Und, ja, ich habe gewonnen … Kein Geld, Geld habe ich keines. Freiheit aber schon. Relative, wie Freiheit so ist. Ich habe sie schon damals entdeckt, als ich aus dem Büro des Obersten Tudor heraustrat. Dann auf dem Flughafen, als sie mich filzten, damit ich nicht etwa die Anleitungen zum Bau der Atombombe mitnehme. Selbstverständlich haben sie nichts gefunden. Bloß das kleine gelbe Büchlein des Herrn von Chamisso haben sie mir weggenommen.«

Noch immer verweigerte der Fremde das Gespräch.

»Es ist mir eine Ehre, hier aufeinanderzutreffen.«

Seine Herrlichkeit Peter rührte sich nicht, keine Belebung. Auch er schaute ins Weite, ins Nichts, wusste nicht, dass jemand neben ihm auf der gleichen Bank saß.

»Ich freue mich, dass du hier bist«, insistierte der Professor.

Im nächsten Moment wandte er sich aufgebracht um zum Eindringling, der, sieh an, verschwunden war. Wieder einmal hatte er sich rechtzeitig und ohne Antwort davongemacht. Gedemütigt von der Farce?

»Die Heimatlosigkeit ist nicht bloß ein Unglück, wollte ich dir sagen. Sie ist auch ein Möglichkeitsraum, es kann lohnend sein, sich darauf einzulassen. Eigentlich ist mir klar, dass du alles weißt, was ich sage. Aber es kommt darauf an, dass du mir zuhörst. Mir widersprichst. Dass ich aus deinen Neurosen lerne.«

Am nächsten Tag, niemand. Auch am folgenden Tag keiner. Der Nomade fand seinen Gesprächspartner nicht wieder, obwohl er einige Stunden auf der Bank zubrachte und ihn erwartete. Erst an einem Donnerstagnachmittag, wieder so zur Dämmerstunde, spürte der Professor neuerlich einen Schatten in seiner Nähe. Er traute sich nicht, hinzuschauen, nachzusehen, ob der Gast tatsächlich gekommen war. Er war in der gleichen Erwartung erstarrt, schaute weithin, nach Nirgendwo.

»Ich war bei der Versammlung«, flüsterte der Fremde beiläufig. »Ein Albtraum, kein Traum. Eine heimliche Begegnung mit Herrn Schlemihl, dem Phantom. Hattest du darauf gehofft? Nun gut, es hat stattgefunden. Nun habe ich auch das erlebt. Tadellos gekleidet, eingeführt mit lobenden Worten des berühmten Botanikers und Dichters, der sein Freund war. Freund? Was heißt hier Freund, es war der Autor selbst, so viel verstehe auch ich davon. Sie werden nicht glauben, wer da im Publikum saß.«

Unvermittelt war er zu einer förmlicheren Ansprache übergewechselt, zur zweiten Person Plural. Das hieß, dass er das Ritual beachtete, er würde sich noch mehr herausnehmen können.

»Ich bin ein Anfänger in der Abteilung für Genforschung«, hörte der Professor zu seiner Linken. Die Stimme des Schattens war etwas schrill, dünn. »Die Hunde sind treu, die Katzen schlau, die Elefanten besitzen Familiensinn. Ich kenne mich auch mit den Papageien und den Fischen aus. Die Menschen interessieren mich nicht, interessieren mich nicht mehr, seitdem ich Schlemihl zugehört habe. Er hat einen absolut überzeugenden Vortrag gehalten. Auch Monsieur Ionesco war dieser Meinung. Sogar der depressive Cioran nickte dazu. Selbst der pathetische Fondane, soeben aus Auschwitz zurückgekehrt und immer noch etwas desorientiert und blass. Da waren viele Ihrer Mitbürger versammelt. Das heißt Ihrer ehemaligen Mitbürger. Von vor der Ausbürgerung.«

Und wer war noch dabei? Dies zu fragen, traute sich der Professor nicht.

»Tja, viele Exilanten. Eine subversive Zusammenkunft, so hieß es. Auch Herr Nabokov und Sir Joyce, und Herr Mann mit seinem Bruder, und der Herr Brecht und Brodsky. Celan, der Schatten gewordene Bukowiner, hielt eine Tüte mit Tabletten in der von Allergien fleckig gewordenen Faust. Der Verquatschte Quasimodo mischte sich überall ein. Viele Spanier, die Franco vertrieben hatte. Ziemlich schmächtig, alle, müde, gealtert, erschöpft. Und einige Damen, ja, Eure Schwester Tamar – sie akzeptierte keine andere Anrede als Agathe, auch ich habe diesen Fehler begangen. Sie war in Begleitung einer etwas rosinenhaft vertrockneten Alten, Madame Irma, Dichterin und Muse eines italienischen Dichters, ehemals auch Italienisch-Lehrerin am College. Sie hatte die Strahlkraft und Frische eingebüßt, die sie noch bei der Beerdigung aufwies, als man sie äußerst vorsichtig und voller Verehrung in den Untergrund von Eden versenkte. Auch die brasilianische Madame Lispector aus der Ukraine eingehakt in die Arme des alten Neruda und des alten Lampedusa. Gefolgt von Armeniern, dem Türken Hikmet und dem antiken Ovid sowie von der Ballerina, die Gedichte schrieb, ihren Namen habe ich vergessen, ja, ich habe sie in der Ruine, zu der sie geworden war, nicht einmal wiedererkannt. Sehr viel gute Gesellschaft. Ich war platt vor Aufregung. Vor Scham wäre ich am liebsten im Boden versunken, aber ich musste hinschauen und zuhören, damit ich etwas zu erzählen habe.«

Als er dies hörte, fasste der Professor all seinen Mut zusammen und wandte sich, überzeugt, dass da niemand sein könne, um zur leicht schrillen Stimme. Aber da war jemand, sieh an, der war nicht verschwunden. Der junge Mann mit seinem zweideutigen Lächeln mit dem gelben Shirt, auf dem in großen goldenen Buchstaben »Iowa University« zu lesen war, trug rote Shorts. Große Füße, unbeschuht, ziegelrot gefärbte Haare, ein kleiner grüner Rucksack.

»Ich habe das lange schon erwartet, aber ich fürchtete diese Turbulenz auch irgendwie«, bekannte der Alte.

»Ja, ja, das versteh ich«, brummelte der Jüngling.

Das Abendgrau zersetzte das Licht, die Stimme fuhr fort, bilderlos.

»Ich sehe, du hast dich an die neue Banalität angepasst.«

Die Iowa-Silhouette war, von den verzauberten Stiefeln des Märchens getragen, herangeflogen gekommen. Der Professor war vertraut mit der Magie des transatlantischen Transports, ihn wunderte gar nichts mehr, aber er konnte sich die Frage nicht verkneifen.

»Hast du die Beziehung zum Obersten aufrechterhalten? Oberst Toma oder Tudor, du erinnerst dich ganz bestimmt.«

»Nein, ich bin ihm nicht in die Falle gegangen.«

Die Stimme war rauher geworden, als hätte er Schnupfen gehabt.

»Schade, du hättest viel lernen können. Der Süße hat sich gemacht, er ist ein reicher Mann. Weich gelandet im Import-Export! Eine markante Persönlichkeit der Übergangsgesellschaft hin zur Wohlstandsdemokratie. Das funkelnagelneue Prestige, sehr viel wertvoller als die Tressen der Partei. Man kann, wie du siehst, das Match auch zu Hause gewinnen, nicht nur in der Fremde.«

»Dieser verfickte Kleine, der immerzu Kent rauchte?«

»Er raucht jetzt überhaupt nichts mehr. Befolgt die Empfehlungen seines Arztes und achtet sehr auf sich. Aber er bewahrt seine Sammlung kostbarer Zigarren auf. Selbst die arme Tess hat uns eine Überraschung beschert, als sie mit ihrem Augenlicht in die heimatlichen

Gefilde zurückgekehrt ist, vor denen sie sich doch so sehr gefürchtet hatte.«

»Erzählen Sie, erzählen Sie, das interessiert mich wirklich. Ich weiß, dass Sie wegen dieser Depressiven selber eine Depression bekommen haben.«

»Hatte ich und habe ich noch immer. Die Geschichte, in die mich mein ehemaliger Basketball-Kumpel hineingezogen hat, hat mich schwer aus dem Gleichgewicht gebracht. Ich habe mich schuldig gefühlt, weil ich mich vor dem krankmachenden Paar ferngehalten habe. Tess, scheu, einsam, nervlich zerrüttet, zartfühlend und der Mörderhöhle entkommen, ohne sie vergessen zu können. Jetzt hat mir mein ehemaliger Rugby- oder Basketball-Kamerad mitgeteilt, dass der Diktator ein eigenes, von den Amerikanern ihm zur Verfügung gestelltes Flugzeug hatte, um sich in Sicherheit zu bringen. Die Zeit reichte nicht mehr. Sie hatten verlangt, er möge auch seine ehemalige Schwiegertochter mitbringen, die jüdische Nicht-Jüdin mit dem unschuldigen und nicht abgestillten Knaben. Sie meinten sie hier im Westen brauchen zu können, das liegt auf der Hand. Tess, die Unschuldige, neuerlich in ein verdammtes Netzwerk geraten? Hätte der Tollpatsch von einem Phantomsohn ein gesichertes Stipendium gehabt, ein akademisches Diplom, wie sein Mütterchen es sich erträumte, wäre alles auf ein anderes verderbtes Gleis geraten. Jetzt aber ist er im Aufbruch. Tess hat einen Krebs, der gestreut hat, und lehnt ärztlichen Beistand ab. Das vierzigjährige Knäblein hält seiner Mutter Tag und Nacht die Hand, bis zur Apokalypse. Beide tragen sie den uralten Bazillus des pestbefallenen Volkes in sich, von dem sie sich zu befreien versuchten. Eine vertrackte Geschichte, vielleicht entwirren wir sie mal, jetzt bin ich müde.«

Müde oder nicht müde, vertrackt oder entwirrt. Er war verschwunden.

Die alte mittelalterliche deutsche Geschichte Fortunatus *[…] wirkt aufgrund ihrer realistischen Beschreibung der Menschen, Ereignisse und Orte wie ein Vorläufer des modernen Romans.*[59] Fortunatus *entwirft einen zutiefst moralischen und provozierenden Blick auf die Welt, indem er Probleme illustriert, die durch den Reichtum entstehen können, und darstellt, wie rational nicht kontrollierte menschliche Begierden zur Selbstvernichtung führen können […].*

Peter Schlemihl *ist ebenso wie* Fortunatus *eine Erzählung, die Kinder entzücken kann, aber beide werfen sie im Grunde beunruhigende Fragen über Entfremdung und Identität auf, Fragen, die ganz ohne Zweifel der Erwachsenenwelt angehören. Einige dieser Unruhen wurden etwa durch Hans Christian Andersen in seinem Märchen* Der Schatten *in die Kindheit zurückversetzt, und dies hat Chamisso sicherlich beeindruckt […].*

Wie Kafkas Verwandlung *hängt Chamissos Erzählung von einem einzigen Ereignis ab, das die Vernunft überschreitet. Die Narration schreitet in faktisch tadelloser Weise bis zu dem Punkt voran, an dem das fantastische Element auftaucht – der zufällige Kauf der Siebenmeilenstiefel […]. Der fiktive Peter Schlemihl schickt die Geschichte als Manuskript seinem Freund Chamisso – dabei nennt er ihn fünfmal Chamisso und zweimal Adelbert […].*

In der Erzählung wird auch explizit auf Fouqués Roman von 1813 Der Zauberring *Bezug genommen; der Held träumt, auf Chamissos Tisch zu liegen, neben den Arbeiten von Haller, Humboldt, Linné und einem Band von Goethe.* Der Zauberring *war der letzte Roman von Chamissos Freund Friedrich de la Motte Fouqué, während Albrecht von Haller, Alexander von Humboldt und Carl von Linné die führenden Gelehrten der Zeit waren […]. Schlemihl erklärt, dass er seine Arbeiten als Hommage an die geographischen und botanischen Forschungen Humboldts verfasst habe […]. Die Andeutung, Schlemihls Manuskripte würden nach seinem Tod in der Universität von Berlin deponiert werden, war eine wohlwollende*

Anerkennung der soeben erst durch Wilhelm von Humboldt, dem Bruder Alexanders, gegründeten Universität.

Und Goethe könnte, aufgrund des nicht benannten Bandes seiner zahllosen Werke, für die Synthese zwischen Wissenschaft und Literatur stehen. Wir könnten uns diesen Band als einen ersten Teil jenes Faust, *der 1808 veröffentlicht wurde, vorstellen, darin einen Mephisto, der sich anonym die Seiten des* Peter Schlemihl *zu Gemüte führt. Aber der Mann in Grau ist urbaner als der vagabundierende Gelehrte, in dessen Gestalt Mephisto am Anfang des* Faust *auftritt, wiewohl sein grauer Umhang an den diabolischen grauen Mönch erinnern könnte, der diese Rolle im sechzehnten Jahrhundert erstmals spielt, in der* Historia von D. Johann Fausten *[…]. Der Mann in Grau ist ein Märchen […].* Peter Schlemihl *wird zu einem Nexus des traditionellen Märchens und gleichermaßen der allergegenwärtigsten Literatur sowie der wissenschaftlichen Forschung. Die Tatsache, dass viele Aspekte von Schlemihls Geschichte Chamissos Leben selbst spiegeln, hat, durchaus erklärlich, zu unglücklichen biographischen Interpretationen geführt, aber Chamisso hat es zu vermeiden gewusst, auf Fragen bezüglich des Symbolgehalts der Erzählung zu antworten […]. Die Einführung des Schriftstellers, der Brief, den Chamisso seinem Freund Julius Hitzig schreibt, selber auch Mitglied jenes literarischen Zirkels in Berlin, dem Fouqué und E. T. A. Hoffmann angehörten, […] erklärt, das Manuskript sei durch einen »wunderlichen Mann, der einen langen grauen Bart trug, eine ganz abgenützte schwarze Kurtka anhatte, eine botanische Kapsel darüber umgehangen, und […] Pantoffeln über seinen Stiefeln«, der darüber hinaus vorgegeben hatte, »aus Berlin zu kommen«, in seine Hände gelangt. Den Brief gibt es in den meisten Ausgaben […], und er ist Teil des narrativen Spiels der Erzählung, worin er Tatsächlichkeit für etwas beansprucht, das offensichtlich Fiktion ist. Hitzig beschreibt in einem Brief an Fouqué im Januar 1827 den Moment, als er »von Ungeduld und Begeisterung durchdrungen« zum ersten Mal Hoffmann den* Schlemihl *vorgelesen hat. Hoffmanns Reaktion zeigt dessen Affinität zu Chamisso als Schriftsteller, aber sie ist auch ein glänzendes Zeugnis der Faszination, die der Erzählung innewohnt.*

ARBEITSBERATUNG (II)

Ein gewöhnlicher, ein freundlicher Herbsttag. In Eden, die Stille des morbiden Paradieses. Die Grabsteine, die gleichmütigen Bäume und die taubstummen solitären Schnecken. Die Abenddämmerung fand ihn wieder auf einer Bank an der Seite Irmas. Der Schatten Irma. Das Phantom Irma. Der Professor wartete auf seinen Gesprächspartner, bestimmt war auch der ungeduldig, das Gespräch wieder aufzunehmen, schließlich hatten sie es an einem neuralgischen Punkt abgebrochen. Wie betäubt schloss er die Augen. Die Dringlichkeit, mit der er seinen Gast erwartete, ja herbeibeschwor, sollte letztlich das Wiedersehen provozieren.

Nach mehreren Tagen hatte er in seiner unmittelbaren Nähe die Anwesenheit einer Person gespürt, aber nicht den Mut gefunden, dies zu überprüfen. Er schloss die Augen, öffnete sie, die Wirklichkeit konnte bestätigt werden: Der Fremde schien hier nahebei zu sein, selber auch in Gedanken an Clizias Grabstein.

»Du bist Schlemihl, nicht wahr?«, wagte der Professor, sein Schicksal herauszufordern.

Dann wandte er, überzeugt, dass das Gespenst verschwinden würde, gelangweilt den Kopf um. Aber es war nicht verschwunden.

Ein großer und knochiger junger Mann. Lederjacke und Stiefeletten. Das silberne Medaillon am Hals, lange wuschelige Haare.

»Weißt du noch, wo wir mit unserem Palaver stehengeblieben waren?«

Schweigen, wie er es anders nicht erwartet hatte.

»Ich hatte Angst vor der Begegnung. Ich habe mich etwas eingewöhnt, die Begegnung ehrt mich.«

Er schaute weiterhin nach Nirgendwo, war darauf gefasst, das Gespräch, das schon vor allzu langer Zeit vertagt worden war, fortzusetzen.

»Man muss die Heimatlosigkeit erkunden. Das ist nicht bloß Unglück, solltest du doch wissen. Eine Potenzialität verdient es, genauer betrachtet zu werden. Es ist wichtig, dass du auf mich hörst, mir widersprichst, dass ich aus deinem Schweigen und deinen Geheimnissen etwas lernen kann.«

Er befand sich an der gleichen Stelle, auf der Bank, in den Ungewissheiten der Abenddämmerung. Er beeilte sich nicht, hatte keinen Grund, mit dem Geschehen zufrieden zu sein. Der Abend umfing allmählich die gesamte Landschaft. Er konnte das Shirt sehen, auf dem in großen roten Lettern »Iowa University« stand. Kurze Hosen, rot, die Haare ziegelrot gefärbt, ein neckischer Ausflügler-Rucksack.

»Die Heimatlosigkeit hat mir deinen Schatten geschenkt. Einen Leitfaden, würde ich sagen.«

Der junge Iowa nickte, die rostrote Mähne schwankte zustimmend.

»Lassen Sie uns fortfahren in unserem Gespräch über die Entwurzelten. Es ist ja nicht wirklich ein Zufall, dass sie dich in dem Sanatorium, das deinen Namen trägt, auf eine bestimmte Weise identifiziert hatten. Da ging es nicht allein um dein Aussehen. Ich habe nicht verstanden, was dich gestört hat, warum du vor der verfluchten Identität geflohen bist. Warum du dich über die Unbill beklagst, die dir deinesgleichen bereitet haben. Hast du Cioran gesehen? Er meinte, es sei eine Ehre, ausgestoßen, exiliert und abgelehnt zu werden. Und Herr Fundoianu, apropos, Herr Fondane, Fundoianu Wechsler, der hat etwas noch viel Stärkeres gesagt. Du hast ihn nicht unter den Gästen genannt. Vielleicht hast du noch nichts von ihm gehört. Sein Name befindet sich auf dem Auschwitz-Denkmal! Benjamin und seine Schwester, von der er sich nicht trennen konnte. Ich kenne noch jemanden, der sich nicht trennen kann von seiner Schwester …«

Der Fremde lächelte verdächtig. Er hatte den Rucksack abgenommen und auf die Bank gelegt. Wandte sich respektvoll dem Aggressor zu.

»Ich weiß einiges über diese Lebewesen. Nicht allzu viel. Ich gehöre zum Genetik-Fachbereich der Universität. Wie ich schon mal gesagt habe: Die Hunde sind treu, die Katzen listig, die Elefanten verfügen über Familiensinn. Ich kenne mich auch bei den Papageien und Fischen aus. Weniger bei den Menschen. Die interessieren mich nicht sonderlich.«

»Das ist ein Fehler. Ein großer! Ein großer Fehler. Das sind von allen Geschöpfen des Herrn die interessantesten.«

»Des Herrn?«

»Meinetwegen auch der Herrin. Der Natur, meine ich. Kehren wir zurück zu Benjamin. Der Dichter Fondane-Fundoianu schämte sich seiner Identität nicht. Ulysses, du bist Jude, brabbelte er in der Finsternis. Du bist ein Jude, Ulysses, hatte er eines heiligen Freitagabends geschrien, nachdem Herr Cioran gegangen war, der vorgab, ein metaphysischer Jude zu sein. Metaphysischer Jude!! Ist doch eh alles umsonst, wenn du es nicht auch physisch bist, dann verstehst du doch nichts von all dem Schlamassel. Metaphysisch, vielen Dank auch! Und dann immerzu so weiter leben in dieser prätentiösen Farce ...«

Plötzlich hatte die Atmung des Nebenmannes ausgesetzt, ebenso die etwas schrille Stimme. Wieder saß nebenan niemand mehr! Leer der Platz! Das gelbe Shirt und der grüne Rucksack waren verschwunden, ebenso der junge Iowa, greif ihn dir, wenn du Luft greifen kannst. Aber der Monolog ging weiter.

»Eine Frage, trotzdem. Ich habe eine Frage«, war nach einiger Zeit zu hören.

Es dauerte etwas mit der Frage, umsonst drängte es den vereinsamten Alten zum Gespräch, da gab es niemanden, mit dem er hätte sprechen, der antworten hätte können. Die Iowa-Silhouette war im Nichts verschwunden, mitsamt den magischen, den transatlantischen Transport befördernden Stiefeln. Der Nomade hatte gelernt, sich über nichts mehr zu wundern, die terrestrischen oder extraterrestrischen Merkwürdigkeiten konnten ihn nicht mehr beeindrucken. Er allein trug die Verantwortung für Fragen und Antworten. Er redete allein, das braucht uns nicht zu wundern. Wartete auf die Wiederkehr des Studenten Schlemihl, bereitete sich auf die Begegnung vor, indem er allein gegen die Wände redete.

»Glaubst du, ich habe das Gerücht über die Legende von Schlemihl verbreitet, den Juden mit dem Kopf in den Wolken?«

»Das war nicht nötig, selbst die Kinder kennen diese Legende. Nicht bloß die Kinder des Advokaten Hitzig. Mein einziges Vergehen ist, dass ich mich in die Diskussion eingemischt habe, die in der Geschichte des Zirkus über den Schalk geführt wird, der das Andenken des heiligen Petrus verunglimpft hat. Ob es uns nun gefällt oder nicht, auch er befand sich eine Zeit lang unter den schläfenlockigen Vertriebenen. Bis er zur Besinnung kam. In seinem ohnehin schon christlichen Kopf … Stimmt schon, ich habe mich schier besinnungslos in das Kapitel über die Clowns gestürzt und behauptet, es sei durchaus möglich, dass von Chamisso diese Hypothese im Sinn gehabt habe. Viele seiner Freunde waren nomadisierender Abkunft. Er hat auch mit Sympathie über sie geschrieben. Ein Philo, ein Verdächtiger, trotz seiner adligen Herkunft. Wie auch sonst? Holterdiepolter: Sie kommen aus dem Nirgendwo, Herr Schlemihl! Man sagt uns nicht, woher du kommst, wer du bist, wen du zurückgelassen hast, warum du von einem Ort zum anderen geflohen bist, ohne Ortungskoordinaten. Ein Verdächtiger, immerzu verdächtig. Keinerlei zugängliches Dokument über deinen Gott, den Glauben. Wäre wichtig gewesen, entscheidend wichtig. Die Wahrheit zu sagen, die einzige Identität, auf die es ankommt. Für viele ist sie auch heute die einzige Identität geblieben. Also darüber kein Wort, ein Vorhängeschloss an den Lippen. Aber die Geldgier, wen charakterisiert die? Wer ist schnell dabei, auch sein Hemd noch hinzugeben für einen Beutel mit Geld, nicht nur den Schatten? Einen teuflischen Beutel, ein Perpetuum Mobile, das funkelnagelneue Münzen und Scheine produziert, was will man da noch sagen? Über wen sprechen wir? Du, Schlemihl, Iowa, was meinst du?«

Schlemihl Iowa war nicht anwesend, der nomadisierende Professor redete allein vor sich hin. Er sprach zu sich selbst, als wäre er ein Schlemihl von einstmals und einer von heute und morgen, ein Schlemihl aller Zeiten und von überall.

»Wirst du mich bezichtigen, meine entwurzelten Freunde zu hassen? Oder dass ich mich, im Gegenteil, solidarisch zu ihnen verhalte? Was meinst du? Ich bin mit beiden Situationen vertraut. Ich plädiere für nichts und niemanden, beteilige mich, wie jeder Misanthrop, an einer streng logischen, objektiven Diskussion, das würde jeder Legalist anerkennen. Eine Art Lektüre-Memorandum, mehr nicht! Die Bibel ist ein Buch! Mehr nicht, ein Buch, ich habe sie so gelesen, so habe ich auch über sie geschrieben, selbst in den Essays über Spaßmacher und über Schlemihl, den traurigen semitischen Spaßvogel. Lachen/Weinen, weißt du doch. Das ist der Humor der Wandersleute, bittersüß, durchmischt, wie alles Eingemengtsein der Vertriebenen.«

Diese kleine Szene wiederholte sich einige Male. Der Mann redete alleine vor sich hin, die Studenten waren in den Ferien, drängelten sich nicht mehr an der Tür des Clowns. Wandte er sich an jemanden?

Die Lösung, also die Rettung kam wiederum von der Natur, Madame Natur: Der Herbst hatte das gute Wetter satt, Wind und Regen hatten begonnen, da war einem nicht mehr danach, sein Nest zu verlassen, keine Rede davon, nach Eden zu gelangen und ins Gespräch mit den Toten.

Der Professor verharrte zurückgezogen in seinem Büro und wartete auf die Besuche der Studenten oder anderer Eindringlinge.

Nach einer Woche des Wartens tauchte Schlemihl Iowa wieder auf und reaktivierte das schier stimmlose Gespräch.

»Regnet, Herr Professor! Noahs Sintflut, echt, hab's kaum hierhergeschafft.«

Er trug eine schwarze Kurtka-Pellerine, wie im Buch, und sah aus, als hätten ihm die bösartigen Wetter einen Buckel verpasst gehabt. Als er die Pellerine und seinen Regenschirm an den Kleiderhaken gehängt hatte, nahm er das Gespräch wieder auf. Er schüttelte sich, war belebt und Noahs Schatten entledigt.

»Nehmen wir also Bezug auf von Chamisso, unseren Vater. Ein Heimatloser wie wir. Ein Nachbar von uns, auch dort im Märchen für die Kinder von Hitzig, dem Konvertiten und großzügigen Verdächtigen.

Eine Art Itzig, ja, dieser Hitzig. In Fürsorge um die Zukunft seiner Kinder bemüht, christianisiert, getauft im Glauben des Juden Jesus, des Unsterblichen, der Tag für Tag in den Kirchen mit seiner Dornenkrone und darin der Aufschrift »König der Juden« aufersteht. Herr Chamisso fühlte sich diesen Heimatlosen solidarisch verbunden! Verbrüdert mit Hitzig und Hiob, mit Moses und mit Maria, der nicht konvertierten jungfräulichen Mutter, bei Juden und Christen in Verdacht geraten, ebenso bei vielen ihrer wie unserer Freunde, die sich maskiert unter die Ausgegrenzten gemengt hatten, verdächtigt wurden, Beschnittene zu sein. Zur Klarstellung: Adelbert befand sich nicht darunter! Nicht dies war seine Rechtfertigung, nicht dies bestimmte seine Zugehörigkeit, sondern das Hirn: das Denken, in dem er seine Verbündeten und seine Apatriden fand. Das heißt solche, die gelernt hatten, mit ihrer Identität in einen Dialog zu treten und sich nicht wie taubstumme Schnecken zu unterwerfen. Warum sollte Chamisso denn nicht eine Anspielung, einen Zweifel hinsichtlich der Identität des Peter Schlemihl in seinen Text einstreuen? Benannt nach Peter, dem Apostel der Christenheit, und nach Schlemihl, dem hereingefallenen Liebhaber der Rabbinerin, dem Possenreißer auf der Ghettogasse, bevor ihm Kopf und Phallus abgeschnitten wurden? Warum also nicht, junger Iowa, warum?«

Endlich war der Vortrag zu Ende! Der Professor, entsetzt über seinen Gast, der ihn mit der fiktiven Person eines Märchens verwechselt hatte, hatte keine Kraft mehr, auch nur einen Ton herauszubringen. Er war erschöpft und erschreckt davon, was nun, wie bei allen Schrecknissen der Märchen, noch folgen mochte.

Wie lange würde er noch seinen eigenen Gedanken in einem fremden und feindseligen Mund zuhören müssen? Wie lange noch, du Misanthrop, Nomade, nicht abgestillter Belfer, besoffener verkommener Vagabund, der du auf einem Phantom reitest und einem Besenstiel, wie lange willst du diese Parodie noch fortsetzen? Es gab jedoch keinen Alarm. Den Schauspielern war eine Atempause gestattet. Auch konnte von nirgends eine Überraschung erfolgen: Das offizielle Zimmerchen, das den Sprechstunden mit den Studenten vorbehalten war, eignete sich nicht so gut für Auseinandersetzungen wie das leise Rauschen des Waldes im Eden.

»Warum, sag, warum, Herr Iowa? Herr Heine, der Dichter, sagt, alle Deutschen sind Schlemihle. Dabei vergisst er zu sagen, dass er nicht eben ein reinblütiger Deutscher war, sondern aus geliehenem Material. Und euer Freund und Landsmann, der für einen Antisemiten gehaltene Monsieur Emil Cioran, Pariser Schlafwandler, hielt sich für einen metaphysischen Juden, hat er dir doch selbst gesagt. Offensichtlich ein Pleonasmus, der hat keine Ahnung, dieser transsilvanische Nihilist.«

Eine kleine Pause zum Durchschnaufen und zur Belebung, halt die Füße still, Einfaltspinsel. Die Dinge und das Gespräch werden sich schon arrangieren, es war nur eine kurze Funktionsstörung, ein Defekt: acht Sekunden.

»Ich bin nicht nur wegen des langweilenden Wetters weggeblieben, sondern auch wegen der Konferenz über den Schatten. Sie war schon vor längerem durch das Minderheiten-Department einberufen und öfter wegen indisponierter Eingeladenen vertagt worden. Jetzt ging es, etliche sind gekommen, ich habe sie sogar fotografiert. Celan und Desnos, Don Quixote, der Reitersmann, Herrn Musils Mann ohne Eigenschaften, Monsieur Montaigne, der Kartenspieler, der reisende Herr K. Selbst der Graf Pessoa mit seinen lyrischen Gesprächspartnern. Allesamt besessen vom Exil, dem Schatten und dessen makabren Aventüren. Es ist viel geredet worden, noch mehr aber ist geschwiegen worden, und niemand brachte es über sich, abzureisen. Und, du wirst es nicht glauben, dein Name wurde erwähnt. Zweimal sogar! Im Zusammenhang mit dem Essay über Humor und die heimatlose Ethnie von Abraham bis Einstein und Schlemihl. Ja, ja, auch Schlemihl, der verdächtige Apatride, persönlicher Sprecher des Herrn von Chamisso, Dichter und Gelehrter, er selber ebenfalls ein Entwurzelter. Zur Stützung deiner These über den Hass auf die beschnittenen Nomaden, die der Bereicherung und der Revolutionen und sämtlicher Übel auf dem Erdball bezichtigt werden, wurden die Meinungen einiger bedeutenden Persönlichkeiten zitiert – Luther und Dostojewski und Hitler und

Josif Wissarionowitsch und jener König und jene Königin mit ihrer Geliebten und der berühmte Haman von Persien und viele mehr. Einige von ihnen weigerten sich hinzunehmen, dass unser Herr Jesus Christus, der zu unserer Erlösung auf die Welt geschickt worden war, seiner Herkunft nach ebenfalls zu jener privilegierten und sündhaften, dem Leid bestimmten Ethnie gehörte. Das Leidensprivileg! Mit oder ohne Schatten, nicht das ist das Problem dieser immer schon im Schatten lebenden Nomaden! Man hätte jederzeit irgendwelche Defizite an ihnen ausmachen können, einen Finger zu wenig, unterschiedlich gefärbte Augen, kariöse Zähne, die zu lange und zu spitze Nase. Der Schatten war keine Erfindung, alle Menschen auf Erden besitzen ihn ganz und gar ohne Aufwand. Allein Peter Schlemihl, der Apostolische, hatte seinen wie nicht ganz bei Trost fortgeworfen.«

Der Professor schwieg. Sagte die ganze Zeit über kein Wort. Verblüfft von dem Geschehen, fühlte er sich, warum wohl, schuldig. Ungeduldig hatte er auf die neuerliche Begegnung mit dem jungen Genetiker gewartet, den er in Gedanken mit dem Namen Schlemihl Iowa belegt hatte, doch sieh an, der Nomade hatte nichts Besseres zu tun, als das auszusprechen, was er, der Professor, dachte, wovor er sich jedoch in alter Feigheit hütete, es auszusprechen. Einer Feigheit, die sich in den perversen Nischen der Wanderschaft Unterschlupf gesucht hatte, nicht in der von heute oder von gestern, sondern aus der Zeit des Obersten Tudor, dem er nicht gewagt hatte, seinen Ekel ins Gesicht zu schleudern! Lange vor diesen Tudors, sehr lange, unter allen Unterdrückungen und allen Meridianen, wo der Tod des gemeinen, ruhlos wandernden Geschlechts gefordert wurde. Als er sich aus dem gepolsterten Schreibtischstuhl erhob, war er entschlossen, sich von dem Schatten zu verabschieden. Der aber war verschwunden. Nun versuchte auch er, sich zu entfernen, als verfolgte ihn irgendein irre gewordenes Traumgesicht. Noch hatte er es nicht geschafft, loszugehen, als die Tür aufging: Wie ein Sturmwind kam der vom Rennen schweißnasse Typ vom Fachbereich Genetik hereingestürzt. Ja, ja, er hatte etwas vergessen.

»Ich habe es versäumt, an die elektronischen Teufeleien zu erinnern, mit denen selbst die Kinder schon deine Geheimnisse herauskriegen und sofort weiterverkaufen können, nicht bloß an die Polizei, sondern auch an die Feinde Jehovas, die sich Tag für Tag exponentiell vermehren, ja Augenblick für Augenblick und in sämtlichen verborgenen Winkeln dieses in Feindschaften befangenen Planeten.

Glaubtest du etwa an die Nach-Auschwitz-Illusionen? Dass es sich niemals, niemals mehr wiederholen werde. Riefen nicht die Überlebenden dies in die Welt hinaus? Und was ist mit denjenigen, die die Krematorien eingerichtet und ihr Funktionieren kontrolliert hatten? Glaubtest du wirklich, dies würde sich niemals mehr wiederholen? Warum sollte es sich denn nicht wiederholen? Das fragst du dich, nicht wahr, du hast nicht den Mut, es lauthals herauszuschreien, damit es auch die Toten hören können, Herr Hitler und Genosse Josif Wissarionowitsch und jener Emir, und der Schah, seine Eminenz Haman mit all seinen Verwandten.

Warum sagst du, warum schreist du die Wahrheit nicht hinaus, alter Professor? Warum, schließlich hast du es nicht mehr weit bis zur ewigen Ruhestätte! … Sie ist nahebei mit ihren Schnecken und Ameisen und den arroganten Bäumen und der verführerischen Irma, und der Totenruhe, von der du immerzu geträumt hast in deinen gelehrten Albträumen. Warum, du Exilierter, Geschädigter, Maskierter, Pojatz, Perfider? Warum, sag, warum, fass endlich Mut! Du hast nichts mehr zu verlieren, schüttele den Gefangenen- und Fremdenpanzer ab, befreie das planetarische Paradies von deinem herumirrenden Gespenst.«

Es war Ruhe eingekehrt, der Ungebetene hatte sich endlich zurückgezogen. Die Tür stand weit offen, damit jeder die auf den Tisch herabgesunkene Glatze betrachten könne, den über den Tisch gebeugten Körper des Professors. Allein, allein, wie er es verdient hatte. Ewiger Waise, in alle Ewigkeit fremd, ewig verdächtig, ewig, wie es sich gehört, ein Renegat. Ja, es herrschte wieder Stille. Keine Stimme aus einer anderen Welt, nur der stoßweise Atem der Festgesetzten, von einem Versteck ins andere gejagt, immer schon verdammt, keinen Frieden zu finden, in welches Loch sie auch immer kröchen.

Den kahlen Schädel auf dem Tisch, vernahm der Professor jedoch irgendwann ein Murmeln, das von irgendwo herkam, vielleicht sogar aus ihm selbst.

»Twitter, hast du dieses Wort schon mal gehört? Twitter! E-Mail, was ist mit E-Mail? Facebook? SMS? Mobiltelefon? Mit dem du auch schriftliche Nachrichten empfangen und fotografieren kannst. Ja, es gibt auch noch anderes, vieles andere, ich verstehe, du bist immun. Das heißt, tot, in der anderen Welt, nicht in dieser. Nicht wie Agathe, nein, sie beherrscht all diese Teufeleien, kann schnell damit umgehen, äußerst geschickt und mit einigem Vergnügen. Gewiss, sie hatte den amerikanischen Journalisten, der ihr dies beigebracht hat. Experte in der kosmischen Kommunikation. ›Virtuell‹ wird das genannt. So trat auch sie in die Aktualität ein, von der Virtualität her. Du wirst sie nicht mehr einholen können, auch wenn du dies wolltest. Bleib bei deiner lyrischen Irma im multikonfessionellen und multiethnischen Friedhof. Sprich mit den taubstummen Schnecken, sing im Schlaf mit den Vögeln des Himmels, beklage das Exil nicht mehr, nicht die Entfremdung, Verfolgung, den Genozid, die Einsamkeit, die Isolation, die Behinderung und diesen ganzen Besteckkasten der Flüchtlinge.«

»Ich beschwere mich nicht, beschwere mich überhaupt nicht, ich mag keine Jammerlappen und ertrage es nicht, Opfer zu sein.«

»Na siehst du, siehst du, Misjö? Hast den Finger auf die jahrtausendealte Wunde gelegt. Bildest dir etwas ein auf deine übertriebene Bescheidenheit, willst dich nicht ehrlich machen, zeigst dich nicht auf dem Markt. Als hütetest du einen ganz besonders kostbaren Schatz. Exiliert nicht etwa, weil du dich fernab deines Heimatortes befindest, sondern weil du dich mit dieser Sorte bizarrer Engel solidarisiert hast, so sieht's nämlich aus! Exilant aufgrund deiner Struktur, nicht aufgrund der Situation.«

»Wirklich so, wirklich?«, brabbelte der Professor.

»Ja, genauso. Besser gesagt, auch so. Gewiss, du bist ins Exil gejagt, deportiert und vertrieben worden, einmal und noch einmal, lebst in einer Welt, die sich fortwährend selbst exiliert, aber da steckt noch mehr dahinter. Die Struktur, Misjö! Die jahrtausendealte Struktur! Über die du nicht sprechen willst, das tust du nur in Gedanken, damit du dich nicht selbst entblößt. Damit dich nicht die Jäger entdecken mit ihren Rudeln scharfer Hunde. Du bist in einer Welt groß geworden, in der deinesgleichen Leute beneidet oder gedemütigt wurden, oder beides. Hieltest es für besser, dich hinter einer Maske zu verbergen oder in einer Höhle zu verkriechen. Alles umsonst, sie haben dich ganz schnell enttarnt. Der Genosse Oberst war bloß einer jener Aufpasser, die über eine gewisse Expertise in der Ermittlung von Identitäten verfügten. Ermittlung und Ausrottung. Durchsetzung einer ethnischen Hygiene.«

Der kahle Schädel war auf den Tisch herabgesunken, der Professor war eingenickt. Allein, allein, allein, es gab kein Gespenst mehr, das ihn hätte angreifen können. Er konnte sich dem Schlaf und dem Vergessen überantworten, den segensreichen Geschenken der Abwesenheit.

Hör nicht mehr hin, Herr Professor, hör einfach nicht mehr hin. Er hatte diese Phasen der Selbstkasteiung in der Tradition der Großväter und Urgroßväter und der Propheten von einstmals und von jetzt gründlich satt. Er war eingeschlafen, der Arme, den kahlen Schädel auf der kühlen Tischplatte. Glücklich war er, hatte das Alter des Schlafes erreicht, nicht bloß das der Senilität. Er mochte es, tief und fest und lange zu schlafen, so lang wie möglich, mit vielen Träumen und Albträumen und sinnlichem Schnarchen. In seinen Augen das wahre Geschenk der Finsternis und Müdigkeit. Wahre Erlösung.

Er brabbelte vor sich hin. Schau, Hineni, hier bin ich, bin bereit.

NACHWEISE

1 Gemäß Korrespondenz-Department des Genographischen Projekts der National Geographic Society.
2 So im Kataloghef t der Ausstellung *Geschichte der Migration* im Red Star Line-Museum Antwerpen.
3 Die Hauptfigur, die den Leser wie ein Schatten durch den Roman hindurch begleiten wird, ist jene Gestalt in Adelbert von Chamissos Erzählung *Peter Schlemihls wundersame Geschichte* (1814).
4 *The American Heritage Dictionary of the English Language*, 3rd ed., Boston, USA, Houghton Mifflin Company, 1992.
5 William MacGillivray, *A History of British Birds, Indigenous and Migratory*, 5. Vol.; printed for Scott, Webster, and Geary, London 1837–1853. https://www.biodiversitylibrary.org/bibliography/7873
6 Antonio Damasio, *Looking for Spinoza*, Vintage Books, London 2004.
7 Frei zitiert aus Hans Natoneks Roman *Der Mann ohne Schatten. Der Lebensroman des Dichters Adelbert von Chamisso*, Allert de Lange, Amsterdam 1935.
8 Der Schatten, den man auf einer Fläche hinter dem opaken Gegenstand, der ihn verursacht, sieht, ist nichts anderes als der Schnitt dieser Fläche durch den festen, den Schatten verursachenden Korpus. (René Just Haüy; Traité élémentaire de physique. T. II. §§ 1002 et 1006)
9 Von diesem festen Körper handelt also die wunderbare Geschichte vom Peter Schlemihl [...]. Die Lektion, die er teuer bezahlt hat, will uns von Nutzen sein, und seine Erfahrung ruft uns zu: Bedenken Sie die Solidität.
10 Thomas Mann, »Chamisso« (1911), in T. M., *Rede und Antwort*, S. Fischer Verlag, Berlin 1922.
11 Frz.: Die Melancholie ist das Glück, traurig zu sein.
12 Mischa Mineralwasser, Mischa Limonade: Spitznamen für Michail Gorbatschow aufgrund seines Versuchs, den Russen das Wodkatrinken durch eine 50-prozentige Preissteigerung auszutreiben.
13 Ruth R. Wisse, *The Schlemiel as Modern Hero*, Chicago University Press, Chicago & London 1971, pp. 14–15. https://archive.org/details/schlemielas moderooruth
14 Ebda., S. 115.

15 Ebda., S. 116.
16 Die Statue in der Rotunde des Kapitols in Richmond, Virginia, zu Beginn der 1790er Jahre von Jean-Antoine Houdon geschaffen.
17 Mariana Codruţ, »Über Dichtung«, in *Areal*, Editura Paralela 45, Piteşti 2011, S. 8.
18 Thomas Mann, »Chamisso«, op. cit.
19 Hermann J. Weigand, »Peter Schlemihl«, in *Surveys and Soundings in European Literature*, ed. by Leslie Willson, Princeton University Press, Princeton, NJ 1966, pp. 208–222, veröffentlicht nach *Wert und Wort: Festschrift für Elisa M. Fleissner*, ed. Marion Sonnenfeld et al., Wells College, Aurora, NY 1965. Siehe https://www.enotes.com/topics/adelbert-von-chamisso/critical-essay/criticism
20 Herbert Feinstein, »Buster Keaton: An Interview«, in *Interviews*, ed. Kevin W. Sweeney, University Press of Mississippi, Jackson, MS 2007, S. 135. Die Hauptperson im Film *Der General* war ein Lokomotivführer.
21 Tony Thomas, »Interview with Buster Keaton«, in op. cit., S. 107.
22 George Sadoul, »A Dinner with Buster Keaton«, in op. cit. S. 153.
23 Hans Christian Andersen, *Der Schatten (Skyggen)*, aus dem Dänischen von Thyra Dohrenburg, Pathmos Verlag/Artemis und Winkler Verlag, Düsseldorf und Zürich 2005.
24 https://en.wikipedia.org/wiki/The_Shadow_(fairy_tale)
25 Tanizaki Jun'ichirō: *Lob des Schattens. Entwurf einer japanischen Ästhetik*, aus dem Japanischen von Eduard Klopfenstein, Manesse Verlag, Zürich 2010, S. 37–42, 52, 58 f., 60, 64, 80.
26 Adelbert von Chamisso, »Einleitung zum Peter Schlemihl«, darin: »An Julius Eduard Hitzig«.
27 Belfer, jiddisch für Lehrer, Professor (wohl aus dem deutschen Beihelfer). A.d.Ü.
28 Rabbi Elijah ben Salomon Salman (1720–1797), bekannt als der Gaon (Gelehrte) von Wilna (Vilnius), wichtigster Opponent des Chassidismus.
29 Aus dem Band *Nordseelieder* (1855).
30 Patricia Highsmith: »Der Schneckenforscher«, in *Der Schneckenforscher. Stories*, aus dem Amerikanischen von Dirk van Gunsteren, Diogenes, Zürich 2003, S. 13–153
31 Zur Beerdigung eines toten Blattes / Gehen zwei Schnecken / Ihre Gehäuse sind schwarz / Und Trauerflor tragen sie um die Hörner / Gehen so dahin am Abend / Es ist ein sehr schöner Herbstabend / O weh, da sie ankommen / Ist schon Frühling / Die einst toten Blätter / Sind alle wieder zum Leben erwacht / Und die beiden Schnecken / Sind um ihre Fassung gebracht.
32 Ion Barbu, »Auf Schneckenjagd«, in I. B., *Das dogmatische Ei. Gedichte*. Kriterion Verlag, Bukarest 1981. Das hier zitierte Gedicht ist von Lotte Berg übersetzt.
33 Peter Wortsman, »The Displaced Person's Guide to Nowhere«, Einführung zu

Adelbert von Chamisso, *Peter Schlemihl. The Man Who Sold His Shadow*, New York, Fromm International Publishing Corporation, pp. IX–XV.

34 Alan L. Berger, »Elie Wiesel – Writers as Witness to and in Exile«, in *Exile in Global Literature and Culture*, ed. by Asher Z. Milbauer, James M. Sutton, Routledge, New York & London 2020.

35 Elie Wiesel, *Die Nacht*, mit einer Vorrede von François Mauriac, aus dem Französischen von Curt Meyer-Clason, Bechtle Verlag, München & Eßlingen a. N. 1962.

36 Susannah Heschel, »An Exile of the Soul: A Theological Examination of Jewish Understandings of Diaspora«, in *Diaspora and Law: Culture, Religion and Jurisprudence beyond Sovereignity*, ed. Liliane Feierstein and Daniel Weidner, De Gruyter (erscheint demnächst). Siehe auch den gleichnamigen Vortrag im Jewish Museum of Manhattan, 2020. https://www.youtube.com/watch?v=0n-AuEQk3hc&ab_channel=JBS

37 Eugenio Montale, aus dem Band *Ossi di Seppia* (1920–1927), aus dem Italienischen von Herbert Frenzel. Piper Verlag, München 1986 (Neuausgabe).

38 David Michael Hertz, *Eugenio Montale, the Fascist Storm and the Jewish Sunflower*, Toronto Italian Studies, University of Toronto Press, 2015, S. 62.

39 »Vor langer Zeit, ich war bei dir, als dein Vater in den Schatten ging« (zitiert aus Eugenio Montales Gedicht »Le occasioni«).

40 Eugenio Montale, »Neue Stanzen«, in E. M., *Glorie des Mittags. Ausgewählte Gedichte Italienisch/Deutsch*, aus dem Italienischen von Herbert Frenzel, Piper Verlag, München 1986.

41 David Michael Hertz, op. cit., S. 93.

42 Eugenio Montale, »Nachricht vom Berg Amiata«, in E. M., *Glorie des Mittags. Ausgewählte Gedichte Italienisch/Deutsch*, aus dem Italienischen von Herbert Frenzel, Piper Verlag, München 1986.

43 David Michael Hertz, op. cit.

44 Eugenio Montale, »Regenbogen« (Iride), in E. M., *Glorie des Mittags. Ausgewählte Gedichte Italienisch/Deutsch*, aus dem Italienischen von Herbert Frenzel, Piper Verlag, München 1986.

45 Eugenio Montale, »Der Hitlerfrühling«, in E. M., *Was bleibt (Wenn es bleibt), Gedichte 1920–1980*, ausgewählt, übersetzt und mit Anmerkungen versehen von Christoph Ferber, Mainz 2013.

46 Eugenio Montale, »Der Schatten der Magnolie«, in E. M., *Sturmwind und anderes*, aus dem Italienischen von Herbert Frenzel, Coron 1980.

47 David Michael Hertz, op. cit., S. 270.

48 Fragmente aus Norman Manea, *Long Lasting Shadows*, Los Angeles Review of Books, 7. Januar 2016, https://lareviewofbooks.org/article/long-lasting-shadows/

49 Göran Rosenberg: *Ein kurzer Aufenthalt*, aus dem Schwedischen von Jörg Scherzer, Verlag Rowohlt Berlin, 2013.

50 Norman Manea, *Die Rückkehr des Hooligan,* aus dem Rumänischen von Georg Aescht, Carl Hanser Verlag 2004.

51 Max Milner, »Creativité de l'ombre«, in *L'envers du visible, Essai sur l'ombre,* Paris, Seuil 2005, S. 83.

52 Max Milner, op. cit., »Conclusions«, S. 436.

53 Hannah Arendt, *Die verborgene Tradition,* darin: »Heinrich Heine: Schlemihl und Traumweltherrscher«, Suhrkamp Verlag, Frankfurt 1976.

54 Relegatio: Im antiken Rom eine mildere Variante des Exils, die zeitlich begrenzt sein konnte und nicht mit dem Verlust der Bürgerschaft und des Besitzes verbunden war.

55 Fragmente nach Olivier Remaud, *Un monde étrange. Pour une autre approche du cosmopolitisme,* PUF, Paris 2015, darin: »L'exil et le complexe de Schlémihl«, S. 99–113.

56 Hineni (hebräisch): Hier bin ich, ich bin bereit, o Herr.

57 Paul Celan, »Sprich auch Du«, in P. C., *Von Schwelle zu Schwelle,* Deutsche Verlagsanstalt, Stuttgart 1955.

58 Paul Celan, »Tenebrae«, in P. C., *Sprachgitter,* S. Fischer Verlag, Frankfurt a. M. 1959.

59 Fragmente aus David Blamires, »Adelbert von Chamisso's *Peter Schlemihl*«, in *Telling Tales: The Impact of Germany on English Children's Books 1780–1918,* Open Book Publishers, Cambridge, UK 2009, S. 135–145. https://doi.org/10.11647/OBP.0004